U0015842

地球文學結構

傅正明

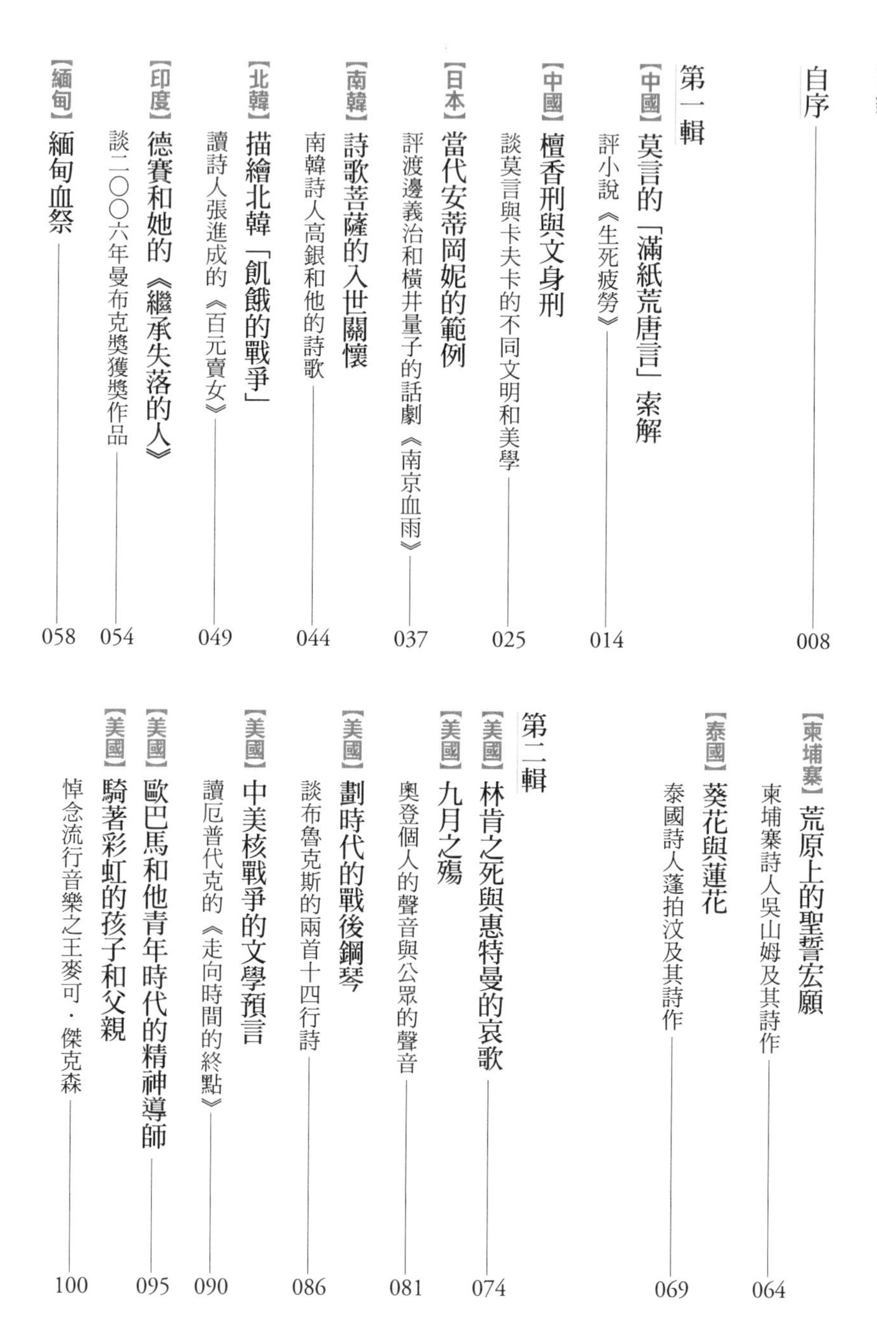

目錄 contents

contents
目錄

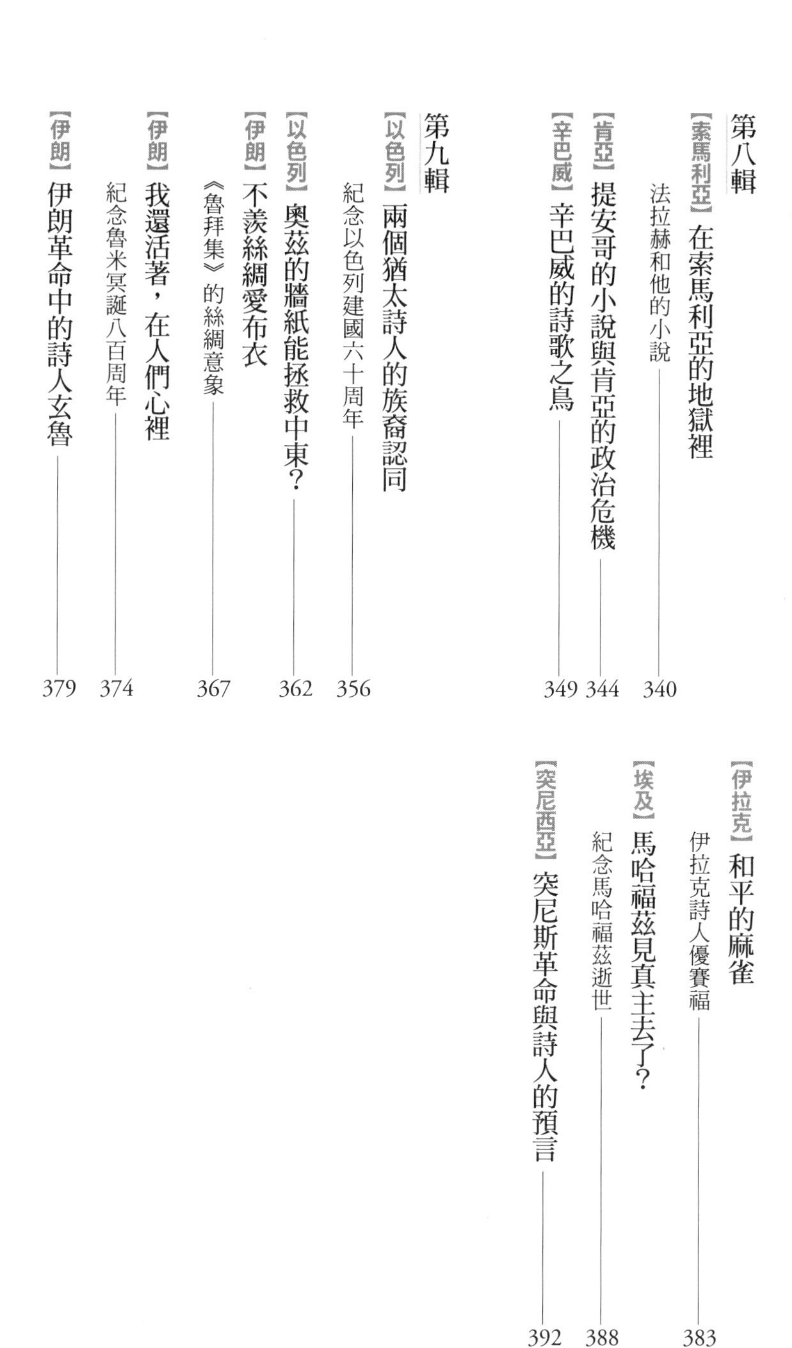

地球文學結構

自序

二〇〇六年八月，允晨文化公司為拙著《詩從雪域來》舉辦新書座談會，我從瑞典赴台北出席。為本書作序的《聯合報》副刊主編陳義芝先生特地趕到開座談會的天開圖藝書坊。這是我與義芝先生初次謀面。在此之前，聯副發表過我多篇評論諾貝爾文學獎的文章，後來收入《百年桂冠——諾貝爾文學獎世紀評說》一書。因此，義芝先生邀約我在聯副開個有關世界文學的專欄，寫些文章既能評介世界優秀文學，又能與世界大事或時事稍有聯繫。我欣然答應義芝先生的雅囑，一起開始醞釀專欄的標題，後來定為「讀文學看世界」。

回瑞典後，我立即清點自己多年來積累的讀書筆記，選擇新的富於人文精神的作家作品。作為文學評論工作者，我力求比普通讀者多讀一些，先讀一點，然後復述一些有價值的故事，賞析一些有意味的詩歌，同時表達我的文學理念。文學可以以小見大，詩歌可以片言百意，文筆可以「籠天地於形內，挫萬物於筆端」（陸機《文賦》），因此，讀者可以跟著我一起讀文學看世界。有興趣的，可以循此頭緒，進一步旁涉博取。

是年八月底發表的第一篇專欄文章〈奧茲的牆紙能拯救中東？〉，可以說有開宗明義的意味。這就是說，我希望和讀者一起思考杜思妥也夫斯基提出的「以美拯救世界」的問題，或謝默斯．希尼（Seamus Heaney）提出的詩歌與坦克對峙的問題。

我們生活於其中的當代社會，究竟是個什麼世界？我們不是處在現代甚至後現代的商業和科技高度發展的文明世界嗎？為什麼還有野蠻的戰爭，坦克的輾壓，恐怖的威脅？我在〈劃時代的「戰後鋼琴」——談布魯克斯的兩首十四行詩〉中指出：從大時代背景來看，我們仍然處在後奧斯維辛時代。可是，W．H．奧登寫於二戰爆發時的〈一九三九年九月一日〉一詩，卻喚起了讀者對九一一恐怖襲擊的「九月之殤」的聯想。從更近的時間距離來看，我們處在後九一一時代。至於當代中國，從本書論及的莫言的《生死疲勞》等小說來看，仍然處在前現代後文革或後毛時代。舊傷沒有癒合，新創接連不斷。因此，作家對世界負有不可推卸的社會責任。

曹丕《典論．論文》云：「文章者，經國之大業，不朽之盛事。」對於這種古老的經邦緯國的文學要求，我們必須賦予新意。地球上從來沒有出現一個真正的理想國家，相反，如奧茲所言，國家往往是我們不得不接受的「邪惡」。即使是高度民主化的國家，也是不完善的。因此，文學的經邦緯國，絕不是為王者謀，絕不是歌功頌德粉飾天平，而是像索忍尼辛那樣，把文學作為道義上的「第二政府」來抗衡惡性的權力結構。儘管文學不能對國家統治者產生直接影響，但其潛行默化的力量可以間接影響一切人。

一張一弛，是文武之道，也是藝術之道。如果膠著於具有強烈政治傾向的文學，或在嚴肅文學中始終一本正經，缺乏幽默，我們就會感到一種審美疲勞，因此同樣需要輕鬆的文學。古語云：「經緯天地曰文。」（《左傳．昭二十八年》）。經天緯地，在隱喻意義上是經邦緯國的同義詞，但就其本義來說，還可以體現文學的宇宙學和人文地理學的意蘊，例如本書論及的萊辛的「太空小說」，有經天緯地、經山緯水的懷抱，可以體現天、地、人合一的理想，或現代意義上的人文和生態環保意識。此外，從紀念布雷克的〈東方與西方在這裡相遇〉和評論湯瑪斯的〈從湖畔到戰壕〉等文章中，都可以發現這種審美理想和詩詞的張弛之道。

我在〈佛洛伊德過時了嗎？〉一文中指出，這位精神分析學家是開掘人類心靈世界的文學導師。引導讀者向內看的文學，可以經身緯心。尤其是這類詩歌，與禪頗為接近。向內看，讀者可以像詩人一樣照見自己內在的天國虹霓，內心的淨土福田，也可以發現自己的心理暗角或心獄地牢，經過一番掙扎苦鬥，修持淨化，最後可以像米爾頓那樣「走出地獄」，像羅伯特．白朗寧（Robert Browning）那樣步入天國，或化輪迴為涅槃，當下解脫。

本書論及的許多詩人，例如米爾頓、布雷克、湯瑪斯、葉慈、辛波絲卡、惠特曼、奧登、高銀、特朗斯特羅默，往往在社會關懷、山水之戀與個人靜修之間保持一種審美的張力，可以品味出佛學禪意。

在拙著《夢境跳傘——特朗斯特羅默的詩歌境界》（即將由台灣商務印書館出版）中，我把詩人的動中靜修稱為「跳傘禪」。特朗斯特羅默把詩歌視為「交會場所」，以一根紐帶把那些看似隔離的地方割裂的現象聯繫起來。他的靈感可能來自佛經的梵文詞「經」（Sūtra）。「經」的詞根源於動詞「縫」，意即像針線一樣把不同事物縫在一起，因為天下萬物都有或隱或顯的聯繫。

「讀文學看世界」專欄，已經成為我與不相識的讀者的一個「交會場所」。專欄文章，加上筆者在其他報刊發表的評論和多篇首發的文章，輯錄成書，由聯副現任主編瑜雯女士引薦給聯經出版社，經與責任編輯商榷，改題為「地球文學結構」，這就是本書的緣起。在文學領域，結構原本指一部作品的謀篇佈局。書題之借喻，指各種語言的文學家和批評家在世界文壇共同營造的文學結構。文章之於地球，如錦繡有經緯，經緯相錯，成觀賞人文風景之線索。本書從中國文壇發端，一路看世界，只能從步步生景的宏觀風景中採擷一枝一葉。但願借此篇幅進一步與讀者神交，共同領悟人類的生命之樹。

本書最初由現已喬遷的林雲小姐負責編務，後由黃崇凱先生擔任責任編輯，並約請楊顯慧小姐為每篇文章撰寫了作家簡介，附錄文末註釋中，謹此深表感謝，同時謹向義芝先生、瑜雯女士和聯經出版社副總胡金倫先生致謝。

二〇一三年四月於瑞典

第一輯

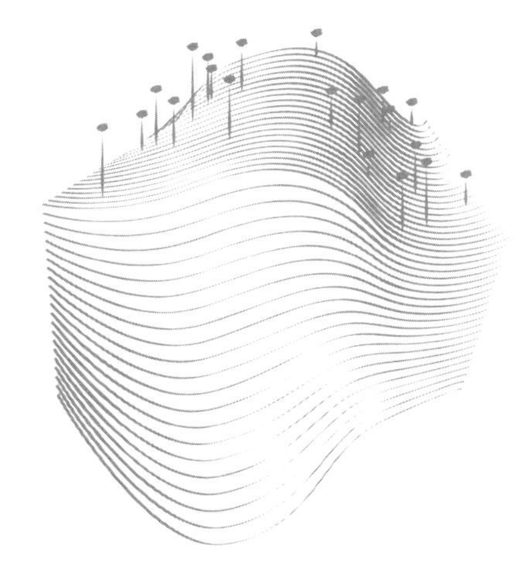

莫言的「滿紙荒唐言」索解

評小說《生死疲勞》

在莫言的小說《生死疲勞》[1]中，村黨支部書記洪泰岳向農民訓話說：「春耕生產就是向帝國主義、資本主義和走資本主義的單幹戶發起的第一個戰役。」（第十五章）又說：「毛主席號召大養其豬，養豬就是政治，把豬養好，就是向毛主席表忠心。」（第二十一章）諸如此類的時代語言，說明當時的政治滲透中國的每個角落，進入千家萬戶，落實在碗裡筷子上，因此很難避開政治來談論莫言的小說。

《生死疲勞》是莫言獲得諾貝爾文學獎的代表作。故事講述勤儉致富的鄉村地主西門鬧在土改中被槍斃後，到閻王殿喊冤，結果進一步遭到懲罰：閻王讓他在故鄉依次轉生為驢、牛、豬、狗、猴和人。小說以西門驢等畜生和多個人物的夢幻視覺來敘述，折射了半個世紀中國農村的變亂。反諷的是，西門驢的主人，是他前世的長工藍臉。解放後，藍臉堅持單幹，由此構成農業集體化與個體主義之間的戲劇性衝突和審美張力。

畜生道的中國農民境況

這部小說可以說是一個政治寓言。大寓言中套著許多小寓言，從中可以見出中國農民的苦難、堅韌和迫不得已的反抗。依照莫言二〇〇九年八月二十七日接受法國《新觀察家》（*Le Nouvel Observateur*）記者採訪時的說法，「主人公西門鬧的轉世輪迴遭遇是一九四九年以來中國農民遭遇的寫照。中國農民在四九年之後，完全被當作牛羊一樣地對待：他們的處境在隨後便每況愈下。」[2]

在農村合作社階段，藍臉依照毛主席「入社自願」的指示，堅持單幹，聲稱自己不反共產黨，更不反毛主席，也不反人民公社，不反集體化，「我就是喜歡一個人單幹。天下烏鴉都是黑的，為什麼不能有隻白的？我就是一隻白烏鴉！」（第二十八章）這個人物，雖然寫得並不豐滿，卻是當代中國文學中鮮見的農民形象。堅持多年以後，連藍臉的「被騸割了的毛驢」也成了「反動的生產資料」，終於導致大饑荒的一幕：「人變成了兇殘的野獸。他們吃光了樹皮、草根後，便一群餓狼般地衝進了西門家的大院子。」西門驢閉上眼睛，聽到院子裡喊聲大作。他們「名正言順」地搶走單幹戶的糧食，刀砍斧剁，殺死單幹戶的瘸驢充饑。

轉世的西門牛的命運同樣悲慘。藍臉的兒子藍解放背叛他爹加入人民公社後，倔強的牛不聽使喚，遭受殘酷的鞭笞，這個「寧願被燒死也不站起來為人民公社拉犁的西門牛」，最後被自己前世的兒子西門金龍放火燒死：身上著火的「牛走出了人民公社的土地，走進全中國唯一的單幹戶藍臉那一畝六分地裡，然後，像一堵牆壁，沉重地倒下了。」（第二十章）這一章，集中體現了中國農民與土地生死相依的血肉關係。

轉世的西門豬的寓言，有趣的是關於閹割和反閹割的情節。象徵意義上的閹割，即承傳宦官文化的強加或自願的精神閹割，是對人性的扭曲。權勢者對「牛鬼蛇神」或異議者的批鬥、酷刑、囚禁和放逐，以及書報審查，都是精神閹割的形式。獨立作家需要強大的精神力量或文人風骨，才能免除被閹割的命運，但往往招致悲劇。

早期共產黨人和西方左翼的正義追求和理想精神是不可否定的。但是，歷史推移成故事，結果，悖論的是，入黨當官，既是一種精神勃起又是一種精神閹割。因為，一方面，入黨當官，像加入納粹運動一樣，可以使人「從卑賤的臭蟲變成了一條巨龍身上閃閃發光的鱗片」（希特勒語），因此令人亢奮，並且贏得閹割他人的特權；另一方面，入黨就得絕對服從，就必須接受閹割或自我閹割。因此，弗洛姆深刻剖析過的諂媚上級欺壓下屬的「官僚性格」，以及人性扭曲的現象，在中國官場比比皆是。《生死疲勞》有個閃回鏡頭，洪泰嶽對西門鬧說：「你是個識大體、懂大局的人，我作為個人，非常敬佩你，甚至想跟你交杯換盞，結拜兄弟，但作為革命階級一分子，我又必須與你不共戴天，必須消滅你，這不是個人的仇恨，這是階級的仇恨。」（第五章）由此可見，洪泰嶽一入黨，就接受了精神閹割，是一個被黨性摧毀了人性的黨員典型。

洪泰嶽的正式閹割儀式，由西門豬擔任閹割者。洪泰嶽雖然遭受精神閹割，肉身的陽具卻可以勃起，他在酒後一邊謾罵摘帽地主婆白氏（西門鬧生前正妻）一邊幹她時，西門豬見了，怒火中燒，撲上前去，「本只想把他從白氏身上拱開，但他的睪丸碰到了我的嘴，我實在找不到一個不咬掉它們的理由……。」（第三十四章）這頭救親人的「義豬」深知人類需要閹割公豬以便改善其肉質，對「無恥的人類」，對閹割者許寶充滿「天然的仇恨」，想為被殘酷閹割的公豬兄弟報仇。西門豬趁機撕開許寶褲襠，發現他竟是個天生太監！這個寓言，概括了在極權國家那種既是施害者又是受害者的情形，並且暗示了現代中國與傳統封建社會和宮廷文化的傳承關係。

毛澤東死後，西門鬧轉世為狗，覺得自己被閻王耍弄了，心裡罵了聲「流氓閻王」，表達了被凌辱者的變革渴望和敢怒不敢言的腹誹。西門狗見證了改革開放後的人情世相。導致農民受難的，是官場腐敗。小說雖然無法涉及當今高層領導人令人驚異的奢侈，卻以狗的視角揭露了當時縣級官僚的腐敗。第四十一章，藍臉的兒子藍解放當上副縣長，西門鬧轉世為藍解放的家犬，他說：「我，狗小四，在你們家吃得不賴，……尤其是到了節假日，那些精美的食物，成箱成袋地飛來。你們家在冰箱之後又添置了一個巨大的冰櫃，但依然有許多食物變質發臭。……被稱為山珍海味的東西，剛來時被塞進冰箱、冰櫃，但最終還是進了我的肚腸。因為你很少在家吃飯。……縣城裡許多狗的主人比你藍解放官大，但他們家的狗吃得都不如我好。聽那些狗說，那些送禮的人，往他們家送的是錢和金銀珠寶……」。小說還有多處寫到社會普遍的墮落，與之形成對照的，是富於「狗精神」的西門狗，最後為了救落水兒童奮不顧身犧牲生命。

西門鬧再次轉世，成了一男一女兩個街頭藝人戲耍的猴子。西門歡和龐鳳凰，這對曾經風光一時終於落魄的「金童玉女」，和西門鬧有隔代的血緣和親屬關係。究竟是誰在耍弄誰？這個故事充滿命運的反諷。

閻王殿的因果輪迴律和小說寓意

小說書題，語出《佛說八大人覺經》：「多欲為苦，生死疲勞，從貪欲起。少欲無為，身心自在。」小說中的「瘋三」作家莫言，傳說是閻王爺的書記員投胎轉世，在新編呂劇《黑驢記》中寫了一段唱詞來演繹輪迴之道：

身為黑驢魂是人／往事漸遠如浮雲／六道中眾生輪迴無量苦／皆因為欲念難斷癡妄心／何不忘卻身前事／做一頭快樂的驢子度晨昏

莫言借用的輪迴六道，與佛法不同。依照佛法，閻王雖然掌管生死，但決定轉世的根本要素，是一個人行善作惡的業力。西門鬧自稱：「在人世間三十年，熱愛勞動，勤儉持家，修橋補路，樂善好施。」「三月扶犁，四月播種，五月割麥，六月栽瓜，七月鋤豆，八月殺麻，九月掐穀，十月翻地，寒冬臘月裡我也不戀熱炕頭，天麻麻亮就撅著個糞筐子去撿狗屎。」（第二章）如果是這樣，他應當轉世在上三道的人道。

當然，作家有他的「藝術執照」（**artistic license**），可以不顧佛法，馳騁想像。《新觀察家》記者提到小說中閻羅王為什麼對西門鬧也不公平時，莫言回答說：「因為西門鬧是一個反抗者。他始終不停地呼叫要回到人間同那些殺害他的劊子手們算帳。閻羅王同北京政權一樣，也會嚴厲懲治那些抗議者。」此外，莫言接受了「六道就在人心中」的佛學觀點，使得小說帶有心理現實主義特色。他借畜生道描寫農民當牛做馬的困境，刻畫他們的心理，是個好寓言。在象徵意義上，這些牛馬也是人，在捍衛做人的尊嚴。

專制總是要靠謊言和暴力來維持，其兩手策略各有其吊詭的兩個方面：一是抹掉人們關於歷史真實的記憶，同時強化「憶苦思甜」的感恩教育，二是消除人們對權勢者施暴的憎恨，同時強化對「階級敵人」的仇恨。這在《生死疲勞》中也有藝術的表現。地獄鬼卒勸西門鬧喝孟婆湯時說：「喝了吧，喝了這碗湯，你就會把所有的痛苦煩惱和仇恨忘記。」歷經三次轉世的西門鬧，記憶已經逐漸淡漠。但是，反諷的是，新世紀西門鬧最後轉世為人時，他生來就不同尋常：身體瘦小，腦袋奇大，有極強的記憶力和天才的語言能力。剛滿五歲，他就有了說故事的本事，告訴人們：「我的故事，從一九五〇年一月一日那天講起……」。

莫言接受《新觀察家》記者採訪時說：「我覺得現在這個社會逐漸在宣導一種和解，或者說在提倡一種和諧，和解、和諧最主要的前提就是要遺忘。」反諷的是，莫言自己以寫作的形式保持苦難的記憶，卻想教他的讀者「遺忘」，不知道詩神繆斯，原本是記憶女神的女兒。儘管作者的主觀意圖如此，他筆下的這一結尾，卻象徵著老百姓不可能像小說中的作家莫言勸告的那樣「忘卻身前事」。這裡出現了作者的主觀意圖與作品的藝術效果適得其反的情形，是無意之間處理得較好的故事結尾。

小說還有另一方面的寓意。第五十三章，西門狗死後再次來到閻王殿，閻王對他說：

「西門鬧，你的一切情況，我都知道了，你心中，現在還有仇恨嗎？」我猶豫了一下，搖了搖頭。「這個世界上，懷有仇恨的人太多太多了，」閻王悲涼地說，「我們不願意讓懷有仇恨的靈魂，再轉生為人，但總有那些懷有仇恨的靈魂漏網。」「我已經沒有仇恨了，大王！」「不，我從你的眼睛裡，看得出還有一些仇恨的殘渣在閃爍，」閻王說，「我將讓你在畜生道裡再輪迴一次，但這次是靈長類，離人類已經很近了，坦白地說，是一隻猴子，時間很短，只有兩年。希望你在這兩年裡，把所有的仇恨發洩乾淨，然後，便是你重新做人的時辰。」

這個片段，是小說寓意的「文眼」，是把握其主旨的「門道」，那些只會看「熱鬧」的人是看不出來的。作者觸及到我們時代的一大癥結，即「仇恨」教育，但令人遺憾的是，他迴避了問題的核心。《生死疲勞》中的農村青年在文革期間也搬演過的革命樣板戲，是紅色洗腦藝術的標本。劇中鐵梅的唱詞「仇恨入心要發芽」可以作為「仇恨」教育的藝術概括。在中華大地撒遍的仇恨的種子，尤其是「民族恨」的種子，已經到處開花結果。莫言用心良苦，仍然讓閻王充當再教育的教師爺，並且在上面提到的訪談中這樣現身說法：「事實上，因果輪迴律使老百姓得以克制內心的破壞衝動，而繼續忍耐下去。」

滿紙荒唐言，誰解其中味？權且依據全書文脈和作家的夫子自道索解如下：地主及其子弟，當牛做馬的農民，慘遭迫害後的反抗是徒勞的，唯一的出路，是乖乖接受以閻王為象徵的強權的懲罰和教育，從而脫離畜生道的輪迴「重新做人」。

誠然，許多偉大作家都在寫失敗的反抗，但他們的作品滲透一種悲劇美。小說家可以提出社會問題，卻無須提出解決之道。莫言的敗筆在於，他要把「繼續忍耐」的解決「良方」硬塞給讀者。我們有理由提出質疑：小說中老百姓最具「破壞」性的暴力場面之一，是那些饑民衝入單幹戶家裡，刀砍斧剁了西門驢，這在餓死了幾千萬人的大饑荒年代，難道不是情有可原？西門豬為了阻止閹割而向閹割者發起的攻擊，難道不是正當防衛？在此前的莫言小說《天堂蒜薹之歌》（一九八八年）中，那些蒜農之所以衝縣政府砸辦公室，是因為政府「雁過拔毛」，老百姓走投無路。這令我想起托爾斯泰在《復活》中對沙皇專制制度下罪案的分析：有些人犯罪，是因為社會首先犯罪，社會對他們所犯的罪比他們對社會所犯的罪要大得多。當然，莫言對當代中國的認識不可能達到這樣的高度。童年莫言偷了一個紅蘿蔔，跪在毛主席像前承認自己「罪該萬死」，遺憾的是，成年之後的作家莫言，卻仍然有點像毛澤東的好孩子。

要克制老百姓的「破壞衝動」，光靠懲罰和教育，不能奏效，首先必須滿足老百姓的溫飽，保障老百姓的基本人權。與小說中閻王殿的酷刑相比，老百姓的「破壞」算不上大惡大罪。真正充滿仇恨，始終在尋找敵人殺戮無辜，始終在破壞的，不是老百姓而是利慾薰心的權勢者。在《天堂蒜薹之歌》中，莫言借小說情節和人物巧妙地「為我們黨敲響了警鐘」，可是，十多年後，作者卻不敢用因果輪迴律來警告權貴不要繼續破壞和作惡，不要癡妄不化。

促使中國老百姓行善戒惡的，是善惡有報的因果律的信仰。惡報的現世報在文學中的表現，是常見的「詩的正義」（poetical justice）。莫言的想像，不管如何義膽包天，絕不會想到縱火燒了閻王殿。大鬧天宮的孫悟空有這樣的膽量，中文有「火燒閻王殿——鬼哭狼嚎」的歇後語。無常的法教是現成的解構權力結構的慧見。隱喻意義上的閻王殿，也不外過眼雲煙。

精蕪雜陳的莫言小說

從總體來看，莫言的小說往往蕪雜多於精采。如果喻為一串珍珠，讀者便會發現，那裡有幾顆閃光的珍珠，也有仔細辨認下的贗品，有只見繩索沒有串珠的冗長拖沓之處。

瑞典學院在莫言「簡歷」（Biobibliographical notes）中指出：「《生死疲勞》以黑色幽默描繪那個年輕

人民共和國的日常生活和暴烈的根本性變化，而《檀香刑》是那個日益崩潰的（大清）帝國中人性殘酷的故事。」

黑色幽默與黑暗美學相關。我一貫強調繼承啟蒙精神的黑暗詩人或作家的雙向燭照：向外燭照社會黑暗，向內燭照自身的心理暗角。早於歐洲啟蒙運動的人文主義，是與野蠻主義相對立的。普世人文主義，與狹隘的民族主義水火不容。我在十年前寫的〈民俗文學的廟堂之音——評《檀香刑》的國家主義〉（《議報》，二〇〇三年五月一日）一文中指出：這部以義和拳運動為題材描寫酷刑的小說渲染暴力，有明顯的民族主義和國家主義傾向。瑞典學院看到了《檀香刑》所表現的「人性殘酷」，卻沒有指出作為「人性殘酷」的解毒劑的藝術美表現在哪裡。當然，這也是小說原本就缺乏的。

莫言自己也或多或少看到了這部小說的缺陷。二〇一二年十月二十一日，莫言在《上海電視》與記者劉江濤這樣談到他的遺憾：「《檀香刑》還是受到某些政治方面的影響，描寫農民對外國勢力強烈的仇恨，這裡面還是帶著一點肯定口吻的，包括義和團運動，對鐵路的盲目抵制和破壞。實際上現在用歷史的眼光來看，這個也未必是很進步的。所以西方有一些讀者在批評，《檀香刑》宣傳了國家主義，國家主義就是排斥一切外國的東西，破除一切外國的勢力，實際上是民族主義，他們叫國家主義。這個我覺得倒也是當時老百姓一種盲目的看法。實際上，我覺得還應該把這個問題好好處理一下。」

實際上，國家主義（Statism）並不等同於民族主義（Nationalism）。Dictionary.com 對該詞的界定較為簡明貼切：「國家主義：經濟、政治等方面集中而廣泛的國家控制原則和政策，以犧牲個人自由為代價」。與國家概念相關的，有多個語義有別的詞，例如，祖國（motherland），是與人的誕生地相關的地理和文化概念，與偏重於政體的國家（state），含義有所不同。愛國主義應當是對祖國的熱愛，而不是對政體的熱愛，更不是對專制政體的熱愛。

表面上看來，作為歷史小說的《檀香刑》弘揚的是大清帝國的國家主義，實際上弘揚的是紅色國家主義。這樣的傾向是與普世人文主義對立的。在《天堂蒜薹之歌》和《生死疲勞》等小說中，國家主義的傾向沖淡了，但還是留下的抹不掉的痕跡。

在給莫言的頒獎詞中，諾獎評委主席維斯特伯（Per Wästberg）表彰「他的想像的翱翔穿越了人類存在的全部領域」，「這位作家知道一切而且能夠描寫一切——一切手藝活、冶煉術、建築業、下水道、家畜馴養、游擊隊團夥的花招。他似乎把所有的人類生活帶到他的筆端。」「莫言捍衛小人物反對一切非正義——從日本占領到毛主義的恐怖和當今的生產狂熱。」（依照瑞典文翻譯）

陸機《文賦》云：「籠天地於形內，挫萬物於筆端」。他所概括的文學的這種描繪和想像的功能，是需要許多文人騷客，許多枝如椽巨筆才能做到的事情，絕不是一個作家能獨力做到的事情。一個作家的想像，不管如何天馬行空，也只能建立在他有限的記憶和體驗的基礎上。世界文壇任何一位偉大作家——無論是荷馬、莎士比亞還是托爾斯泰，都不曾以「想像的翱翔穿越了人類存在的全部領域」。莫言的想像，連象徵中國的天安門廣場的上空都不曾穿越，而《生死疲勞》的故事情節的時間跨度，繞過了那個黑暗年代。我們理解莫言的圓滑或苦衷，不指望不苛求他的想像的折射。但是，我們必須指出，「反對一切非正義」這種邏輯上的全稱判斷，是不攻自破的。任何一位瞭解中國並且讀過莫言作品的人，都不難發現，思想貧瘠精神猥瑣的莫言，缺乏反專制體制的正義感，甚至在某些方面自覺或不自覺地充當體制的辯護士。

無可否定，莫言在有限的程度上暴露了中國黑暗的一面，為農民說話，表達了他的同情。他的小說超越了政治，超越了意識形態的紅色寫作，但無法達到瑞典學院以浮誇的文風拔高了的精神高度。

我曾把人文精神概括為「陶冶愛心，馴化野蠻」八個字。在《生死疲勞》中，人文精神及其對立面有多層次的矛盾表現：一方面是農民對土地的愛，對牲口的愛，人與人之間的互愛，另一方面，作者筆下的愛情往往多肉欲而缺乏情感深度。作者的馴化野蠻，偏向於以閻王為象徵的霸道來抑制老百姓的「破壞衝動」。這種逆向的「馴化野蠻」，即用大野蠻馴化小野蠻，與人文主義背道而馳，其後果是助長了大野蠻。

《生死疲勞》被法國人視為拉伯雷式的小說。《巨人傳》中的卡岡都亞早年受中古經院教育的毒害，後來是人文主義教育把他解救出來。帶著紅色文化印記的莫言，接受了他配不上的諾獎。我原本指望莫言把獲獎作為一次人文精神的受洗儀式。從他的斯德哥爾摩之行的言論來看，這是不可能的。談到新聞審查制度時，莫言竟然用機場安全檢查的必要性為精神閹割作辯護。更令人失望的是，瑞典學院很難找到新世紀理想的施洗約翰，普世人文主義的淨水已經被攪渾了。

註釋

1 莫言，《生死疲勞》（北京：作家出版社，二〇〇六）。台灣版亦由麥田出版於二〇〇六年。

2 本文引用的莫言的話出自法國《新觀察家》（*Le Nouvel Observateur*, 27. 08. 2009）雜誌記者 Ursula Gauthier 對莫言的專訪，中文見楊眉，〈莫言：共產主義違反人性〉，《法廣中文網》。

檀香刑與文身刑

談莫言與卡夫卡的不同文明和美學

莫言與卡夫卡，原本是東方和西方兩個相差十萬八千里的作家。由於莫言獲獎的長篇小說近作《檀香刑》和卡夫卡的短篇小說〈文身刑〉[1]都寫到酷刑，其故事都有二十世紀初葉殖民地或半殖民地背景，這就為比較研究提供了可能性。

相比之下，作為民族主義者的莫言，沉浸在酷刑的「華美的大戲」中，陶醉在「被馬列踐踏夠了的中國文明的糟粕」裡；作為人文主義的卡夫卡，既批判性地揭示了人性的殘忍，又彰顯了西方文明的精華。莫言自言《檀香刑》「是對魔幻現實主義和西方現代派小說的反動」，[2]〈文身刑〉則是一部魔幻現實主義的經典。此外，在劊子手形象塑造和審美表現等各個方面，均可以見出兩部作品的美醜之別、高下之分。

一

《檀香刑》以一九〇〇年德國人在山東修膠濟鐵路和義和拳的反抗為情節主線，細膩地描繪了一種懲罰當地貓腔戲班班主、義和拳首領孫丙的酷刑。施刑過程是，首先把犯人捆綁在細木匠精心修理過的光滑的松木板上；然後用一根檀香木橛子，從犯人的「穀道」（肛門）釘進去，從脖子後邊鑽出來；最後把犯人綁在一個露天高台立柱上示眾，讓他經受數天折磨後死去。在作者筆下，這種酷刑設計得極為精巧：紫檀木要削刮成寶劍樣子，用砂紙翻來覆去打磨，光滑如鏡；然後入精煉香油裡至少煮一天一夜，以保證釘入時滑暢不吸血，不傷肚腸。由於受刑者體內不斷流血，為了讓他多受幾天折磨，每天需給他灌蔘湯。用小說中的劊子手趙甲的話來說，「咱家要讓你見識見識中國的刑罰，是多麼樣的精緻講究，光這個刑名就夠你一聽：檀——香——刑——多麼典雅，多麼響亮；外拙內秀，古色古香。這樣的刑法你們歐羅巴怎麼能想得出！」（第十四章）

莫言自稱檀香刑「純出想像，無典可憑」。但他也許想像不到，歐羅巴的卡夫卡所想像的刑罰也許更為精巧。一個歐洲旅行者來到一個虛構的非洲殖民地島國考察，當地的執刑官向他介紹了一架由電池驅動的刑具。其底部是一張活動「床」，行刑時犯人被剝光衣服背朝天綁在「床」上；上部是玻璃製造的人形耙狀機械裝置，稱為「繪圖員」；中間的「耙子」是一排尖銳刀針，由執刑官操控在犯人背部刺字，刻寫犯人所違反的法律條文，並且以花文鑲邊。除了刺字刻花的長針以外，還有空心短針用來噴水洗血，並以藥棉止血，以保持文字圖案清晰可辯。刀針愈扎愈深，受刑者痛苦加劇，但他的口中塞著塊防止呼喊的棉花團。行刑六個小時之後，犯人開始透過鏡面的放射讀清楚刻寫的文字，才明白他犯的究竟是哪一條法；十二個小時之後犯人被折磨致死，法律條文深深刻寫在他的背上。由於中國歷史上五花八門的刑法都有其古雅的名號，依此習俗，這種酷刑可以意譯為「文身刑」，刑具也可以名之曰「文身機」。

二

在《檀香刑》中，儘管受刑的孫丙是「可歌可泣」的「反侵略、反殖民化」的義和拳英雄，但劊子手趙甲才是作者以濃墨重彩精心刻畫的人物形象。趙甲是孫丙的親家。孫丙有個美麗的女兒媚娘，她的夫君趙小甲也是跟他爹改行作了劊子手。趙甲這個殺人如破西瓜的「劊子行裡的大狀元」，在恩師指點下，他冷酷地站在執刑台前，眼睛裡沒有活人，「只有一條條的肌肉、一件件的臟器和一根根的骨頭。」（第九章）更重要的，他是「精通歷代酷刑，並且有所發明、有所創造的專家。」（第二章）檀香刑是趙甲在德國人克羅德的要求和循循善誘的啟發下發明的。受到器重的趙甲成了袁世凱的座上客，還曾受到慈禧太后的賞賜。他甚至勸兒子小甲說：「我的兒子，你就準備著改行吧，同樣是個殺字，殺豬下三濫，殺人上九流。」（第三章）當小甲看到他爹雙手穩穩地攥著酷刑的橛子時，他只是他爹的陪襯。他發現他爹「滿面紅光，神態安詳……俺感到爹對俺實在是太好了，咪嗚咪嗚，世界上再也找不到比俺爹更好的爹了。俺能有這樣一個好爹真是太幸福了……」（第十七章）

卡夫卡的執刑官像趙甲一樣，本身就是一架冷酷的殺人機器。執刑官作為一個集法官、監斬官和劊子手於一身的人物，他曾協助島國的老司令官設計了文身機。現在，接任的新司令官有意改革舊體制並廢除這種刑法。執刑官想要旅行者在新司令官面前說情，讓他保留這種刑法。執刑官與趙甲父子的共同之處在於，酷刑和屠殺象徵他所崇尚的一切：文身機的傳統意義或價值，它的設計者老司令官，它的精緻巧妙，它的威懾作用及其必要性。他清楚地記得，老司令官總是把行刑的處決作為島國的盛大節日，並且親自出席，英明地下令，首先保證讓孩子們站到前排看個夠。至於人道，完全不在執刑官的考慮之內。對於法律，他完全是一種盲從態度。在他看來，任何審判只會導致「混亂」和「撒謊」。他堅信：受刑的犯人，犯了「無可置疑的罪」。但實際上，一個等待受刑的犯人，將要刻寫在他背部的法律條文是「要尊敬你的長官」。也就是說，他犯的「罪」不過是冒犯長官而已。執刑官對旅行者說，「您現在有幸觀賞的這一法庭程序和處決過程，在我們流刑營再也沒有人公開支持了。我是唯一的支持者，也是老司令官這份遺產的唯一繼承者。我不敢奢望把這一套再擴大規模，維持現狀已費盡我的心力。」

但是，執刑官與趙甲父子劊子手的形象也有很大差異。這當然是兩位作家不同的藝術處理的結果。杜思妥也夫斯基在《死屋手記》中也曾寫到殺人成性、殺人取樂的兇手，但作者是以諷刺、批判的筆調來描寫的。像杜思妥也夫斯基等偉大作家一樣，卡夫卡以一種深沉的痛感來描寫執行官行刑的快感。莫言則是以其自身掩飾不住的快感來寫劊子手殺人的快感。執行官總是以舊制度大勢已去的哀求的口吻敘述他的故事，趙甲始終以自鳴得意口吻誇耀殺人的行當。趙甲顯然比那個執刑官要豐滿得多，有血（冷血）有肉得多。趙甲最後背上吃了媚娘一刀，以身殉職。當監斬的知縣錢丁出於某種原因要殺死正在受刑的孫丙時，是小甲用自己的身體擋住了孫丙的身體，像他爹一樣以身殉職。

在卡夫卡筆下，執刑官不是被人殺死而是自殺。旅行者與執刑官進行了觀念的交鋒以後，執刑官釋放了犯人，拿出一張紙條，上書準備刻寫的「伸張正義」字樣，然後一絲不掛進入文身機。由於這一殺人機器部分零件失靈，執刑官很快就被攪死了。執刑官的自殺是良心發現，有所悔悟？還是出於對舊制度再也難於維持的絕望？是不忍心看到精巧的文身機被拆除？卡夫卡給我們留下了想像和思考的餘地。

三

回顧十九世紀以來的殖民主義歷史，對於隨列強入侵而同時在中國傳播的耶教文明，莫言無法加以區別借鑑，這並不奇怪，也不必苛求。但問題在於，他既忽略了義和拳的刀下冤魂大都為信奉耶教的中國教民這一歷史事實，又對東方文明的人文主義資源視而不見。

莫言本人的宗教背景不得而知，但他卻在《檀香刑》中為趙甲一家安排了佛教背景。小甲甚至認為，「如果不是俺娘一輩子吃齋念佛，俺不可能碰上這樣一個好爹」（第十七章）。小說中還提到佛教的輪迴轉世的觀念，出現過玉菩薩等佛教意象。其中一個細節寫到，慈禧把一串佛珠賞給了趙甲，因為他為大清朝殺人立功，以後可以「放下屠刀，立地成佛」（第十四章），這也許略有反諷效果。而趙甲得了老佛爺的佛珠後，就長齋食素了。他撚動佛珠竟然如老和尚入定一般。

作為東方文明的佛教，是足以開掘人文精神的一大資源。但是，在《檀香刑》中，撚珠、菩薩等意象，不外乎一種擺設而已，一種戲劇道具而已。小說沒有通過任何一個人物或作為全知視角的敘述者，對酷刑進行藝術的解構和人道的質疑。缺乏佛家的慈悲，那些擺設不能燭照劊子手的「無明」，因此也就缺乏反諷意味。通讀全書，僅僅在第十四章，當媚娘聽說趙甲打算用檀木橛子把她爹釘死時，罵了一句「畜生……」。

這個「畜生」，自稱「是皋陶爺爺的徒子徒孫，執刑殺人時，我們根本就不是人，我們是神，是國家的法。」（第二章）可是，從《尚書．皋陶謨》來看，作為以「仁」為核心的儒家文化源頭的皋陶文化，就曾以「九德」為修身準則。勇敢而善良是「九德」之一。孟子的「民貴、社稷次之、君輕」的儒教，正是皋陶提出的知人、修身、安民這一「為政」思想的發展。中華文明的精髓，在莫言的小說中很難見到影子。

黑格爾曾經將歷史界定為一個屠宰場。在一個畜生橫行的屠宰場，文學的意義在於透露出對於被屠宰的同類的些微悲憫——佛家的慈悲、儒家的惻隱之心或任何一種文明中的人性之光。

卡夫卡有一顆愛心。勃羅德（Max Brod）在《卡夫卡傳》中高度肯定了卡夫卡的正義感和他對真理的愛。他認為，卡夫卡作品中的基本觀點是：「人有他自己理智、意志和道德認識的火花，並不完全是超自然力量手中的玩物。」出於同情——一種含淚的微笑式的同情，出於對自由對完美世界的微弱希冀；卡夫卡從糾纏一生的惡劣情緒和失敗感中掙脫出來，並且不顧一切地為善而進行抗爭。

勃羅德認為，包括〈文身刑〉在內的卡夫卡的作品，歸根結柢，均曲折地透露了《舊約》的核心思想：「愛他人猶如愛你自己。」3

在〈文身刑〉中，當旅行者耳聞了這種殘酷的刑罰之後，思緒難以平靜。他覺得，雖然不宜干涉別國事務，「但這裡的事情真叫人不忍撒手。司法程序的不公正、判決的不人道是明擺著的。誰也難說這裡關係到旅行家的什麼個人利益。因為犯人與他素不相識，既非他的同胞，也毫不乞求他的憐憫。」作為一個人，他對同類的憐憫是自然流露出來的。在卡夫卡筆下，文身刑是歷史上褻瀆人的尊嚴的奴隸制烙印，是其「遺風」的現代發展。如旅行者所言：「在我們國家，人民只有在中世紀才受過酷刑」。旅行者並不是一個法律權威。他所表達的只是個人的聲音。但這種「個人的聲音」是一個真正的「人」的聲音。他雖然人微言輕，卻擁有偉大的道義力量。

四

莫言以他異乎尋常的堅強神經，對零刀碎割的凌遲刑和檀香刑等多種酷刑，均極盡鋪陳渲染之能事。趙甲的師傅告誡他說，凌遲一個妓女時，「該將在她的身上表現出來的技藝表現出來。這同名角演戲是一樣的。」（第九章）劊子手就這樣把殺人的「技藝」抬舉到「藝術」的高度。除了前面幾章的層層鋪墊以外，整個第十七章，作者以「小甲放歌」的敘述視角，繪聲繪色地直接描寫了冗長的行刑過程，以展示劊子手「執法殺人」的「高超的技藝」。

在古希臘悲劇中，偉大的悲劇詩人幾乎不約而同地形成了一種審美原則：不在劇場直接搬演殘酷的暴力場面，而是通過劇中人間接敘述。這就是戲劇中的所謂「明場」與「暗場」的區別。例如美狄亞的殺子，就沒有直接表演。這一優秀的審美傳統在西方一直延續不斷，直到現代影視的出現，才有所改變。但是，如何有節制地展示暴力，一直是作家和批評家關注的一個問題。在〈文身刑〉中，卡夫卡始終沒有讓行刑在一個犯人的受刑過程中直接展示出來，而是由執刑官斷斷續續講述的。在講述過程中，只有一個等待受刑的犯人。執刑官被文身機攪死的情節，小說中只有寥寥幾筆。在菲里普．格拉思（Philip Glass）根據〈文身刑〉改編的歌劇中，刑具並沒有搬上舞台，而是在佈景的一堵牆上投射了出它的陰影。

莫言認為，與話劇相比，戲劇更浪漫，假定性特別強，情節簡單。京戲《鍘美案》非常文雅。地方戲裡，真的搬來一把鍘刀，用豬尿泡裡盛上紅顏料，戲到要命時一鍘，「嘩啦」一片血紅。[4] 這說明中國的藝術傳統原本是豐富多采的，有象徵寫意，也有逼真寫實。描寫日常生活，完全可以像《紅樓夢》那樣精雕細刻。描寫酷刑，則宜粗不宜細，宜象徵主義不宜逼真，更不宜渲染、發洩。

在〈文身卅〉中，旅行者對執刑官的一句欲言又止的問話是：「你看到了它的恥辱嗎？」我們也可以向莫言筆下的劊子手和莫言本人提出這個問題。可是，謝有順先生在〈莫言：從檀香刑的夢中醒來〉一文中竟然這樣評述劊子手趙甲的「精湛的技藝」：「其最高境界之一，就是他為六君子行刑的那次，『他感到，屠刀與人，已經融為一體』。『屠刀』是殺戮文化的象徵，『人』是殺戮文化實施的對象，這二者『融為一體』之後，它固有的殘酷性似乎消解了：殺人成了一種藝術。……至此，一套物質意義上的殺人美學帶著某種詩意悄悄地建立了起來，與此同時，劊子手的重要性也似乎變得不言而喻。」

一個作家，不懂美學或詩學，關係不大。只要他是一個有良知的作家並且忠實於生活，他仍然可以憑直覺寫出美的作品。但是，作為青年評論家的謝有順先生，竟然寫出此類文字，實在令人驚異。因為他比莫言更露骨地以欣賞的筆調談論一種殺人「藝術」和「殺人美學」！對於這種美學，我們並不陌生。墨索里尼早就宣稱，政治家即藝術家，「談論法西斯主義，就是談論天下第一美。」[5]對美學和詩學的傷害，尤其是對中國傳統美學中諸如「境界」等審美範疇的傷害，莫此為甚！

「藝術」（希臘文的Tekne，拉丁文的ars）一詞，就其詞源來說，原本包括手工技藝在內；它在現代社會已經被濫用了，因此必須區別開來。作為一種審美創造的文學藝術，其藝術美的真正奧祕在於人文主義的同情。比較文學學者布拉克（Joel Black）在《謀殺的美學》中指出，「如果謀殺可以被審美地體驗，謀殺者也就可以被目為一類藝術家——一種表演藝術家或反藝術家——其特殊之處不在於創造而在於毀滅」。[6]布拉克以諷刺口吻，斷然否定了諸如謀殺、殺戮、酷刑的「技藝」本身可以被視為「藝術」的「暴力美學」。因為這些人類行為是徹頭徹尾反藝術的。劊子手也許有所創造。他所創造的，是人間的苦難和非正義，是恐怖的血腥和歷史的惡性循環。他所毀滅的，是人類的良知、人格的尊嚴和人間的公義……。馬克思．勃羅德在《卡夫卡傳》中指出：「河馬和鱷魚雖然沒有可用人的標準來衡量的倫理規範，但在美學的意義上它們得到讚頌，從它們的力量上可以看到這些上帝的作品的輝煌之處。在卡夫卡筆下，『法庭』甚至是骯髒的、可笑的、值得蔑視的、可賄賂的，……散發著愚蠢的官僚主義氣息，因此說在美學上也毫無價值。」[7]為這種法庭或國家執法的劊子手，就其作為一個人來說，我們用不著去蔑視他的人格，尤其是為稻糧謀而無可奈何以此為職業的人，仍然有其可憐之處。但他殺人的「技藝」，在美學上同樣毫無價值可言。

蘭格（Berel Lang）在論述納粹大屠殺的的文學表現時指出：「在涉及道德絕境的文學題材中，它的表現的每一種因素，包括表現行為本身，均成了有明顯的道德效果的東西。」[8]審美效果中的道德因素，不在於作家寫什麼，而在於作家怎樣寫。人類的一切罪行和暴力，一切汙穢和陰暗面，都可以成為文學的題材，筆端卻可以自然而然地流露出作家的喜惡愛憎。莫言的藝術表現本身，即他描繪酷刑這種「道德絕境」時自覺或不自覺流露的讚賞筆調，在道德效果上顯然是負面的。卡夫卡的描寫則適得其反。莫言對酷刑的美化，抽空了社會美的善的內涵，以貌似美的形式來描繪惡；而這種描繪既非喜劇嘲弄，又非客觀描寫，而是一種虛幻的浪漫主義。受刑者孫丙，因為他的故事可以被編入戲文而欣然接受檀香刑，使得酷刑成了兩相情願的事情。在這種貌似陽剛之美的框架下，只剩下了悲劇的空殼而缺乏悲劇的靈魂；人物形象也難免臉譜化，缺乏歷史悲劇的真實力度。

卡夫卡既提出了酷刑的人道問題，又刻畫了複雜的人物性格。在旅行者身上，不難發現卡夫卡自身的影子，但作者並沒有把他塑造成完美的人文主義者。小說最後，他趕快從那是非之地逃走，拒絕對希望逃離島國的求助者伸出援手。

五

在我們考察分析了兩部作品的文本之後，就不難發現一種奇特的現象：莫言的貌似酷肖生活的現實主義，反而成了一種歷史的曲解；而卡夫卡的魔幻和象徵色彩，卻成了一種最忠實的現實主義。正是在這種美學意義上，卡夫卡不足兩萬字短篇，勝過莫言洋洋四十萬言。以少勝多，此之謂也。

作為一個技藝高明的匠人，莫言在《檀香刑》中駕馭語言的能力，小說的敘述視角的自由轉換，「鳳頭—豬肚—豹尾」的三段式結構等方面，均可以見出一種匠心。但從小說流露的國家至上的思想傾向、歷史意識和美學觀點來看，莫言的政治極端主義極大地局限了他的小說創作。

與莫言不同，卡夫卡是一個無祖國的猶太人。從卡夫卡的傳記資料來看，卡夫卡一生對他的故鄉布拉格懷著深深的怨恨。他恨它的歷史上的酷刑：這個古老的城市，地上沾滿無辜者的鮮血，燒死宗教改革家胡斯（Jan Hus）的火刑柱是中世紀黑暗的恥辱柱。卡夫卡尤其憎恨布拉格的城堡和塔樓，因為從那敞開的窗口曾「扔出去」無數的政治反對派人士。這種憎恨也是卡夫卡對他所在的奧匈帝國的憎恨。自由、正義和愛的可能性、人的價值和尊嚴、個人與社會權力關係，是卡夫卡作品一貫的主題。滲透在他小說中的，是一種人物的內在的懺悔感和憐憫之情。這種現代主義，對於自我感覺良好的中國作家來說，也許不合時尚了，但卡夫卡的偉大作品是永恒的藝術品。

莫言在《檀香刑》的後記中說：在對西方文學的借鑑壓倒了對民間文學繼承的今天，這部小說是他的創作過程中的「一次有意識的大踏步撤退」。真正值得中國作家反省的是，八〇年代以來，包括莫言在內的不少作家，對西方現代派的借鑑僅僅限於形式，止於皮毛。這一點，莫言自己已清楚地表明，「八〇年代一開禁，大量的作品被翻譯了過來，大家看了後都感到耳目一新，這才知道，小說其實可以有多種多樣的寫法。」[9]由此可見，莫言們由於目光短淺，胸懷狹小，根本沒有看到：西方現代派小說除了形式多樣以外，還可以體現如此豐富的人文精神。因此，對於這種過度借鑑，現在的反撥應當是雙向進行的：一方面，作家完全可以大踏步撤退，像莫言那樣退回到中國文學的語言風格或結構形式；另一方面，則應當大踏步前進，真正深入領會卡夫卡、卡繆、貝克特、馬奎斯等偉大的西方現代派作家的人文精神。

《黃花崗》雜誌第四期，二〇〇二年十月

註釋

1 卡夫卡〈文身刑〉（"Inder Strafkolonie"，一九一四年，英譯"In the Penal Colony"），通譯〈在流刑營〉或〈在流放地〉。

2 關於《檀香刑》的反殖民化和民族主義主題，請參見筆者的另一篇文章：〈民俗文學的廟堂之音——評莫言的《檀香刑》〉。

3 參見馬克思．勃羅德著、葉廷芳等譯，《卡夫卡傳》（石家莊：河北教育，一九九七），第六章〈宗教觀的發展〉；附錄四：〈關於卡夫卡《城堡》的一點說明〉。

4 參見徐虹，〈莫言的故事講得狠〉，《中國青年報》，二〇〇一年三月二十七日。

5 轉引自Simonetta Falasca-Zamponi, *Fascist Spectacle: The Aesthetics of Power in Mussolini's Italy* (Berkeley and Los Angels: University of California Press, 2000), p.16.

6 Joel Black, *The Aesthetics of Murder* (Bultimore: Johns Kopkins University Press, 1991), p.14.

7 參見馬克思．勃羅德著、葉廷芳等譯，《卡夫卡傳》（石家莊：河北教育，一九九七），第六章〈宗教觀的發展〉；附錄四：〈關於卡夫卡《城堡》的一點說明〉。

8 Berel Lang, *Act and Ideal in the Nazi Genocide* (Chicago: The Univedrsity of Chigago Press, 1990), p.124.

9 轉引自張慧敏，〈用耳朵閱讀——與莫言的對話〉，摘自《深圳週刊》。

當代安蒂岡妮的範例

評渡邊義治和橫井量子的話劇《南京血雨》

依照神話原型學派的觀點，安蒂岡妮的傳說是值得我們不斷講述的故事。希臘悲劇《安蒂岡妮》（*Antigone*）的衝突雙方，一方是禁止埋葬「叛國者」屍體的城邦國王克瑞翁，另一方是不顧「國法」依照「神律」埋葬哥哥屍體的安蒂岡妮。與此不同的是，丹麥哲學家齊克果重構的現代安蒂岡妮的悲劇，把外部衝突轉變為主人公的內心衝突。在散文〈古代悲劇主題的現代反映〉中，齊克果戴著悲劇的面具，把安蒂岡妮和他自己的隱痛，向他想像中的精神夥伴吐露出來：不知何故，安蒂岡妮是她的父親曾經弒父娶母的唯一知情人。在古代悲劇中，伊底帕斯王最後獲悉他在不知情的情況下的凶殺和亂倫，懲罰了他自己。在現代悲劇中，伊底帕斯王至死不明真相，與妻子（母親）一起過著幸福生活。出於父愛，出於維護家族榮譽的需要，安蒂岡妮不忍心揭穿真相，陷入悲劇性的內心衝突。

在齊克果之後，重寫安蒂岡妮，重塑這個理想主義的女英雄形象的作家，最重要的是二戰中納粹占領巴黎時的法國劇作家安努易（**Jean Anouilh**），他以該劇折射法國地下抵抗運動反維希傀儡政權的鬥爭。

兩個當代安蒂岡妮

在日本藝術家渡邊義治和橫井量子夫婦編導的話劇《南京血雨》（或譯《地獄的十二月——南京的腥風血雨》）[1]中，我們看到了一男一女兩個當代安蒂岡妮式的人物。渡邊是當年的侵華軍官、戰後被定為C級戰犯的兒子。橫井的父親是靠侵華戰爭發財的商人。當代安蒂岡妮的產生有社會和個人的雙重背景。在日本，否定南京大屠殺的「虛構派」一直在推卸戰爭的罪責。南京大屠殺主犯松井石根等人仍然供奉在靖國神社，美化日本軍國主義的影片《尊嚴》仍然在日本放映。作為罪人的後輩，渡邊夫婦親自登台演出，扮演多個角色。他們以家族和個人的經歷為主軸，追尋歷史，檢討父輩的罪責，以及他們自身乃至所有的日本人在戰後陰影中分有的罪責。

古代安蒂岡妮之「罪」，聚焦於觸犯「國法」，同時分有父親的罪過；齊克果的現代安蒂岡妮之「罪」，側重於「遺傳的罪過」：「按照一種特殊的辯證法，種族和家族的罪過都與個人有關，所以個人不僅要為此而受難，……還得承受罪過，參與罪過。」

像現代安蒂岡妮一樣，渡邊發現了父親的罪過，因此從懂事開始，就有一種隱隱的「罪惡感」。罪惡的陰雲籠罩著他的家庭。他的母親因此自殺，其悲劇性死亡與現代安蒂岡妮的命運有類似之處。橫井在告白中談到，最初，她覺得丈夫父親的罪惡對於兒子來說是沒有什麼關係的，但是久而久之，那種罪惡感也襲擊到她的頭上。

現代安蒂岡妮的悲劇罪過是雙重的：既分有父親遺留的弒親罪，又有不予揭發的沉默罪。儘管如此，齊克果認為：「悲劇罪過必須在有罪與無罪之間搖擺。」其戲劇情節有打破沉默的趨向。法國哲學家德希達（Jacques Derrida）在《死亡的禮物》（*The Gift of Death*）中指出：言說，無異於進入道德領域，齊克果不能完全抵禦這種誘惑：他讓他的靈魂通過安蒂岡妮來言說。

渡邊同樣陷入類似的心理衝突。看到父親偷偷把在中國使用的軍刀帶回家，有時竟然拿出來把玩，渡邊頓時覺得他們一家人都睡在殺過人沾過血的軍刀旁邊，因此時刻感到恐懼和不安。但是，他們一家的罪惡感與過去的「望族」的優越感產生了矛盾，內心衝突十分激烈。渡邊在告白中談到，一九八九年某一天，他在電視上看到一位中國婦女說：「對我來說戰爭到今天還沒有結束。」這句話，突然誘發了渡邊長期壓抑在心底的罪惡感。「所以，現在，我在想：過去日本兵所犯下的滔天罪行，同樣也是我自己本身的罪行，不，就是『我的罪行』！」

古代安蒂岡妮與克瑞翁的兒子海蒙相戀，雙雙招致悲劇結局。齊克果本人也曾愛上一個單純的女子，卻無法達成心靈上深層的溝通。他的安蒂岡妮之所以保持沉默的另一個原因，是因為如果她在戀人面前吐露隱情，無異於把她深愛的人拖累到類似的痛苦中，這是她不情願的。與此同中有異的是，渡邊和橫井婚後，他也是小心翼翼，怕給她添加傷口。單純的橫井，最初同樣進入不了渡邊的內心世界。她還一度希望渡邊不要把她的家庭與他的家庭相提並論。但她終於醒悟過來，這樣表述她對父親的同謀罪的認識：「父親被媳婦愛慕得如『菩薩』，因為他很慈祥。但我現在卻認為他與軍人同罪。也許更重。因為他讓壞事由別人做了，自己大賺其錢。這像是『戰時暴發戶』似的。」她同樣陷入追究罪惡與保持沉默之間的內心衝突：「另一方面，我的狹隘的自尊卻讓我對自己讓步，『也不用那樣追根究底啊！』」最後，她終於與丈夫一同走到中國，走上戰勝了悲劇命運的舞台。

從悲劇到正劇

齊克果打了這樣一個比方：一位希臘將軍在戰場上中箭之後忍痛置之不理，因為他懂得：立即拔出利箭來就難免一死，他堅持到戰鬥獲勝之後才拔出箭來。現代安蒂岡妮也是這樣，她藏在心頭的祕密，就像一支愈陷愈深帶來劇痛的利箭一樣，一旦將它拔出就必死無疑。與此不同的是，由於當代醫藥學的發展，中箭的人拔出利箭之後並不必定死亡。美國批評家喬治·史坦納（George Steiner）在《悲劇之死》（*The Death of Tragedy*）中曾斷言悲劇在當代社會已經消亡。這一點，也許僅僅適合於當代民主國家，包括德國和日本這樣的戰敗國。當代安蒂岡妮，不再是除了死亡別無選擇的悲劇英雄，而是借言說贏得新生的正劇人物。

作為當代安蒂岡妮的渡邊夫婦，成功地拔出了痛苦的利箭。他們於十多年前一起到南京揚子江邊悼念亡靈後，渡邊多次向橫井提出了這樣的問題：「罪惡是否只是發生在我家呢？」渡邊是這樣走出陰影的：「侵略者的兒子，應以畢生的精力找出『罪惡』的見證。只有這樣才能肯定『生存』的意義，這是唯一的出路。」古代安蒂岡妮知情的雖然是家族的罪惡，卻是與國家的安危密切相關的：不追查出兇手，城邦就不能驅除瘟疫。略有不同的是，渡邊夫婦要揭發的，是他們家族的同時也是日本全民族的罪惡，是許多日本人諱言的一件公開的祕密。不予揭發，日本就不能成為一個真正的文明國家。揭發、認罪就是一種補救或贖罪。正如史坦納在《悲劇之死》中所說的那樣：「哪裡有補救，哪裡就有正義而不是悲劇。」

引領渡邊夫婦走出悲劇陰影的，從橫井追溯的家史來看，有她家傳的兩大文化精神：一是她曾祖父母以來從江戶時代就信奉的佛教，二是後來傳入的基督教信仰。最後，他們夫婦開始思考日本全民族共同犯罪的問題：「必須尋找日軍暴行的根源，並讓它在十字架的光輝下，在阿彌陀佛的手掌中，在人類的良知下，變為紅色的血，永遠地釘在歷史的恥辱柱上。」

就這樣，渡邊夫婦像安努易筆下的人物一樣，成為反法西斯的安蒂岡妮。

與安努易相比，《南京血雨》表達了一種類似的幸福觀。安努易的安蒂岡妮對克瑞翁說：「我討厭你的那種幸福！……你許諾的是一種單調的幸福……。我要的是生活中的一切，我真的需要，需要它是完整而充實的，否則我會拒絕它！我不想妥協。我不會滿足於送給乖乖小姑娘的一塊蛋糕。」她還進一步表示，她的幸福觀奠基在對美和真的追求，否則就生不如死。渡邊同樣感到他那被詛咒的家庭，生活在死難者的陰影中，生活在恐懼中，根本談不上幸福，甚至會遭到天罰。弘揚反法西斯精神的渡邊進而認為：「日本人再有錢，也不會幸福。只要中國人和亞洲人的怨恨依然存在一天。現在如果有人認為自己是幸福的，那只是短暫的。」

最後的拯救

作為虔誠的基督徒，渡邊最後表示：

父親啊！母親啊！

如果我的努力不足，而要在來世接受審判的話，我願意在死後和你們一起接受審判。

不！如果能再生的話，我願意接受我幾倍的罪與罰，把它刻雕在靈魂上，讓我度過這懺悔的一生。

甘願贖罪，甘願以地獄為家的渡邊夫婦，並不是要像安蒂岡妮一樣自殺，而是以地獄的亡靈為友，為他們守靈。他們因此生發了大藏菩薩一樣下地獄普度眾生的情懷，達到了普世人文主義的高度。

《南京血雨》已經由渡邊夫婦在日本和中國各地演出了七十九場。該劇最近一場演出，是二〇一〇年八月在日本大阪，同樣激起中日兩國觀眾的強烈反響。遠在大阪的友人，旅日女作家劉燕子和他的夫君山田正行教授（日本奧斯維辛和平博物館理事長），是這次演出熱心的志願服務者。她來信告訴我：演出結束，收拾劇場後，幾撥人去居酒屋，結果都是日本人請客，說是對中國人贖罪。由此可見，《南京血雨》喚醒了日本觀眾的一種集體負罪感。

齊克果認為，悲劇本身，就是給「世界的存在」問題提供聲音。悲劇的使命是要讓社群的成員懂得：他們作為「歸屬的存在」是負有責任的。《南京血雨》雖然沒有悲劇的結尾，卻達到了悲劇的審美效果。

當代安蒂岡妮的多種可能性

我們所處的奧斯維辛之後的「當代」，在東亞，可以視為南京大屠殺之後的「當代」。阿多諾（Theodor Adorno）提出的奧斯維辛之後的詩學問題，言猶在耳。無論在現實生活還是在藝術中，都可以看到安蒂岡妮的悲劇及其變奏。《南京血雨》屬於奧斯維辛之後文明的寫作。

古代悲劇中禁止收葬「叛國者」屍體的野蠻「國法」，在歌德眼裡是一種政治罪行（《歌德談話錄》）。在當代中國，類似的衝突已經演變為政權的「維穩」與受害者及其家屬的「維權」之間的衝突。軍警在槍殺徒手的遊行示威者，或官商勾結強拆民宅打死平民後，員警搶屍是常見的現象，這是產生當代安蒂岡妮的沃土，但在中國舞台上不可能上演這樣的政治悲劇。

構成現代安蒂岡妮的背景，一方面，是齊克果看到的法國革命釀生的拿破崙之後的現代歐洲，這是一個像希臘城邦土崩瓦解一樣的國家動亂、社會劇變、信仰崩潰的時代，社會責任問題因此凸現出來。另一方面，看重「個體」的齊克果獲悉一樁與他的父親有牽涉的罪行，背負著基督教原罪感，他把自身的內心衝突投射到安蒂岡妮身上，甚至想把她塑造成一個男性人物。這兩個方面的因素同樣提供了產生當代安蒂岡妮的可能性。

在文革暴行和六四悲劇之後的今天，中國不乏仍然活著的打手屠夫及其子女。類似的殘暴在中國仍然是現在進行式。在這樣的反諷之下，僅僅有錢的中國人同樣不會幸福。中國人需要自己的渡邊和橫井——當代安蒂岡妮，以及全民族的集體負罪感。

註釋

1《南京血雨》（地獄の DECEMBER ——哀しみの南京），是由渡邊義治與橫井量子夫妻共同編導、演出的互動式朗誦話劇，內容主要敘述一九三七年中日戰爭時，日本軍隊在中國南京的大規模屠殺事件，並藉由此反思日本侵華的事件。本劇已在美國、日本等地演出近百場。

「詩歌菩薩」的入世關懷

南韓詩人高銀和他的詩歌

一九九〇年，著名美國詩人金斯堡（Allen Ginsberg）赴漢城和南韓詩人高銀（Ko Un）[1]同台朗誦詩歌，高銀給金斯堡留下了深刻印象。一九九七年，高銀的一百零八首禪詩英譯本《超越自我》（*Beyond Self*）出版，由金斯堡作序，金斯堡這樣讚揚作者：「韓國的詩歌菩薩，擁有非凡而平易，豐富而迷人的詩歌創造……。高銀，一位高尚的詩人，集老練的佛教徒、多情的政治上的自由主義者和大自然的歷史學家於一身。」

首先讓我轉譯這本詩集中的幾首短詩，以窺高銀詩歌禪趣之一斑：

走下山岡（Walking down a mountain）

回頭望／嘿！／哪裡是我剛走下的山岡？／哪裡是我？／秋風搖盪無蹤影／恰似蛇蛻一層皮

的確，做為人，像大自然一樣，像植物和動物一樣，我們無時無刻不在蛻變更新。在這首詩中，詩人把佛教的「無我」、「無常」等概念表現得情趣盎然。

問夕照中的群山／你們是什麼／你們是什麼你們是什麼……

回聲（Echo）

如我們所知，禪宗對於宇宙人生之謎的探尋，講究實修實證，不依賴義理推究或盲目信仰。因此，對於有些難題，往往問而無解。詩中群山的回聲就是這樣。既然無解，我們不妨索性放下。放下，反而有可能通達宇宙人生的終極真理。

在高銀的短詩集《瞬間之花》（*Flowers of a Moment*）的一首詩中，詩人塗抹一筆殘照，表達了「願為渾圓滿月下的一隻狼」的欲念。寥寥數筆，意境幽深，有漢詩中「穿雲踏夕陽」的野趣和禪機。中國古典美學以山林野趣為高格，以超凡脫俗為高格。在高銀詩中，動靜得宜，雅俗兼有。作為詩人自畫像的「狼」，不但是大自然的粗獷形象，同時也是無畏的尖銳的社會批評家的形象。

高銀這頭「詩狼」出生於韓國西部群山，中學時代南北韓戰爭爆發後輟學出家，閉門靜坐禪修，當了十年佛門弟子，一九六二年還俗，開始寫詩。他曾創辦一所慈善學校，接苦濟貧。後來，在漢城的動亂和內心的焦慮中，高銀兩度自殺未遂。終於走出困境的詩人，投身南韓民主化運動，寫作政治詩歌，以至於從一九七四年到一九八九年，先後四次羈獄，在逆境中得到他妻子的扶持。九〇年代，高銀雲遊天下，朗誦詩歌，足跡遍佈世界。

勤於筆耕的高銀，從六〇年代以來，已經出版詩集、自傳、劇作、散文、遊記百多本，並且精通漢語，有中國經典譯著出版。高銀著作，已被譯為十多種語言。其早期詩風，帶有虛無主義情緒，後來，在戰爭帶來的廢墟和悲劇性現實中，他長於捕捉一人一事一個記憶撞擊出來的詩之靈感火花，不尚雕琢卻能化為賞心悅目的審美對象。重要詩集有反映韓國在日本殖民主義鐵蹄下獨立運動的宏偉史詩《白頭山》，以詩歌素描勾勒現實生活中眾多藝術形象的《萬人譜》。

入世的高銀，先後擔任過「自由實踐文人協會」會長、「民族文學作家會議」會長、「民族藝術人總聯合會」議長等職，並榮獲韓國多種重要的文學獎和文化獎。多年來，高銀一直是諾貝爾文學獎熱門人選。

高銀認為，「表面上看來，文學誕生於作家個人的密室，但是，要想讓它體現真實，詩人就得跳進社會底層，加入與勞苦大眾相濡以沫的戰場，把人們現實生活的各個方面徹底加以內化、自我化和概括化。」在深層意義上，文學和詩歌是在哪裡誕生的呢？高銀以詩集《朝露》（*Morning Dew*）中的〈一顆詩心〉（**A Poet's heart**）一詩作了更為生動的回答：

> 一顆詩心在罪惡的縫隙裡誕生／在盜竊，謀殺，詐騙或暴力中誕生／在世界晦暗的角落裡誕生／最初是詩人的詞語爬行／以尖刻的詛咒粗礪的誓詞爬進縫隙／聆聽城裡赤貧如洗的貧民窟／一度足以支配社會／然後把詩心化作一聲素樸的啼哭／出自當今一切潮濕的真實／穿過邪惡和謊言中的縫隙／最後被別人的心鞭笞致死／毫無疑問，一顆詩心註定如此

東坡云，詩窮而後工。這是千古不易的詩學格言。但是，我們應當瞭解的是，詩人，並非窮則必工，詩之工，還需要其他的必要前提，包括詩人的人文關懷和藝術才華。高銀兩者兼備，因此享譽全球。但是，高銀在這裡捕捉到了偉大詩人的另一種困境：詩工而後窮。同樣，並非詩工而必窮，並非如高銀所寫到的那樣，「一顆詩心註定如此」。因為，一個優秀詩人取得巨大藝術成就之後，也可能名滿天下，並且「達則兼濟天下」。但是，詩工而後窮的現象，在中外文學史上同樣是常見的。懂得樹大招風、天妒英才的道理，就不難理解這一點。

在高銀的詩歌中，不難發現一種冷幽默熱心腸。在他的〈和平之歌〉（Song of Peace）中，詩人把和平譽為人們的糧食，宛如韓國鄉村的裊裊炊煙一樣寧靜。〈箭矢〉（Arrows）一詩帶有高銀典型的外冷內熱的藝術特徵。筆者根據的英文的轉譯難於傳神，但我相信讀者仍然可以玩味其反諷意味：

箭矢

化作一束束箭矢／讓我們一起高飛，身體和靈魂／刺透太空／讓我們一起高飛，身體和靈魂／一旦離弦就沒有折回之路／只能在那裡穿刺／隨著射中家園的痛苦腐爛／從不折回／最後一口氣！讓我們現在就離弦／像破爛一樣扔掉吧／我們度過了那些歲月／我們享受了那些歲月／我們堆積了那些歲月的／幸福

和別的一切／化作一束束箭矢／讓我們一起高飛，身體和靈魂／天空呼嘯！穿越天空／讓我們一起高飛，身體和靈魂／在黑暗的日光中靶子正在急速撲向我們／最後，當靶子倒在／血泊裡／讓我們所

有的人同時中箭／鮮血淋漓／絕不折回／絕不折回／歡呼啊，勇武的箭矢，我們民族的箭矢／歡呼啊，勇冠三軍，墮落的精靈！

顯然，箭矢是一個暴力意象。表面上看來，詩人好像是主張武力的，但他的詩筆很快就帶來一個意想不到的轉折。箭矢成了射手自己的變形，換言之，弓箭與人同一，不僅會射中敵人的靶子，而且會射中自己，勝利者和犧牲品將一起流血。詩人就這樣在冷嘲熱諷中否定了暴力，因此，這首詩實際上也是一首「和平之歌」。當北韓的核子試驗引起金正日臣民的歡呼，在國際社會卻激起強烈反響和憂慮時，重溫這首詩歌，就像聆聽警鐘。

高銀力求把握韓國民族文學的精髓，著眼於未來的南北韓統一。今天，在政治高壓下和一片頌歌聲中，北韓的高銀還沒有出現，也不容許出現。同樣遺憾的是，中國大陸的韓國文化熱正在興起，所謂「韓流」甚至有席捲世界之勢，然而，媚俗的消費文化不會青睞高銀式的入世關懷。

《聯合報》二〇〇七年八月五日

註釋

1 高銀（一九三三—），韓國詩人，一九八九年獲萬海文學獎得主，曾多次獲得諾貝爾文學獎提名。一九八〇年曾因捲入全斗煥政變事件而被判刑二十年，二年後獲釋，其作品已被翻譯成多達十五種語言。代表作有《超越自我》、《瞬間之花》（*Flowers of a Moment*）、《萬人譜》（*10000 Lives*）等。

描繪北韓「飢餓的戰爭」

讀詩人張進成的《百元賣女》

一位化名張進成（Jang Jin-sung）[1]的北韓流亡詩人，以傑出詩作描繪了上世紀九〇年代北韓大饑荒的慘況。我們由此得知，在那個人間地獄，也有見證苦難的精采的地下文學和流亡文學。

張進成畢業於金日成綜合大學，曾經是朝鮮文聯總部的專業作家，兩度「晉見」金正日。仰視「神明」之後，他很快發現：在並無天災的情況下，北韓多次出現大饑荒，餓死了三百萬人。從此不再甘當「宮廷詩人」的張進成開始祕密寫作。後來，他放棄了勞動黨中央文化藝術部的官職，冒著生命危險，攜帶詩作橫渡鴨綠江，然後輾轉抵達南韓。二〇〇四年，收錄百多首佳作的詩集《百元賣女》出版後，立即成為暢銷書，同時被譯為英文。

關注「貧困與武器」問題的德國總理勃朗特，曾經在聯合國大會上驚呼：「飢餓也是戰爭！」六十年前的韓戰爆發之後，飢餓的戰爭在北韓從來就沒有停息過。在這種意義上，張進成的詩歌屬於另類反戰詩歌。當時，北韓逃荒的饑民並沒有意識到那也是一種戰爭，但他們經歷的，從南韓影片《北逃》中的鏡頭中可見一斑：一個人民軍士兵一邊腳踢被抓獲的孕婦們的肚子，一邊罵道：「難道吃飽飯比祖國還重要嗎？」在這個祖國神話之上，有一個至高無上的金正日「將軍」，他以軍事術語「苦難的行軍」給大饑荒命名。

張進成詩集的題名詩〈百元賣女〉，敘述集市上一位母親掛牌標價賣女的故事。這個母親因此招來眾人的咒罵。一個士兵見狀，把一百元塞到母親手裡說：「我買的是你的母性／不是你的女兒」。這句話顯然帶有諷刺和輕蔑意味：你的母性竟然可以如此賤賣！據西方人的換算，一百元舊朝元，僅相當於零點七美分，在當時實行供給制的北韓，工人平均月薪在一萬元上下，不足一美元。母親接到那一百元，立即用來買了塊麵包，匆忙把它塞到女兒嘴裡——由此可見，母親忍痛賣女的唯一動機，就是為了讓孩子倖存。據作者自述，他目擊的真實事件發生在平壤大東門區。那個母親賣女之後嚎啕痛哭，許多圍觀者跟著流淚。但是，詩人並沒有把這個場面寫入詩中，其敘事筆調是冷峻的。儘管英譯的詩題採用第一人稱，即母親掛在脖子上的那塊牌子上的一句話（For 100 won, my daughter I sell），但全詩是以目擊者的第三人稱敘述的，詩人巧妙地先抑後揚，塑造了一個充滿母愛卻可憐無助的母親形象。作者深厚的人文關懷自然而然地在描繪中流露出來。

在〈我們的飯〉一詩中，詩人設身處地進入饑民的廚房，以「我們」的視角寫到他們「用盛滿悲傷的水」煮樹皮吃的過程：為了使樹皮變軟，就得一邊煮一邊用鐵錘敲打，反覆敲打過後，再放入蘇打水，和著眼淚咽下去。長此以往，「國家的山崗都禿頂了，／草木不生餓死了數百萬人。」同一題材的〈所謂飯〉，短短幾行詩捕捉到一個令人傷感同時啟迪思考的畫面：

所謂飯／孩子們只知道青草熬粥／生日那天能吃口米飯／孩子們卻邊跺腳邊說不要／大聲哭著要吃飯

在上述兩首短詩中，由於飢餓的經驗，語言學所說的「能指」（signifier）與「所指」（signified）不能對應的情況，或言與意之間的差距，顯得更突出了。米飯或冷面原本是北韓主食。由於主食緊缺，「飯」一詞的所指模糊不清，甚至成了樹皮草葉。不難想像，在謊言充斥的專制社會，事物和事件命名的話語權操控在統治者手裡，被扭曲被汙染的話語顯得更離譜更尷尬了，有時要從字面的反面意義著想，才有可能把握其真義。

北韓人也是肉食者。由於肉類稀少，饑民不得不吃人肉的現象，早就有駭人聽聞的報導：在大饑荒中，某些地區的居民家裡死了人，要等到屍體腐爛才能埋葬，否則就會被人挖出來食用。在〈淚流不已〉一詩中，張進成描寫了乞丐搶吃人肉的慘象：

> 躺在街巷的屍體／吊在沒有果實的樹上的屍體／在黑壓壓蒼蠅密佈的垃圾上／叫化子爭先恐後的一雙雙手／槍口前被撕碎的死囚的一片片肉……

這些死難者或為餓殍，或為人間地獄北韓古拉格無辜的犯人。在那裡，求生比求死更艱難。

在〈起火的豐年〉中，詩人揭示了造成大饑荒的根本原因在於人禍，在於國家以各種名義強取豪奪：大米上繳給國家、供養軍隊獻給幹部之後，還有這個米那個米的苛捐雜稅，結果，農民所剩無幾。他們痛心地盤算著：「今年的收成一公頃產一噸／內心的憂愁也是一噸。」最後，沉重的憂愁堵塞不住宣洩出來：

農民內心升起熊熊怒火／到處放火／通通燒起來吧！／他們瘋了似地狂舞／在這片土地上拚命稼穡／何曾見過這樣的秋天／在如此世道裡堆積滿腔怒火／哎嗨，起火的豐年！

無論這是農民鋌而走險的現實的反叛還是詩人的想像，這幅畫面已經把農民的憤怒表達得痛快淋漓。豐年反而飢餓，這是一種悲劇性的反諷。對於苦難，北韓婦女也許比男人更堅忍一些。在〈白開水買賣〉一詩中，詩人寫到市場上賣洗漱用水的女人。她們家裡早就沒別的可賣了。同樣反諷的是，「將命運盛在水裡的女人們」，起早貪黑，「巴望別人用自己的水洗漱，／自己卻連洗漱的時間也沒有。」而造成這種命運的捉弄的，正是國家的汙濁：「比起人們的臉／首先要清洗的是整個國家」。詩人甚至設想，假如那些女人不去搬運水，而是放火的話，那麼，「火花就會使人們／瞥見國家耀眼的新黎明」，她們自己也會得到一副新面孔。

飢餓之所以可以喻為戰爭，是因為饑民不但要在生死線上掙紮，而且要與造成饑荒的戰犯——持槍搶劫國民財富的統治者抗爭。在金正日的餐桌，始終擺滿這樣的戰利品。曾擔任御廚的藤本健二於二〇〇一年逃到日本，撰寫了《金正日的廚師》，從該書和別的資料中可以看到：大饑荒期間金正日卻派遣外交官四處搜尋珍饈：到丹麥購買豬肉，到法國購買乾酪和葡萄酒，到伊朗購買鯊魚子，到日本購買海鮮，到東南亞購買熱帶水果等，然後空運回北韓。他的菜單上的魚刺湯等菜餚，動輒二、三十萬韓幣一道。一個網站推出金正日鍾愛的三十道菜餚時，引用了古典小說《春香傳》中李夢龍的詩來說明用意：

金樽美酒千人血，玉盤佳餚萬姓膏。燭淚落時民淚落，歌聲高處怨聲高。

張進成新出版的長篇敘事詩《金正日最後的女人》，揭發了獨裁者腐敗和殘忍的另一個面相。詩中哀怨的女主人公、著名歌手尹惠英同時是春香一樣抗暴的烈女。她拒絕獨裁者的恩寵，選擇了自己的真愛，最後被迫雙雙自殺殉情。

可以與金正日指揮的高歌或金日成誕辰「太陽節」的浮華煙火形成對照的，是詩人張進成「靈魂的螢火蟲」之光：

它是微弱的／卻是希望的斑點／勝過／極度的黑暗

由於嚴密的新聞封鎖和文藝檢查制度，北韓民眾很難瞭解他們的外部世界。但是，畢竟有越來越多的人認識到：懸在他們頭上的是一顆黑太陽。他們撥亮的自身的內在之光，正在呼喚大韓文明復甦的黎明。

《開放》雜誌二〇一〇年九月號

註釋

1 張進成，朝鮮流亡詩人，畢業於金日成綜合大學，曾經是朝鮮文聯總部的專業作家，是知名的宮廷作家，二〇〇四年因反對金正日政權而逃往韓國，代表詩作有《百元賣女》、《抱詩渡江》、《金正日最後的女人》等。

德賽和她的《繼承失落的人》

談二〇〇六年曼布克獎獲獎作品

本年度英國最具聲望的文學大獎曼布克獎在十月十日晚揭曉：高達五萬英鎊的獎金落在年僅三十五歲的印度女作家姬蘭・德賽（Kiran Desai）[1]手中，其獲獎作品是《繼承失落的人》（*The Inheritance of Loss*）。評委主席何米昂・李（Hermione Lee）稱讚它是「一部反映人性和智慧的絕妙小說，把喜劇的柔和與政治的犀利融為一體」。

德賽早在一九九八年，就以處女作《芭樂園的喧鬧》（*Hullabaloo in the Guava Orchard*）獲得文壇好評。據說先後有十家出版社拒絕出版她的第二本小說《繼承失落的人》，今天這本書獲得曼布克獎評委一致讚賞，德賽卻沒有自視甚高，她說，「我知道最佳的作品沒有獲勝，獲勝的是妥協。」簡單一句話，就顯出了這位印度女性的智慧——任何一部文學作品，的確都很難說是「最佳的」。德賽還特別感謝她的母親亞妮塔・德賽（Anita Desai），一位多次入圍布克獎卻未能獲獎的印度女作家，母親的文學引導成全了她的女兒。[2]

《繼承失落的人》的故事發生在一九八〇年代，正值印度境內作為少數民族的尼泊爾人獨立運動爆發之際。小說的主人公是一位畢業於英國劍橋大學的退休法官賈穆海，他和成了孤兒的孫女賽伊、家庭廚子一起住在喜馬拉雅山山腳下的一所古宅裡。法官有一桿獵槍，還有英國食品，因此成為打家劫舍的尼泊爾人光顧的地方；十六歲的賽伊愛上了她的數學老師蓋安，但蓋安是尼泊爾人，後來捲入獨立運動；廚子的兒子畢久，是遠在紐約的非法移民，他的故事成為小說另一條平行發展的情節線索。

德賽在一次訪問中表示，她過去只關心自己的小天地，無心瞭解別人的生活。對於印度的那場叛亂，她那時由於年輕而難以理解。十五歲那年，德賽離開印度到英國住了一年，此後在美國讀書。她自身在西方世界沒有感到什麼不適應的地方，因此對移民問題並不敏感——是生活和寫作拓寬了她的視野和社會關懷。

《繼承失落的人》是一部探索人際關係中不同的「愛」的作品。小說中的賽伊略帶作者的影子。這個「生活在印度卻格格不入的印度人」，原來有自戀傾向，她把滿溢的自戀之水引導到外部世界，衝破了門第束縛，落入浪漫情網；蓋安的父親是茶園的廉價勞工，住的是泥牆茅屋，與賈穆海的法官職銜和賽伊的英國化優裕生活形成鮮明對比；有理想傾向的蓋安，愛戀賽伊卻憎恨她所代表的印度社會，在矛盾的情感中撕裂——他無法把自己窒息在愛巢，籠罩在她的優越地位的陰影下；他更愛自由，結果加入尼泊爾人的叛亂之中，力圖在政治鬥爭裡尋找人生意義——失戀的賽伊最後決定移民美國。

作為小說主人公的賈穆海疼愛他的孫女，也愛他視如親人的一條小狗。但是，在作者幽默的筆下，他是一個「可笑的印度人」，一個厭惡、憎恨自己的人。從穿插小說的賈穆海的回憶可以看到，主人公四〇年代在英國學習時，原本滿懷理想，可是，僅僅由於不同的膚色，他被冷酷傲慢的同學奚落；在公車上，英國婦女不願與他同座——二等公民的恥辱感促使他恨自己的膚色，恨自己操英語時所帶有的印度口音，以至自己的氣味，憂鬱得甚至忘記了怎樣發笑；他同時感染了英國人的偽善和傲慢，開始厭惡自己的同胞，厭惡自己的「土包子」妻子；尼泊爾人的闖入更使他蒙受羞辱——暴民來了，他被迫為他們端茶，把他們當客人一樣接待。在這樣的情境中，作者寫到，「賽伊和廚子都必須把他們的目光移開，佯裝沒有看見法官和他所蒙受的羞辱……這是一件極為可怕的事情，一個驕傲的男人在屈辱中，可能會殺害目擊者。」

忠於賈穆海的廚子把賽伊當成自己的孩子照料，但他更疼愛、更牽掛的是遠在紐約的兒子畢久。他誤以為兒子到了美國就是進了天堂，可以幫助朋友移居美國。可是，沒有綠卡的畢久連「沙發、電視和銀行戶口」的美國夢都無法實現——他在印度人開的餐館裡打廉價工，住在老鼠成群的地下室，因此不斷跳槽，還要東躲西藏以防員警搜查。不過，從美國歸來的畢久已經無法植根故土，他心靈的歸宿還是美國。

德賽在《繼承失落的人》中描寫的，幾乎都是無力無根的小人物，他們感到時代脫節了，地方錯位了。但是，他們的命運卻可以引起讀者思考當代重大的國際問題與箇中關聯：後殖民，階級差異和經濟發展的不平衡，族群矛盾和暴力活動，多元文化和全球化。本屆曼布克獎評委主席李指出：「德賽的不尋常之處，是她具有承繼文學遺產，尤其是奈波爾（V. S. Naipaul）、魯西迪（Salman Rushdie）和拿拉揚（**R. K. Narayan**）的意識，但她的拓荒是有創意的。」據德賽本人的解釋，書名中的「失落」，表示出她的小說人物在印度的迷失、困惑或失去信心，這種迷失感彷彿傳染了一代又一代人，是一種在東西方文化的夾縫中生活的滋味。

可以說，法官賈穆海的形象，具體地反映了殖民主義所造成的病態結果：化解了民族矛盾的印度獨立運動，並沒有化解印度內部的民族矛盾；後殖民的印度，同樣存在濫用權力和腐敗的問題。

德賽把尼泊爾人的叛亂歸咎於他們沒有政治和經濟權利。可是，消費性的多元文化，並沒有著手探討當代世界的極端傾向和暴力的根源；經濟上的全球化只是對大多數人的一種不公平的「現代性」許諾。如德賽寫到的那樣，「現代性，在其最低劣的形態上，今天看起來是個新商標，明天看起來只是一片廢墟而已。」全球化也許像藥棉一樣，可以輕輕拭擦歷史傷口表面的血汙，但卻不能治癒；它給許多人帶來的失去安全感的心理恐懼，像夢魘一樣揮之不去。

儘管如此，德賽塑造的人物仍然試圖創造有意義有尊嚴的生活。作者筆下的淅淅瀝瀝的雨季，雨後滿地滋長的怪異蘑菇，也許象徵著我們這個世界紛至遝來的難題，而那山頭的靈光，彷彿閃爍著希望的火星。

《明報月刊》二〇〇六年十二月號

註釋

1 姬蘭・德賽（一九七一—），印度小說家，目前定居於美國。二〇〇六年曼布克獎、美國國家書評獎得主，是史上最年輕的得主，代表作有《繼承失落的人》、《芭樂園的喧鬧》等。

2 編註：布克獎（Booker Prize）是創立於一九六八年的英國年度文學獎項，獲獎人不限英國籍，愛爾蘭及大英國協以英文寫作者均可，但美國作家不可列入。二〇〇二年後，曼財團（Man Group）成為該獎贊助商，故改名為曼布克獎（Man Booker Prize）。

緬甸血祭

阿根廷作家波赫士說，檢查制度是「隱喻之母」。在緬甸，檢查制度是一種龐大的工業，它的背後，是崇尚暴力的「國家和平發展委員會」（SPDC）和「國法和恢復秩序委員會」（SLORC）等權力機構。據說，書籍報刊和言論無不處於嚴密監控之下，諸如火災、空難、學運、民主、翁山蘇姬等話題，均在違禁之列。就連「親嘴」、「流血」這樣的字眼，也是犯忌，作家只好把「親嘴」寫成「碰下巴」；提到鮮花落地，就意味著學生在「動亂」中被殺害了；籠子外面有隻孤鳥，就是說一個孩子的父母被抓到牢房裡了。

這種恐怖，只有緬甸良心犯才能真切感受。為民主運動身陷囹圄的翁山蘇姬[1]，在〈死寂的土地〉一詩中這樣寫道：

這是一片死寂的土地／假如有人竊聽／為了他們可以出賣的祕密／染紅土地的血便是告密者的酬金／無人敢於發出獨裁者們難以承受的聲音

最近，於無聲處爆發的驚雷再次打破緬甸的死寂。十多萬僧侶和民眾走上仰光街頭發出自由的怒吼，結果再次遭到暴力鎮壓，他們直接地告訴世界：數千人被捕，至少十多人被軍警打死。這樣說雖然少了些詩意，卻張揚了正氣。

這是緬甸又一次血祭。

血祭，原本是原始的宗教儀式，由動物之血的供神發展到人血獻祭，再發展到殘酷的人祭。

緬甸有悠久的血祭和人祭的傳統。詩人櫻翁（Thiha Aung）在〈為人民的緬甸軍隊〉一詩中寫道：緬甸歷史的每個時代，「志士仁人／獻祭了他們的生命和熱血」。翁山蘇姬在〈我為什麼必須抗爭〉一詩中，就寫到她為緬甸獨立而奮鬥的父親和姐姐的遇難。獨立之後的緬甸依舊腥風血雨。一九八八年翁山蘇姬發動民主大遊行，尼溫軍政府屠殺了三千人。今年逝世的流亡詩人吳丁模（U Tin Moe），在寫於二〇〇〇年的一首無題詩中描繪了這樣的悲慘圖景：「人民如今都是窮叫化子／僧侶也是乞丐……國中許多〈佛陀〉弟子獻身」。詩人寫於同年的〈遇見菩薩〉，回顧了一九八八年大屠殺，讀來卻是今日緬甸的寫照：

> 軍隊存在僅僅為壓迫人民／——那些對他們畢恭畢敬的人民／他們要人民替他們磨礪喋血的劍／這是暴徒的避風港／強梁之王／尼溫的軍隊／只懂得開火和欺詐。

一九九二年發動政變推翻尼溫政府的丹瑞將軍，同樣是喋血的「強梁之王」。二〇〇三年五月，一夥暴徒在緬甸北部迪笆薩襲擊翁山蘇姬一行，殺害了百餘人。在歷史鏡頭中，我們可以看到翁山蘇姬頭部血汙的畫面。

現代社會，血祭和人祭日益消失，但原始的血腥觀念卻根植於人類心理。殖民統治者說：你給我血，我給你獨立。獨裁統治者說：你給我血，我給你民主。實際上，即使流血也難以換來民主，因為獨裁者的邏輯是：殺幾十萬人，保幾十年穩定！因此，人們把鐵血現象視為不可移易的「鐵血定律」，統治者可以用來威懾畢竟有點怕死的民眾，激進的自由戰士則可以用來作為別無選擇的暴力反抗的依據。

古稱驃國的緬甸，一度是禮樂之邦。唐代有「驃國獻樂」的故事。白居易〈驃國樂〉一詩，以「君如心兮民如體」的比喻讚譽驃國「體生疾苦心憯淒，民得和平君愷悌」的盛世願景。那正是慈悲的佛教在緬甸興起之時。白居易把君臣與百姓的關係理想化為身心合一的統一體，如今，緬甸的君臣之「心」，卻挖空心思從民眾之「體」吸取更多的血汗以滋養自肥。

在這種身心離異的對抗中，詩人發出的仍然是和平的聲音。著名作家德貢達亞（Dagon Taya），也是緬甸和平運動的領袖，從他的詩文中「蓮花」和「和平鴿」的意象，可以看出他的和平理念根植於佛教傳統，同時吸取了西方營養。始終堅持非暴力抗爭的翁山蘇姬在系列「緬甸來信」中，談到詩人和原緬甸海軍軍官沙雅貌塔卡（Hsaya Maung Thaw Ka）的事跡，令人動容。一九八九年，沙雅貌塔卡被軍事法庭以企圖在軍內策畫起義的罪名判處二十年徒刑。實際上，他是一位和平主義詩人。「即使在獄中最黑暗的歲月，沙雅貌塔卡的繆斯並沒有遺棄他。他祕密寫詩，以帶著劇痛的憤怒揭露軍事專制的無道。」一九九一年沙雅貌塔卡逝世之前，儘管獄吏動刑對他絕不心慈手軟，這個階下囚，卻像莎劇《威尼斯商人》中法庭上的波黠一樣，在磨刀霍霍的夏洛克面前宣講「慈悲」（mercy）。他借用一首英文詩抒懷，成為臨終的絕唱：

慈悲無所不在，／慈悲，鼓勵思考！／慈悲，賦予痛苦以美質，／使人與他的命運和解。

另一位獄中詩人吳文丁（U Win Tin），在一九八八年「作家日」演講中指出：「我們國家的未來，需要青年以新的活力來開拓。今天的新活力翻開了緬甸政治的新的一章。它是用血和汗翻開的；它是用抗爭的吶喊和需求翻開的，它是用偉大的犧牲翻開的。」但是，吳文丁並不為「偉大的犧牲」尋求復仇。他身陷囹圄，缺乏的是健康和起碼的治療，富有的是道德。

詩人的聲音並不孤立。緬甸人尊重詩人，傾聽詩人，在內心應和著詩的呼喚。在這次遊行示威的行列中可以看到：一名老僧高舉著二十世紀緬甸大詩人和民主鬥士德欽哥德邁（Thakin Kodaw Hmaing）的相片。

被迫流亡的緬甸異議人士，也在密切關注國內局勢。翁山蘇姬在「緬甸來信」中，提到一首緬甸老歌曲，我把它中譯為〈瘦馬行〉，可以借來比況當今緬甸流亡者的困境：

離開祖國有多久時光？／準備和這匹瘦馬一起死亡？／老馬啊，你可感到疲倦？／我牽住你的轡繩如一支血管，／把你我的熱血連在一起流淌。

這首歌的藝術形象，與元曲中「古道西風瘦馬，夕陽西下，斷腸人在天涯」的意境有暗合之處。正是在這種絕境中，某些緬甸流亡者難以死守非暴力原則，把流血視為自由民主的必要代價。現流亡美國的學者昂奈烏（Aung Naing Oo）二〇〇五年出版了《與將軍們妥協》一書，呼籲和解和對話。但不久之後，他又處在痛苦的矛盾心情中，認為「緬甸人已經開始相信，沒有別的道路——沒有通向民主或自由的捷徑——而只有通過流血」。

這次僧侶和民眾抗議活動的爆發，導火線是緬甸軍政府任意大幅提升石油等物價。喋血的受益者，如翁山蘇姬在〈死寂的土地〉一詩中揭示的那樣：「中國人想要一條道路，法國人想要石油／泰國人運走木材，『國法和恢復秩序委員會』坐享紅利……」

毫無疑問，「坐享紅利」的，首先是緬甸統治者。他們從活生生的人體，從遭受酷刑遍體鱗傷的肉體，從流盡最後一滴血的屍體中牟取暴利。緬甸因此淪為全球最腐敗的國家之一。去年丹瑞為女兒操辦豪華婚禮，從現場拍攝的紀錄片，可以看到丹達瑞「公主」一身民脂民膏凝結的珠光寶氣，激起緬甸大眾的憤慨。

這些年來，中國經由通往緬甸之路的大量投資，不僅是建造工廠，而且輸出坦克、砲艦，致使緬甸軍政府有恃無恐，而西方國家對緬甸的經濟制裁則功虧一簣。翁山蘇姬詩中以法國人為代表的西方國家與緬甸的關係，首先當然有經濟考量，但民主的西方有其人道底線。最近，國際輿論已是一片譴責緬甸軍政府暴行的聲浪。

當今世界，某些國家的不流血革命的成功，早已打破所謂的「鐵血定律」。緬甸非暴力的「番紅花革命」是一個美夢。翁山蘇姬曾借吉卜齡小說《吉姆》最後一章的題詩來抒懷：

我沒有給一個帝王讓路——／我走自己主宰自己的國王之路／對教宗的三重冠我也不會鞠躬／……

作夢的人，讓夢想成真！

《聯合報》二〇〇七年十月二十二日

註釋

1 翁山蘇姬（一九四五—），緬甸政治家，一九九一年諾貝爾和平獎得主，一九九〇年贏得大選勝利，但卻被軍政府作廢，其後被陸續軟禁長達十五年，於二〇一〇年緬甸大選後才獲釋。二〇一一年由其生平改編的傳記電影《以愛之名：翁山蘇姬》（*The Lady*）上映。

荒原上的聖誓宏願

柬埔寨詩人吳山姆及其詩作

步履艱難的歷史，終於揭開了一場人類大慘劇過後的一出正劇的序幕：金邊法庭，即聯合國和柬埔寨共同組建的審判紅色高棉特別法庭，今年二月十七日提審了要犯康克由，起訴他的反人類罪等多項罪行。

從一九七五年到一九七九年的恐怖歲月，以波爾布特為首的柬埔寨共產黨把全國變成集中營，實施「從肉體上消滅資產階級」和內部清洗的大屠殺，造成柬埔寨兩百萬人非正常死亡。以瓊邑克滅絕中心為例，一萬五千名犯人，只有七人倖存。

在如此殘酷的環境裡，一位名叫吳山姆（U Sam Oeur）[1]的柬埔寨詩人及其一家，先後被關押在六個集中營和勞改營，卻奇跡般地熬過四年地獄歲月而倖存，並為大屠殺留下文學見證。這個真實的傳奇，給人類留下了豐富的精神資訊。

生於一九三六年的吳山姆，是柬埔寨一個農民的兒子，六〇年代留學美國，先後在加州州立大學攻讀工藝教學、在愛荷華大學攻讀詩歌寫作，一九六八年獲得文科碩士學位後回國報效祖國。他在金邊結婚生子後，一度在教育部門和工業部供職。一九七〇年西哈努克的王國政府垮台後，吳山姆入軍旅任職並被選為國會議員和駐聯合國代表，接著參與組織了「柬埔寨自由民主同盟」，任祕書長，同時致力寫作。

一九七五年四月，紅色高棉「解放」了柬埔寨，吳山姆和他有身孕的妻子、兒子和岳母一家四口，隨兩百八十萬金邊居民被趕出家園，投入「殺人場」。為了倖存，吳山姆隱姓埋名，焚毀文學手稿，並假裝文盲，挺住了勞改營的苦役。不幸的是，其妻在集中營生下的雙胞胎，根據看守的命令由接生婆就地扼死。越南出兵驅散紅色高棉後，倖存的吳山姆攜全家回到金邊，繼續在工業部供職。九〇年代初，柬埔寨各派勢力組成全國最高委員會，西哈努克親王被推舉為主席，吳山姆被官方強迫辭職，不久，舉家流亡美國。

作為東南亞有兩千年悠久歷史的文明古國，柬埔寨深受印度教和佛教影響，西元九世紀到十五世紀初的高棉帝國，創造了燦爛的吳哥文明。巧奪天工的吳哥窟，以宏偉建築和細膩浮雕聞名於世。歷代詩人在石碑上刻寫的詩歌，記事抒情，韻律嚴謹，是柬埔寨古典詩歌的典範。十九世紀的柬埔寨淪為法國保護國，二戰期間一度被日軍占領。一九五三年贏得獨立後，柬埔寨從此陷入後殖民地噩夢不斷的矛盾衝突中。

在這樣的背景下造就的詩人吳山姆，是印度教、佛教和基督教多種文明的兒子，是歷史風雨的弄潮兒。流亡美國後，他的大學同學和詩友**Ken McCullough**，把他的高棉語詩集譯為英文，題為《聖誓宏願》（***Sacred Vows***），並協助吳山姆以英文撰寫了自傳《穿越三個荒原》（*Crossing Three Wildernesses*）。今天，穿越了疾病、飢餓的屠殺這三個荒原的吳山姆，儘管在美國不時接到死亡威脅的郵件，卻無所畏懼地成了柬埔寨這個「沉默世界的大使」。

作為一位為柬埔寨受難者代言的文學大使，吳山姆的詩作〈起草「柬埔寨自由民主聯盟」呼籲書之後的夢〉，是為一位少年遇難者而寫的。但是，詩人首先借夢境提出了後殖民地一個普遍的難題。詩中的夢，是詩人兩次穿過兩條河流的夢。第一次他游水過河時，看到許多劍紛紛從樹上落下，因此折回來揀起幾把作為歷史的見證：那是日本侵略者留下的劍，結果成為本土統治者殺戮同胞的利器，以至於「劍刃生鏽缺口很深」，「死難者被折磨的精靈仍然縈繞劍身」。在自傳中，詩人打了個比方：柬埔寨的「獨立」和「解放」，只是「脫了虎口，面對鱷魚」。第二次詩人夢中划船過河時，看到兩個孩子尾追上來求救，他擺回渡船，可一個孩子已掉入爛泥沼中，詩人匆忙抓住孩子的頭髮，卻為時太晚⋯⋯。

給詩集命名的長詩〈聖誓宏願〉，故事發生在一九七八年詩人被強制「勞改」的木棉花種植園裡。詩人看到一群「紅眼睛」圍坐在領袖周圍聆聽「最高指示」：我們「吳哥」要展開更嚴厲的打擊，提前完成任務，在秋收後把「所有無用的人」通通剷除！

詩人聞言，料想他一家人在劫難逃，唯一可做的事情，是以木棉花樹葉自製佛香來燒香禮佛——讚美佛祖，祈願印度教和柬埔寨民間傳說的諸神，同時祈禱基督教「全能的主」，「來拯救我男女同胞的生命」。詩人還表達了他以身供佛的願望：只要柬埔寨能贏得真正的獨立和人權，他願把自己奉獻給吳哥窟五百僧人。假如他能穿越「三個荒原」抵達自由彼岸，他要懇請五百僧人磕兩萬四千個長頭，並念唱《墮落經》來「慶祝我親愛的柬埔寨的新生」。

據詩人自傳的見證，「紅眼睛」指波爾布特的官兵，其血腥的眼睛是因為吃人肝和吞吃人膽而染紅的。他們尤其喜歡趁少女不防備時從背後一斧頭砍死，然後迅速掏出人膽生吞，再掏出肝臟在篝火上煮熟了吃，以求長生不老。原意為「聖城」的「吳哥」，則是柬埔寨共產黨及其成員的自稱。這真是對吳哥文明的莫大諷刺。在詩人眼裡，他們無異於輪迴六道中「畜生道」的野獸。他在揭露一九九三年柬埔寨「民主」選舉煙幕背後的真相時說，他仍然能夠指認出一些「紅眼睛」，其中有的竟然在新政府中擔任高官。

詩人之所以看重《墮落經》，是為了總結歷史教訓以警示後人，因為此經陳述的敵視正法、親近惡人、放逸懶散、妄說謊言、自私吝嗇、沉迷酒色等病根，在柬埔寨，上至一九四一年登位後即以奢侈著稱的國王西哈努克及其六個夫人，下至烏合群氓，均表現得十分突出。

吳山姆另一代表作〈尋父〉，以高棉語格律體寫於一九七九年，堪稱以家史寫國事的佳構。這類傳統詩作在柬埔寨可以吟唱，並以一種類似中國簫的木笛伴奏，因此，我依照英譯借用長短句的淒婉風格來轉譯。詩人老病斷炊的岳父，原本是一個蓋了無數廟宇城堡宮殿佛塔的能工巧匠，潛心向佛的禪者，匠心有法度，善行多佈施。詩人把他稱為「天才」，可見是吳哥文明的真正傳人。他寧死不願離開家園，後來慘遭殺害。詩人劫後餘生，歸來尋父室已空，情不可遏，噴薄而出，面對一片荒原詰問道：

草民子孫問草葉——／可知祖父下落？／亡父墳塋何處？／若開言指點，當摘頭顱叩謝！／灌木叢中草淒淒，／根莖緊相依，尋問／親人遺骨，草木默然無語。／片言相告，免我窮究不已！

從這一節詩的意譯來看，其奇險和哀婉，擲地有聲，寒夜驚魂！詩人如泣如訴：一個人不能這樣不明不白死去，不能這樣連葬身之處上墳燒香的地方都沒有……。詩人對草葉的許願，在隱喻意義上彰顯了他求真的決心。同時，對一切利於柬埔寨尋找歷史真相的助緣，對一切幫助他們伸張正義的援手，詩人替柬埔寨民眾表達了天大的謝意。

詩人由此把家庭悲劇提升到國家悲劇的層次：「意識形態相繼時興，／興衰都是悲哀」。這裡，彷彿在異域隔代以不同語言迴響著中國古代詞人的浩嘆：「興，百姓苦，亡，百姓苦。」詩的英譯者指出：吳山姆暗示的特殊的意識形態，是毛主義和印度支那共產黨的哲學。詩人自己窮究的結語是：「一代人歷經生存悲哀／源於吾王，日月之食／源於貴夫人們貪愛鑽石，／原始森林淪為荒原／源於無知。」信然，腐敗導致亡國，貪嗔癡三毒導致人的墮落。詩人提出的忠告，是長鳴的警號。

詩人最後這樣呼喚：

上帝啊！這就是柬埔寨，可這是為什麼？

這樣的詰問，像猶太人對大屠殺的詰問一樣，既是懷疑，也是信仰的起點。今天，對紅色高棉遲到的正義審判，也許可以加固人類的精神信仰。

《聯合報》二〇〇九年四月十日

註釋

1 吳山姆（一九三六—），柬埔寨詩人，六〇年代於美國留學，一九六八年回國，一九七〇年被選為國會議員和駐聯合國代表。一九七五年到一九七九年被關入集中營，九〇年代初，舉家流亡美國，代表作有《穿越三個荒原》、《聖誓宏願》等。

葵花與蓮花

泰國詩人蓬拍汶及其詩作

曼谷一位目擊泰國動亂的華人說，自從四月十三日異常的潑水節以來，幾天演了幾百年的事，泰國軍警與「紅衫軍」之間的流血衝突，東盟系列峰會流產，事件暫時平息，就好像看電影一樣。舞台小世界，世界大舞台。比戲劇電影更精鍊的詩歌，也能以片言籠天地於形內，明百意於言外。年近七旬的泰國老詩人蓬拍汶（Naowarat Pongpaiboon）[1]的詩作，就蘊含這樣的認識意義和審美價值，好比解讀泰國的詩的鑰匙。擅長吹奏豎笛的蓬拍汶，有泰國「民族藝術家」之譽，他往往以富於音樂性的詩語描繪自然風光和民情風俗，佛家的慧見和悲憫滲透其中。他的詩集已被譯為多種語言，並多次獲獎，如一九八〇年的東南亞國協文學獎，一九七八和一九八九年的泰國書展傑出圖書獎。二〇〇一年，詩人曾應邀到台北參加國際詩歌節。

蓬拍汶的詩歌繼承了泰國古典詩歌的傳統，同時受到詩僧寒山等中國詩人的影響，因此，筆者以七言詩的形式譯出他的一首最能以小見大的抒情歌曲〈葵花〉：

一輪紅日光四射，千里綠野抹金彩。一頃良田稻花開，陣陣和風逐香來。一徑野花如銀漢，繁星沾露吐春暉。一串珠寶映眼簾，千顆萬顆光燁燁。一路輕踏露珠碎，散作滿地細雨霏。
天盡頭，地角落，何處心中無祖國？故園久別思野花，草木親情已凋謝？酷暑熱氣正熾熱，土地乾渴已龜裂。森林蕭索群山禿，熱風吹來如號哭。
激情充盈全身心，內在之火如燃燭。愈造房舍愈稼穡，愈不禦寒不果腹。人生之路多辛苦，搖搖晃晃步彳亍，民心低落精氣竭，日夜虧損如寒月。少壯無力棄田舍，飄蓬遠方不知處。
黑暗小徑無出路，太陽今又照通衢。再次集合大隊伍，敢於挑戰走險途。呼朋喚友心意齊，葵花無懼耐烈日。但求同在金光裡，夢想旺盛無絕期。

作為一個「旅遊天國」的泰國，如果以後現代的視角來分析，〈葵花〉的四節詩彷彿是一個微型三部曲：前現代泰國農村的田園詩，現代社會的失樂園和後現代的復樂園之夢。

泰國人口中約百分之七〇是農民和城市草根階層，他們大都長期掙扎在貧困線下。貧困的根本原因是人權侵犯。在君主立憲政體的泰國，並沒有真正完成現代化的工業建設和民主建設，使得它成為世界上貪汙腐敗最嚴重的國家之一，例如流亡中的前總理他信，擁有高達億萬的個人財產；而占人口約百分之三〇的中產階級、知識階層以及地方世襲領主等，控制著全國百分之八〇的財富。

〈葵花〉第一節，可以見出詩人前期的古雅詩風。一九七三年十月爆發的學生民主示威慘遭鎮壓後，軍事強人他儂被迫辭職。但是，垮台的軍事統治很快就捲土重來。從此，蓬拍汶開始關注政治和人權問題，為受難者的權益呼籲，詩風為之一變。在〈葵花〉的第二、三節中可以看到，古老的農業社會「勤勞致富」的神話完全破滅了，農民愈勤勞就愈貧困，這個反諷深刻地揭示出：農民被逼到了絕境。

另一首題為〈曼谷〉的短詩中，詩人筆下的城市與鄉村形成貧富懸殊和城鄉差別之間的強烈對比：「亂中散落塵寰的／天國的永恆之城／明亮地閃爍，金色的／汙垢……／一片腐敗的土地。／林立的摩天樓和寺廟／堵塞的交通……」〈老爺爺和老奶奶〉一詩的主人公抵達令人眼花撩亂的曼谷，也給這個聖城增添了一層反諷，因為他們可憐地死在繁華街頭。但是，詩人沒有控訴，他以佛家的苦諦眼光，把死亡視為人生苦難的解脫，以這樣的設問結束了一曲悲歌：「告訴我：是誰給我們的老爺爺和老奶奶／帶來甘甜的蜂蜜和死亡？」

在佛家眼裡，死亡雖然是此生苦難的解脫，卻並沒有出離輪迴。因此，生者的復樂園之夢綿綿不絕。讓我們回到〈葵花〉的第三部曲即最後一節。需要強調的是，蓬拍汶詩中的葵花與太陽的寓意，和中國革命文化中的「葵花向太陽」的關係是完全不同的。據該詩英譯註釋，泰國語的「葵花」一詞，字面意思是「不動搖的堅忍」，「詩人把葵花視為一種特殊的花，一種能夠挺身抵抗和忍耐灼熱陽光的花」。套用杜甫的詩語來說，「葵花抗烈日，物性不可奪」（杜詩「葵藿傾太陽」中的葵藿，並非葵花，而是一種豆科植物）。但是，從該詩兩種略有差異的英譯來看，詩人並沒有把太陽描繪為純然的毒日，而是一輪閃耀金光的太陽，同樣有其內在的佛性。而堅忍如葵花的「我們的心」，則具有金光閃耀般的夢想的力量。就二者的關係而言，太陽有時表現出灼人的一面，有時又表現出暖人或可以降溫的一面，正像腐敗的他信也曾以改革措施贏得廣大農民的支持一樣。

另一首〈蝸牛之路〉中，詩人以「小蝸牛」象徵當時曼谷街頭死難的民眾。詩中耀眼的太陽光芒，彷彿是一條憤怒的鞭子，燒盡了「極權統治」的「雜草」，贏得了短暫而脆弱的民主。可見，蓬拍汶詩中的太陽，既可象徵統治者，也可象徵革命者。詩人預言了這樣一個反諷：「然後可愛的銀白／將被金光捕獲，／在鑽石般的強光中／耗盡元氣，蝸牛的足跡。／小蝸牛將以肉身獻祭……」從一九七六年的軍事政變，到二〇〇六年軍事政變之後的泰國當局，始終建立在以小蝸牛為祭品的血淋淋祭壇的地基上。這就是泰國動亂不斷的根源。在〈輕輕一動〉中，政治高壓下，「四十年空無，全民族的沉默／四千萬人不敢輕輕一動。」但是，隨著腐敗在淤泥中蔓延，反腐敗的蓮花終於躁動起來了：

> 腐敗就是這樣滲入／它必然滲進無聲的沼澤／直到黑色淤泥中／一朵蓮花綻放……

既是人權活動家又是詩人藝術家的蓬拍汶，像堅忍的葵花和高潔的蓮花一樣。也可以說，詩人在一片酷熱腐敗的土地上辛勤筆耕，不斷培育了一朵朵詩歌的葵花和蓮花。

《聯合報》二〇〇九年七月九日

註釋

1 瑙瓦拉．蓬拍汶（一九四〇—），泰國詩人，一九八〇年東南亞國協文學獎得主，作品融合自然環境、佛教思想、民俗和傳統等元素，詩作極富音樂性，其作品曾被選為泰國學校的課程教材，二〇〇一年曾應邀參加台北國際詩歌節，代表詩作有〈葵花〉、〈曼谷〉、〈蝸牛之路〉等。

第二輯

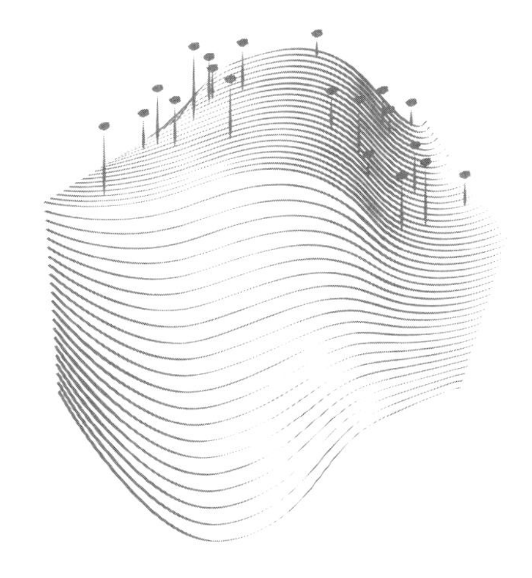

林肯之死與惠特曼的輓歌

紀念林肯冥誕兩百周年與惠特曼冥誕一百九十周年

一

誰都知道林肯是美國歷史上偉大的平民總統和政治家。可是，詩人桑德堡（Carl Sandburg）在〈人民，是的〉（The People, Yes）一詩中這樣設問：「林肯？他是個詩人嗎？寫過詩嗎？」接著，詩人引用林肯的兩句名言並採用詩的分行作為回答：「我無意在任何人的胸口／栽一根刺。」「我不會以怨恨來做任何事情／我的事業比怨恨宏大得多。」

林肯從未刻意為詩，卻經常信口捧出一顆詩心，這顆詩心與「民主的歌手」惠特曼（Walt Whitman）[1]的詩心息息相通。

首先，林肯可以說是惠特曼粉絲，《草葉集》（*Leaves of Grass*）一出，林肯就愛不釋手。一八五七年，林肯在他的伊利諾州首府法律辦公室輕輕朗誦惠特曼，深受感動，然後，他再次給他的同事高聲朗誦。有一夜，林肯把《草葉集》帶回家，他的「悍婦」太太看了很不高興，揚言要燒毀它！

林肯助手透露過另一件文壇佳話：林肯曾透過白宮視窗看到健壯的大鬍子惠特曼走過，他說：「看，他看起來像個真正的人。」

一八六一年的一天，惠特曼擠在紐約一群觀眾中，遠距離看到競選總統的林肯。林肯當選後，惠特曼一度是華盛頓政府部門的工人，經常看到林肯，為總統樸素的衣著平易近人的態度而感動，有時，他們互相鞠躬致意。也許由於總統忙忙碌碌，來去匆匆，兩人從未交談。此時的惠特曼已成為林肯粉絲，用精神分析的術語來說，惠特曼甚至以林肯和他所代表的美國「自居」：「我願認同林肯其人，其豐富多事之歲月——認同跌入國情深淵的美國。這是我激情的噴湧，我聽將令。」

二

青年時代對南方蓄奴制嫉惡如仇的林肯，成為務實的政治家後，並不主張以暴力在一夜之間摧毀舊體制，依照北方模式重塑南方社會，而是主張漸進式地縮小蓄奴地區。但是，南方幾個州悍然宣佈獨立發動兵變時，上任不久的林肯總統不得不率軍維護美國統一。四年內戰結束後，一八六五年四月十四日那個耶穌受難紀念日，林肯不幸慘遭槍殺。

由於林肯的歷史功績及其遇刺激發的思考，惠特曼先後寫了四首輓歌：〈今天軍營靜悄悄〉（**Hush'd Be the Camps To-Day**）、〈哦，船長！我的船長！〉（**O Captain! My Captain!**）、〈紫丁香最近在庭園裡開放的時候〉（**When Lilacs Last in the Door-yard Bloom'd**）和〈這粒塵埃曾經就是那個人〉（**This Dust Was Once the Man**）。林肯遇刺原本是一個政治暴力事件，但惠特曼盡可能避開政治，在詩中既沒有提到林肯的名字，也沒有提到或譴責刺客，倍受哀榮的主人公，似乎死得其所。惠特曼不僅讚譽一位既熱愛美國又有普世關懷的偉人，而且塑造出一位悲劇詩人的形象，用他後來在紀念林肯的演講中的話來說，林肯是美國「最偉大、最優秀、最有個性的人，富於藝術氣質和道德感的人。……他的逝世的悲劇光彩，淨化、照亮了一切。」

林肯遇難第二天，悲痛中的惠特曼就寫了〈今天軍營靜悄悄〉，高度肯定了林肯的一生：

今天軍營靜悄悄；／戰士們，讓我們放下鏖戰中磨損的武器；／每個人帶著沉思的心撤退，來慶祝／我們敬愛的司令之死。

惠特曼不僅像戰士們一樣以「沉重的心」來哀悼，而且以「沉思的心」來反省林肯之死。出人意外的措詞是，詩人甚至呼喚戰士們來「慶祝」林肯之死。如接下來的詩節表明的那樣，這是因為，就林肯個人來說，他在死難中得到了解脫，「他再也不會遭遇人生急風暴雨的衝突」，他甚至從此超越了「勝利」、「失敗」的二元對立概念，贏得了美國人「向他湧流的愛」；就國家來說，林肯率領國人結束了紛至遝來的「黑暗事件」，贏得了和平和統一，並且以「愛」的泉流滋潤了人心，澆灌了這片自由的土地。換言之，這裡體現了正義戰爭的一個悖論——犧牲與獎賞、動亂與秩序的悖論，這正如後來的〈哦，船長！我的船長！〉一詩所寫到的那樣：

哦，船長，我的船長！我們險惡的航程已經告終，我們的船安全渡過驚濤駭浪，我們尋求的獎賞已贏到手中。

林肯和惠特曼都出身寒微，前者是鞋匠的兒子，後者是木匠的兒子，主要靠自學成才，用他們的知識、智慧和愛心塑造了修補了美國精神。

三

但是，林肯和惠特曼超越了狹隘的愛國主義樊籬，把他們的美國之戀提升到世界主義的理想高度。這一點，鮮明地體現於林肯死後六年惠特曼寫作的短詩〈這粒塵埃曾經就是那個人〉：

> 這粒塵埃曾經就是那個人，／溫柔，樸實，公正而堅定——在其謹慎的手下，／抗衡歷史上一切地域一切時代的最骯髒的罪惡，／這些州的聯盟因此獲救。

儘管惠特曼沒有直接接觸過佛教，但他通過有「美國菩薩」之譽的散文家愛默生（R. W. Emerson）間接受到印度文化的影響。此刻，詩人想像中寂滅為「塵埃」的林肯，他生前的「謹慎的手」，似乎體現了佛家的般若智慧，而他的「比怨恨宏大得多」的「抗衡」「罪惡」的行跡，與無緣大慈、同體大悲的佛教傳統是非常接近的。詩意深刻之處在於：美利堅合眾國的獲救，奠定在普世關懷的基礎上。人無完人，作為政治家的林肯，並不渾身都是這樣的亮點。顯然，惠特曼把他自己的一定程度的完美主義傾向投射在林肯身上了。

四

有人把林肯譽為美國的摩西，但惠特曼更多地從美學的角度著眼。在動人的〈紫丁香〉一詩中，林肯葬禮雖然在基督教儀式中舉行，但詩人超越了上帝的信仰領域，以多元文化的視角來探尋林肯之死和人皆有之的「死亡」的意義。

首先，詩中不難發現根植於希臘神話的「三界」：以「生命之樹」為象徵，樹梢的上界是日月星辰所居的天穹，天神和善良靈魂的家園，枝幹的中界，是人類和動物的家園，也是守護人類的精靈的居所，樹根深入的下界，是邪靈和惡鬼出沒之地。

這首詩有三個重要意象：象徵林肯的星星，酷肖詩人的畫眉鳥和宛如安魂曲的紫丁香枝條。林肯之死，使他從中界步入上界。詩人像先知一樣，自古以來就被視為人神之間通靈的媒介。詩人筆下上界的「天空的空靈的美景」，是在中界的「暴風雨之後」的奇觀勝景，由此詩意地肯定了內戰的正義性。當詩人在「那隱蔽著，忍受著一切的無言的黑夜」「到了水邊，到了濃密的沼澤附近的小徑」，他彷彿來到下界，來到忘川河和冥河邊上。

詩人以紫丁香等各種花卉來「熏香」林肯墓地，這種喪葬儀式，接近《埃及生死書》中的描繪。陶醉於古埃及文明的惠特曼，曾多次在紐約「埃及博物館」流連忘返，並在一篇散文中寫道：「埃及神學博大精深。它尊重包括動物在內的一切事物的生命原則。它把求真和正義置於人的一切別的美德之上。」「正義」，如林肯的名言「正義創造力量」（right makes might）所表明的那樣，是林肯價值的核心。林肯的正義原則，不只體現於正義戰爭和國家體制，更體現於日常生活的民主作風和道德風範。在〈紫丁香〉中，惠特曼設問道：「靈堂牆上我該掛什麼樣的圖畫／以裝飾我所愛的人的幽宅？」依照埃及風俗，墓室內壁應當以日常生活的牧歌圖畫來裝飾。因此，詩人接著描繪了「新生的春天和農田房舍的圖畫」，一幅幅美國人的日常生活畫面。這裡體現的不僅是基督教意義上的「復活」，而且有泛神論的大自然年復一年的復甦和人類的生生不息。惠特曼由此把林肯從「神」還原為一個「真正的人」。

惠特曼不斷在三界漫遊，借林肯之死來追述他在內戰期間擔任志願護士時目擊的畫面：硝煙中被洞穿染血的千百面戰旗，「青年的白骨」，「陣亡戰士的殘肢斷體」……。但是，詩人筆下沒有死者的痛苦，只有生者的悲哀，他進而思考「死亡」的普遍意義，進一步深化了〈今天軍營靜悄悄〉的主題，甚至大聲向「死亡」召喚：

> 來吧，你強大的解放者喲。／當你帶走死者，我為他們歡欣歌唱，／他們消失在你可愛的飄浮的海洋裡，／沐浴在你賜福的水流裡，啊，死喲。／我為你，唱著快活的小夜曲，／跳著舞向你致敬，為你張燈結綵，廣開盛宴……

詩人消弭了輓歌與頌歌的分野，超越了凡俗之心，一種神聖體驗油然而生：「紫丁香、星星和小鳥和我靈魂的聖歌擰在一起。」最後，活著的惠特曼對死去的林肯的「認同」，已經達到渾然一體的化境，惠特曼彷彿由生入寂，林肯雖死猶生。這種化境，也許只有以佛家的「苦諦」和「寂滅為樂」的胸懷才能更好地加以闡釋。

詩人林肯和惠特曼，就是這樣，像詩中象徵著悲劇性完美的畫眉鳥：

唱著喉頭啼血的歌，／唱著不死的生命之歌，（因為，親愛的兄弟，我深知／假如你不能歌唱就必定死亡。）

二〇〇九年四月十五日

註釋

1 華特．惠特曼（一八一九－一八九二），美國詩人和散文家，是美國十九世紀最偉大的詩人之一，有自由詩之父的美譽，以詩集《草葉集》著稱，此書共改版九次，收錄四百首左右的詩作，被認為是象徵著美國文學獨立的里程碑，並影響了許多現代派詩人的作品。

九月之殤

奧登個人的聲音與公眾的聲音

二〇〇一年九一一恐怖襲擊之後，美國公共廣播電台朗誦了英國詩人W．H．奧登（W. H. Auden）[1]的〈一九三九年九月一日〉，即作者當年在紐約聽到納粹德國入侵波蘭的新聞廣播後寫的反戰詩。接著，多家報刊相繼轉載，不少讀者把它轉貼網站，並且以E-mail在親友之間傳遞。這首名詩是這樣開頭的：

> 我坐在五十二街／一家下等酒吧裡／猶疑不決充滿恐懼／如同善意的願望破滅於／卑下虛偽的十年：／憤怒和恐懼的電波／發送到全球／明亮而黑暗的土地上，／擾亂了我們的私生活；／難以言說的死亡氣息／侵擾九月的夜晚。

這首詩之所以捕獲了在恐怖襲擊中受驚的讀者的心，也許是因為「死亡氣息／侵擾九月的夜晚」這樣的詩句，不僅有二戰爆發和九一一事件相隔幾十年的月份的巧合，而且呼應了尼采預言過的「一切都可能捲土重來」的人類悲劇。「擾亂了我們的私生活」的，既是歷史的聲音，也是當代的聲音，而詩人發出的聲音，既是個人的聲音，也是公眾的聲音。

奧登多重聲音的奇妙結合，是從作者移民美國的私生活入筆的。身在紐約那家酒吧的詩的主人公，一九〇七年生於英國約克郡，父親是醫生，母親是英國國教的傳教士護士。青年奧登醉心於馬克思主義和佛洛伊德精神分析，一九三〇年代開始出版詩集，成為英詩開宗立派的「奧登一代」的領銜詩人和左翼作家領袖。西班牙內戰爆發後，詩人前往戰地支援共和派反法西斯鬥爭，發表長詩〈一九三七年的西班牙〉，作者的自畫像是一位隨時聽從第二祖國召喚的戰士詩人：為了建造一個「正義城邦」，抒情主人公「我」與西班牙簽訂了一紙「自殺契約」，甘願接受西班牙為「我」選擇的「浪漫之死」，因為「我就是西班牙」。次年，這個共和的「我」被顛覆之後，奧登與同性戀情人克里斯多福．伊薛伍德（Christopher Isherwood）同赴抗日烽火中的中國，合著《戰地行》。回英國後，正值英國反法西斯戰爭前夕，兩人同去美國，招致英國愛國者的指摘。而此刻，已經厭煩「左翼詩人」、「桂冠」的奧登，歷經疑懼的歲月之後，童年濡染的宗教信仰開始復萌，私生活也發生變故。伊薛伍德與他告別後，奧登愛上年輕詩人切斯特．卡爾曼（Chester Kallman），開始周遊美國的「蜜月之旅」，其同性戀關係一直維持到一九七三年奧登逝世。

詩人聽到二戰爆發的消息時，他所在的紐約曼哈頓五十二街是當時世界爵士樂的領地，因此，詩的開頭暗含著現代藝術的聲音與二戰槍砲的聲音之間的抗衡。面對來自祖國的指摘，奧登沒有自我辯護，相反，如俄裔美籍詩人布羅茨基所指出的那樣，由於他也是時代的一員，他對時代的批評同時是一種自我批評。

作為他的時代的一根天線，奧登在發出呼救信號時，承認每個人都是當天戰事的「同謀」。以這種攫住人類良心的同謀犯罪感來看，今天的恐怖襲擊的同謀是誰呢？奧登的讀者似乎從他的聲音中找到了答案：

> 我擁有的僅僅是一種聲音／借以撕開掩蓋的謊言，／街頭巷尾世俗的常人／頭腦中浪漫的謊言／摩天大廈裡／權威人士的謊言：／這個國度從未有過此事／沒有人能孤立存在；／無論市民還是警察／飢餓使人無從選擇；／我們必須相愛要不就死亡。

從歷史著眼，恐怖主義是資產者瘋狂的占有慾，法西斯瘋狂的侵犯慾和無產者瘋狂的復仇心的變態發展。我們從詩中再次出現的「盲目的摩天大廈」看到了這樣一種矛盾景觀：紐約世貿大廈雙子塔既是美國文明的象徵，又是配合恐怖襲擊的同謀的象徵。因此，奧登的詩歌同樣引發了那些反省美國對外政策的人們的共鳴。

關於這首詩，尤其是圍繞著「我們必須相愛要不就死亡」這句詩行，有不少涉及奧登個人和公眾的故事。一九四〇年，以〈紀念W．B．葉慈〉中「把詛咒化作葡萄園」這一詩行為起點，奧登的詩學開始更推崇個人的聲音，精神的聲音，詩風為之一變，但批評家毀譽參半。在此後的長詩《海與鏡：莎士比亞的《暴風雨》評注》中，奧登借莎劇的「詩學」刷新他自己的詩學。早在一九三三年，他就有過「上帝之愛的幻象」（Vision of Apage），現在，他進一步回抱基督教藝術觀，把詩歌中美麗而神奇的聲音，即詩歌的魔力歸於莎劇的精靈阿里爾，把真理和意義的聲音歸於米蘭大公普羅斯彼羅，兩者的對話形成一種詩的張力。在他看來，放縱詩的魔力就會導致自我欺騙，而詩的隱祕目的，就是「通過講述真理來祛魅和解毒」。

在〈一九三九年九月一日〉這首過渡性詩中，我們已經看到：他對法西斯「祛魅」的聲音，不僅有貶抑獨裁者和帝國主義的政治觀念，回眸啟蒙運動和納粹崛起之前「卑下虛偽的十年」的歷史眼光，揭發「邪惡」、弘揚「博愛」的倫理和宗教修辭，也有「巨大心象（imego）造就了／一個精神變態的神」這樣的精神分析的透視，用以解讀希特勒產生的歷史根源和心理基礎。這首詩始於酒吧——它是聆聽音樂的場所，也是獵豔交友的場所，即「世俗的常人」的性慾情愛尋找宣洩出路的地方。從這裡起始，全詩最後結束於對愛神的祈禱。

在一九五〇年代冷戰期間，資產階級的道德——在他的早期詩歌中若隱若現的自由主義、人道主義和個人主義的價值觀，如一輪新的太陽再次噴薄而出。他覺得詩人不能僅僅充當「歷史的奴隸」，歷史的真正主宰是上帝。當奧登正視人的注定死亡的命運，他把那一行詩改為「我們必須相愛而且死亡」，但他仍然感到不滿意。從詞源來看，英文中的「愛」（love）涵蓋了希臘文的四種不盡相同的「愛」（eros, philia, storge, agape），因此，在這一行詩中，情侶夫妻看見性愛情愛，朋友看見友愛，親人看見父母的撫愛、子女的敬愛，基督徒看見上帝之愛……讀者完全可以借他人酒杯澆自己的塊壘。在一九六四年美國總統競選中，詹森的支持者就曾在電視廣告中借用這一行詩抨擊共和黨候選人高華德，因為他宣稱必要時不惜使用核武器平息衝突。廣告開始是一個小姑娘在草地上採擷雛菊，數著花瓣，數到十時，鏡頭突然定格並開始倒數計時，數到零時，從小姑娘瞳孔拉大的黑暗畫面中幻化出核蘑菇雲，詹森的畫外音響起：「……創造一個世界吧，讓上帝的每個孩子安住其中，否則就走向黑暗。我們必須相愛要不就死亡。」看到以他的詩句結束的恐怖場景，奧登一氣之下在自選詩集中刪除了這首詩。由於共產主義烏托邦在他心中幻滅，他同時刪除了獻給西班牙的詩歌。但是，詩人心中的愛和美及其藝術表現是無法刪除的。

儘管後期奧登希望從公眾生活中撤退，但他仍然有欲罷不能的歷史時刻，不得不充當公眾的喉舌。一九六八年八月，當蘇軍坦克滾過捷克斯洛伐克自由抗爭的土地，奧登與共產黨人最後決裂，寫了〈關於詞語的詞語〉，表達他對於聲音的信念：魔怪可以為所欲為，但是，「魔怪不能操控言說」。

奧登一生發表了四百多首優秀詩作，包括多部獨立成書的長詩。布羅茨基把他譽為「二十世紀最偉大的心靈」。紀念奧登冥誕一百周年和九一一死難者六周年之際，我們可以到奧登「詛咒的葡萄園」裡採摘他甜美的撫慰心靈的藝術果實。

《聯合報》二〇〇七年九月二十五日

註釋

1 奧登（一九〇七—一九七三），英國出生的美國詩人，二十世紀重要的文學家之一。曾於中國抗日期間旅中，其思想受到馬克思、佛洛伊德的影響，晚年則以基督教思想為主，作品大多收錄於《短詩結集》（*Collected Shorter Poems*）和《長詩結集》（*Collected Longer Poems*）。

劃時代的「戰後鋼琴」

談布魯克斯的兩首十四行詩

我們所處的「當代」，是以一個象徵性的地名——奧斯維辛為分野的。與之相應的當代文學藝術，由於阿多諾（Theodor Adorno）的「奧斯維辛之後寫詩是野蠻的」這句警語，可以稱為後奧斯維辛寫作。

阿多諾以片面的深刻性，提出了反猶大屠殺過後人類能否守住道德底線的問題。這句話仍然使許多人感到困惑，是因為它只是一個「二律背反」中的一個命題。事實上，阿多諾在戰後出版《起碼道德》之後不久，就在〈文化批評和社會〉一文中重新肯定了繼續寫詩的可能性：「就像受刑者不得不連連呼叫一樣，四季不斷的受難擁有同樣的決堤般的表達的權利……因此，在奧斯維辛之後不能寫詩的說法也許是錯誤的。」

美國黑人女詩人格溫琳．布魯克斯（Gwendolyn Brooks）[1]深諳這種二律背反。在其詩作〈在彎彎天空的各個角落〉中，詩人寫道：「我們的地球是圓的，其豐富意涵之一是：／你我可以有完全不同的／觀點，而兩者都是正確的。」詩人因此避免了邏輯上的全稱判斷可能帶有的武斷性，或以偏概全的片面性。在我看早在二戰剛結束後的一九四五年，布魯克斯就寫作了十四行詩〈戰後鋼琴〉和〈良師〉姊妹篇。在我看來，詩人在詩中深入思考了戰後寫作問題，以生動的藝術形象表達了與阿多諾類似的觀點，甚至可以說，她開了阿多諾的先聲。

兩首姊妹篇出自詩人一九四五年出版的處女作詩集《布龍斯維爾的一條街》（*A Street in Bronzeville*）。布龍斯維爾指芝加哥南端，是當時詩人所在的黑人比較集中的住宅區。詩人也許像關注黑人散居問題一樣，關注猶太人在反猶大屠殺後的受難和散居問題。

〈戰後鋼琴〉和〈良師〉的主人公「我」是二戰中盟軍的一位戰士，他想像自己倖存後在一個良宵聆聽一位女鋼琴師彈奏小夜曲的情形：在一串銀鈴聲中，琴鍵彷彿在祈求神恩，「美聲可餐，／昔日的餓鬼將破棺而出，吞食並感謝。」沉浸在回憶中的這個戰士，突然從琴聲中聽到了陣亡者、死難者的哭號，「然後，我解凍的眼睛將再度結冰，／石頭將硬化我臉上的柔和。」在這裡，詩人涉及藝術與宗教的關係：藝術的力量在某種意義上不亞於宗教的感化，甚至可以像耶穌一樣創造起死回生的奇蹟。續寫的〈良師〉，緊接〈戰後鋼琴〉的詩意，全詩如下：

因為我是他們群體中正義的一員，／我最佳的忠誠獻給那些死難者。／我立誓要讓死難者活在我心中，／任何時候都不能洋洋自得。／在春天的花卉中夏日的樹蔭下，／在寒秋的溪水邊嚴冬的森林裡／——在我生命的日日夜夜，我將始終／以縈繞心頭的鬼魂為良師。／聆聽那悲哀的哭號，遙遠的絮語，／我不再做瑣屑之事。遠離筵席，／甚至離開舞會——因為她難以駕馭，／她可能像她佩戴的花朵一樣馥郁，／獻上殷勤的鞠躬並製造模糊的藉口，／然後把我午夜守靈的長明燈掐熄。

無論是阿多諾所說的「詩」，還是布魯克斯的「鋼琴」，均可泛指各類文學和藝術。在這裡，女鋼琴師胸前佩戴的花朵，原本是藝術美的象徵。但是，戰後忘乎所以的狂歡，有可能像一隻野蠻的黑手一樣掐熄為死難者守靈的長明燈。布魯克斯由此把握到戰後鋼琴的雙重特徵：它既可能是一種美的祈禱，也可能以浮華迷亂我們，讓我們忘卻歷史，因此，她對戰後鋼琴持有矛盾態度。

奧斯維辛永遠銘記著法西斯的野蠻，古拉格則象徵著另一種極權主義即蛻變的共產主義的野蠻。一九八九年全球民主潮流導致的蘇聯解體、東歐巨變和中國悲劇，同樣具有內涵不同的劃時代的意義。如果說，西方世界已經結束「冷戰」步入後極權時代——或稱後奧斯維辛和後古拉格時期，那麼，東方專制國家仍然處在強弩之末的極權時代或古拉格時代，仍然處在統治者必然要尋找敵人打壓異議的隱形戰爭時期。因此，布魯克斯關於戰後鋼琴的思考，阿多諾關於後奧斯維辛寫作的思考，或索忍尼辛《古拉格群島》的書寫，對於中國人來說，仍然具有非常重要的意義。

布魯克斯的父親是民歌手，母親是鋼琴師，從小耳濡目染，她不到十歲就開始寫詩，但她在創作道路上走過「玩弄詞語」的彎路。〈戰後鋼琴〉和〈良師〉是她的詩藝臻於成熟的標誌，表明她擺脫了花稍的詩風，走向藝術道德的領域。但她並不把她所寫的任何作品稱為「政治的」。因為，她認為「政治」一詞被濫用了，人們誤以為政治詩是共產黨人的專利。實際上，用一個悖論來說，我們在布魯克斯的詩歌中可以發現另一種「非政治的政治」，例如，在稍後的〈先戰鬥，後拉琴〉一詩中，愛好和平的布魯克斯肯定了反法西斯戰爭的正義性和必要性，鼓勵年輕人「首先武裝起來」，暫時「做音樂的聾子美色的瞎子」，不要在羅馬燃燒時拉小提琴，因為，只有贏得戰爭，才能真正擁有藝術創造的空間。

後來，布魯克斯於一九五〇年成為第一位榮獲普立茲獎的黑人詩人，並且於一九六八年獲贈美國伊利諾州的桂冠詩人。但是，仰望神的布魯克斯表示：「我始終把自己看作一個記者。」由此可見布魯克斯的終極關懷和當下關懷。

每年一度的「布魯克斯研討會」在芝加哥州立大學開了二十年。布魯克斯本人逝世十周年了。她偉大的詩魂，值得我們引以為德才兼備的「良師」。

《聯合報》二〇一〇年十一月二十日

註釋

1 格溫琳・布魯克斯（一九一七－二〇〇〇），非裔美國詩人，一九五〇年普立茲獎得主，同時也是第一位獲得該獎的黑人。創作了大量詩歌，共出版二十多本詩集，代表作有《布龍斯維爾的一條街》、《安妮・艾倫》（*Annie Allen*）等。

中美核戰爭的文學預言

讀厄普代克的《走向時間的終點》

美國著名當代作家約翰．厄普代克（John Updike）[1]的長篇小說《走向時間的終點》（*Toward the End of Time*），以觸目驚心的筆調預言了未來的一場中美核大戰。

小說中的時間隧道向前推移到西元二〇二〇年前後。軍國主義東山再起的日本想在亞洲稱雄，其勢力範圍甚至遠遠擴張到分裂出來的西伯利亞。在科技領域，日本人在電腦微型化方面也居於領先地位。但是，儘管日本在美國的保護傘下，它畢竟不是中國的對手，在中日之間的一場核戰爭中，日本一夜之間淪為一片廢墟。接著是中美之間的一場核大戰。這場中國報復美國的戰爭持續四個月，戰事的操作，差不多只要靠高等訓練的青年男女在封閉室裡安全閱讀三維電腦圖畫，按一按按鈕就能解決的事情。可受苦的畢竟是老百姓。中國飛彈摧毀了無數美國城市，北美的土著乘機炸毀了白令海峽的長橋。聯邦快報取代了美國政府的職權，紐約唐人街的全部居民遭到滅頂之災。美國人口急劇下降，瓦礫遍地，大平原上彌漫著反射性的塵暴，社會混亂不堪。在波士頓，美元已經被麻省發行的臨時紙幣取代，代替職工稅收的，是他們必須付給黑社會的保命錢。免於劫難的中立的墨西哥成了美國人穿越國界去做打工仔的樂土。

中國付出的代價首先是老百姓的死亡，人數比美國多出數百萬。中共中央集權政府終於土崩瓦解，鬆散的聯邦制國家開始形成。香港與上海之間的期貨交易由於戰爭而受到嚴重干擾。根據戰後中美和約，香港重新委託給美國的忠誠盟友英國接手管理。

《走向時間的終點》並不是一部真正的戰爭小說，小說中涉及到的這場戰爭的前因後果著墨很少，它只是小說的虛化的背景。

小說的主要情節是主人公特恩布林先生的個人經歷。他是一個六十多歲的老頭，退休的銀行家，投資顧問，住在二〇二〇年的波士頓。小說回顧特恩布林的生活，追溯他一年之內在時間隧道中的幻想旅行，在這種參禪般的冥思中，他經歷了藏傳佛教的那種不斷「轉世」的前世生涯：他曾經是埃及金字塔的盜墓者，是中世紀北歐維京人劫掠愛爾蘭時的遇難的一位僧人，是波蘭納粹集中營的警衛。退回到歷史中，他總是處在一種文明遭受劫難的時期，在宇宙的進化中，隨著必死的命運走向時代的終結。在愛滋疫苗已經發現的時代，縱欲更是無所顧忌。他的身體已經衰退如「一片沼澤，在它的隱患的深層一種致命的病症不斷糾纏」，他環顧四周被黑暗的死寂包裹的宇宙，不寒而慄。沉迷在科學中，他發現他的個人歷史陷在「多宇宙」的分裂和風雲莫測的變幻中。所謂「多宇宙」是從量子物理學的非決定論衍生出來的假說。

厄普代克是一位嚴肅作家。但是，這部小說出版後卻毀譽參半，頗多爭議。譽之者稱之為一部富於哲學深度的科幻小說，也有對道德的沉思。毀之者懷疑一位天才作家僅僅為了商業價值而寫作了這樣一部劣質作品，一部在作者的小說畫廊中最袒露地描寫性生活的作品。

就作者涉及的這些片段而言，均帶有預言色彩，可以啟發我們提出這樣的問題：小說是在預言日本軍國主義的復活及其必然遭到的懲罰？是在預言中國民族主義的狂熱所必然釀成的戰爭的苦果？是在預言充當「世界員警」的美國遭到遏制而西山日下？是在預言高科技的發展如果不能跟進道德觀念必然帶來事與願違的「歷史的反諷」？是在預言香港的經濟衰落和中國接管香港的不成功？

好幾個方面都因為小說涉及的政治問題篇幅太少而不易解答。但是，小說預言的中國民族主義的狂熱，倒是因為西藏問題與奧運掛鈎，不幸而言中了。極權主義國家，實際上往往處在隱形戰爭狀態，權勢者的暴力很難收斂，「和諧社會」的神話是不攻自破的。美國學者、曾經擔任過老布希總統顧問的福山（Francis Fukuyama）先生二〇〇〇年一月三日在接受《費加洛報》的採訪時，預言台灣將是未來的中美戰爭的導火線，但厄普代克在小說中對台灣卻隻字未提。

我們所關心的這些問題，在作者的濃墨重彩的個人經歷的描繪與輕描淡寫的戰爭狀況之間，究竟有沒有什麼內在的因果聯繫或巧妙的藝術的暗示？

特恩布林想射殺入園覓食的小鹿，卻誤中妻子，隨著妻子在小說中的暫時消失，他開始玩弄妓女李德瑞，她似乎是個華人或混血兒，似乎就是特恩布林射殺的小鹿的「轉世」。

這個自稱憎恨男人的妓女經常譴責男人：「為什麼男人這樣殘酷呢？」

特恩布林的回答是「自然選擇」：「殺人的倖存下來，被殺的從創世的深淵跌落。」

達爾文的進化論，尤其是被扭曲了的社會達爾文主義，在煽動人類的戰爭方面無疑曾經起過推波助瀾的作用。

小說主人公既是一個性虐待狂，也是一個自戀狂，一個與小鹿獸交的野蠻人。他唆使別人殺害鄰居的寵物，甚至放火燒毀鄰居的房舍，僅僅因為房舍擋住了他的海景。他是一個缺乏虔誠的宗教信仰的人。小說還提到，日本人曾經殺害西方傳教士，中國人讓傳教士到處跑，卻從來沒有真正的聽他們傳道的聽眾。主人公承認，他是時代的一員，經歷過信仰國教的五十年代的襁褓期，走過狂熱多彩的六〇年代的青春期，七〇年代的性墮落，目擊了韓戰和越戰以及冷戰的小摩擦，然後是駭人聽聞卻簡單不過的中美大屠殺。他自言自語道：

事實上我是遲鈍的，正在進行精神分裂。奇異的抱怨沿著無線電網路發送電訊。一種尖銳的時斷時續的隱痛在我的左耳下——莫非這就是一個堵塞在癌細胞中的淋巴結發出的第一聲吶喊？一部影片的感覺，在醒來時，浮現在眼前，這一天有半個小時朦朧的幻覺。突然，我面部下的皮膚輕輕顫動。突然，腰帶下一陣急迫的尿意。別提那手指頭介面處的關節炎，夜間發生的肚子痛了，還有心臟散發的神祕的咕咕嚕嚕的聲音和一陣陣刺痛，彷彿它正在我肋骨築成的牢籠裡的軟糊糊的黑暗中吃力地消磨日日夜夜。我這許多內部的奴隸，誰將第一個揭竿而起在革命的鏈條中推翻我暴政的統治？

從系統論的角度來看，人體像社會一樣，是一個極為複雜的系統。小說主人公既是家庭的專制家長，又是當地的地方惡霸，同時，也是一個極權獨裁者的象徵。這樣的人物在美國民主制度的監督下，很難篡奪國家最高權力，但在今日中國的政治癌症和普遍的社會腐敗中，卻有可能膨脹為一個暴政統治的強人。也許正因為這種暴君心態，人類的戰爭才是難以避免的。因此，這個主人公，這個在小說中對二〇二〇年的中美核戰爭並沒有負直接責任的邪惡老頭，實際上是應當負責的。

這部小說是一個極有意味的象徵。小說標題所講的「時間的終點」與基督教所說的「世界末日」似乎是同義語。主人公的一番話有釋題的作用：

我幾年前在《美國科學》上讀到的一位奇怪的科學家認為，在他稱之為「終端」（the Omega Point）的時間的終點，一種奇幻的進步文明的善良靈魂將超越熵的限度，即超越內爆破的終端宇宙而擴散，將極為艱難地重構，並且使我們一切人復活，每一個曾經活過的人，我……在最近悲慘的中美衝突中被殺害的數百萬中國老百姓，都會復活。這似乎是一個靠不住的命題，卻是聖保羅偏愛而熱望的，在物理學上是毫無疑問地被論證了的。

復活是一個遙遠的夢，中國老百姓，在近現代血腥的戰爭中，已經有千百萬人死於非命。小說以濃墨重彩描寫了主人公庭園裡各種花卉的榮枯盛衰，如果說，這是文明的死亡和復活的象徵，是小說的一大主題的話，那麼，未來中國的復活，就是夭折了的民主的復興。當然，如果真有「神的王國」降臨人世，那也許比一個民主國家好得多。

註釋

1 約翰・厄普代克（一九三二—二〇〇九），美國小說家、詩人，一九八二年和一九九一年普立茲獎得主。著有《兔子，快跑》（*Rabbit, Run*）、《走向時間的終點》、短篇小說集《早期故事》（*The Early Stories*: 1953-1975）等。

歐巴馬和他青年時代的精神導師

新任美國總統就職典禮舉世矚目，歐巴馬在他富於詩意的演說中提到：「回想前幾代人挫敗法西斯主義和共產主義，除了靠飛彈和戰車以外，還靠穩固的聯盟和持久的信念。」

不難發現，當歐巴馬把法西斯主義與共產主義相提並論時，他並不是指作為一種理想的共產主義，而是像漢娜．鄂蘭等許多西方思想家一樣，把二十世紀的德國納粹主義、義大利法西斯主義和蘇維埃共產主義歸納為相似的「極權主義」勢力。

在否定極權主義的同時，歐巴馬表達了一種近乎「基督教共產主義」理想：「我們仍是個年輕的國家，但借用《聖經》的話，擺脫幼稚事物的時刻到來了，重申我們堅忍精神的時刻到來了，選擇我們更好的歷史，承傳代代相傳的寶貴財富，提升高貴理念的時刻到來了：依照上帝的應許，人人平等，人人自由，人人有追求圓滿幸福的機遇。」談到美國面臨的經濟危機時，歐巴馬否定了偏重富人的政策，他指出：「這場危機提醒我們：沒有監督，市場就會失控，一個國家偏愛有錢人就無法長期繁榮。」與此同時，他表達了對窮國人民的同情和合作的誠意：「讓你們的農場豐收，讓清流湧入，補養餓壞的身體，滋潤飢餓的心靈。」

作為美國歷史上第一位黑人總統，歐巴馬繼承了前任林肯的民權理念，有意延續小羅斯福的「新政」，弘揚甘迺迪的「責任文化」精神。他的普世價值觀的形成，在很大程度上得益於早年的精神濡染。給青年歐巴馬帶來深刻影響的，不是他肯亞藉的親生父親，也不是他的白人母親，而是他多次提到並表示感恩的外祖父鄧漢姆（Dunham）和外祖母。他們長住夏威夷，都是基督教浸信會教友。由於歐巴馬兩歲時，父親就與母親離異了，外祖父母擔負起比歐巴馬的繼父更重要的教育責任。歐巴馬曾這樣談到參加過二戰的外祖父：「他的性格是一種典型的美國性格，屬於他那一代人——他們擁抱自由和個人主義的理念，不惜代價開拓道路，熱情澎湃……。」另一位也許更具影響力的人物，是著名黑人詩人、記者和美國左翼活動家戴維斯（Frank Marshall Davis）[1]，出版過《黑色情緒詩選》（*Black Moods: Collected Poems*）等詩集。由於FBI立案的幾首「顛覆性」詩歌並一度加入過美國共產黨，躲避麥卡錫主義風頭的戴維斯從芝加哥遷移到夏威夷，六〇年代，他成為歐巴馬家裡的常客。小歐巴馬身邊唯一可以仰視的這位黑人長者，日益成為他的種族認同的偶像、導師和詩神。大學時代，著名黑人思想家法農（Frantz Fanon）對歐巴馬也有影響，但那是遠在天邊的人物。

歐巴馬就讀的大學是西方學院（Occidental College）。一九八一年時年十九歲的歐巴馬在該校《宴會》（*Feast*）文學雜誌發表了〈老爹〉（Pop）和〈地下〉（Underground）兩首詩，近年由著名的《紐約客》（*The New Yorker*）雜誌轉載後廣為流傳。〈老爹〉一詩，最能見出青年歐巴馬精神發展的脈絡，全詩拙譯如下：

坐在那裡，一個很寬的破損的／撒著煙灰的座位／老爹在切換電視頻道，再飲／一杯施格蘭純酒，問一聲／跟我可以做什麼——我這青嫩的少年／還不能思考這個世界的／惡行和謊言，因為／我把事情看得太簡單了；／我盯著他的臉，凝視的目光／使他皺起眉毛／我肯定，他沒有意識到／他陰鬱濕潤的眼睛／正在掃視四方，／也沒有意識到他遲鈍的討厭的痙攣／氣血不順暢。／我聆聽，點頭，／聆聽，敞開，直到我貼近他蒼白的／米黃色T恤，叫道——／附著他的耳朵和沉重的耳垂／叫道，而他仍舊在講／一個笑話，我因此追問原因／他真的很不幸，他回答說：／可我什麼都不在乎了，因為／受活罪的歲月太長了。／於是，我從座位下取出／一面鏡子，我在笑，／高聲大笑，生命之血從他臉上向我臉上／湧流，當他變小，／在我腦海中的一點，一點說不清的東西／也許擠出來了，宛如／兩個指頭之間的／一粒西瓜子。／老爹又飲了一口純酒／指著濺出的幾滴同樣的琥珀色／弄髒了他的短褲，也染黃我的短褲，／他讓我聞一聞他的氣味，然後開始朗誦／一首舊詩／他在他母親死前寫的／站著，叫著，要我給他／一個擁抱——我佯裝躲開，又伸開雙臂／卻挽不住他油潤的粗脖子和寬闊的背部／因為／我看到我的臉，嵌進了／老爹的黑邊眼鏡／知道他也在笑。

這首詩中以俚語稱為「老爹」的所指，是替代性的父親形象，英文讀者有兩種解讀：歐巴馬外祖父鄧漢姆，或黑人詩人戴維斯。從有關傳記資料和詩的內證來看，鄧漢姆曾在八歲那年發現他母親自殺的屍體，具體的悲劇情境不詳，也不知道他本人有沒有寫詩。戴維斯一歲那年，他的父母離異，把他撫養成人的母親，不知是否遭遇悲劇性的死亡。無可置疑的是，戴維斯是經常給歐巴馬朗誦詩歌甚至教他寫詩的。

在〈我是個美國黑人〉一詩中，戴維斯這樣寫道：

> 我是長短不齊的詞語的編織者／篩選的曲調的歌唱者／一位野蠻歌曲的歌手／我是苦澀的／是的／苦澀並極度悲傷／因為我寫作時／把我的筆浸入／瘋狂美國的／狂熱心臟

種族歧視是導致戴維斯感到「苦澀」的一個重要原因：「一個黑人夢想家」，「在我的美國／不能與維納斯女神／聚會」。鄧漢姆一生，由於理想幻滅，同樣是「苦澀並極度悲傷的」。因此，他和戴維斯志趣相投，常在一起飲酒，甚至一起吸毒。歐巴馬自傳《歐巴馬的夢想之路：以父之名》（*Dreams From My Father*）寫到的黑人詩人Frank，就是戴維斯的名字。因此，我們不妨把詩中的「老爹」視為一位具有藝術概括性的形象。他對歐巴馬的精神感召力，從詩中不難發現：首先，是對世界的「惡行和謊言」的反思——施暴和撒謊，正是二十世紀極權主義的兩大特徵；其次，是一個飽經憂患的人在逆境中的堅忍精神；最後，是對於種族歧視的痛恨以及可能延伸出人類之愛的父子之間的愛。

歐巴馬在就職演說中表示：「長期以來折磨我們的陳腐政治爭端已經行不通了。」回顧美國歷史，當時處在「反共浪潮」中的鄂蘭，也曾在給友人的一封信中表達了她對麥卡錫主義的厭惡：「原本激進的、長期反史達林主義的那些人，多少有點傾向國務卿那種立場，……結果大學教授們都不敢說心裡話了。……人們甚至不敢提馬克思的名字。那些愚蠢的傢伙，簡直把貶低馬克思作為他們的權利和義務。」

當代美國，已經不是半個世紀前的「瘋狂美國」了。今天，如果一味強調政治上的左翼右翼之分，意義已經不大。無論左翼右翼，無論哪一種宗教信仰，在政治上具有包容性文化上鼓勵多元化的美國，都有其表達的自由和活動的地盤。重要的是，諸如民主、自由、人權這些構成美國核心價值的普世觀念，是不能顛覆的，也是無法顛覆的。歐巴馬將如何把他的理想付諸實踐，我們拭目以待。當然，再次覺醒的美國夢難以在短期內夢想成真，但是，我們指望美國進步，指望美國在國際事務中更好地扮演她舉足輕重的作用。

新加坡《聯合早報》二〇〇九年二月一日

註釋

1 法蘭克·馬歇爾·戴維斯（一九〇五—一九八七），非裔美國記者、詩人，政治和勞工運動家，代表作有《黑色情緒詩選》等。

騎著彩虹的孩子和父親

悼念流行音樂之王麥可・傑克森

彩虹之幻美，也許是大自然一切光學現象中最令人驚異的。科學家不倦地分析她迷人的光譜，詩人和藝術家不斷描繪她多姿的倩影。這方面的詩歌佳構之一，是英國詩人華滋華斯的〈不朽頌：來自童年的回憶〉，長詩開篇作為題銘、後來獨立成篇的一首短詩，寫到詩人小時候最初看到天邊彩虹時歡欣雀躍的心情，「我一生這樣開始／長大成人仍然如此／步入老年仍會如此」，接著，詩人寫下了令人琢磨和玩味的一行詩：「兒童是成年人的父親」。

以華滋華斯為代表的「湖畔派詩人」對大自然的虔誠和童真的呼喚，深刻影響了「流行音樂之王」麥可・傑克森（Michael Jackson）[1]。他化用華滋華斯的詩句說：「在成為十幾歲的青少年之前，我已經是個老手（veteran）」。這裡，他談論的是童星生涯，更是童真世界。他被人們稱為「孩子氣的成年人」（boy-man）或「成年的孩子」（man-child）。在〈世界的孩子〉（Children of the World）歌曲中，歌王這樣表達了他的彩虹之夢：

我們將騎一道彩虹一朵流雲駕著風暴／在風中飛翔，我們將改變我們的模樣，／我們將抵達群星，擁抱月亮，／我們將突破一切藩籬迅速飛向遠方。

在專輯《神奇的孩子》（*Magical Child*）的多首歌曲中，歌王塑造了一個天真的帶有神祕色彩的孩子形象，也可以說是他的自畫像，他這樣唱道：

從前有個孩子，他自由自在／性格內向，他高興地加入／大自然愉悅的遊戲／美，愛，是他曾看到的一切／……／他想望的一切是爬上高山／給流雲塗色，描畫天空，／跨越這些邊界，他想飛翔，／在大自然的藍圖中永遠不會死亡／我就是那個孩子，／可你也是

可是，我們這個殘酷的世俗社會，卻容不得孩子的真誠和幻想。傑克森寫道，在某些牧師眼裡，這個孩子是個「怪胎」，他所擁有的神祕力量，是他們控制不了的，因此，「他們以無數花招企圖摧毀／他的純樸信仰，他的無窮歡樂」，他們「責備這個孩子，這個令人困惑的被造之物」，他們甚至合謀，「通過說不盡的謠言把他弄得疲憊不堪／以殺死他的好奇，踐踏他的領地／燒毀他的勇氣，添旺他的恐懼」。

我們不無悲哀地發現，屬於歌中偽善「牧師」之類的人物，生活中的原型竟然有傑克森嚴厲兇悍的親生父親——他雖然扶持了一顆童星，卻經常對孩子動粗，甚至有可能毆打時失手，導致孩子從小失去生育能力；此外，也許還有涉嫌謀殺案正在被調查的傑克森的私人醫生……讀到這類報導，看到傑克森注射藥物後腿部留下一片瘀傷的照片，令人傷感。既是慈善王又是負債人，歌王對他朋友說過的那句話總是在

我耳邊迴盪：「假如我不唱，他們會幹掉我。」可他「從來沒有傷害過一個孩子」。他在歌中曾這樣勸告世人：

不要阻止這個孩子，他是成年人的父親。／不要橫過他的道路，他是那藍圖的一部分。／我就是那個孩子，可你也是，／你只不過忘卻了丟失了那根（記憶）線索。

中國諺語說：「馬看蹄早，人看家小，三歲看到老。」這種認知智慧與西方精神分析學是相通的，佛洛伊德就曾強調童年經歷對一個人一生的深刻影響。隱匿在內心深處的童年體驗，對成年後的我們有控制性的作用。

為了召回童真，歌王呼籲我們跟他一起跳舞，在創造性的「火」中搖動我們的「魔力」，催生「一個沒有痛苦的自由世界／一個歡樂健全得多的世界」。這個世界，如佛教所信仰的那樣，既是外在的又是內在的世界。在〈世界的孩子〉中，就出現過佛教中「聚沙塔」的意象。在《神奇的孩子》中，歌王相信「只要找到隱藏在你身心裡的那個孩子」，就能找到和諧世界。從歌王追思會的電視轉播來看，現場閃現的多個象徵圖案中，就有道家的陰陽太極圖。在他「天人合一」的想像中，那個孩子的力量就是遍在的「神主」的力量——雖然，他早年的宗教信仰是耶和華見證人，他用的是God一詞，但他把孩子的力量等同於「天真而激情的光的力量」，印度哲學的影響顯而易見。在〈舞夢〉（Dancing the Dream）的歌曲中，歌王直接引用過印度教經典《奧義書》和《薄伽梵歌》，書中God一詞可以用來指神主毗濕奴及其化身奎師那，用以表達狂喜的Bliss一詞，也可以譯為「梵喜」。梵文中「梵」的原意就是「清淨」、「寂靜」。歌王歌唱的〈神奇的孩子〉，「他的無敵的鎧甲是一個梵喜的盾牌／沒有什麼，沒有（蛇的）毒液或嘶嘶聲能碰觸它。」

據二〇〇八年十一月《太陽報》報導，傑克森是年改宗伊斯蘭，並改名Mikaeel。但他本人對此消息不置可否。據我的推測，假如他真的改宗伊斯蘭，那麼，他最親近的派別可能是蘇菲主義，因為蘇菲主義接近泛神論，而泛神論對大自然的虔誠崇拜，可以說是兒童的天然信仰。因此，歌王最後的精神皈依，可以說是皈依童年。這個孩子和父親，應當成為他遍布世界的歌迷粉絲的精神之父，也可以充當一切想返老還童的人們的精神之父。

《聯合報》二〇〇九年八月十日

註釋

1 麥可·傑克森（一九五八—二〇〇九），美國流行音樂歌手、作曲家、詩人、慈善家等，曾獲十九座葛萊美獎，被譽為流行音樂之王，同時也是世上公認最受歡迎的藝人、流行音樂史上最偉大的歌手之一，代表音樂專輯有《牆外》（*Off The Wall*）、《顫慄》（*Thriller*）、《四海一家》（*We Are The World*）、《萬夫莫敵》（*Invincible*）等。

奧菲斯神話原型的現代闡釋

佛萊的理論與愛特伍的詩歌一瞥

一個原型三個面相

在希臘神話中，奧菲斯（Orpheus）的傳說是最富藝術魅力的故事之一，也是後世不斷重寫的文學原型之一。

奧菲斯是日神阿波羅與一位繆思女神的兒子，詩人和樂師的首領，同時是日神和酒神的祭司（祭司往往同時是先知、教師和神醫）。在他的妻子尤麗狄絲（Eurydice）不幸被蛇咬死後，奧菲斯前往冥土營救，冥王被奧菲斯的音樂打動，允許他帶妻子還陽。但冥王提出一個條件：在奧菲斯引領妻子出冥土抵達陽世之前不得回頭張望。遺憾的是，奧菲斯無意中回頭一看，尤麗狄絲立即消失在黑暗之中。

古羅馬詩人維吉爾（Virgil）在《農事詩》（*Georgics*）卷四重寫過奧菲斯神話。稍後奧維德（Ovid）在《變形記》（*Metamorphoses*）中的描繪更為詳盡。在奧維德筆下，奧菲斯救妻失敗後不再喜歡女人了，變成了同性戀者。因此，在他彈琴歌唱時，崇拜酒神的狂女向他扔樹枝石塊，可是，由於音樂的魔力，連樹枝石塊也不願擊中他。那些狂女蜂擁而上，把奧菲斯撕碎吞吃了。他的頭顱被扔進河流，卻在水面歌唱不已。

關於奧菲斯之死，還有兩個重要說法：一是他救妻失敗後立即自殺以便與妻子在冥土團聚，二是說奧菲斯因為向人類透露了不可洩漏的神的祕密，被宙斯的雷電擊斃。

在早期奧菲斯神話中，這個原型大致有三個面相：第一：驚天地泣鬼神集多種身分於一體的詩人藝術家；第二，象徵著雙性戀的情人乃至殉情的情聖；第三，有悲劇「過失」的人物，壯烈死難的偉大英雄。

奧菲斯原型的變異和理論闡釋

奧菲斯神話在流傳過程中，用雪萊《天主》（*Adonais*）中的一行詩來說，「『一』始終保留，『多』變異推移」。尤其值得注意的是，是這個原型與埃及文明、希伯來文明中類似的文學原型合流的現象。例如，希臘神漢密斯和埃及神話中人身鳥頭的托特（Thoth），就被糅合成為赫爾墨斯（Hermes Trismegistus），月亮、智慧和學術之神。克爾佩（Zenon Kelper）在考察伊底帕斯緣起的〈伊底帕斯或自戀的克服〉（Oedipus or Narcissism Overcome）一文中指出，在中世紀和文藝復興時期的傳說中，已經有人把赫爾墨斯與摩西和奧菲斯糅合起來。

在重寫奧菲斯的詩作中，米爾頓的輓歌〈利西達斯〉（Lycidas）雖然只簡略提到奧菲斯，卻是這一原型的開拓性的變異。米爾頓哀悼一位有詩才的大學同學愛德華．金（Edward King）遭遇船難，把他提升為高潔的牧童詩人利西達斯來描寫。利西達斯原本是古希臘忒奧克里托斯（Theocritus）的牧歌中常見的牧人名字。牧人（Pastor）一詞兼有牧師之意，牧師或祭司就是最古老的詩人。儘管找不到應當對利西達斯之死直接負責任的肇事者，米爾頓仍然借牧師彼得之口，譴責饕餮羊群的餓狼，實際上是譴責當時的神職人員的貪腐，預言清教改革的偉大力量。但彼得也有悲劇「過失」：曾三次不敢承認他與耶穌的關係。

米爾頓在哀悼過後，提出了這個問題：當奧菲斯被撕碎投入急流時，繆思在做什麼？假如繆思不能保護她自己的兒子，水中仙女怎能救利西達斯的命？因此，〈利西達斯〉的意義在於，米爾頓上承中世紀傳統，把希臘文明與希伯來文明糅合起來，既表達了詩人之死不是詩歌之死的信念，或死而再生的模式，又見出了藝術功能有限性的一面。

此外，值得一提的詩作，有雪萊的〈奧菲斯〉，重點描寫奧菲斯回到陽間後對回頭一望的懊悔及其音樂延綿不絕的魅力。美國女詩人H・D（Hilda Doolittle）的〈尤麗狄絲〉，重心在奧菲斯出於傲慢的回頭一望，以女性視角表達女詩人對她的不忠的丈夫的憤慨和失戀的絕望。德語詩人里爾克（Rainer Maria Rilke）的五十五首組詩《奧菲斯十四行詩》（*Die Sonette an Orpheus*），是詩人獻給他所愛的一個舞女的哀歌，主題豐富，重在精神世界與物質世界的融合。

在理論方面，奧菲斯對於精神分析的意義不同尋常。佛洛伊德注重這一形象的同性戀面相，從禁忌、人的心理結構等多方面闡釋過奧菲斯的意義。如德國哲學家馬庫色（Herbert Marcuse）在研究佛洛伊德的專著《愛欲與文明》中所認為的那樣：沒有奧菲斯，佛洛伊德就沒有把人與環境統一起來的基礎。馬庫色本人，把奧菲斯與自戀的納西瑟斯（Narcissus）聯繫起來，並且借用佛教觀念來闡釋：「假如他的愛欲的態度趨近死亡並且帶來死亡，那麼，休息、睡眠和死亡並不是痛苦地分離或截然區別的：涅槃原則統治著所有這些階段。」[1] 這就是說，像納西瑟斯死了卻以水仙花的形態活著一樣，奧菲斯也是死了卻仍然活著的神。同樣上承佛洛伊德的榮格，從「集體無意識」的觀點著眼，認為奧菲斯象徵著人類操控其無意識能量的才華，或安撫其本能和衝動的天賦。2

奧菲斯原型的現代闡釋

在奧菲斯神話的現代闡釋中，加拿大著名學者諾若普・佛萊（Northrop Frye）3的論述頗為精采。佛萊生於魁北克，成長於新伯倫瑞克省的蒙克頓市（Moncton）。他早已被視為二十世紀最具影響的人物之一。從二〇〇〇年以來，以佛萊命名的國際文學節每年四月在蒙克頓舉行。他生前喜歡彈奏的鋼琴，不斷迴蕩著奧菲斯美妙的七弦琴聲，昭示著文學藝術永恒的生命力。

佛萊借用人類學和心理學的「原型」（archetypes）這一術語，指文學經典中不斷出現的原始架構，或「傳統的神話和隱喻」。他深受布雷克的影響。布雷克宣稱「新舊約全書是藝術的偉大法典」。佛萊承認，在某種意義上，他的全部批評著作，都是繞著《聖經》的軸心旋轉。4

佛萊的《批評的剖析》，是原型批評的代表性論著，劃時代的批評專著。作者博采眾說之長，系統地論述了原型批評的基本觀點和方法。

據我看來，關於奧菲斯的原型，佛萊的理論中值得重視的觀點，可以歸納為下述幾個方面：

首先，佛萊上承兩希文明相互融合的傳統，把奧菲斯直接與基督融合起來。

佛萊特別推崇米爾頓的〈利西達斯〉，認為這首詩像一切文學的縮圖，生動地表現了死而再生的模式，四季循環的模式。他認為作為詩人原型，利西達斯就是奧菲斯，其豐富性蘊含在基督這一永生的形象中。基督的偉大力量，可以做出奧菲斯沒有成功的事情，可以把彼得一樣的利西達斯從水中救出來，好比從冥土救回亡靈一樣。[5]

其次，上承希臘神人同形同性論的觀點，佛萊強調奧菲斯和基督作為一個「人」的面相。佛萊認為，自從柏拉圖以來，人類社會就有「我們屬於同一個肉身的所有成員」的隱喻。依照米爾頓的理想，一個聯邦共和國應當是一個巨人般的基督徒，是一種強力的發展，一個真誠的人的境界。佛萊指出，這就是同一個隱喻的基督教版本，其中包含「基督是神和人」的隱喻。[6]奧菲斯的歌喉，用賀拉斯（Horace）《詩藝》中的說法，是「諸神的喉舌」。依照佛萊的見解，奧菲斯的歌喉，同時是眾人的喉舌。因此，詩人和作家承擔的社會責任，是一種不可褻瀆的原始的天賦職責。

再次，佛萊弘揚了奧菲斯原型中體現的英雄主義精神，深入分析了人類認同悲劇英雄的心理和儀式。佛萊指出：「悲劇特有的光輝和審美愉悅來自滲透在悲劇中的英雄主義精神。」[7]他剖析了悲劇中常見的對獻祭儀式或對犧牲的摹仿，進而指出在犧牲因素中包含的悖論：「首先是神交，即在一個群體中分享英雄的或神聖的肉身，使他們彷彿與那樣的肉身融為一體。其次是一種是贖罪的體驗：儘管有神交，但這個肉身實際上屬於他者，屬於一種更偉大的、潛在的憤怒的力量。」[8]接著，佛萊談到，在各種悲劇理論中，他推崇尼采關於酒神精神與日神精神的權力意志的心理學。他認為在這種悲劇心理學中，可以發現酒神的進取意志，「這種意志夢想它自身並沒有真正被吃掉，但在藝術中相當於死亡的事件，卻仍然發生。這種死亡的幻覺，把殘存者帶進新的統一體中。」[9]

佛萊的見解，對於當今社會流行的冷漠和嘲笑英雄的犬儒主義，是一種解毒劑。

最後一個值得注意的方面，是佛萊弘揚了一種精神上的雌雄同體的人格理想。[10]

在《摩西與一神教》（*Moses and Monotheism*）中，佛洛伊德認為，摩西是古埃及推行一神教的猶太裔異端法老阿肯那頓（Akhenaten）的弟子。後來，俄羅斯學者維利科夫斯基（Velikovsky）在《伊底帕斯與阿肯那頓》（*Oedipus and Akhnaton*）中考證出阿肯那頓就是伊底帕斯。有趣的是，儘管阿肯那頓是六個孩子的爸爸，在浮雕藝術上卻仍然可以看出他那帶有女性特徵的豐滿胸部和寬大臀部。醫學家將此解釋為「男性乳房發育症」所致。但是，這種醫學上的病態，卻是精神上最健康的人格。正如佛萊指出的那樣：「一個牧師人格化了的精神上的父性，雖然是男性，卻捲在一種性別戰爭中。他的身體，像所有的薩滿祭司的身體一樣，傾向於雌雄同體。」[11]

換言之，某些悲劇英雄，既要進行外部戰爭，抗衡外在的野蠻，又要進行內部戰爭，馴化自身男性的野蠻，從而達到剛柔相濟的完美人格。

女詩人愛特伍重寫奧菲斯

上世紀五〇年代，佛萊在多倫多大學維多利亞學院任教時，有一個得意門生，即今天蜚聲國際文壇的加拿大女詩人、小說家和批評家瑪格麗特．愛特伍（Margaret Atwood）[12]。以小說《使女的故事》著稱的愛特伍，已經八十高齡，據說是多次入圍諾貝爾文學獎的熱門候選人。

愛特伍對佛萊的借鑒，首先，是她師承佛萊，致力於加拿大認同的理論化及其在文學中的表現。其次，受原型批評的影響，她熱衷於重寫神話，這方面的主要作品有取材於荷馬史詩的《潘妮洛普》（已有大塊出版社中譯本）。本文主要評介愛特伍重寫奧菲斯的組詩。

愛特伍在散文〈吃鳥〉中談到人類悠久的吃鳥歷史，作了這樣的闡釋：「我們吃鳥。我們吃牠們。我們需要牠們的歌聲從我們的喉頭飄上來，從我們的嘴裡噴發出來，因此才吃牠們。我們需要牠們的羽毛從我們的身上抽芽。我們需要牠們的翅膀，需要像牠們一樣飛翔，在樹梢和雲端自由地翱翔，因此才吃牠們。」[13]這段話，可以借來理解那些狂女吞吃奧菲斯的情節。她們原本像月神愛俊美的牧羊人恩戴米昂（Endymion）一樣愛奧菲斯，出於愛恨交加的情緒，出於希望與偉大的詩人音樂家融為一體的認同，她們吞吃了奧菲斯。

在愛特伍的小說《浮現》中，可以更鮮明地看出飲食文化的人類學意涵。這部小說，探索人與大自然的關係，大自然與文化的對立是以佛萊所說的「性別戰爭」為象徵的。小說中無名的敘事女主人公回到加拿大故鄉去尋找她失散的父親，可是，在象徵意義上，他要尋找的，是希臘文化的神人同形同性論的人格化及其與基督的融合。她目之所遇，無一不是基督。女主人公無疑充當了作者的喉舌：

無論它是否樂意死去，同意死去，無論基督是否樂意死去，代替我們受難而死去的一切，都是基督。假如他們不獵鳥釣魚，牠們就會殺死我們。動物那樣死了我們才能活著，牠們是替代的人，獵人在高地獵殺的鹿，那也是基督。我們開罐頭或以別的方式吃牠們；我們吃的是死去的人，死去的基督肉在我們內部復活，賜予我們生命。罐頭裡的香火腿，罐頭裡的耶穌，甚至植物也必定是基督。[14]

主人公眼中無所不在的基督，同時也是被撕裂被吞吃的奧菲斯。此外值得注意的是，我沿用的「神人同形同性論」這一譯名，在字面上并沒有涵蓋原詞Anthropomorphism的全部意義。依照這種近乎泛神論的觀點，動物和草木也是通人性的，能夠被奧菲斯的音樂征服的。由此可見愛特伍對一切生命的尊重。她的態度與佛萊是一致的：一方面我們不得不吃這吃那，另一方面又應當感恩、懺悔和贖罪。

在這一方面，愛特伍的另一位授課老師——學者和「神話派」女詩人傑．麥法森（Jay Macpherson），對她的影響，也許僅次於佛萊。傑．麥法森題獻給佛萊的《船夫》（*The Boatman*），其中寫到洪水來臨前諾亞方舟的救助活動，把《舊約．創世紀》中作為義人和完人的諾亞、沉睡的恩戴米昂和奧菲斯融為一體。

愛特伍的三首奧菲斯組詩，〈奧菲斯（一）〉、〈尤麗狄絲〉和〈奧菲斯（二）〉，見於她的詩集《無月之夜》（*Interlunar*）。在奧菲斯神話的現代闡釋中，一個重要現象就是尤麗狄絲贏得了女性主義的話語權。奧維德沒有讓尤麗狄絲說過一句話。維吉爾讓她開口，她抱怨過奧菲斯回頭一看的「瘋狂」。H．D的〈尤麗狄絲〉已經把主人公變成了女性，里爾克讓尤麗狄絲開始了冥土的新生活，無意重返人間，這些都啟迪了愛特伍的女性主義視角。她重寫奧菲斯從兩方面入手：一是滲入女性的心理刻畫，解構男權政治，二是借奧菲斯的犧牲挑戰極權政治。

在〈奧菲斯（一）〉中，愛特伍像馬庫色一樣，把奧菲斯與自戀或自我中心意識結合起來。這首詩以尤麗狄絲的視角向奧菲斯發話。詩的開頭，她跟著奧菲斯走在出冥土的路上。她感到自己不是一個整體的人，對奧菲斯說：「我是順從的，而且是／麻木的，像一隻臂膀／昏昏欲睡，返回／不是我的選擇」，她批評奧菲斯佯裝為愛的自戀：「你帶著你拴狗的／舊皮帶，你也許稱它為愛情」，她意識到自己只是奧菲斯的一個「幻覺」，一個欲望的對象而已，可是，她不願意僅僅做奧菲斯的一個「回聲」。幽明相隔，過去夫妻之間脆弱的紐帶已接近斷裂，難於重新連接起來。因此，奧菲斯第二次失去了她。

奧菲斯相信藝術的力量可以征服冥王，難道不能帶回妻子？可是，借用謝默斯．希尼的名言來說，他沒有看到「詩的功效等於零」的一面，誤以為他那音樂的力量無往而不勝。可見，奧菲斯的失敗是一開始就註定了。

組詩第二首〈尤麗狄絲〉的視角不是尤麗狄絲，而是詩人對她發話。詩中的奧菲斯像一個離開了妻子又重回妻子身邊的人。可是尤麗狄絲已經有一種被遺棄的憂郁和孤獨感，已經難於和好如初了。

上述兩首詩的新意不多，愛特伍組詩的真正亮點，在〈奧菲斯（二）〉。詩中的奧菲斯，熟悉世界的恐怖，混跡在無聲的底層民眾中間：「跟他在一起的，是那些失去嘴巴的人，／沒有指頭的人，／名字被查禁的人，／在此岸的灰暗石頭間／洗滌碗碟的人」。

他嘗試把愛／再次唱進生存中／他失敗了。／可他要繼續／歌唱，在那個體育場唱，／那裡擠滿了早已死去的人，／他們抬起失明的面孔／聽他歌唱；那時紅色的鮮花／靠著大牆／生長怒放。／他們已經割斷了他的雙手／並迅速從他肩上撕掉他的頭顱／可他全身爆裂出／憤怒的抗拒。／他預見了這一幕。但他要繼續／歌唱，要麼是讚揚／要麼是挑戰。讚揚就是挑戰。

重寫神話，要讓古老的神話富於新意，富於現代色彩，有時需要一種源於希臘文的「時代錯置」（anachronisms）的表現手法。愛特伍把古老的神話人物置於現代體育場，就是一種錯置。這個體育場，指的是聖地歌亞的智利體育場。愛特伍借奧菲斯，寫的是一齣現代悲劇：

一九七三年九月智利發生血腥政變，全國到處殺人抓人。智利著名教師、戲劇家、詩人和歌手、政治活動家加拉（Víctor Jara）被捕，與千多人一起關押在智利體育館，並遭受酷刑。據目擊者的回憶，九月十六日，加拉被打翻在地，手骨、肋骨被打斷時，一個施暴者嘲弄他說：你可以為他們彈吉他呀！加拉勇敢地撿起地上的吉他，唱起了抗議歌曲。他接著又遭受暴打，最後被機槍掃射，中彈四十四枚致死，屍體被拋在聖地歌亞街頭。當時橫屍遍地的體育場，後來重新命名為加拉體育場。愛特伍在這裡充當了「那些失去嘴巴的人」的喉舌。

加拉是一位深受下層民眾喜愛的歌手。他犧牲之後，立即成為整個拉丁美洲自由的象徵。愛特伍把加拉讚揚為現代奧菲斯。他所透露的，是一個公開的祕密：那個皇帝沒有穿衣服！正是在這種意義上，加拉屬於佛萊所歸納的那種典型的悲劇英雄：「悲劇英雄高聳於芸芸眾生之上，因此，似乎不可避免地成為他們周遭的萬鈞之力的導體，成為比一簇小草更容易遭到雷擊的參天大樹。導體當然既是神電的傳導物，又可以是神電的犧牲品。」在這裡，我們以諸如革命、自由等字樣來代替佛萊的「神電」之喻，似乎同樣讀得通。馬庫色的一段話也可以借來概括愛特伍塑造的藝術形象：「奧菲斯是作為解放者和創造者的詩人原型。……在他的人格中，藝術、自由和文化是完全結合在一起的。他是救贖的詩人，是撫慰人類和自然並且帶來和平和拯救的詩神——不是通過暴力，而是通過歌聲。」15

「讚揚就是挑戰」——這首詩的最後一句是耐人尋繹的。里爾克的奧菲斯組詩第十一首，把「攜帶七弦琴的神」譬為一面「讚揚和平的旗幟」，加拉就是這樣一面旗幟。高揚和平的旗幟，讚揚該讚揚的，就是對強權，對暴力和戰爭的挑戰。

讚揚也是記憶，因為記憶是挑戰自身的健忘。在傑．麥法森的《船夫》中，奧菲斯和普賽克（Psyche，精神或靈魂的化身）一起到冥土去尋找夢的源泉。要想做新的夢，就不能飲忘川河水，就得激活過去的記憶，因為繆思是記憶女神的女兒。

佛萊和愛特伍的精神啟迪

紀念也是記憶。一九九二年十月，為了紀念佛萊逝世周年，在維多利亞學院舉行了「佛萊的遺產」國際研討會。在最後一天的宴會上，愛特伍朗誦了她紀念老師的詩作〈宴會頌〉（Banquet Ode）。這首詩的下面幾行令人動容，試譯如下：

> 寫作、閱讀和思考，就是活著，／同時也是構築一種真正的人類建築／——沒有暴政或恐怖的酷刑室，／沒有毒化的荒原或堡壘，／只有一個城市花園，穿行其中的大自然／也能繁榮。

這是詩人的記憶激活的夢想。她化用了並補充了笛卡兒的名言：「我思故我在」。在網路上我看到不止一個網站命名為「我讀故我在」。當詩人把寫作、閱讀和思考並置時，她像傑．麥法森一樣涉及詩人與讀者的關係，不過，在《船夫》中，傑．麥法森表達得更為明確——詩人請求諾亞說：「請你帶上這些溫和的人吧，／你要記得，那就是讀者。」佛萊在評論《船夫》引用這兩行詩之後指出：「在諾亞心目中的方舟勝境裡，不死鳥菲尼克斯（Phoenix）、討厭的雪人與書籍和鳥蛋，與太陽和月亮擁有同等權利」。[16] 由此可見，諾亞方舟的拯救活動，與詩人的創造活動是一致的。在愛特伍詩中譯為「活著」的原文是 to be mortal，這就是說，活著就無異於走向死亡。Mortal 一詞源自拉丁文 brotoi，愛特伍的用法可與佛萊的用法比照：「典型的悲劇英雄處於神性與『過多的人性之間』……這甚至適合於垂死的神：普羅米修斯是不死的人，他因為同情凡俗的（brotoi）或必有一死的（mortal）人類而受盡磨難，但磨難本身又帶有某種近乎神明的因素。」[17]

曹丕《典論．論文》曰：「文章者，經國之大業，不朽之盛事」。與這種深刻影響了中國文人的文學觀相比，愛特伍的既古典又現代的精神境界要高出許多，因為她不僅僅是加拿大公民，而且是世界公民。她關注的不止她自己的國家，更不是那種靠「多難興邦」來興建來維穩的邦國，而是「真正的人類建築」。她並不把作家視為高出讀者的超人。作家像普通人一樣必有一死。悖論無所不在，如一枚硬幣的兩面。米爾頓重寫奧菲斯，就揭示了藝術力量的無限性和有限性。愛特伍在這裡表達的這枚硬幣的後一面，人的肉身的一面，因為屬靈的一面已經成為詩學的老生常談，甚至成為詩人狂傲的一個理由。如果說，詩人、作家或藝術家可以成就為奧菲斯那樣的神人，那麼，每個人都有成為神人的潛在的可能性。

佛萊的理論和愛特伍的創作，也可以啟迪我們理解我們自身的文化傳統。

《山海經》記載的刑天，就是奧菲斯原型的東方版本。刑天既是「與天帝爭神」的反叛者，也是死難的悲劇英雄，「帝斷其首」之後，「刑天以乳為目，以臍為口，操干戚以舞」，這正是死而再生的藝術家原型。

刑天不是自殺而犧牲的。我們同樣可以找到自殺的奧菲斯原型的東方版本。郭沫若在〈鳳凰涅槃〉中，把集香木自焚的菲尼克斯與中國神話中的鳳凰聯繫起來。鳳凰是掌管音律的神鳥，雌雄和鳴鏘鏘，用以比況有聖德之人。在甲骨文中，鳳同風，象徵風無所不在的靈性力量，凰即皇，至高至大之意。在雪萊的〈奧菲斯〉中，詩人寫道：「奧菲斯的七弦琴飄蕩的樂音，／是風釀生的」。

佛萊是這樣把菲尼克斯與奧菲斯聯繫起來的：「燃燒的鳥的意象見於傳說的菲尼克斯。生命之樹可能也是一株燃燒的樹，是摩西（看到的）尚未燒毀的燃燒的荊棘」——神在其中現身的荊棘。[18]

這又是一個悖論，水火相容雌雄同體的悖論：生命之樹既在充足的水的滋養中常青，又在燃燒的火焰中常青！

這是佛萊的精神遺產，也是愛特伍創作的最可貴的精神啟迪。

註釋

1 Herbert Marcuse, *Eros and Civilization* (London: Routledge, 1998), p.167.

2 C. G. Jung, *Visions: notes of the seminar given in 1930-1934*, eds. by Claire Douglas, Mary Foote, Volum 1 (New Jersey: Princeton University Press, 1997), p.1293.

3 諾若普・佛萊（一九一二—一九九一），加拿大文學批評家、文學理論家，被認為是二十世紀最有影響力的文學評論家之一。

4 Northrop Frye, *The Great Code: The Bible and Literature* (New York and London: Harcourt Brace, 1981), pp.xvi-xiv.

5 Northrop Frye, *Anatomy of Criticism* (New Jersey: Princeton University Press, 1957), p.121. 本文佛萊《批評的剖析》中關於悲劇的引文，可參看克爾凱郭爾（齊克果）等著《秋天的神話：悲劇》（程朝翔、傅正明譯，中國戲劇出版社，一九九二）中的中譯，個別字句根據原文再次校改。

6 Northrop Frye, *Anatomy of Criticism*, p.142.

7 Northrop Frye, *Anatomy of Criticism*, p.210.

8 Northrop Frye, *Anatomy of Criticism*, p.214.

9 Northrop Frye, *Anatomy of Criticism*, p.215.

10 關於精神分析對雌雄同體的見解，請參看本書〈佛洛伊德過時了嗎？〉一文。

11 Northrop Frye , *Northrop Frye's notebooks on romance*, edited by Michael Dolzani (Toronto: University of Toronto Press, 2004), p.40.

12 瑪格麗特・愛特伍（一九三九－），加拿大詩人、小說家，曾獲曼布克獎、加拿大總督獎等，代表作有《盲眼刺客》（*The Blind Assassin*）、《使女的故事》（*The handmaid's tale*）等。

13 Margaret Atwood, *The Tent* (New York: Anchor, 2006), p.129.

14 Margaret Atwood, *Surfacing* (Toronto: McCleland and Stewart, 1972), p.141.

15 Herbert Marcuse, *Eros and Civilization*, p.170.

16 Northrop Frye, *The Bush Garden: Essays on the Canadian Imagination* (Concord: House of Anansi Press Limited, 1971), p.72.

17 Northrop Frye, *Anatomy of Criticism*, p.207.

18 Northrop Frye, *Anatomy of Criticism*, p.146.

活人祭和社會暴力的探究

讀巴爾加斯．尤薩的《利圖馬在安地斯山》

《舊約》中的惡人該隱殺了他兄弟亞伯之後，建了一座城。他的祭品並不被上帝悅納。布雷克在〈亞伯的鬼魂〉中寫道：「該隱之城是用人血建造的，不是牛羊的血。」

榮獲諾獎的祕魯作家巴爾加斯．尤薩（Mario Vargas Llosa）[1]的小說《利圖馬在安地斯山》（*Lituma en los Andes*）的扉頁題詞，就是布雷克這句話。

尤薩有句名言說：「作家是他們自身的魔鬼的驅魔者。」以佛家的觀點來看，任何有心向善的人都要驅除內魔。青年尤薩一度加入祕魯共產黨，六〇年代同情毛派革命，後來日漸轉向右翼，投身民主政治。不以政治陣營的眼光來看，就不難發現，尤薩的轉變，正是他不斷驅除內魔的過程和結果。

《利圖馬在安地斯山》出版於尤薩的思想和藝術均已成熟的一九九三年，是他最重要作品之一。小說情節設置在八〇年代發起的祕魯革命和內戰時期，主人公利圖馬是政府軍的軍警，他和他的副手卡列諾被派遣到一個偏遠的高地山鎮，以尋找在築路營失蹤的三個人：一個啞巴、一個商人，還有一個是築路工頭。利圖馬開始接觸他原本陌生的高地印第安人和印加文明。在茫然尋覓中，為了解悶，卡列諾每天夜裡給利圖馬講述他與一個妓女的羅曼史，他也在尋找這個得而復失的戀人，由此構成小說的一條緩衝緊張氣氛的情節副線。

另一條更重要的副線是逼近山鎮的「光輝道路」游擊隊，即從祕魯共產黨分裂出來的毛派分子的造反活動。在複雜的結構中，含有偵探小說、政治諷喻和愛情故事色彩的幾條情節線索，平行交叉發展，最後融匯在一起。與之天人感應的自然景觀，是小說開篇的黑雲雷暴，籠罩頭上的死氣沉沉的蠱毒瘴氣，以及後來的地震山崩。這一高地的黑白藝術畫廊，實際上是那一恐怖時期整個祕魯的縮圖。

在革命與平叛的祭壇上有閱歷的中國讀者讀《利圖馬在安地斯山》的原文或英譯，有時也許難免產生這樣的感覺：彷彿在讀一部中國小說的外文譯本。尤薩筆下的那些革命場面，對於經歷過文革的人太熟悉了：山地那些男男女女的「革命者」，甚至有十來歲的孩子。他們扛著機關槍、或手持刀槍棍棒，三、四個人一組，依照黑名單，半夜三更直闖「階級敵人」的家門，上至市長，下至無辜的農場工人，婦女環保人士，一概從睡床上拖出來帶走。……公審大會開始了，那些五花八門的「反革命」和「壞分子」，在卡夫卡式的「審判」中，不知道犯了什麼罪，糊里糊塗被「革命群眾」鞭笞，被槍斃，被棍棒、石頭活活打死。酷刑拷問、強姦婦女成了家常便飯。從外國來的遊客也被當作「帝國主義的走狗」死於非命。

瑞典學院把諾獎頒發給尤薩，「由於他對權力結構的描繪及其個人的抵抗、反叛和招致挫敗的鮮明形象」。在《利圖馬在安地斯山》中，尤薩對祕魯內戰中的統治者和革命者兩種權力結構，均有精采的描繪。革命者殺紅了眼睛。平叛的祕魯國民衛隊也同樣不分青紅皂白地施暴，除此以外沒有任何控制局勢的能力。

後來，根據祕魯「真相與和解委員會」的調查，在多年內戰中，政府軍和游擊隊均犯下令人髮指的罪行。將近七萬死難者，大多數是革命與平叛祭壇上的無辜犧牲品。

神話和祭祀山鬼的活人祭

在恐怖的屠殺風暴中，小說主人公利圖馬預感到難以從山鎮活著出去，他疑惑地問道：「許多勞工都接受了現代生活方式，至少念過小學，見過城市，聽過收音機，看過電影，穿著打扮跟文明人一樣，可是，可他們的行為怎麼像赤裸的吃人肉的野蠻人一樣，這究竟是如何可能的呢？」在尤薩看來，把祕魯毛派僅僅視為對中國的革命暴力的一種效法，那是遠遠不夠的。更重要的是，是要從歷史和文化的角度挖掘人性惡的內魔。

利圖馬發現，印加帝國的「失落之城」，今天的旅遊勝地馬丘比丘（Machu Picchu）城堡的牆石，就是那些山地人的祖先搬上山頭的。在小說中，從這一城堡的建造到流產的築路工程，都是以人血作水泥材料。

小說中一位前來考察的丹麥人類學家，比一般祕魯人更瞭解印加文明宰殺活人祭祀神靈的歷史，他使得利圖馬想起阿茲特克人的祭司站在金字塔頂部舉行活人祭，撕裂犧牲品的胸口的慘狀。甚至西班牙人征服祕魯的殖民戰爭，也沒有如此殘暴。在今天的高地，關於山鬼吸人血吃人肉的神話仍然口耳相傳。依照民俗，在建廟築路之前，均要以活人祭和人肉筵席來安撫山鬼。高地仍有一個巫婆，很可能還在操辦古老的祭禮——與古希臘的縱酒饕餮、歌舞狂歡的酒神節期間相類似的活人祭。

由此可見，「光輝道路」屠殺「階級敵人」和「肅清」階級隊伍的舉措，以及革命者歡慶勝利的盛典，均有其古老的活人祭、淨化和狂歡的宗教儀式的淵源。青年尤薩學習過的馬列主義理論，其僵化的意識形態教條已經成為一種準宗教。小說中的游擊隊許諾那些參加革命的人：鮮血不會白流，流一分血，就有一分報酬。可是，這種「血酬定律」和烏托邦的許諾，往往是一種歷史的反諷。

與作者通過主人公的深層探究相呼應的，是難以徹查的那三個失蹤者的來龍去脈。他們好像不是游擊隊綁架的。大致查明的那個啞巴的命運是富於象徵意義的：他最初受到游擊隊的攻擊，後來又遭到利圖馬的一個上司的拷打，最後成了巫婆操辦的活人祭的犧牲品。

微弱的希望之光

在尤薩筆下酷肖現實又撲朔迷離的故事中，在利圖馬和卡列諾的身上，可以發現一種微弱的希望之光。

儘管利圖馬隸屬於國民衛隊，但由於他是有西班牙血統的混血兒，性情溫和，態度和善，他成了高地人眼裡的外星人。在他身上有作者自身的影子，但他並不是完美的理想人物。他的探究，並不純粹出於良知，更多地出於文化獵奇。不濫殺無辜，是他起碼的道德操守。當他在比較愛情的狂熱與革命狂熱時，他告訴卡列諾說：「至少，當你愛得發狂時，除了你自己之外，你不會傷害任何人。」

卡列諾熱戀的那個妓女，是他從一個毒梟手裡救出來的。在他眼裡，她雖然有點偷盜和撒謊的毛病，卻富於典型的女性美。他把柏拉圖式的精神之戀寄託在她的身上。他的愛的失落，象徵著他的愛國情感的失落。那個巫婆勸慰他說：「是一種愛給你帶來不幸，使你受難，你的心每個晚上流血。但至少會幫助你繼續活著。」

小說的警策意義，最後通過那個人類學家道出來：「祕魯正在發生的，並不是埋葬暴力之後的萬物復甦。暴力似乎隱藏在某處，突然之間會由於某種原因而重新抬頭。」

活人祭與犧牲精神

活人祭蘊含的古老信念在於：人類的絕大多數人的生存、安全或幸福，必須建立在少數人犧牲生命的基礎上。針對少數人的暴力和人權侵犯，就這樣合理化了。

從歷史上來看，敬神的活人祭在古代社會惡性變異的著例，是宰殺活人為王侯陪葬，這在印加文明中是非常普遍的，在今天的祕魯已有多處考古發現。此外，處死宗教異端的火刑，也是活人祭的遺風。但活人祭也有良性的發展：首先，是掌權者和祭司力戒屠殺無辜的奴隸，選擇罪人作祭品。然後，在有些文明中，活人祭變為象徵性的，例如古希臘一種淨化儀式中的替罪人，有時並沒有被真正處死，只是接受輕度鞭打石擊。最後，取代活人祭的是動物祭或動物的血祭。

今天，活人祭雖然在世界上基本絕跡，但變相活人祭仍然見於專制國家維穩的祭壇上，在那裡，其合理化的觀念仍然是人心不容易驅除的內魔。

像英文詞 sacrifice 表明的那樣，「獻祭」與「犧牲」是同一個詞。在宗教倫理和哲學中都有所謂「獻祭或犧牲的悖論」（the paradox of sacrifice）。人類既要根絕殘酷的被獻祭，又可以從原始文明中吸取這樣一種有益的精神：自願的犧牲——不是血肉生命而是個人利益的犧牲，例如，個人財富或時間的犧牲，義務獻血，或死後捐獻器官等有利他人或社會的自我犧牲精神，將永遠是人類需要弘揚的高尚品格。這是惡中生出的善。對於那些為了某種高尚目標而甘願犧牲生命的英雄，我們也應當理解、尊重，不能往他們的遺體上潑犬儒的髒水。

尤薩尚未出版的最新作品，即他以愛爾蘭詩人和革命英雄羅傑・凱斯門（**Roger Casement**）為主人公的小說《英雄夢》（***El sueño del celta***，編按：此書的西班文版已在二〇一〇年十一月出版），就是弘揚這種犧牲精神的。二〇〇九年七月，尤薩在接受一次訪談時表示：在一九一六年愛爾蘭復活節起義中獻身的凱斯門，「是一個了不起的人物，他譴責人的自私，譴責那些除了自我利益之外再也看不到別的價值的人。他非常慷慨，一生都圍繞著社會的，政治的，文化的偉大目標，絕對準備著犧牲自己的個人利益。尤其令人感動的是，他把所有的錢都用於人道組織和文化組織。」

活人祭和社會暴力的根源，及其相關的悖論，是值得深入探究的。繼《利圖馬在安地斯山》之後的《英雄夢》，也許只是尤薩繼續探究這些問題的一個逗號。

新加坡《聯合早報》二〇一〇年十月二十九日

註釋

1 巴爾加斯・尤薩（一九三六—），祕魯與西班牙雙重國籍的作家、詩人、舞台劇導演，二〇一〇年諾貝爾文學獎得主，被譽為「天賦如有神助的說故事者」。代表作有《公羊的盛宴》（*La Fiesta del Chivo*）、《城市與狗》（*La ciudad y los perros*）、《天堂在另一個街角》（*El Paraiso En la Otra Esquina*）、《給青年小說家的信》（*Cartas a un joven novelista*）等。

第三輯

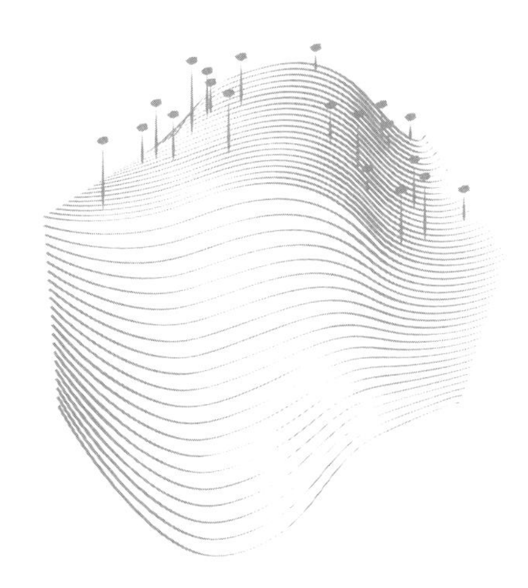

《暴風雨》的「魚人」夢

傳奇劇《暴風雨》，有莎士比亞（William Shakespeare）[1]的「詩的遺囑」之譽。這一遺囑在倫敦奧運會上再次被執行，刷新了它的現代意義。

早在二〇一二年四月，在莎翁故鄉揭幕的首屆「世界莎士比亞節」，就有「文化奧運」之譽，並且出現了「莎士比亞統領二〇一二年」的呼聲。倫敦奧運一揭幕，莎翁就占領了「倫敦碗」，即奧運會主場館，成為開幕式一顆璀璨的星辰。

奧運典禮總導演鮑伊（Danny Boyle）從莎劇《暴風雨》汲取靈感，在一個「奇妙島」上展現了英國從工業革命走向未來的夢想。一位著名演員朗誦了劇中人凱列班的一段台詞：

別害怕。這島上充滿喧嘩，／聲音和馨香，帶來愉悦，沒有傷害。／有時千萬種叮咚的樂器／在我耳邊鳴響；有時那聲音／在我濃睡醒來過後／催我再次入眠；然後在夢中／好像雲門散開，無數珍寶／意欲向我飄落，我醒來後／禁不住啜泣，期待美夢重來。

在閉幕式上，演員裝扮的前英國首相邱吉爾再次朗誦了這段台詞。「美夢重來」成了貫穿本屆奧運的主題。

「魚人」夢的複雜性

英國人之所以青睞這段台詞，也許是因為它表達了一個夢，一個崇尚大自然，與大自然融為一體的夢。這個夢與奧運精神在本質上是合拍的。

我要進一步指出的是，劇中的凱列班是米蘭公爵普洛斯的一個奴隸，他的形象，在某種意義上，是當代社會懷抱著夢想的每個人的一面鏡子。

在莎劇中，普洛斯被弟弟奪去爵位，帶著女兒米蘭達和魔法書流亡到一個荒島，借魔法喚來一場暴風雨，召來弟弟以及國王和王子所乘的航船，以便勸惡從善。最後結局是兄弟和解，米蘭達與王子聯姻。我所看重的，是全劇的一條情節副線，即普洛斯在荒島上征服土著和反征服的故事。凱列班這個土人彷彿是一個半魚半人的怪物，從而在「暴風雨」的交響詩中出現了一段奇特的二重奏：前達爾文的進化論和前魯賓遜的殖民擴展的交替進行。

依照達爾文進化論，有一個動物與人之間「失落的環節」。現代達爾文主義者撇開了從猿到人的演化假說，提出了有腿的硬齒鯨、腔棘魚、肺魚、文昌魚和水猿等多種假說。《暴風雨》中的一個人物最初看到凱列班時，驚嘆道：「嘿，他像人一樣長著腿！他的翼鰭多麼像一雙手臂！」接著，這個人物承認自己看走了眼：他不是魚，而是島上的一個土人。

這個「魚人」迷戀島上「千萬種叮咚的樂器」的語言，那是鳥語蟲語花語，是樹葉沙沙，和風習習，流泉淙淙，是沒有被人類汙染的詩化的語言，是人類夢想的語言。

但是，島上新來的殖民者帶來了另一種語言，即前社會達爾文主義弱肉強食的暴力語言。「魚人」對殖民者並沒有心悅誠服。普洛斯意識到：「他從來沒有一句好話回答我們。」因此，他對「魚人」的兩手策略，首先是強制性的類似於「憶苦思甜」的「再教育」，叫他回憶主人如何辛辛苦苦教他說話的事實。但是，主人教奴隸說話，卻不容許奴隸用語言來自由表達他本人和他所屬的種族的歷史。我們在劇中瞭解到的「魚人」在開幕前的故事，是由壟斷話語權的主人的口裡聽到的。主人操著暴力語言，奴隸回敬的，也是暴力語言：「你教我講話，我從這裡得到的好處僅僅是知道怎樣罵人；但願血瘟病瘟死了你，因為你要教我說你的那種話！」

主人對「魚人」的另一手，就是監禁和酷刑的威脅：「記住，因為你出言不遜，今夜要叫你抽筋，叫你的腰背像有尖針刺入，叫你喘不過氣來……。」「魚人」雖然心裡不服，但他像常人一樣，屬於軟弱的動物，深知主人魔法的厲害，表面上不得不服從。久而久之，連米蘭達也發現了主奴之間的這種和諧，與大自然中的「沒有傷害」的和諧不同，建立在對奴隸的身心傷害的基礎上。「魚人」的一個顛覆現政權的夢，就是趁普洛斯睡熟的時候，把一顆釘子敲進他的腦袋結果他的性命。

「魚人」的另一個夢，就是他對美麗的米蘭達的「邪念」。米蘭達是莎翁筆下一個動人的人文主義的女性形象，她清晰地記得父親的魔法造成的船難，「我瞧著那些受難的人們，我也和他們同樣受難」。但她並不同情「魚人」，就像許多歐洲人文主義者並不同情猶太人一樣，因為她覺察到這個「惡人」的「邪念」。

在莎翁筆下，「魚人」的「邪念」，首先是人皆有之的性幻想和愛美之心的表現。他平生只見過兩個女人，即他的老娘和米蘭達。在他眼裡，米蘭達比他老娘好看許多倍，就像天地的差別一樣。可見，「魚人」是個有審美意識的人，有比較的審美眼光，避免個人情感的介入。

但更重要的是，「魚人」的性幻想，同時是一個政治夢：假如一個野蠻人與文明人生出混血兒，其後裔的政治和社會立場，就有可能站在土著一邊，就有可能改變這個世界。如此異想天開的夢在美國部分地實現了：據調查，歐巴馬的祖先就是美國歷史上第一位紀錄在案的非洲黑奴。

當我們懂得了「魚人」夢的複雜性，就可以進而琢磨：他為什麼可以給我們照一面鏡子？

半完成的人和世界

首先，「魚人」形象，在象徵意義上，是我們的未完成狀態的寫照。我們雖然在形體上進化為健美的人，但在精神上並沒有完全擺脫獸性。瑞典詩人特朗斯特羅默有一首詩題為〈半完成的天空〉，我把這一詩語視為一個隱喻：天體大宇宙是半完成的，人體小宇宙也是半完成的。無論在體育運動員還是在高僧大德中，或在藝術家和作家中，都找不到百分之百完成的人。半完成的人應當有一個完成之夢。用佛教術語來說，一個人在修持中，或在精神旅途中開悟的證量愈高，完成的百分比就愈高。

其次，莎翁的荒島所象徵的世界，其不人道不公正的一面，並沒有從現代和後現代社會消失。我們的這個世界也是半完成的。在專制國家，普洛斯的兩手統治策略，運用得更為嫻熟，更為殘酷。同樣，奴隸的政治夢，在今天不僅僅是一種幻想，而且在局部地區是一種暴力行動，儘管這種暴力遠遠不及統治者的殘暴。當然，任何暴力傾向都需要馴化，但首先需要對統治者的馴化和統治者的自我馴化。相比之下，那些在專制統治者面前只說「好話」的知識分子，不如「魚人」這個從未被真正征服的奴僕。

作為老牌帝國的大不列顛，其野蠻性的馴化和自我馴化已經達到他們可以炫耀的程度，如奧運開幕式中，英國的全民醫療保障體系就是作為亮點來展示的。與此相得益彰的是，隨著社會達爾文主義和殖民主義的殘酷的一面日益顯露，《暴風雨》新近的改編本對凱列班形象傾注了更多的同情。

最後的大夢初醒

普洛斯也在做夢。但他的權力夢最後消散了，開始做另一種夢，實際上，像「魚人」夢一樣，是莎翁之夢。戲劇結尾，莎翁讓劇中人普洛斯從角色中跳出來，以演員的身分說話，生發了「世界大舞台」的比喻：

我們的狂歡現在結束了。我們這些演員，／如我曾告訴過你們的那樣，原是一群精靈，／現在融入空氣，融入稀薄的空氣：／如同這縹緲虛無的幻景一樣，／入雲的樓閣，堂皇的宮殿，／莊嚴的廟堂，連同地球本身，／及其承載的一切，都將消散，／就像這過客的幻景奇觀消散過後，／連行李架也不會留下。我們都是造夢的材料／捏出來的，我們短暫的人生，／前後都環繞在睡夢之中。

莎翁這一手法，在藝術上開了魔幻現實主義和荒誕派戲劇的先聲。在思想上，正如《金剛經》揭示的那樣：「一切有為法，如夢幻泡影，如露亦如電，應作如是觀。」可以說，《暴風雨》戲劇的終點就是普洛斯領悟空性的開悟的起點。這段話啟迪我們：殖民者和被殖民者，統治者和被統治者，即使不能由社會制度拉平，最後也將在偉大的死亡面前拉平。

我們雖然沒有在閉幕式上聽到這段台詞，但「倫敦碗」的設計，似乎在告訴我們：沒有不散的筵席。那大規模的臨時看台，絕大多數座位都是可以拆卸的。「就像這過客的幻景奇觀消散過後，／連行李架也不會留下。」

這樣的空觀，是西方和東方都可以證悟的。英國詩人班・瓊森（**Ben Jonson**）早就說過：莎士比亞不僅僅屬於一個時代，而是屬於所有的時代！

《暴風雨》的「魚人」夢，是值得我們這個時代的每個人分享的美夢。

註釋

1 威廉・莎士比亞（一五六四—一六一六），英國文藝復興時期的大劇作家、詩人，著名劇作有悲劇《哈姆雷特》（*Hamlet*）、《奧賽羅》（*Othello*）、《李爾王》（*King Lear*）、《馬克白》（*Macbeth*），喜劇《仲夏夜之夢》（*Midsummer Night's Dream*）和《威尼斯商人》（*The Merchant of Venice*）等，還寫過一百五十四首十四行詩和二首長篇敘事詩。

走出地獄

紀念詩人米爾頓四百周年冥誕

在〈題米爾頓畫像〉（Epigram on Milton）一詩中，英國詩人約翰・德萊頓（John Dryden）對他的前輩詩人約翰・米爾頓（John Milton）[1]推崇備至，在他的想像中，大自然女神為了塑造米爾頓，已經窮盡了她的創造力，只好把希臘荷馬的「思想的崇高」與羅馬詩人維吉爾的「雄渾」糅合起來，創造出她的第三位詩人寵兒米爾頓。也有人認為，米爾頓的詩美，僅次於莎士比亞和《聖經・雅歌》，這也許有過譽之嫌。更公正的評價，是許多批評家把米爾頓視為繼莎士比亞和喬叟之後的第三位偉大英國詩人。

米爾頓於一六〇八年生於倫敦一個清教徒家庭，今年（二〇〇八）是這位偉大詩人冥誕四百周年紀念。英美學界文壇和圖書館有不少專題學術研討會、紀念活動和書畫展覽。

詩人的母校劍橋大學基督學院，早就把「基督學院的夫人」美名惠贈給他，彰顯了米爾頓的「雄渾」聲音中溫柔的一面——這是他在大學期間初試歌喉的陰柔之美。此後，人文關懷與清教徒思想相互交織，使得米爾頓詩文充滿陽剛之氣。

一六三八年，米爾頓前往義大利旅行，親自到當時因宣揚「日心說」而被囚的伽利略獄中探監。次年，英國內戰爆發前夕，米爾頓回國參與革命，寫了大量小冊子，支持國會。《論出版自由》是他反對檢查制度的名著。內戰爆發後，他支持克倫威爾領導的國會革命軍隊。王黨軍隊敗北，查理一世被處決後，他發表政論《論國王和官吏的職權》，認為政府必須經由被統治者的認可才能成立，臣民沒有忍受不公正的統治的義務。

一六四九年，米爾頓由革命政府任命為共和國拉丁文祕書，多次起草為英國人民辯護的文章，駁斥保皇派的攻擊。遺憾的是，他同時也充當了檢查官的角色。由於操勞過度，米爾頓雙目失明，同時失去愛妻，接著在王政復辟時期鋃鐺入獄，著作被付之一炬。出獄之後，詩人隱居寫作，口授完成長詩《失樂園》和《復樂園》以及詩劇《大力士參孫》三部巨著。

米爾頓集思想家、作家和詩人、英國公民等多重角色於一身，他從各個不同的角度啟迪人們的思想行為。在《論國王和官吏的職權》中，米爾頓認為人們往往受制於雙重暴政：「外在的習俗」和「內在的盲目」。前者可以引申出沙特的「他人即地獄」的命題，後者發展為米爾頓自己的「自我即地獄」的命題，在《失樂園》中得到明確的表述。在這部史詩中，上帝派神子耶穌下凡布道，同時派撒旦來考驗耶穌。耶穌經受了財富、肉慾、權力和榮譽的各種考驗，彰顯了完美的人格和順從神意的決心。詩人把耶穌塑造為一個清教徒的典範，一個理想化的資產階級革命家。詩歌中的撒旦，同樣是革命者，可是，他遭受迫害後墮落了。詩中墮落後的撒旦吟唱道：「心靈可以在天堂裡造一個地獄，在地獄裡造一個天堂。」他接著悲嘆道：

我的悲哀！無邊的憤怒，／無邊的絕望，我要飛向哪條道路？／我飛向的道路就是地獄；自我即地獄。

米爾頓的寓意在於：封建貴族的打壓和資產階級自身的道德墮落，導致革命失敗，而只有正義和理想，才是人類幸福的指望。自我之所以成為地獄，是因為自我墮落了，自我閹割了，甚至甘於沉溺在「暴君的地牢」中，只有贏得革命才有出路，才有拯救的可能。

米爾頓似乎沒有接觸過東方的佛教文化，但他的箴言往往與佛學相通。他眼中的「雙重暴政」，相當於佛家所說的「外魔」和「內魔」。「法不孤生，依緣而起」，「外魔」就是這樣一個共生緣起的網路。米爾頓說：「我是我所遇見的一切事物的一部分。」表明他無法擺脫這個外在的網路。「內魔」的「我執」或「無明」造成的「心獄」，是「入邪道法」，而「天堂」、「淨土」，同樣是我們自造的心淨的境界。因此，走出地獄，既是入世關懷社會的過程，也是出世破除「我執」的過程。

作為主張共和的政治家，米爾頓參與的那場革命失敗了，但在道義上，革命最終並沒有失敗。在《失樂園》中，詩人尖銳指出：「靠暴力征服的人，征服了，但被征服者的半數成了他的敵人。」反思暴力的米爾頓精神，伴隨著英國資產階級再次發動不流血的「光榮革命」，建立了一個君主立憲國家。

作為一位英國公民，米爾頓是公民維權運動的先行者。他筆下以「良知」為根基的「自由」、「權利」等抽象的政治哲學概念，三百多年來，在英國和西方民主國家，經過一次又一次的確認，早已成為一項實體法的原則而得到法律的保障。由此可見，米爾頓的啟迪，不僅是政治意義上的，同時也是宗教和道德意義上的。在他眼裡，「上帝的眼睛命名的第一件事，是『孤獨』，其次才是『善』。」依照上帝命名的第二件事去行「善」，就能排解「孤獨」。正如美國作家湯瑪斯・霍華（Thomas Howard）所闡釋的那樣：「每個人都在做自己的事情，就是地獄；每個人都在做上帝的事情，就是天堂。」對於那些非基督徒，只要把這裡的「上帝」置換為「他人」就行，但並不因此而違背以「善」和「愛」為核心的基督教教義。換言之，以利他之心做有益於社會的事情，對那些值得你幫助的義人，那些被壓迫被凌辱的弱者和貧困的窮人伸出援手，是牽引自我和他人共同走出地獄的一條途徑。

米爾頓既是社會的產兒，也是大自然的情人。他早年的抒情詩，尤其是詩人獻給友人的輓歌〈利西達斯〉(Lycidas)，帶有濃郁的牧歌情調。他說：「大自然懸掛天空的星星，灌滿永恆之油的燈盞，照亮了迷途的孤獨的旅行者。」法國革命之後，浪漫主義詩人威廉・華滋華斯就曾在他的十四行詩〈倫敦，一八〇二〉中認識到：「我們（英國人）是自私的人，」他因此祈求米爾頓重新回到英國人中間，給他們以「禮貌、善德、自由和力量」。偉大的現實主義小說家湯瑪斯・哈代也深受米爾頓詩文的影響。由此可見，米爾頓既啟迪了浪漫主義詩人的「回歸自然」，又啟迪了現實主義作家的社會批判。

最後彌留人間窮困潦倒的米爾頓，對自己的人生選擇沒有懊悔。一六七四年，米爾頓六十六歲那年不幸逝世，如他預言的那樣：「死亡是打開永恆宮的金鑰匙。」在他身後三百多年間，依照佛教的轉世觀念，不死的米爾頓不斷乘願再來，伴隨著世人，並將繼續伴隨我們前行。美國紐約公共圖書館今年的專題展覽，題為「約翰・米爾頓四百年：生命之外的生命」。

米爾頓的母校劍橋大學圖書館的專題展覽，標題更富於詩意和禪意：「活在此時：約翰・米爾頓一六〇八—二〇〇八」。

這裡標明的米爾頓生卒年，將在人類每一次慶祝新年來臨時不斷刷新。

《聯合報》二〇〇八年十二月二十九日

註釋

1 約翰・米爾頓（一六〇八—一六七四），英國詩人和思想家，曾參與清教徒革命活動，出版反對書報審查制的《論出版自由》（*Areopagitica*），王朝復辟後一度羈獄，晚年雙目失明，口述完成《失樂園》（*Paradise Lost*）、《復樂園》（*Paradise Regained*）和《大力士參孫》（*Samson Agonistes*）等著名長詩。

東方與西方在這裡相遇

紀念威廉・布雷克冥誕二百五十周年

英國作家吉卜齡（Rudyard Kipling）在十九世紀末葉說過，東方與西方永遠不能相遇。實際上，當時的佛學已有西漸之勢。到了二十世紀六、七〇年代，金斯堡（Allen Ginsberg）等一代美國詩人、作家把學佛推向一個高潮。在西藏喇嘛創巴（Trungpa）仁波切創辦的那洛巴佛學院（Naropa Institute）附屬的詩歌學校，金斯堡講課的主要內容就是布雷克詩歌。他聲稱「布雷克是我的老師」，主要原因，就是因為布雷克引發了他早年向佛的幻想。

威廉・布雷克（William Blake）[1]，堪稱英國最具神祕色彩的浪漫主義先驅詩人和畫家。他的詩畫充滿奇幻的隱喻和象徵，捕捉了現代人的孤獨、苦悶和精神追求的複雜心態。二〇〇七年布雷克冥誕兩百五十周年，英美各地的文藝界紛紛舉辦紀念性的學術研討會、詩歌朗誦會、音樂會和圖文並茂的展覽活動，引發了一陣布雷克熱，展現了東方與西方在這裡相遇的奇特景觀。

布雷克被廣為引用的四行詩：「一沙一世界／一花一天堂／掌心有無限／瞬間有恆常」，道盡物我關係和時空的詭譎，為佛家禪門津津樂道。布雷克原本受洗為基督徒，並未直接讀過佛教經典。但他認為人各有面，其心相通，不同宗教同出一源。他對東方思想的了解，限於印度教和婆羅門教，主要借重印度經典《薄伽梵歌》的英譯本。書中的「神人」奎師那，是蘊含萬有的宇宙形象，他在一場戰爭爆發之前，對一個怯戰的王子談了許多人生道理，廣泛涉及瑜伽和冥想、責任和愛心、善與惡、軀體與靈魂，人、自然與神之間的關係，指引人類覺悟的途徑。

布雷克的長詩《四天神》（*The Four Zoas*）顯然受到《薄伽梵歌》的靈感的啟迪。詩人虛構的「神人」或「宇宙巨人」艾爾比奧（Albion）有四個傳人（或原則），可分別意譯為智力神（Urizen）、情緒神（Luvah）、感官神（Tharmas）和慧心神（Urthona）。他們在東南西北各居一方，和諧相處。自從智力神篡奪了慧心神的方位之後，「智力神開始統治心靈的領域，現實分裂出二元性……」四天神從此牴牾不合，人類失去了原初的純潔，失去了發覺隱匿的「無限性」的「神聖靈視」（Divine Vision）。這是一種以大愛為核心的利他之心，與之相對的，是狹隘的利己之心，詩人以ratio（比率）一詞加以說明。該英文詞源出拉丁文名詞rati（計算），其相應的動詞含有考慮或思考之意，由於布雷克明顯的貶義用法，不妨譯為「算計」。詩人寫道：「看到萬物的無限性的人看到的是上帝，看到『算計』的人只能看到他自己。」因此，如何恢復「神聖靈視」，成了這首詩探討的主題。

從西方文明的角度來看，《四天神》上承希臘文化的「四根說」和希伯來《舊約》，下啟精神分析大師佛洛伊德的人格結構說和榮格的心理類型說。儘管布雷克不熟悉佛教禪宗和中國哲學，但從比較文學平行研究的角度來看，頗多可以互相闡釋之處。例如，看重「算計」的智力神體現了「我執」的特徵，慧心神則具有「般若」智慧和真純或「慧根」，這正是佛性的體現，而佛家往往把慈悲和智慧視為同一，由此可見東方和西方共通的人文主義理想。智力神謀求私利，他對慧心神的擾亂，是「利令智昏」的結果。此外，慧心神富於想像，甚至等同於想像，這是造就詩人的潛力。而在禪坐中，所謂「觀想」，就是一種形象思維。密宗修煉者要觀想本尊或諸尊，乃至觀想佛陀，就是恢復「神聖靈視」的修行。有「神聖靈視」才有「真知灼見」的「慧眼」，它的失落是人的「無明」或「知識障」的蒙蔽所致，它的恢復，就是佛家所說的「覺悟」。由於布雷克的哲學體系中有女性和男性原則，並且把四天神配以方位，因此，也可以與《易經》的太極兩儀四象以及五行生剋的學說進行比較研究。

《四天神》的恢復「神聖靈視」這一主題，在布雷克另外兩首寓言詩〈耶路撒冷〉和《米爾頓》中得到進一步深化。詩人同時涉及哲學認識論的問題。在〈耶路撒冷〉中，他這樣召喚這個聖城：

> 河流山岳城市村莊／都是人，當你進入這些外物的／胸懷，你就擁有內在的天堂和／大地，你所見一切在與不在／全在你的想像中／必朽的世界只是一個影子／一旦步入想像的領域／並假定它的真實，／外部世界就會應和你的構想

這裡明顯受到柏拉圖的「理式」說的影響，而柏拉圖的「絕對理式」是與佛家所說的「終究實相」相通的。布雷克詩中的禪意暗示出，所謂「現實」或「實相」，乃是我們心靈的映象。這種見地接近佛家「萬法唯心」的道理，強調了審美活動中欣賞者的主體性。在〈天堂與地獄的婚姻〉中，布雷克指出：「同一棵樹，愚人與智者所見不同。」這正是中國人所說的見仁見智的區別。推論起來，就是：在觀賞同一個審美對象時，智者見智，愚者見愚。當布雷克神遊耶路撒冷，他似乎看重想像中的「時間維」，也許

啟迪過愛因斯坦相對論的四維空間的假設。詩人在這裡彷彿步入了四維空間的美妙世界。

布雷克的長詩《米爾頓》是對前輩詩人米爾頓《失樂園》的重新闡釋，從中可以看到黑暗與光明之爭的神話原型，並且深入人的內心層面：「有負面有正面：負面必須摧毀以挽救正面。負面是鬼性，人類的智力：這是一個假軀體，遮蓋我不朽精神的軀殼，是必須掃除乾淨的自性。以自省來淨化我的精神面貌吧，在生命之水的沐浴中，清洗非人的因素。我在進行自我殲滅，高攀宏偉的靈感……」這裡更多地體現了與中國陰陽哲學的相通之處。所謂「鬼性」（Spectre），相當於佛家所說的內魔；「假軀體」（false Body）或「軀殼」（Incrustation），相當於佛家所說的地水火風「四大」假合而成的人體「臭皮囊」；而「自我殲滅」就是「破除我執」。我們在這裡看到的布雷克自畫像，彷彿是在恆河聖水中沐浴的一位金髮碧眼的詩人。

然而，在〈經驗之歌〉中，布雷克卻設身處地把自己想像為一隻尋常的蒼蠅，表現了詩人類似於大乘佛教的眾生平等的大愛：

> 我也許就是像你一樣的一隻蒼蠅？／你也許就是像我一樣的一個人？

今天我們紀念的，就是這樣一位生前鮮為人知的平凡的人，身後享譽世界的偉大詩人。

《聯合報》二〇〇七年十一月二十八日

註釋

1 威廉・布雷克（一七五七—一八二七），英國詩人和畫家、雕塑家，一生以雕刻、繪畫維生，浪漫主義先驅，作品極富神祕色彩。其代表作有《天真之歌》（*Songs of Innocence*）、《經驗之歌》（*Songs of Experience*）、長詩《四天神》等，曾為《神曲》等經典文學作品製作插畫。

廢奴運動的詩歌

紀念英國廢除奴隸貿易兩百周年

在古希臘喜劇家阿里斯托芬的作品中，一個農民抱怨說：有的人奴隸成群，有的人連一個奴隸也沒有！由此可見，對於奴隸制天經地義的合理性認同，有根深柢固的歷史淵源。萌生於古希臘羅馬的民主制度和人文主義，最大的欠缺就是把奴隸排斥在「人」的範圍之外。

這種殘酷的歷史延續了兩千多年，直到十九世紀，英國於一八〇七年三月二十五日通過了《廢除奴隸貿易法案》。在今年紀念廢除奴隸貿易兩百周年的活動中，英國首相布萊爾對英國在奴隸貿易中的作為及其帶來的苦難，表達了深深歉意。

英國廢奴運動，是在基督教福音派的推動下興起的。一七八三年，新教和平主義者的「貴格會」成了第一個倡導廢奴的組織，並通過一位議員正式上書國會。與此同時，當時的一位主教呼籲英格蘭聖公會停止捲入奴隸貿易，改善奴隸生活狀況。一七八七年五月，社會活動家夏普（Granville Sharp）、克拉克森（Thomas Clarkson）、威伯福斯（William Wilberforce）和貴格會教友創立「廢除非洲奴隸貿易協會」，最初向英國國會上書反對奴隸貿易。

在這一運動中，深受奴役之苦的黑人起到重要作用。一位皇家海軍軍官手下的黑奴厄奎亞諾

（Olaudah Equiano）跟隨主人周遊世界，於一七八九年發表第一部奴隸自傳，是奴隸貿易的生動歷史見證。作為下議院議員的威伯福斯，成為廢奴運動的傑出領袖，被後人譽為「英國的林肯」。他和「克拉彭聯盟」的基督徒一道，以畢生精力和道德表率，最後推動國會通過了《廢除奴隸貿易法案》。

廢奴運動在政治哲學、人權思想和宗教領域興起的同時，在詩歌中同樣找到了有力的喉舌。不少詩人反奴隸制的傑作，富於高度的思想意義和審美價值。

首先值得推崇的，也許是浪漫主義「湖畔詩人」華滋華斯（William Wordsworth）[1]，他於一七九四年在湖區結識克拉克森，兩人在思想上一拍即合。他們終於促成了廢奴運動的勝利。詩人熱情歌頌克拉克森的功績，揮筆寫下十四行詩〈致湯瑪斯·克拉克森，關於廢除奴隸貿易法案的最後通過〉（To Thomas Clarkson, 1807）：

> 克拉克森！攀登一座頑固的山崗／你深知那是多麼可怕，多麼艱難，可是／你的激情無人可以匹敵：／你從熾烈的青春起步，／最早引領這崇高的事業，／聽到持續不斷告誡的聲音，／出自你童真心聲的神諭的靈府，／第一次激發你——啊，那是「時代」真正的夥伴，／「責任」的無畏的臣民，看，凱旋的／棕櫚葉，將被萬國佩帶！／血染的著作永遠激勵人心；／從此你將擁有賢人的沉著，／偉人的福祉；你的熱忱將得到／棲息之地，你這堅貞的人類之友！

克拉克森早在劍橋大學求學時，就以一篇思考奴隸制的拉丁文文章獲獎。後來，他自稱接受了來自上帝的「天啟」，於一七八六年把這篇文章譯為英文，給英國社會帶來強烈的思想撞擊，從此，他不倦地從事廢奴運動，因此多次遭到奴隸販子雇傭的刺客攻擊。負傷逃生之後，他騎馬周遊英國，到處採訪海員，搜集奴隸貿易的罪證，不斷發表小冊子。這些珍貴的歷史文獻，就是華滋華斯讚美的「血染的著作」，肥沃了英國土地上的自由花草。

人類的真正自由，是每個個體的自由。正如詩人威廉．古柏（William Cowper）[2]在〈使命〉一詩中所寫到的那樣：「英國的奴隸無法呼吸；他們的肺／吐納我們的空氣的時候，那才是自由」。在逆境中的古柏曾得到作曲家約翰．牛頓（John Newton）的幫助。牛頓原本是奴隸販子，懺悔後皈依福音派參加廢奴運動，同時成為威伯福斯的好友，他建議剛剛信主的威伯福斯不要退出政界放棄政治途徑。古柏的〈給威廉．威伯福斯的十四行詩〉（Sonnet to William Wilberforce, Esq）同樣從道德、政治和宗教的角度肯定了這位廢奴運動領袖的「光榮的事業」。詩人把他譬為「窮人的朋友」，打破了加諸奴隸身上的「不道德的鐐銬」，他不但「贏得英國上議院側耳傾聽」，而且將「贏得來自世上一切正義者的／尊重和愛，來自遼闊天國的祝福！」

從政治的角度來看，英國廢奴運動中由福音派推動的議會政治，與法國廢奴運動中由啟蒙思想推動的革命政治，是兩條不同的途徑。革命的呼籲在英國一般比較微弱一些。曾經為法國革命歡呼的華滋華斯，看到暴力的血腥之後，一度非常失望而立即轉向。蘇格蘭民族詩人羅伯特．伯恩斯（Robert Burns）的名作〈蘇格蘭人〉（Scots Wha Hae），與法國革命是遙相呼應的。由於古代的侵略戰爭往往使得戰俘淪為奴隸，詩人把英格蘭侵略蘇格蘭的歷史和現實結合起來，號召自由戰士：「打倒驕橫的篡位者！／死一個敵寇，少一個暴君！」

反侵略戰爭的正義性無可厚非。但是，歷史表明，「革命人道主義」有其邏輯上和實踐上的兩難。暴力革命的非人道的一面難以避免。普世人文主義是人類更為寶貴的精神財富。英國浪漫主義先驅威廉·布雷克就在一定程度上顛覆了基督教的傳統教義，當然，他並沒有否定基督教人文主義的「被造平等」的信念，但他更多地從東方宗教中吸取人文精神的營養。冒險家斯特德曼（J. G. Stedman）的航海筆記中關於奴隸生活的記述，啟迪了布雷克之詩的靈感。斯特德曼本人是參與鎮壓南美洲蘇利南奴隸叛亂的一個荷蘭士兵，其著作精蕪雜陳，但布雷克去蕪取菁，借以創作了〈小黑孩〉（The Little Black Boy）、〈奴隸哀歌〉（The Slave's Lament）等描寫黑奴的詩歌作品，詩人把遭受殘酷鞭笞的奴隸視為「最親愛的朋友」，為他們哀傷不已。他還繪製了不少表現奴隸悲慘境遇的插圖，令人警醒。

這種普世人文主義，正是許多黑人作家和詩人的共同精神支柱。黑人婦女蘇珊娜·沃茲（Susannah Watts）在〈奴隸們向英國女士們的致辭〉（The Slaves' Address to British Ladies）一詩中這樣呼籲道：

想一想，多麼穩當，只有死神能夠／從你們懷裡把你們可愛的孩子奪走；／可我們的孩子還活著，就永遠失去了——／他們被拆散了，帶走了，販賣了！

詩人以慈母之心來激發白人婦女的同情，同時激發了廣泛的人道同情。

回眸歷史過後，我們發現，在當今世界「碩果僅存」的極權國家，甚至在自由世界不完善的民主制度下，奴隸制的殘餘仍然存在，例如拐賣婦女兒童，欺壓農民工，招募童工和娃娃兵的現象，一直禁而不止。因此，阿里斯托芬的喜劇人物對於那個問題的抱怨，歷史應當給與這樣的糾正：有的人成了奴隸主，有的人卻仍然是他人的奴隸！

《聯合報》二〇〇七年五月三日

註釋

1 威廉．華滋華斯（一七七〇—一八五〇），英國浪漫主義詩人，可說是文藝復興以來最重要的英語詩人之一，與雪萊、拜倫齊名，代表作有《序曲》（*Prelude*）、《漫遊》（*Excursion*）等。

2 威廉．古柏（一七三一—一八〇〇），英國詩人，是當時最受歡迎的詩人之一，浪漫主義詩歌的先驅之一，與約翰．牛頓（John Newton）共同創作《奧爾尼詩集》（*Olney Hymns*），代表詩作有〈使命〉（The mission）、〈被拋棄的人〉（The Castaway）等。

從湖畔到戰壕

英國詩人湯瑪斯和他的詩作

二十世紀初葉英美文壇流傳著一段佳話：當美國詩人佛洛斯特（Robert Frost）和龐德（Ezra Pound）出現在倫敦文人圈子時，愛德華·湯瑪斯（Edward Thomas）[1]以精采的詩評提升了佛洛斯特的詩名，同時最早在英國介紹了龐德。此後，佛洛斯特鼓勵湯瑪斯把自己的美文變為詩韻。結果，三十六歲才開始寫詩的湯瑪斯，同樣成了一位傑出詩人，W·H·奧登和謝默斯·希尼（Seamus Heaney）等後起之秀極為推崇的詩人。

湖畔自然詩人

詩人經常出沒在他的故鄉威爾士黑山腳下的小湖和著名的英國湖區，或獨自徜徉於湖畔，或游泳擊槳於湖中，然後在詩中讓如鏡的平湖映照出他心湖的景觀，蕩漾起精神的漣漪。二十年前，我第一次讀到湯瑪斯的〈七月〉（July）及其中譯時，詩中英國鄉村的湖光山色和「天人合一」的境界（詩人在一封書信中自言：**Man seems to me to be a very little part of Nature**），及其與中國詞體接近的形式，激發我以〈水調歌頭〉重譯了這首詩（載《英美抒情詩新譯》），為了與原文比照，中譯依照原詩分行排列：

萬籟靜無念，但見白雲飄，平湖如鏡，／舟影輕蕩共雲搖。／劃破沉沉炎暑，／驅散絲絲寂寞，極目入林梢：／歸鳥或纖芥，／睡意幾時消？
曉天白，明霞染，碧空高，／撒落湖畔，葦間涼氣聚難銷，／映入悠悠雲水，／忘卻紛紛物我，沙漏滴悄悄，／臥聽斑鳩語，／詩意滿青霄。

Naught moves but clouds, and in the glassy lake / Their doubles and the shadow of my boat. / The boat itself stirs only when I break / This drowse of heat and solitude afloat / To prove if what I see be bird or mote, / Or learn if yet the shore woods be awake.
Long hours since dawn grew, spread, and passed on high/ And deep below, I have watched the cool reeds hung / Over images more cool in imaged sky: / Nothing there was worth thinking of so long; / All that the ring-doves say, far leaves among, / Brims my mind with content thus still to lie.

懂得雙語的讀者不難發現，除了末行意譯有所變通之外，中譯其他各行均比較貼近原文。

超越民族主義的戰士詩人

多年後，我才知道，這樣一位有維吉爾田園風格的自然詩人，同時也是一位戰士詩人。

那是在一戰爆發之後，歐洲各國民族主義欲火熾烈之時。民族主義者看不到戰爭的反諷或悖論，例如義大利的未來主義者，盲目地把戰爭浪漫化為蕩滌汙垢淨化世界的大掃除。在英國，愛國詩人格倫費爾

（Julian Grenfell）的〈上戰場〉（Into Battle），以一種狂熱的非黑即白的是非觀來鼓動戰爭：「不戰的就是行屍走肉，／戰死的就會延年益壽」。布魯克（Rupert Brooke）則在著名的《一九一四年》十四行詩組詩中暗示出：戰神勝似美神，劍勝似犁。

早在戰前，湯瑪斯就認為城市化和工業化正在摧毀鄉村的質樸生活，惡化人與自然的和諧關係。當德國先後向俄國、法國宣戰，並入侵中立的比利時，擔心唇亡齒寒的英國不得不向德國宣戰。此時，有妻室兒女的湯瑪斯陷入一場內心衝突的風暴：是舉家避居美國投奔佛洛斯特還是執筆從戎？

矛盾中的湯瑪斯懷抱的是另類愛國主義，與流行的崇尚暴力的大國沙文主義和狹隘的民族主義大相徑庭。在英語中表達國家概念的多個近義詞中，state或nation與motherland是有所區別的。湯瑪斯所愛的，不是前者，不是作為國家政體的大英帝國，而是後者，用他自己的話來說，「英格蘭是這樣一片土地：我們也許並不占有卻是它的主人。英格蘭不是一種觀念，甚至不是一個國家（nation）而是一片非常特殊的地方，是適宜詩人安家的地方。」這樣的觀點，與詩人所討厭的他父親的立場也是牴牾不合的。父親是英國政府部門的職員，積極備戰的執政黨自由黨黨員。在湯瑪斯小有文學成就時，父親仍然要他進行政機構謀求官職。

最後在一九一五年七月，在他曾經「舟影輕蕩共雲搖」的七月，湯瑪斯加入英軍「藝術家槍桿」（the Artists Rifles）志願兵團。要問他為什麼從軍，是天真還是同情，是想充當前線記者發現戰事的「素樸的真實」還是有自殺傾向？他撿起英格蘭的一撮土壤說：「確切地說是為了這個。」

當年，參加一戰的許多英國人，都是熱愛土地鄉村農夫。湯瑪斯在〈雞鳴〉（Cock-Crow）一首詩中生動地記述他們脫下農裝換戎裝的情景。在這首詩的較為規整的韻律中，我發現了英文詩中很難見到的接近於中國律詩的對仗，把它譯成了一首差不多可以行行與原文對照的七律：

夜孵思想森林旺，光若斧頭斷樹椿，雙唱金雞報曉色，一吹銀響驅幽惶：
晨曦放眼角笳引，信使增榮手臂揚，擠奶鄉夫相對看，軍靴戎服出農莊。

Out of the wood of thoughts that grows by night/ To be cut down by the sharp axe of light, / Out of the night, two cocks together crow, / Cleaving the darkness with a silver blow: / And bright before my eyes twin trumpeters stand, / Heralds of splendour, one at either hand, / Each facing each as in a coat of arms: / The milkers lace their boots up at the farms.

從這首詩來看，湯瑪斯出征之前，度過了多少浮想聯翩深入思考的不眠之夜。

當湯瑪斯從思想的森林中醒來，面對他的父親把德國人妖魔化時，父子倆大吵了一架，激發湯瑪斯寫了〈這不是小是小非〉（This Is No Case of Petty Right or Wrong）一詩，開頭幾行，詩人這樣寫道：

這不是政治家或哲學家可以判斷的小是小非。
我不恨德國人，也不隨著英國人的愛而頭腦發熱，以取悅報紙。

湯瑪斯的這種從軍心態，也許啟發了葉慈對戰爭的思考。一戰將近結束的一九一八年，葉慈（W.B. Yeats）在〈一個愛爾蘭飛行員預見死亡〉（An Irish Airman Foresees His Death）一詩中，以一位戰士的第一人稱的視角寫到：「我與劫數有約／相聚雲天之外。／與我激戰的我不恨，／我所捍衛的我不愛」。詩的主人公這樣解釋自己從軍動機：「一股寂寞中興奮的衝動／驅使我捲入騷亂的雲空」。這種心態，或多或少也是湯瑪斯的心態的一種寫照。湯瑪斯表示，他之所以「投身這硝煙彌漫的風暴」，並非出於正義與非正義之間的選擇。「但我將惦記歷史學家可以從灰燼中／耙出來的新生命，當他們也許不可理喻地看到／長生鳥靜靜孵蛋的時候。／跟著最優秀最平凡英國人一道／我卻在哭訴，上帝拯救英格蘭……」。同時，我們應當想到，任何人做任何事情，都不是出於單一的動機。湯瑪斯最後把他的母國擬人化，這樣表達他的愛國情操：

> 是時代造就了她，是她從塵土中造就了我們：／她是我們所知道的一切，我們賴以生存並信賴的一切她是優秀的必須延續的，愛她愛得真切：／就像愛我們自己就像恨她的敵人一樣。

在這裡，詩人的愛憎也是超越民族主義的。他心目中的敵人，包括像他父親那樣的「大腹便便的愛國者」或英國的民族敗類，而作為敵軍的德國士兵，倒有可能同樣是戰爭受害者。

復活節牽戰士心

當湯瑪斯奔赴法國前線，來到戰事最為慘烈的西線，他更真切地感受到這一點，如他在〈雨〉中所寫到的那樣，死難者如「一大片折斷的沉寂而僵硬的葦草」。在〈貓頭鷹〉一詩中，夜深人靜之時，像遊子一樣饑寒倦怠的戰士聽到的，「只有一隻貓頭鷹的叫喚，一聲最憂鬱的叫喚，」「星辰下棲息的所有的人，／所有的戰士和窮人，都無法高興起來。」

懷抱悲憫之情的湯瑪斯把個人體驗化為集體記憶，直面死神，寫下了令人盪氣迴腸的四行詩〈回憶〉（In Memoriam），我譯為一首七絕：

花叢林晚影深深，復活節牽戰士心，
回望家園情侶遠，芳菲同擷再難尋。

The flowers left thick at nightfall in the wood / This Eastertide call into mind the men, / Now far from home, who, with their sweethearts, should / Have gathered them and will do never again.

這是詩人對前一年（一九一五）復活節的回憶，堪稱絕命詩。戰士軍前半生死，他們遠離家園，既是生者在地域意義上遠離英格蘭家園，也是死者在時間意義上遠離末世拯救的精神家園。一九一七年復活節那天，年僅三十九歲的湯瑪斯，不幸在阿拉斯戰役陣亡。後世批評家眼中的「一面英格蘭的鏡子」就這樣破碎了！

在詩人的最後歲月，他深深懷念並書函來往的「情侶」，是他多年保持柏拉圖式的精神之戀的女作家范瓊安（Eleanor Farjeon）。當年，正是活躍於文壇的她把佛洛斯特介紹給他。在湯瑪斯身後，幽明之間的神交沒有中斷。范瓊安的回憶錄《愛德華．湯瑪斯：最後四年》，就是她採擷的花朵編織的花環，敬獻在長眠於法國Agny軍事公墓的詩人墓前。

一戰爆發一百周年的紀念日不遠了。一戰之後的二十世紀，烽煙不斷，有許多值得我們像湯瑪斯一樣在靜夜中思考的歷史事件。

今天，在倫敦西敏寺詩人角可以看到一方石碑，紀念包括湯瑪斯在內的十六位偉大的戰爭詩人，石碑上銘刻著戰爭詩人威爾弗雷德．歐文（Wilfred Owen）的著名詩句：

> 我的主題是戰爭和戰爭的悲憫。詩歌在悲憫中。
>
> **My subject is War, and the pity of War. The Poetry is in the pity.**

註釋

1 愛德華．湯瑪斯（一八七八—一九一七），英國詩人和作家，第一次世界大戰爆發後應徵入伍，在法國東北戰場犧牲，主要作品有以筆名出版的《六首詩》（*Six Poems*），死後出版的《詩歌》（*Poems*），《最後的詩歌》（*Last Poems*）和《詩選》（*Collected Poems*）。

萊辛「太空小說」的意蘊

多麗絲．萊辛（Doris Lessing）[1]從記者那裡獲悉榮獲本屆諾貝爾文學獎的消息時，信口說道，「啊，基督！……我怎能不高興呢！」試想此時此景，一個穆斯林也許會喊真主或穆罕默德，一個佛教徒也許會喊阿彌陀佛，一個中國人也許會喊「我的天哪！」萊辛的即興反應，正好表明基督教文明滲透在她的血液中。

《聖經》的啟示

萊辛雖然生於波斯（今伊朗），在羅德西亞（今辛巴威）的農場中成長，但她的父母都是英國人。她從小上教會學校和女子學校，雖然不滿刻板禮教的束縛，卻深受早已成為西方主流文明基督教的薰染。但是，萊辛並不是受洗的基督徒，她有自己簡單而獨特的祈禱方式：「以感恩之心仰望天空就是最完美的祈禱。」基督教給予她的文學啟迪是：突破巴爾扎克式的現實主義，代之以《新約．啟示錄》一樣蘊涵救贖資訊的現實主義。

萊辛題為「南船老人屋」的系列「太空小說」五部曲，寫於一九七九年到一九八三年之間。第一部

《希卡斯塔》（*Shikasta*）和第四部《第八號行星代表的產生》（*The Making of the Representative for Planet 8*）都是借想像的外星人的先進文明來審視地球的落後文明，他們把地球命名為「希卡斯塔」，意為破碎的星球，是老人星開拓的第五號殖民地星球。在《希卡斯塔》開篇，可以讀到作者重新闡述《舊約》中的洪水方舟、巴別通天塔帶來的語言變亂和詛咒，「罪惡之都」蛾摩拉城慘遭毀滅的故事，以及上帝在西奈山授摩西十誡和世界末日的情形。這是對《舊約》的一種科幻性「修訂」，接著描寫的是西方世界江河日下的故事。

系列小說的第二部《第三、四、五區域的聯姻》（*The Marriages Between Zones Three, Four and Five*）以環繞地球的幾個區域的聯姻來探索人類性愛的特徵。第三部《天狼星實驗》（*The Sirian Experiments*）以天狼星降臨地球的野蠻訪客的視角考察人性和地球的興衰，最後一部《沃里帝國感傷的代理人》（*The Sentimental Agents in the Volyen Empire*），以星際大戰來諷喻地球的民族紛爭，解構從法國革命到國際共運的語言暴力。

就後起的基督教信仰而言，萊辛更看重的並糅合在小說中的，是基督教早期的一派，即強調某種靈的直覺的靈知派（Gnosticism）。雖然，萊辛並沒有以非黑即白的方式來刻畫人物，但是，貫穿在所有這些小說中的善惡之爭中，都可以發現精神追求者的一種神聖的皈依。他們中的某些人經歷過痛苦而艱難的歷程，最後終於「從善如流」。這個「流」，用萊辛的術語，是「大我情懷」（Substance-Of-We-Feeling）之「流」，是源遠流長並滲透在基督教和一切真正的宗教中的。而人類的困境和悲劇，歸根結柢都是「大我情懷」斷流的結果。

蘇菲主義的靈感

萊辛太空小說的寫作，受到蘇菲主義（Sufism）的深刻影響。萊辛於六〇年代在沙阿（Idries Shah）創辦的一所蘇菲學校接受其神祕主義教育。一般認為，蘇菲是伊斯蘭的一個派別。可是，依照沙阿的解釋，蘇菲比正統的伊斯蘭早出八百多年，伊斯蘭的一派接受了蘇菲，但蘇菲教義實際上蘊涵世界各大宗教的基本要素，不是穆斯林的獨占品。生於印度與阿富汗交界處的沙阿，是東方文化的集大成者，他的《東方魔法》（*Oriental Magic*），廣泛涉及以色列、巴比倫、埃及、印度的魔法、吠陀經典和苦行僧的修持，以及中國的巫文化。他以傳教故事和幽默見稱，幫助人們認識自身的弱點，提升自我的覺悟。蘇菲的救贖之道是「皈依神」，帶有泛神論色彩，不等於穆斯林的皈依「真主」。蘇菲可以說是一種想像的玄學，一種高深的宇宙學。

蘇菲給萊辛帶來的文學靈感，主要表現於她的太空小說的科幻現實主義或魔幻現實主義。她以蘇菲的進化觀點來描寫人類的歷史，並且以想像的外星人社會折射地球人世，這在第四部《第八號行星代表的產生》中，表現得頗為鮮明。遠離地球的八號星球在母星球老人星的牽引之下，是發展中的繁華世界，可是一場災變，使它陷進被一條冰河吞噬的危機中。星球居民面臨冰封雪蓋的嚴寒和饑荒的考驗。他們想移民地球的計畫也因地球自身難保而作罷，期待母星球的太空船接渡的希望也落空了。在救援活動中，母星球的特使約霍，充當了八號星球的最佳指導者。這個理想人物，既是「一」也是「多」，即個體和群體的統一。由於全部救援活動難以成功，星球居民陷入痛苦而絕望的深淵。

萊辛把她的小說人物置之死地，然後讓他們思考存在的本質及其意義，提出「我是誰」的問題。約霍首先向歷史的記錄者多格提出這類哲學問題。多格是集教師、巫醫、果園的守護者、詩人和歌手於一身的人物。小說最後透露出，他也是這部小說的敘述者。他的多重角色反應了萊辛對於作家的多種使命的文學觀。約霍和多格的哲學論辯，正是萊辛自己的思考。

沙阿講過這樣一個民間故事：一個小孩肢解了一隻蒼蠅，他凝視著扯斷了的蒼蠅的頭、腳、翅膀和胸腹的碎片，情不自禁地問：「那隻蒼蠅在哪裡？」萊辛借鑒了這個故事但略加變通。她描繪了一個富有儀式特徵和象徵意味的場面：約霍殺死並肢解了一頭羊，他詢問居民，羊的哪個部位代表羊的「自我」？顯然，一頭活羊的每個部位都是不能獨立存在的，無論羊頭還是羊腳都無法代表作為統一體的「自我」，構成生命的是一個不可割裂的有機整體。一頭死羊的「自我」更無從尋找。居民們進而領悟到不但身體不是「我」，心也不是「我」，因為心只是持續不斷的剎那而已，如同奔流不息的水流，每個瞬間都是一個新的瞬間。

約霍就是這樣不斷啟迪星球居民領悟到佛家所說的「無我」和「無常」。

釋、道、儒的透視

肢解動物追問「自我」的故事，類似於佛陀說法。佛陀就曾在想像中肢解自己的身體，啟迪弟子證悟空性。關於萊辛小說的釋家闡釋，楊薇雲在〈證悟的心：萊辛小說中佛法修行次第初探〉（《中外文學》第三十三卷第十期）做了詳盡探討。作者指出：約霍在開創八號星球的時候，就設計了一個「人無我」的命名體系，依照每個人的不同功能來給人取名，而且讓每個人隨著他或她的發展而獲得不同的名字，在必要時可以改名換姓，可以窮盡「我」的多種潛在可能性。在我看來，這種「無我」和「無常」的證悟，在某種意義上也不是東方特有的智慧。在古希臘的厄庇卡摩斯（Epicharmus）的一個喜劇殘篇中，就有這樣的話：今天的我和昨天的我，不是完全相同的人。

在約霍身上，同時體現了佛陀的大慈大悲或利益眾生的「大我情懷」。約霍的言傳身教影響了八號星球的居民。她們原本是素食者，在斷糧之時，突然發現一種可以食用的無名花朵。饑腸轆轆的居民迫不及待，伸手摘花果腹，卻想起了不在場的其他人，便把手縮了回去。然後，他們決定採摘花朵製作成食物，分攤給每個家庭。

萊辛指出，「無知造成障礙」（Ignorance causes bafflement）。這就是佛家所說的自我的「無明」或「知識障」。要培養「大我情懷」，首先必須進行「自我殲滅」（self-annihilation）的修持。據我所知，萊辛的這一英語表述，最早可能來自受到東方文明影響的英國詩人布雷克，「自我殲滅」不是指身體上的自殘或自殺行為，而是類似於佛家所說的「破除我執」。我執之最，是「傲慢的自我」（The commanding self），這是一種「假人」（the false personality）。沙阿的《傲慢的自我》一書，以一條兇惡的野狗雕像照作為封面。但是，在萊辛的小說中，幾個彷彿尚在六道中畜生道的「假人」，最終也在約霍的啟迪下開悟。

萊辛早在《青草在歌唱》（*The Grass Is Singing*）和《金色筆記》（*The Golden Notebook*）等作品中，描寫了女主人公的「自我殲滅」的象徵性死亡，表明她們總是在不斷尋求靈性，不斷通過內在主體的探索來更新自我，發掘潛在的積極性的「自性」（selfhood），即人皆有之但往往被障蔽了的佛性。

在萊辛的「太空小說」中，還可以看到作者受到藏傳佛教的影響，描寫了一些人物乘願而來的投胎轉世。《希卡斯塔》中的地球第六區（「夢境中陰」），就是人死亡之後到此等待轉世的中陰界。

從萊辛的作品來看，她顯然讀過《易經》、《論語》等中國經典，熟悉陰陽和諧、天人合一的中國哲學，其「太空小說」騁情入幻的想像，有莊子的汪洋恣肆，有老子的以柔克剛的女性原則。

在八號星球遭遇災變時，約霍不但鼓勵哲學思考，也啟發人們聆聽大自然的資訊，從觀察動物的活動，風起雲聚的現象來領悟八號星球在宇宙中的位置，領悟生死如一，「人是大自然的一部分」的哲理。用禪宗來解釋，在萊辛筆下的絕境中，原來幾乎人人「心隨境轉」，受到環境劇變的影響而改變心態。但是，約霍啟迪人們做到「境隨心轉」，以平常心看待人世悲歡離合、成敗得失和榮枯生死。這種絕境的描寫，有「行到水窮處，坐看雲起時」的詩的意境。

愛貓成癡的萊辛有一句妙語：「假如說一條魚是水的具象運動，那麼，貓就是微妙空氣的一個圖表或形態。」這句話酷似著名的「風動幡動」還是「仁者心動」的禪宗公案。像六祖惠能一樣，萊辛並沒有否定魚動水動或貓動氣流的事實，卻彰顯了心態在感知世界時所起的關鍵作用。

萊辛仰慕中國儒家的仁愛。在《希卡斯塔》中，她寫了一個有思想重仁愛的名叫Chen Liu的中國君子。在他所處的時代，歐洲原有的人文主義價值體系和道德標準日益土崩瓦解，而崛起的中國已成為稱霸世界的強國，中國派出了許多間諜來監控甚至處死殖民地「製造麻煩的人」。作為駐歐洲的文化主管，Chen Liu對白種人幾千年的恐怖統治進行了一次公開審判。萊辛對儒家的這種理想化傾向，代表著伏爾泰以來的西方漢學家對「中國精神」的推崇。但是，萊辛悲觀地預見到，以仁為本以民為貴的「中國精神」已經褪色。她筆下的Chen Liu發覺，中國治理其他種族的方式並不像高官許諾的那樣大公無私。所謂的「仁」只是權宜之計而已。他進而在寫給頂頭上司的報告中質疑北京的殖民政策，因此淪為階下囚。他的一個朋友也因為在國內組織反對黨而遭到處分。萊辛刻畫了Chen Liu的複雜性格，使得他成為富於審美魅力的藝術形象。

瑞典學院給萊辛的頒獎評語表彰她是「一位有女性經歷的史詩性作家，以懷疑、熾熱和幻想的力量審視了一種斷裂的文明」。我想補充的是，在萊辛審美的三稜鏡下加以審視的，不止一種文明。她拾取了多種文明斷裂的碎片，並不斷嘗試如何用藝術形象把它們整合成為具有普世價值的觀念。

《明報月刊》二〇〇七年十一月號

註釋

1 多麗絲．萊辛（一九一九—），生於波斯（今伊朗）的英國女作家，二〇〇七年獲諾貝爾文學獎。其作品以懷疑主義、社會與政治批判見長，主要作品有《金色筆記》、《第五個孩子》（*The Fifth Child*）、「太空小說」五部曲（*The Canopus in Argos: Archives Series*）等。

葉慈之鳥

葉慈的〈情殤〉及其禪宗公案意味

詩人葉慈[1]之鳥：是複數還是單數？這是一個問題。

詩人葉慈之鳥，是他筆下的他者的眾聲喧嘩，還是自我的心靈獨白，這是一個問題。

這不僅是一個詩學和史學問題，而且是一個類似於禪宗公案的信仰問題。

這個問題的緣起，是因為葉慈寫了一首詩，二十多年後，他又改寫了這首詩。

詩人之戀與〈情殤〉原稿

這首詩的緣起，要追溯到一八八九年的一天，青年葉慈第一次遇見了美麗的女演員昴德・岡昂（Maud Gonne），她是一位駐愛爾蘭英軍上校的女兒，都柏林上流社會的寵兒，卻同情愛爾蘭貧苦農民，熱心於愛爾蘭民族獨立運動。岡昂非常仰慕這位青年詩人的才華，葉慈更是驚鴻一瞥：「我從來沒有想到會在一個充滿活力的女人身上看到如此之美。這種美屬於往昔的名畫、詩歌和傳說。」葉慈在後來的《回憶錄》（*Memoirs*）中這樣寫道。兩年密切交往之後，岡昂成了詩人眼中的「特洛伊的海倫」，熱戀中的葉慈，儘管一貧如洗，卻大膽向岡昂求婚，遭到她的婉言拒絕。儘管如此，岡昂成為葉慈的繆思，詩人以她為原型創作了劇本《凱瑟琳女爵》（*The Countess Cathleen*），劇中的凱薩琳將靈魂賣給魔鬼，為的是救同胞於饑荒，她最後上了天堂。後來，葉慈又寫了獨幕劇《胡拉洪之女凱瑟琳》（*Cathleen Ní Houlihan*），由岡昂擔綱主演這個愛爾蘭民族苦難的原型。此外，葉慈還寫了多首獻給岡昂的抒情詩，其中的〈戀之悲哀〉（The Sorrow of Love）寫於一八九二年。三〇年代，中國作家和翻譯家施蟄存先生把這首詩譯為中文：

> 簷落間禾雀的聒噪／望夜的明月，與披星的天，／和那永遠鳴唱著的木葉的高歌，／已隱蔽了塵世的古老而疲憊的歌聲。／於是你帶著那哀怨的朱唇來了，／與你同來的，有世界上全部的眼淚，／和她的勞苦的船所有的煩惱；／和她的幾千代所有的煩惱。／如今那在簷落間喧擾的禾雀，／那凝乳似的皓月，／閃著的光的空中的星，／不安靜的木葉的高歌，／都應和著塵世的古老而疲憊的呼聲而顫抖了。

施蟄存的中譯，忠實於原作，只有幾處值得商榷，一是譯為「聒噪」的原詞quarrel，更準確的對譯是爭嘴、鬥嘴或口角。二是譯為「喧擾的」原詞，是warring，即戰爭（war）一詞變化而來的形容詞，意為交戰的、敵對的、衝突的。三是譯為「呼聲」的原詞，是作為名詞的cry，兼有哭泣的意思。詩中的木葉，相當於葉慈後來採用的玫瑰之喻。詩的宏旨，正如葉慈後來為其詩集《玫瑰》（*The Rose*）所作的註釋所言：象徵「永恆之美的柏拉圖理念」的玫瑰，同時是「來自時代和犧牲的十字架上的花朵」。「以玫瑰為象徵的那種品格，與雪萊和斯賓塞的理性美的不同之處在於，我把它想像為與人類一同受難。」

施蟄存先生當時之所以喜歡葉慈的這首詩並且把它翻譯出來，也許是因為葉慈的詩境與譯者的心境十分吻合。處在戰亂不斷的中國，施蟄存先生從詩人的情殤中看到了國殤乃至普世的悲哀。像葉慈一樣拒絕對愛爾蘭民族獨立運動的樂觀展望，施蟄存拒絕中國革命和革命文學對未來的樂觀展望。他引為為座右銘的，是這樣一幅古典對聯：「存心有意無意之妙，微雲澹河漢；應世不即不離之法，疏雨滴梧桐」。葉慈對愛爾蘭民族獨立運動，原本同樣取「應世不即不離之法」，卻因為他的苦戀身不由己捲進了政治漩渦。

一九〇三年，岡昂嫁給了愛爾蘭民族獨立運動的政治家麥克布萊德（John McBride）少校，這對於葉慈來說，無異於海倫式的「情劫」。此後的葉慈，雖然有過婚戀，卻一直對岡昂情牽意繞。從葉慈的著名詩集《葦叢中的風》（*The Wind Among the Reeds*）中，可以明顯看出詩人與岡昂靈交的體驗。〈沒有第二個特洛伊〉（No second Troy）、〈他想要天國的綢緞〉（Aedh Wishes for the Cloths of Heaven），都是此類名篇。

一九一六年復活節愛爾蘭起義遭遇悲劇性的失敗，領導起義的岡昂的丈夫麥克布萊德，葉慈的幾位詩友，均被英國政府槍決。出於震驚和失望，葉慈立即寫了〈一九一六年復活節〉（Easter 1916）一詩，悃懷犧牲的英雄，並隱含對暴烈行動的質疑。詩人預見到「曠日持久的犧牲／可以把人心打造為一塊石頭」，並且一唱三嘆：「一種可怖的美已經誕生」。

二十多年後的〈情殤〉改稿

葉慈與岡昂若即若離，保持著長久的友誼。但是，即使在喪夫之後，岡昂也沒有接受葉慈的求婚。葉慈榮獲諾貝爾獎之後的一九二五年，出於詩人的無望之愛和由此釀生的更為深沉的普世關懷，他重新改寫了二十多年前的舊作〈戀之悲哀〉。原題未改，我以詞體形式譯出，題為〈情殤，調寄八六子〉（載《英美抒情詩新譯》），以下原文與中譯，可以行行對照：

雀單飛，繞簷爭嘴，／星河皓月同輝，／願混跡和融草葉，／寄言衝突心圖，搵乾泫啼。
朱唇情劫傷悲，／普世淚泉泓邃，／英雄十載鄉思。奧德賽、風帆命中撕裂。／兩強矛舞，獨夫頭斷。／重聞屋角翻飛鳥語，／虛空流瀉蟾暉，／草離離，／殷殷撫平泫啼。

The brawling of a sparrow in the eaves / The brilliant moon and all the milky sky, / And all that famous harmony of leaves, / Had blotted out man's image and his cry.
A girl arose that had red mournful lips / And seemed the greatness of the world in tears, / Doomed like Odysseus and the laboring ships / And proud as Priam murdered with his peers, / Arose, and on the instant clamorous eaves, / A climbing moon upon an empty sky, / And all that lamentation leaves, / Could but compose man's image and his cry.

詩人以禾雀自況，在星河皓月下憶舊懷古，仍然把岡昂比為海倫，並且借海倫「情劫」引發的特洛伊戰爭，以及奧德修斯回鄉的漂流，抒寫詩人對愛爾蘭民族獨立運動和人類悲劇的思考，最後在大自然的懷抱中得到心靈的撫慰。中譯略有增添的，是緊扣原義的「英雄十載鄉思」一句，其中省略的專有人名，是特洛伊國王普里爾蒙（Priam），被希臘英雄阿基里斯（Achilles）的兒子殺死的「傲慢的」國王。原詩的And all that lamentation leaves一行，中譯僅借用了「草離離」一語。「離離」一詞，含義豐富，除了可以狀濃密貌、隱約貌之外，還可以狀悲痛貌（《楚辭．九嘆》：「曾哀悽欷，心離離兮。」），因此可以涵蓋原文含有的悲慟之意。葉慈最重要的改動，是把舊版的「幾隻麻雀的爭吵」（The quarrel of the sparrows）改為「一隻麻雀的爭嘴」（The brawling of a sparrow），這一改動，曾引起一位批評家的質疑：一隻麻雀能爭嘴嗎？

「雀單飛，繞簷爭嘴」面面觀

實際上，葉慈在寫作這首詩之前的一九二四年，就在散文〈人之魂〉（Anima Hominus）中巧妙地回答了這個問題：「借重與別人爭嘴，我們造出雄辯術，借重與自己爭嘴，我們造出詩歌。」可見〈情殤〉一詩的改稿的起句，有類似於禪宗公案的意義。

對葉慈詩句的質疑，首先使我想到對王昌齡〈出塞〉起句「秦時明月漢時關」的質疑：王世貞以為是「可解不可解」的詩句（《全唐詩說》）。吳昌祺以為，在秦朝時還是皓月下的荒野之地，到漢朝便已有關城了。實際上，這是一句「互文同義」的「詩的破格」（poetic license）。王昌齡在明月古今朗照的關塞中，想到出關萬里去參加遠征的人都沒有回來。葉慈也許像中國詩人一樣，「河漢皓月同輝」之時，想到「今月曾經照古人」，在思古幽情中表達了反戰傾向。如果說，王昌齡用「明月」和「關」來作中國歷史上的戍邊戰爭的歷史見證，那麼，葉慈是用星空下禾雀繞簷飛的普通民宅來作特洛伊戰爭的歷史見證：烽煙不斷，民宅毀了又建，興亡都是百姓苦。

對王昌齡和葉慈的質疑，都是字面上的呆講。因為，啟迪葉慈靈感的，也許是一個禪宗公案：「吾人知悉二掌相擊之聲，然則獨手拍之音又何若？」

這個問題，涉及到葉慈的宗教信仰及其與佛學禪宗的關係。

葉慈在青年時代讀布雷克詩文時就迷上了印度思想，後來沉迷於神祕主義，這是讀者熟知的。但是，葉慈對禪宗的興趣，中文讀者也許所知不多，例如傅浩著《葉慈評傳》（浙江出版社，一九九九年），對此隻字未提。西方學者一般認為，葉慈可能在二〇年代初最初接觸禪宗，當時他在阿瑟．韋利（Arthur Waley）的《日本能劇》（*The No Play of Japan*）中讀到關於佛教的註釋，或讀到韋利的《中國繪畫研究導論》（*An Introduction to the Study of Chinese Paitings*）。不久，葉慈讀了西方流行的日本禪師鈴木大拙（D. T. Suzuki）的《禪論集》（*Essays in Zen Buddhism*）等著作，由此認定禪宗思想代表了東方智慧的最高境界。大約在寫作〈情殤〉的前後，葉慈開始直接與鈴木通信，鈴木給他寄了一期《東方佛教》（*Eastern Buddhist*），葉慈讀後告訴鈴木說：其中的那些短小精鍊的詩文（即公案）引起了他極大的興趣。葉慈給友人摩爾（Sturge Moore）的信中談得更詳細：「我們自己不外乎一面鏡子，解脫在於把這面鏡子轉開，結果它什麼也照不出來。」接著，葉慈提到神秀和惠能關於鏡子的公案，然後指出：禪宗藝術是「萬法唯心」（saw all becoming through rhythm a single act of the mind）的禪修的結果。

佛教與其說是一種宗教，不如說是一種人生哲學和心理學的修養。葉慈的創作生涯一開始，就對流行的關於潛意識的現代心理學感興趣，尤其是沉湎於這樣的概念：「自我」（self）與「反自我」（anti-self）及其「面具」（mask）——大致相當於「他我」（alter-ego），一種英雄理想或一塊保護盾牌。因此，葉慈與佛學禪宗一拍即合。

明瞭葉慈靈性追求的歷史，就不難解讀禪宗的一個巴掌拍響的聲音，以及葉慈的「雀單飛，繞簷爭嘴」的話語及其豐富的意涵。

許多公案都不止一種解答。禪門對這個公案的一般的解釋是：當你提出或思索這個問題時，你的心裡早已「啪」的響了一聲。這就是「心的聲音」。你可以說這是空無的聲音，可空性正是佛家要證悟並且難以證悟的。古往今來，多少人能悟出「四大皆空」？你可以說這是寂靜的聲音，可莊子早就有言：「大音希聲」；濟慈也在〈希臘古甕頌〉中說：「聽得見的音樂美，聽不見的音樂更美」。

一個手掌，其實是大有學問的。它也有陰陽兩面，蘊含金木水火土五行。在葉慈迷戀的星相學中，五指各有其對應的星象。例如，食指屬木星，木星在西文中是以羅馬神話中的宇宙之王朱庇特（Jupiter）來命名的。小指屬水星，水星是以掌管商業、旅行與偷竊之神麥丘里（Mercury）來命名的。依照星相學的辯證法，木星的雄心和自信，可以轉化為傲慢和貪婪，水星的思維敏捷和長於交流，可以轉化為高明的欺騙。這種轉化過程，就好比佛家所說的，「五智」可以變為「五蘊」，「五蘊」也可以化為「五智」。而任何一個公案的意義，都是要啟迪人們開悟，把「五蘊」化為「五智」。從獨手相拍中，我們能聽到這樣的聲音嗎？

在有助於這種轉化的修心過程中，有修持者的內魔與佛性的衝突。葉慈遭遇過自己的內魔。他遭遇的外魔，是出於貴族立場及其與龐德的關係而一度靠近的墨索里尼。他仰慕墨索里尼的政治魄力，甚至寫過一些從未發表的頌揚法西斯主義的讚歌。直到三〇年代，詩人才轉而支持西班牙革命，反對法西斯主義。

這也可以視為葉慈這隻麻雀在〈情殤〉改稿之後不斷與自己爭論的結果。〈情殤〉改稿也可以視為詩人與大自然的對話。在佛家眼裡，「青青翠竹，盡是法身；鬱鬱黃花，無非般若」。因此，詩人「混跡和融草葉」之後，「草離離，／殷殷撫平泫啼」，達到「天人合一」的境界。

假如說，禪宗是人類在思想史上開的嚴肅的玩笑，那麼，〈情殤〉改稿的起筆就是一齣喜劇，接著是人類的悲劇，最後是一種特殊的正、反、合的和諧的解決。一首小詩，包含起承轉合的思想和韻律之美。

葉慈有他自己的「存在的統一」（Unity of Being）的說法，這是一種經由內心衝突達到的靈與肉的完美和諧。在此後的〈自性與靈魂的對話〉（A Dialogue of Self and Soul）一詩中，葉慈首先採用第一人稱單數「我」，來指「自性」或「靈魂」，詩快結尾時，自性和靈魂一番爭嘴之後，「我」變為「我們」，自性與靈魂走到一塊，甚至消除了生與死的二元對立。

也許由於神秀與惠能的那樁公案的影響，葉慈後來更多地採用鏡子的意象。例如詩集《塔堡》（*The Tower*）中的「像鏡子般的夢」，〈自性與靈魂的對話〉中的「那些惡意眼光的鏡子」。如果說，〈情殤〉還處在詩人擦拭心鏡的階段，那麼，後來的葉慈，至少是希望達到「本來無一物」的境界的。

在同樣獻給岡昂的名詩〈麗達與天鵝〉（Leda and the Swan）中，詩人重述宙斯幻化為天鵝強暴美女麗達生下海倫導致戰亂的故事。關於這首詩的寓意，或說「歷史變化的根源在於性愛和戰爭」，或說「歷史是人類的創造力和破壞力共同作用的結果」。

在〈情殤〉中，可以看到類似的寓意。有所不同的，詩人之戀及其自我修持激發了一種審美創造力，詩人正是要以這種創造力來抗衡歷史的破壞力，作為歷史的良性發展的一種助緣。

註釋

1 威廉・巴特勒・葉慈(一八六五—一九三九),愛爾蘭詩人和劇作家,曾任愛爾蘭國會參議員,一九二三年諾貝爾文學獎得主,其詩作具有浪漫主義、唯美主義、神祕主義、象徵主義等色彩,主要詩集有《葦叢中的風》和《塔堡》等。

母牛詩人的公牛犄角

澳洲詩人莫瑞的詩歌和詩學

在當代澳大利亞著名詩人列斯・莫瑞（Les Murray）[1]的詩作中，最重要的意象是母牛，莫瑞因此被稱為「母牛詩人」。中文讀者很容易聯想到魯迅「俯首甘為孺子牛」的自況，但是，莫瑞與魯迅一樣，也有「橫眉冷對千夫指」的另一個面相：頭上長角的公牛。他要角牴的，是「牛犢中的狼——那個牛人」，或「閹割公牛的人」。

莫瑞誕生在澳大利亞新南威爾士州布尼亞（Bunyah）市郊一個鄉村，祖先是凱爾特人，但是，他的心理地圖上的「世界中心」，不是祖籍的蘇格蘭，而是他童年時代滾爬的奶牛場。

那個奶牛場也是莫瑞的繆思靈泉。他的詩歌，既體現了一種「歐—澳靈性」（Euro-Australian spirituality），又體現了惠特曼的民主精神和不羈的詩風，同時有神祕的東方色彩。七〇年代以來，莫瑞出版了十多本詩集，獲得過T・S・艾略特獎等多項國際大獎，在諾貝爾文學獎的熱門人選中，多次名列前茅。

莫瑞攜帶的歐洲遺產，首先在於他嫻熟的英文。他的重要詩集有《反經濟》（*Against Economics*）、《本土共和國》（*The Vernacular Republic*）、《部落無線電廣播》（*Ethnic Radio*）、《人民的來世》（*People's*

Otherworld）、《類人類的村夫詩》（*Subhuman Redneck Poems*）等，此外還有詩體小說《海神弗雷迪》（*Fredy Neptune*）等。莫瑞同時也是一位傑出的批評家，他的詩論和美學觀點散見於各種文集和演講，這裡只提及本文有所引用的《農民官話》（*The Peasant Mandarin*）、《運轉中的森林》（*A Working Forest*）和《殺死黑狗》（*Killing the Black Dog*）。

莫瑞與萊曼（Geoffrey Lehmann）合出的第一本詩集《冬青樹》（*The Ilex Tree*），追溯十九世紀歐洲移民攜帶古老的民歌和傳說來到澳洲開山創業的神話，刷新了澳洲豐富的「拓荒詩歌」（Bush Poetry）。他以鄉村人物風土為主的詩歌，被視為一種地方詩學（Poetics of place）的表現：「地方，在莫瑞的世界觀和詩學中，是風景和心境融合之處，或至少是融進了個體的宇宙圖像（imago mundi），在心靈上銘刻為一種凹雕的世界意象。」[2]

莫瑞的「地方詩學」的亮點，在於他吸取了澳洲原住民素樸的人文精神和動物之愛。一九九八年，詩人在鹿特丹國際詩歌節發表題為「為詩一辯」（A Defence of Poetry）的演講時，談到世界範圍內悠久的活人祭傳統。他指出：據他瞭解，在澳洲原住民宗教中沒有發生過活人祭的事，也沒有以動物獻祭。可是在現代「世俗」社會的某些角落，活人祭仍然有這些原始功能。

活人祭原本是獻給神的，後來的假神——帝皇乃至「革命領袖」，日益要求這種犧牲的血肉來供奉他們權力的祭壇。

莫瑞的〈殺戮日的牛群〉（The Cows on Killing Day）一詩，最鮮明地體現了這位「母牛詩人」的特徵。上文引用的詩語，就是出自這首詩。詩人以母牛的第一人稱的視覺觀察世界，往往採用在強權擠壓下被動語態的「我」（Me）：

所有的我都站著吃草。天空在閃耀。／所有的我剛剛被擠奶。所有的乳頭都感到刺痛／因為那乾渴的沒牙齒的冷酷的嘴巴／粗氣進進進卻沒有出氣的吸吮／……／我，老了，骨頭痛，乳汁也差不多擠乾了，／舔著樹木。古老的牛人走向／我拉尿的地方。一根棍子從人那裡拔出來／劈劈啪啪，像一條鞭子。我渾身顫抖，恐懼中／倒在地上，我的血，從一隻耳朵後面流出來。／我，那另一個我，倒下來，在這光禿禿的地方做夢。

在印度吠陀經典中，母牛是神聖的「世界之母」。聖雄甘地說：「母牛是一首悲憫的詩。在這溫和的動物身上可以讀到悲憫。她是千百萬印度人的母親。保護牛意味著保護上帝的全部喑啞的創造物。為無言的底層的創造物呼籲是更為迫切的。」[3] 莫瑞的這首詩既是甘地思想的形象表現，又出自詩人自己在奶牛場的生活體驗和對現代消費文化的憂慮：與「本土共和國」的回歸背道而馳的城市化，早就使得一些貪婪的城裡人變成「吃種子的人」，瘋狂索取自然資源的「牛人」的棍子，打著全球化的旗號，早已伸向鄉村的每一個角落。

莫瑞的許多詩作染上了印度色彩。庫瑪（Sudhir Kumar）在〈作為非暴力不合作主義的詩歌〉（Poetry as Satyagrah）一文中，分析了莫瑞詩中滲透的甘地思想：所謂「反經濟」類似於印度獨立運動中的「排斥英國貨運動」（swadeshi）和獨立（swaraj），「本土共和國」類似於「鄉村自治」（gram-swaraj），「人民的來世」是一個「人人幸福」（sarvodaya）或「為最底層服務」（antyodaya，原意是為排隊長龍的最後一人服務）的未來社會。4

更能體現印度文化的影響的，是莫瑞的組詩〈走向牛欄〉（Walking to the Cattle Place）。詩題的中譯，參照了莫瑞採用的梵文詞gotra，該詞本義是牛欄，引申義有家庭、種族、血脈等等。

這首詩的靈感來自印度史詩《摩訶婆羅多》中的神話：最初由第一個轉輪王管治的大地，一度五穀不生時，饑民向轉輪王求情。轉輪王引弓發箭直射地球，地球化為一頭母牛逃遁，最後，母牛向轉輪王求情，請求弄一頭小母牛以乳汁哺育人類。轉輪王把摩奴變為一頭小母牛，地球恢復了原貌。

組詩依照印度神話原型分為十六首詩，第一首題為「梵文」，開篇採用了多個梵文詞然後以英文釋義：

> 近事男（Upasara），初夜交配後生下的牛犢／未生女（adyaśvīnā），即將產牛犢的母牛，／吉祥萬德之所集（Strīvatsā）生了牛犢的母牛，不吃草（atrināda，初生牛犢）。／我要走私這一經典（sūtra）

中文一般把upasara一詞音譯為「優婆塞」，adyaśvīnā一詞沒有通常的音譯，意譯為未生女。strīvatsā的音譯是「室利靺蹉」，此外，該詞的吉祥如意的意義，佛教以卍字符號來象徵。atrināda一詞，據一本梵文詞典的解釋，原義是「不吃草」，在吠陀經典中指只能吸母乳的初生牛犢。詩人的一個技巧是，梵文中指人的詞，英文以指牛的詞釋義，反之亦然，用以表明人與牛難分難解，實際上是有情眾生的象徵，尤其是發不出聲音的下層民眾的象徵。

牛無言，卻可以哞哞吼叫。在〈殺戮日的牛群〉中：

……所有的我都在吼叫，／有的膝蓋僵直跳起來，試圖角牴那最恐怖的事。／牛犢中的狼——那個牛人！

這裡的「所有的我」的形象，頗像索忍尼辛的自傳《牛犢頂橡樹》中的作者自畫像——一頭拴在橡樹上的牛犢：「只要我還活著，就得頂橡樹，要麼是折斷自己的脖頸，要麼是把橡樹被頂得吱吱響，倒在地上。」

在莫瑞心目中最兇狠的「牛犢中的狼」，是納粹分子。他的〈搖滾樂〉（《類人類的村夫詩》）起句的比喻是：「陰莖是個納粹分子……」但最後詩人又提出一個刺激人們思考的問題：「可是納粹的本質僅僅是插入大眾的陰莖嗎？」

這個問題，可以從《海神弗雷迪》中尋找答案。這部史詩的書名是主人公弗雷迪在馬戲團表演大力士時採用的藝名。他原本是德國一個農民的兒子，一戰期間被迫成為德國戰艦的海員，此後是他漂流到澳洲的「內陸奧德賽」的種種見聞。他一生刻骨銘心的記憶，是他見證過的一九一五年土耳其種族屠殺中的一幕，即亞美尼亞詩人夏曼托描繪過的土耳其人把亞美尼亞婦女活活燒死的慘劇。弗雷迪感到自己無力去阻止暴行救助她們，精神創傷的烙印導致他失去觸覺。一想到納粹類似的瘋狂，他就心驚膽戰：「希特勒的瘋狂，真的不是我的——不是的，我自言自語。／它沒有擺在你的頭上。但它滲進你的語言裡。」

葛拉斯（Günter Grass）說過：納粹對德國最大的傷害，是對德語的傷害。共產極權主義的暴力語言，同樣嚴重地傷害了漢語。莫瑞除了以一種怪誕的諷刺筆法反納粹以外，也反對共產極權主義和毛主義。早在詩集《冬青樹》中，就有一首諷刺毛澤東的詩作，題為〈毛皇帝與麻雀〉，為毛皇帝勾勒了一幅絕妙的漫畫像。這首詩以一九五八年全中國「除四害」運動為題材，寫到毛皇帝一天清晨夢中醒來，向中華各省臣民發佈一道「英明詔告」：

「朕，萬民來朝之老皇帝，七十年來／對彼等膽敢與爾等為敵之仇寇深懷遠慮，／直到今晨夢中得了解決妙道。／「朕夢見稻田一望無際／異常寧靜，一隻麻雀也沒有，／朕心懷敵情，夜半驚魂，古老之帝國／國人饑荒之禍根，乃奪人口糧之雀鳥。／……／「朕因此詔令：殲滅一切麻雀。／全國人民向田野進軍，／用掃帚彈弓追獵，／敲鈴鐺放鞭炮，／直到農田上聽不到一只麻雀喳喳叫。」

在毛皇帝詔告周宰相執行之下，「除四害」運動轟轟烈烈，其惡果之一是：「百萬羽毛未豐的尸骨／一堆堆漂向黃海濁潮。」但是，毛還是放心不下，把周召來詢問最後一隻麻雀的死訊，因為他夢見「千萬隻麻雀仍然在啼唱喧鬧。」

殲滅麻雀，對於像莫瑞這樣熱愛一切動物的環保人士來說，是難以理解難以容忍的。如果把莫瑞筆下的麻雀視為牛一樣的生命，視為中國人的象徵，那麼，這首詩就會顯出更深刻的寓意和批判鋒芒。事實上，「殲滅一切麻雀」，與「橫掃一切牛鬼蛇神」的「階級鬥爭」思路和野蠻行徑是完全一致的。

《冬青樹》出版十多年後，莫瑞在詩集《部落無線電廣播》中的〈回返者〉（The Returnees）一詩中，再次寫到毛澤東。詩人向一個朋友致詞，其中有幾行這樣寫道：

> 黑人，羅森堡和我／有共同的信仰，我解釋說，／你曾經同意說，毛澤東／不知何故到過頓西納恩

這裡提到的羅森堡（Isaac Rosenberg），是莫瑞極為推崇的一戰時期的英國詩人。頓西納恩（Dunsinane），是莎士比亞筆下馬克白敗北的城堡。莫瑞在想像中讓毛的亡魂來到這裡，把毛與篡奪王位的野心家馬克白相提並論。儘管毛一生似乎轟轟烈烈，但莫瑞讓他到異域吸取失敗的教訓。

毛在那裡最應當聆聽的，也許是馬克白夫人的那段著名獨白：

> 熄滅了，熄滅了。短暫的燭光！人生不外乎一個行走的影子，一個在舞台上指手畫腳的拙劣的伶人，登場片刻便悄然退場；它是愚人講述的故事，充滿喧鬧，卻了無意義。

據說毛晚年最愛讀的，是庾信的〈枯樹賦〉。其中「此樹婆娑，生意盡矣」的意象與殘燭的意象是相通的。儘管如此，晚年毛澤東也許只是為權力頂峰的強弩之末而深感哀嘆。詩人毛被暴君毛打倒。莫瑞看

到了毛的一生大戲的終局與馬克白類似的悲劇性。

莫瑞的公牛犄角，頂撞了各路強權。一九九四年他寫信給一位朋友，這樣談到歷史上的大屠殺：「對於烏克蘭的七百萬人，俄羅斯多達一千萬的農民，日本（占領）和毛（統治）下的數百萬人，也許還有在印度分治中的四、五百萬人，以及亞美尼亞人，台灣本土人，等等，這個世界決意保持沉默。除了種族屠殺（genocide）這個詞之外，我們也許還需要一個術語，來指稱這些大體上不是種族滅絕的大屠殺。一個包括種族屠殺在內的含意更廣泛的術語，是用myriocide還是democide為好？」[5]

莫瑞在這裡生造了兩個詞：myriocide是拉丁文加英文尾綴的合成詞，詞素myrio意為「不可勝數」，cide意為屠殺；democide是希臘文和英文尾綴合成詞，詞素demo意為平民，是民主（democracy）一詞的詞源。在莫瑞的詩歌和詩學中，民主主義和人文主義是貫穿始終的。

基於對一切生命的尊重，莫瑞的詩學從藝術和政治兩個層面著眼，提出了兩對相區別的概念。為了把詩抬到信仰的高度，莫瑞把所謂「全面言說」（wholespeak）與「有限言說」（narrowspeak）區別開來。大致說來，前者是詩，後者是新聞報道、政論等各類散文或文章。[6] 這種區分接近於形象思維與邏輯思維的區分，因此意義不大。也許，我們可以用中國詩學的「以少勝多」、「片言明百意」或「言有盡而意無窮」等說法來闡發莫瑞的「全面言說」。但是，應當看到的是，精鍊的散文也可以做到這一點。

在政治層面上，莫瑞把詩（poems）與「詩霸之氣」（poemes）區別開來。後者在英文中是莫瑞生造的一個詞，很難屬於「全面言說」。依照充當莫瑞喉舌的弗雷迪的解釋，這個貶義詞可以意譯為詩霸之氣，是尚未化為文字的詩的腹稿，或大而空的詩（grand disembodied poems）。弗雷迪與一個土耳其上校談到這種詩時，那個上校說，這樣的東西在土耳其俗人那裡，在中國長城內外，多的是。依照莫瑞自己的說法：「如果『詩霸之氣』沒有在藝術中被賦形，那麼，它就需要借別人的身體來賦予某種具象的表現。唐璜的『詩霸之氣』是這樣，拿破崙的也是。」莫瑞的傳記作者馬修（Steven Matthews）在引用這一說法之後，解釋說：「莫瑞所說的『詩霸之氣』，指的是那些成了意識形態和信仰的關於世界的『真正本質』的規整的、理性的夢幻。因此，希特勒、馬克思和史達林都是這種意義上的詩人。但是，由於他們的幻景不能在藝術中找到具象的表現，他們要求活人祭以便把他們各自的『詩霸之氣』帶到某一終局中。」[7]

在具體論及歷史上的那些「霸王」時，莫瑞也採用「詩」這一概念。在一九八七年的一篇題為〈體現和化身〉（Embodiment and incarnation）的演講中，他這樣描繪希特勒和馬克思的「詩霸之氣」被賦予形體之後的情形：「希特勒的詩用了具體的硬梆梆的多達四千萬條人命以找到表達形式。馬克思的詩，有花樣百出和回環反覆的表達形式，他與希特勒有類似的嗜好，例如嗜好皮革光亮劑，嗜好殘酷的祕密警察，嗜好從精神上控制狂熱的大眾，但與此同時，馬克思也在一些詩節中伸張勞工和婦女的權利，宣導優秀的民俗研究和衛生保健，並且插入古拉格群島和烏克蘭饑荒之類的詩節，儘管後者也許是合成的，揉進了來自俄羅斯母親的傳統詩歌的詩行。」[8]

人所共知，崇尚強權和暴力的法西斯美學曾經流行一時，在今天的專制國家仍然有其主流地盤。莫瑞的美學或詩學，對法西斯美學無疑是具有挑戰性的。他不斷撕開法西斯美學的美的假面具，戳破其烏托邦式的偽理想氫氣球。但是，把莫瑞的詩學簡單地稱為反法西斯的詩學或美學，也難免顯得偏頗。另一方面，基於莫瑞的草根立場平民觀點，他並沒有完全否定馬克思主義美學。他是把馬克思作為共產主義者的代名詞來談論的，有貶有褒，既指出了共產革命原初的正義性，又指出了以古拉格為象徵的革命的反諷，或烏托邦的幻滅。

莫瑞是一個天主教徒。宗教的願景與革命的烏托邦雖然在目的上有類似之處，但達到目的的手段是截然不同的。據我看來，莫瑞的詩歌和詩學，在相當程度上，是「復樂園」的宗教精神的藝術表現。

在米爾頓研究領域，不止一人談到「《復樂園》的詩學」（Poetics of Paradise Regained），例如，索爾森（Jeffrey Shoulson）提出的問題是：《復樂園》深入涉及彌賽亞拯救及其與歷史的關係，從這首詩來斷定米爾頓對當時的各種激進運動的態度，這是可能的嗎？[9] 我所說的「復樂園詩學」（可以採用不同的英譯：Poetics of Regaining Paradise），是一個與上述問題相關卻更寬泛的詩學命題。就莫瑞而言，如上文所評介的，我們已經大致看到了他對現代社會的各種激進運動的態度。我要提出的問題是，莫瑞是怎樣從內外兩個向度來「復樂園」的？

面對外部世界的非正義，面對並非樂園同樣被現代性折騰的澳洲，莫瑞是一頭有公牛犄角的母牛——這是精神上雌雄同體的一個意象。可是，向內看時，莫瑞發現自己從小就是一頭孤獨的牛，因為他童年喪母，長得胖，在學校被同學取笑為「大胖子」。他同時患有肝膿腫，曾一度病倒，在醫院昏迷三週不醒，好不容易從地獄門口回到人間。此外，他的一個兒子被診斷為孤獨症。莫瑞把自己因此染上的抑鬱症稱為一條「黑狗」，因為他發現歌德的《浮士德》中的魔鬼靡非斯特就曾化作一條黑狗，邱吉爾（Winston Churchill）也以「黑狗」喻憂鬱症。莫瑞大病之後開始寫作《殺死黑狗》，以「給上帝的需要」作為題詞。他「殺死黑狗」的詩化手段是衝著「黑狗」咆哮：「你這壞蛋，你叫我哭喊，我要叫你歌唱。」因此，莫瑞這頭牛和他的「黑狗」一起歌唱，或牽著它到外面去「遛狗」，可以視為針對「象牙塔綜合症」的一種自我治療，也就是恢復身心健康的復樂園的過程。基於自身的體驗，莫瑞批評現代藝術中專注自我的傾向，告誡疏離現實的藝術家說：「藝術的疏離將導致文化上的偏差，甚而導致野蠻主義」。10

依照印度傳說，我們現在就處在野蠻的黑鐵時代：以牛為象徵的創世紀，最初是一頭牛四腿站立的紀元，世道公正，然後牛缺了一條腿，世道開始缺乏公正，接著又缺了一條腿，世道每況愈下。當今的黑鐵時代或卡里紀元（**Kali Yuga**），牛只剩下一條腿了，難以保持平衡，一切都混亂不堪，因此，印度教也有復樂園之夢。

莫瑞在泰戈爾那裡發現類似的夢。組詩〈走向牛欄〉的題記是泰戈爾一句名言：「我剛進入一個世界就在其中重新發現了我充實的存在。」莫瑞就是這樣跟著泰戈爾走，「跟著一頭牛走，我發現了一個完滿世界，一片芳美的遠離塵囂的草原，在那裡，凱爾特人、祖魯人和雅利安人所關注的是同一回事。」

由此可見，莫瑞的復樂園詩學，超出了他所信仰的天主教的範疇，更廣泛地擁抱了多元文化。他的作品，代表著人類為拯救人心拯救地球而做的一種詩的努力。

註釋

1 列斯．莫瑞（一九三八－），澳大利亞詩人、文學評論家，已出版近三十本詩集，被視為當代澳大利亞著名的詩人之一。因其作品大量使用母牛的意象，而有「母牛詩人」之稱，代表作有《反經濟》、《本土共和國》、《類人類的村夫詩》、詩體小說《海神弗雷迪》等。

2 Martin Leer, "'This Country Is My Mind': Les Murray's Poetics of Place", *Australian Literary Studies*, 2001, Volume 20, Number 2, October.

3 M. K. Gandhi, "Young India", Oct. 6,1921.

4 Sudhir Kumar, "Poetry as Satyagrah: A Gandhian Reading of Les Murray's 'Walking to the Cattle Place'", *Dialogue* Oct.-Dec., 2007, Volume 9 No.2.

5 Peter F. Alexander, *Les Murray: A life in Progress* (Australia: Oxford University Press, 2000), p.293.

6 Les Murray, *A Working Forest. Selected Prose* (Sydney: Duffy and Snellgrove, 1997), pp.319-322.

7 Steven Matthews, *Les Murray* (Manchester: Manchester University Press 2001), p.135.

8 Les Murray, *A Working Forest. Selected Prose*, pp.319-322.

9 Jeffrey Shoulson, "Milton and Enthusiasm: Radical Religion and the Poetics of Paradise Regained", University of Miami *Milton Studies* 47, edited by Albert C. Labriola, 2008.

10 Les Murray, *The Peasant Mandarin* (Queensland: University of Queensland Press, 1978), p.75.

第四輯

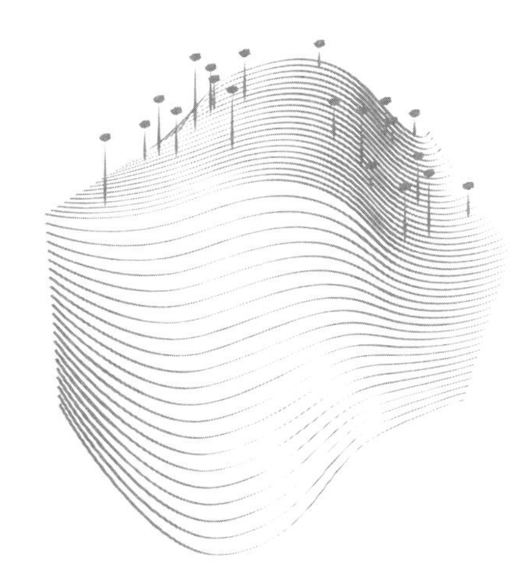

法國革命的遺產與羅蘭的革命戲劇

人類歷史上的兩大激進革命，即法國革命和俄國十月革命，已經日益引起人們的質疑和反思，尤其是遭到後現代主義者的否定。

早在一八九九年，法國文豪羅曼・羅蘭（Romain Rolland）[1]就創作了《理智的勝利》（*Le Triomphe de la raison*）等「信仰的悲劇」。一九〇九年出版的《革命戲劇集》（*Théâtre de la révolution*），包括以法國革命為題材的《丹東》（*Danton*）、《七月十四日》（*Le Quatorze Juillet*）和《群狼》（*Les Loups*）。他在《革命戲劇集》的自序中說：這些作品在整體上「力求展現出大自然痙攣的戲劇性場面，描繪一場社會風暴的始末，從大洋深處浪潮初起，波濤洶湧，直到恢復平靜為止。」

此後，羅蘭的革命戲劇的創作一直持續到三〇年代。其中的重要作品，早就及時地由賀之才先生譯為中文，由世界書局以「羅曼羅蘭戲劇叢刊」出版。

一

羅蘭的革命戲劇，取材於法國革命的重大事件和歷史插曲，描繪了這場疾風驟雨的全景圖畫，對革命的歷史功罪作了藝術總結。但是，羅蘭在劇中以及後來的小說、文論中表現出來的革命思想，像法國革命本身一樣，瑕瑜互見，值得反思。對此進行一番梳理，可以看到法國革命的精神意義及其歷史謬誤。

在藝術上，羅蘭的戲劇也是不完美的。茨威格（Stefan Zweig）在《羅曼．羅蘭評傳》中指出：「他的全部戲劇，不外乎問題劇，其中的人物只是辯證鬥爭中兩軍對壘的表現。重要的不是活生生的人物，而是觀念。」[2]這是對羅蘭戲劇的較為中肯的總體評論。

正因為這一特點，從思想史的角度來看，羅蘭的劇作值得一讀。例如，《群狼》一劇的靈感來自十九世紀末震動法國全國的「德雷福斯事件」，即猶太裔法國軍官德雷福斯（Dreyfus）被誣告叛國的案件。但是，羅蘭把戲劇情節變換為一七九三年法國革命遠征軍中發生的陷害一名軍官的冤案。劇中觀念的對壘在於：一方面明知杜阿洪蒙冤，卻為了國家的完整革命的成功，不惜犧牲無辜者的生命。另一方面視正義為高於一切的價值，反對「革命戰士愛國的野蠻」。劇中的文人軍官特列，原本是蒙冤的杜阿洪的論敵，卻挺身為杜阿洪的無罪辯護。儘管羅蘭試圖客觀地表現對立觀念的爭論，但在戲劇效果上，正義的理念解構了大眾的祖國神話，成了狂熱的愛國主義的一種清涼劑。這部劇作把握了時代的脈搏，為此後的革命戲劇奠定了基調。在該劇成功的鼓舞下，羅蘭力求讓戲劇走出消遣的小圈子，創建一種為貧困民眾提供精神養料的「人民戲劇」。

二

當時法國民眾的貧困，是在雙重意義上的。在物質上，法國革命前夜的農民被迫交納的租稅，高達總收成的四分之三以上。法王和僧侶、貴族的腐敗到了病入膏肓的地步。在羅蘭表現巴黎民眾攻占巴士底監獄的《七月十四日》一劇中，我們可以看到，在路易十五的御花園裡，沉溺聲色的國王，竟然讓後宮妃子主政，受寵的妃子黨與不滿的太子黨勾心鬥角。這是革命最廣泛的群眾基礎。革命就是那樣自然而然難以避免地發生的。浪潮驟起之時，無須革命領袖來發動引領。如雷電霹靂衝向巴士底獄的民眾，照亮了法蘭西全民族的靈魂。

無可否認，同情下層民眾，是羅蘭傾向革命的情感基礎。但是，他在一八九二年給友人的一封信中，曾把「人民」抽象出來作為一個整體來思考，他談到，人民可能會像資產階級一樣犯同樣的錯誤甚至同樣的罪過。他認為無產階級在這一方面可能會比其他階級更糟糕。

三

二十年後，羅蘭在《戰敗者》（*Les Vaincus*）一劇中，進一步探討革命風暴中泥沙俱下的情形。在該劇結尾，一位沒有參與暴動的勞工領袖明辨清濁，清點革命的「暴發戶」，指出他們投身社會主義事業完全是出於個人的野心。

遺憾的是，對革命群眾提出了質疑，發現了混水摸魚的「革命者」的羅蘭，卻沒有對革命領袖提出類似的質疑。當他在《丹東》和《羅伯斯庇爾》（*Robespierre*）中，把舞台聚光燈對準紅色恐怖時期的主要革命領袖時，他雖然較好地把握了丹東這個歷史人物，卻竭力為已經蛻變為暴君的羅伯斯庇爾進行辯護。

丹東是法國革命的早期功臣，智慧過人，同時也很懶散。他刻意迴避了對路易十六的審判，沒有像湯瑪斯．潘恩（Thomas Paine）一樣為國王的人權辯護。他意識到，這種迴避不管出於何種動機，在激進的革命者眼裡，不是膽怯就是變節。作為革命政府司法部長，他沒有追究一七九二年「九月屠殺」的責任。為了保衛共和國，他兩度組織了對外來干涉的武裝抵抗。成為公安委員會委員之後，他採取了更為溫和的政策，並且挑戰羅伯斯庇爾的強硬手段，結果終於被羅伯斯庇爾、被激進的雅各賓專政送上了斷頭台。

在羅伯斯庇爾的新的暴政下，死於獄中的惡劣環境或被當作賣國賊而處死的，多達一萬七千多人。某些回憶錄把早期的羅伯斯庇爾描繪成「被壓迫者的捍衛者」，反對血腥暴力，主張和平革命的領袖。一七八三年，羅伯斯庇爾曾告誡說：「寧肯漏掉一百個罪犯，切勿犧牲一個無辜者。」有一次，羅伯斯庇爾任法官時，他帶著絕望的心情回家，兩天來什麼也沒有吃，僅僅因為他判處了一個流氓殺人犯的死刑。[3]可是，革命勝利後，他以人民的公意和道德自居。按照他的邏輯，「給我鼓掌的是人民，是不幸者，如果有人指摘我的話，那一定是富人、是罪犯。」[4]羅伯斯庇爾終於以保衛革命成果的為理由，大開殺戒。實際上他害怕失去權力，因此無法收手。他從人道主義者變為一個暴君並導致自身的悲劇，羅蘭卻難以真正的悲劇眼光來直面這一痛苦的歷史。

《丹東》一劇展現的是雅各賓派的內鬥、丹東與他的追隨者之間的矛盾，以及丹東與羅伯斯庇爾之間的衝突。羅蘭真實地把丹東表現為一個有進有退的革命者。丹東之所以退卻，不是為了明哲保身，而是為了捍衛共和國。他預感到自己與羅伯斯庇爾之間的鬥爭將摧毀共和國，預見到羅伯斯庇爾將實行恐怖統治。

在羅蘭筆下，羅伯斯庇爾是一個熱情而真誠地為共和國獻身的革命家。他時刻警惕革命的叛徒，主張實行恐怖統治。借劇中精明的犬儒主義者瓦狄爾挑撥離間、教唆他人譴責丹東的情節，羅蘭在一定程度上為羅伯斯庇爾處死丹東開脫責任，把主要責任推諉給聖茹斯特（Saint-Just）。聖茹斯特深明大義，被羅伯斯庇爾說服，為了革命的需要，寧願犧牲自己的聲譽，承擔指控丹東的「歷史責任」。

在革命法庭面前，在嘰嘰喳喳的「看客」面前，丹東及其「同謀」以鏗鏘的語調為他們的無罪進行自我辯護。儘管丹東的自我辯護有力有據，卻無法遏止審判團的霸道。戲劇最後以丹東被送上斷頭台收場。

《羅伯斯庇爾》緊接著丹東死後的情節展開戲劇衝突。公安委員會就革命方向問題展開激烈辯論，內奸福舍糾集資產階級右翼熱月黨人反對羅伯斯庇爾。羅伯斯庇爾逐漸失勢。民眾對雅各賓派的政策感到失望，開始轉向熱月黨。最後，在「熱月政變」中，羅伯斯庇爾被送上斷頭台。雅各賓專政機器一夜之間分崩離析。

在羅蘭的戲劇中，羅伯斯庇爾是一個真誠、善良、冷靜的理想主義者。羅蘭文飾他在恐怖時期失去理性、缺乏人道的弱點。他的行為總是出於崇高的動機。他原本希望依法辦事，不得已採用「非法」手段，主要是別人的慫恿所致。

如果只表現和讚揚早期羅伯斯庇爾，那是忠實於歷史而無可厚非的。問題在於，羅蘭戲劇中的情節一直發展到羅伯斯庇爾走上斷頭台的場面，卻一味為其開脫罪責。這樣的藝術處理，是不足信不足取的，甚至是不道德的。

四

關於革命目的與手段的討論，是《理性的勝利》的一大主題。劇中重要歷史人物馬拉（Jean-Paul Marat），是著名醫生、科學家和記者，雅各賓派中頗有聲望的革命家。他捲入「九月屠殺」，促使吉倫特派失勢，遂成為吉倫特派的主要靶的，被一位女英雄刺殺。

暗殺作為一種恐怖主義手段，與革命有天然的聯繫。聖茹斯特宣稱「沒有人能無罪地統治」。但羅蘭塑造的羅伯斯庇爾最後把恐怖視為實現「正義」的最佳有效手段。

在《愛與死之賭》（*Le Jeu de l'amour et de la mort*）一劇中，當卡洛特要求科威塞支持對丹東的譴責時，科威塞拒絕了，兩人因此分道揚鑣。卡洛特認為，沒有國家的力量就不存在個人的權利，但科威塞捍衛的是個人的人權，把手段看得比目的更重要，也就是說，不管什麼目的，不能不擇手段。在這樣的戲劇場面中，可以見出羅蘭本人思想上的矛盾和探索。

五

歷史上的羅伯斯庇爾掩蓋了許多真相。斯塔爾（W. T. Starr）在《羅蘭傳》中指出：羅蘭戲劇中的一位教授認為「不講述全部真相無異於撒謊」。可是，羅蘭總是覺得：把全部真實告訴每一個人，有時是不必要的，甚至是有害的。斯塔爾認為羅蘭心目中的「革命」是一個寬泛的概念，他並沒有「法國革命的宗教」，也不絕對讚美俄國革命。革命之所以激發他的熱情，是在美學的意義上。「在他看來，革命主要是一種精神，而不強調其行動的過程。革命精神容不得一種生活形式或社會形式的僵化，容不得社會欺詐。」5

羅蘭擔心講述全部真相將令公眾對革命感到失望，把必要時剝奪民眾的知情權，視為一種迫不得已的革命策略。他因此容忍革命的高層掩蓋真相。在《理智的勝利》中，馬拉被刺殺後，劇中的費伯認為一件非正義或不公道的事情可以引起連鎖反應，釀生一連串壞事。可是，羅蘭自己卻看不到這種骨牌效應，或置之不顧。可見顧全大局的革命觀念或紀律，如何腐蝕了一位大作家的道德良心。就羅蘭自己的道德水準而言，沒有達到他所塑造的正義者的高度。

更為人詬病的，是一九三五年羅蘭夫婦應邀訪蘇會見高爾基和史達林的言行。儘管他了解到領導階層的特權和莫斯科「大清洗」的來龍去脈，卻對此保持緘默。訪蘇之後，羅蘭逐漸拒絕史達林主義，卻為了革命的需要，「理性」地長期封存《莫斯科日記》。

六

「理性」，是十八世紀啟蒙思潮的「時代之光」，是代替神啟的自然定律。

羅伯斯庇爾把理性抬到了至高無上的國教的地步。丹東、聖茹斯特和羅伯斯庇爾身上閃爍的「理性之光」吸引了羅蘭。因此，羅蘭不以成敗論英雄，在《理性的勝利》中歌頌引導法國革命的理性之光，把理性的失敗化作理性在道義上的勝利。該劇以被推翻的吉倫特派與掌權的雅各賓派之間錯綜複雜的鬥爭為題材。關於吉倫特派與雅各賓派的評價，中國學者習慣於簡單地把吉倫特派斥為「倒行逆施」，[6]實際上，吉倫特派的溫和主張比激進的雅各賓派更可取。可是，當革命蔓延法國各省，吉倫特黨人到處受到追蹤捕殺，革命就開始吞噬自己的兒子了。

羅蘭塑造了幾個吉倫特派的人物，他們最後均被判處死刑。盧克斯是劇中出場的唯一的真實的歷史人物。羅蘭寫出了他的思想轉化的過程。盧克斯是自我犧牲的化身，甘願承受一切苦難。但是，他超乎黨爭之上，卻沒有超越共和國「祖國」的神話。他為自由人的鬥爭，暗含著一個荒誕邏輯：可以為此犧牲另一些自由人的人權。換言之，為了正義的目的，可以不擇手段。最後，當盧克斯發現馬拉並不是一個可恨的殘暴怪物，科黛的行刺並未帶來善的結果，反而助長了惡時，他意識到，惡遍在於每個人的身心，而所謂善，只存在於自我奉獻乃至自我犧牲的情境中。這樣一來，他從苦苦思索中噴發出哲理的火花：所謂勝利，始終是惡的勝利；只有失敗的才是善。因此，自願承擔失敗的痛苦也就是選擇善。到了這一步，他除了自殺別無選擇，選擇自殺就是選擇善，就是殉道。他就這樣倒在理性的祭壇之下。

羅蘭所表現的盧克斯的命運，可以使人想到，在政治領域，在革命後的權力角逐中，往往是不斷進行的「劣幣驅逐良幣」的過程。這無異於說，人類發展的歷史就是一次又一次魔鬼的勝利，天使的悲慨！

羅蘭相信「理性的勝利」，悲劇性的反諷在於，實際上是理性的失敗，勝利只是精神上的勝利。

七

一戰之後，羅蘭的革命觀有所改變。共和國「祖國」不再是神話，羅蘭的國際主義和和平主義立場鮮明地表現在小說《約翰．克利斯朵夫》（*Jean-Christophe*）和《欣慰的靈魂》（*L'Âme enchantée*）中。他認為戰爭和暴力，無論對於革命者還是保守派，都是毒素。

一九二二年，羅蘭在巴黎接待印度詩人泰戈爾來訪。羅蘭開始接受非暴力抵抗的思想。此後，羅蘭在《聖雄甘地傳》（*Mahatma Gandhi*）中，高度讚揚甘地的「不殺生」原則。一九三一年底，羅蘭與甘地在瑞士會晤，他們都認同非暴力與革命相結合的可能性。從此，羅蘭成為歐洲和平主義的喉舌。

可是，一九三一年初，羅蘭開始感到，在帝國主義「兇殘野蠻的」聯盟面前，和平運動動人的佈道和幼稚的策略是遠遠不夠的。[7]同年，中國發生九一八事變後，羅蘭起草了〈反帝同盟行動〉，抨擊日本侵華無異於「腰斬革命」，即斷送了辛亥革命的成果。

隨著義大利法西斯主義和德國納粹的興起，世界大戰的危險迫在眉睫，羅蘭不得不重新考慮甘地和平主義在理論和實踐上的兩難。在他與法國作家巴比塞（Henri Barbusse）的倡儀下，一九三二年春天國際反戰委員會宣告成立，在荷蘭阿姆斯特丹召開了國際反戰大會。同年十一月，孫中山夫人宋慶齡在上海給羅蘭拍發一份電報，敦請他參加反對日本帝國主義的統一戰線。

在一九三五年出版的羅蘭文集《經由革命的和平》（*Par la révolution, la paix*）中，我們可以看到羅蘭思想的矛盾和轉化。開始，他認為戰爭不是解決辦法：與納粹打仗無異於掉入西方資本主義世界的牟利者和民族主義者設置的陷阱。他寄望於包括蘇聯在內的歐洲各國，期待一種更強大的力量迫使希特勒接受和平。後來，在失望中，羅蘭終於把「反法西斯專政的防禦戰」置於和平主義政治之先，強調「在和平得以建構之前，法西斯主義必須殲滅」。[8]因此，羅蘭在二戰期間成熟的和平主義，不是絕對和平主義，而是一種把法國革命的遺產與甘地思想結合起來的「革命和平主義」。一九四四年，羅蘭沒有看到反法西斯戰爭的最後勝利，不幸與世長辭。

八

從羅蘭思想的發展中，我們可以看出，他的革命戲劇，出自作者本人的革命激情和理性思考，也出於一種歷史責任感。一七九四年，革命中的公安委員會曾對作家發布一呼籲書：請求他們「讚揚法國革命的主要事件；創作共和的戲劇；把法國復興的偉大時代傳給後來者；以堅定的人物賦予歷史以激勵人心的特徵，使之配得上捍衛自由、抵抗歐洲一切暴君的一個偉大民族的編年史。」

這場大革命結束了法國千多年的封建統治，儘管沒有在本土直接立即實現民主，卻把民主的觀念傳遍了歐洲和整個世界。它始終衝著腐敗的專制統治撞響革命的警鐘。從這一角度來看，羅蘭對法國革命的肯定，是值得肯定的。二十世紀經歷了大大小小的革命和戰爭的陣痛，今天，在不民主的國家仍然在醞釀革命爆發革命。羅蘭提出了有關革命的重大問題的戲劇，仍然能給人帶來痛定思痛的求真的啟迪，審美的愉悅。

註釋

1 羅曼．羅蘭（一八六六—一九四四），法國作家，被譽為法國大文豪，一九一五年諾貝爾文學獎得主，早年作品以劇作為主，代表劇作有《群狼》、《丹東》、《理智的勝利》等，並於一九〇四年到一九一二年間，創作了共十卷的長篇小說《約翰．克利斯朵夫》。

2 Stefan Zweig, *Romain Rolland the Man and His Work*, tr. by Eden and Cedar Paul (New York: Seltzer,1921), p.125.

3 Rowena Searle, *Maximilien Robespierre: What were the Motives behind the Man*? (Online Edition)

4 Gerard Walter著，姜靖藩等譯，《羅伯斯庇爾》（北京：商務印書館，一九八三），頁391。

5 W. T. Starr, *Romain Rolland One Against All: A Biography* (Paris: The Hague, Mouton, 1971, p.90, 221.

6 張澤乾，《法國文明史》（武漢：武漢大學出版社，一九九七），頁430。

7 Romain Rolland,'Romain Rolland appelle à la lutte révolutionaire', *L'Humanité* , 4 November 1931, 3.

8 David James Fisher, *Romain Rolland and the Politics of Intellectual Engagement* (London: Transaction, 2003), pp.153-162.

為了忘卻的記憶

勒．克萊喬的文學主題

魯迅在〈為了忘卻的紀念〉一文中開宗明義地說，他寫的紀念幾個遇害的「左聯」青年作家的文字，是為了將時時襲擊心靈的悲哀擺脫，「給自己輕鬆一下，照直說，就是我倒要將他們忘卻了。」魯迅在這裡表達了一個關於歷史記憶和遺忘的悖論。

魯迅是勒．克萊喬（J. M. G. Le Clezio）[1]喜歡的中國作家之一。我之所以借用魯迅的文題改動一個字，以探討勒．克萊喬的創作特色，首先是因為，記憶，如瑞典學院認為的，是他的重要的文學主題之一。但是，我還要進一步指出，在勒．克萊喬的許多作品中，同樣有一個記憶和遺忘的悖論。這是一個似非而是的矛盾命題，蘊含著豐富的哲學智慧和人生智慧。

童年的創傷記憶

童年記憶，尤其是童年的創傷記憶，對於造就一個作家是異常重要的。勒．克萊喬一九四〇年生於法國尼斯，但他的祖父和父親，都是法裔模里西斯人。這個原本屬於法屬殖民地的島國，一八一〇年被英軍征服，淪為英屬殖民地。二戰結束後的一九四八年，八歲的勒．克萊喬隨母親移居奈及利亞，與二戰期間在那裡擔任軍醫的父親團聚。將近兩年後，他們全家遷回尼斯。從此，勒．克萊喬成為四海為家的世界公民。

勒．克萊喬的童年創傷記憶，折射在小說《奧尼查市》（*Onitsha*）中。小說開始的情節同樣發生在一九四八年，十二歲的孩子芬坦跟隨他的義大利母親航海去非洲，在奈及利亞尼格河畔的奧尼查小城與他已經記不清的英國父親相見。父親是一家貿易公司的代理商。三個人重逢之後要互相適應並不那麼容易，芬坦與他的父母由此構成典型的「伊底帕斯情結」中的戀母反父關係。他在旅程中還不斷閃回童年患疥瘡病的創傷記憶。但是，如果一個作家對人物做精神分析的描寫時，眼光僅僅囿於家庭小圈子，那是沒有出息的。勒．克萊喬的可貴之處，在於他同時糅合了社會的創傷記憶。他借芬坦這個孩子的視角來看那塊殖民地，將殘酷的歐洲殖民者與天真善良的本土人作對照。作者筆下的母親，不但是芬坦的慈母，而且是一個富於社會關懷的人。她看到許多饑渴的囚犯帶著鎖鏈被迫去挖一個游泳池，毅然向當局提出了善待囚徒的請求。囚犯的條件因此得到了改善，但母親卻遭到員警的驅逐，只好和失業的父親帶著芬坦移居倫敦，然後到法國落腳，情節繼續波瀾起伏地發展。

在《尋金者》（*Le chercheur d'or*）、《隔離》（*La quarantaine*）和《革命》（*Révolutions*）等小說中，作者在久遠宏闊的歷史背景中追溯了家族的記憶。事實上，法國大革命後，勒．克萊喬的一個先祖拒絕參加革命軍，因為參軍就得被迫剪掉長髮，他因此逃到模里西斯，從此在那裡扎根創業。後來，勒．克萊喬的祖父曾費力尋找海盜埋藏的黃金，雖然未能如願，最終卻發跡成了當地的甘蔗種植園主——一個根深蒂固的種族主義者。他的一個兒子，即勒．克萊喬的伯父，因為娶了一個歐亞混血兒為妻，被剝奪了財產繼承權並被趕出家門。在《尋金者》中，小說的青年主人公是一戰的倖存者，漂泊到模里西斯一個島上，依照父輩的線索在尋找寶藏時愛上一個少女，她教他如何在「文明」社會之外生活。《隔離》以勒·克萊喬的祖父和伯父的故事為素材。小說中的一個甘蔗種植園主殘酷剝削印度移民工人。他的兒子被趕出家門後，踏上尋找「自我」的精神之旅。

在《革命》中，帶有作者自身影子的青年主人公馬婁走出法國看世界，從他祖父的妹妹那裡聽說了他祖父在模里西斯的創業史，由此把歷史上的幾個崇尚暴力的時代銜接在一起：從法國大革命寫到二十世紀非洲有色人種的革命——阿爾及利亞獨立戰爭。馬婁還目擊了一九六八年在墨西哥城「三種文化廣場」軍警屠殺示威學生的暴行，雜糅著作者自己難於忘卻的歷史記憶，也可以視為作者的「為了忘卻的紀念」。

人類苦難的歷史記憶

上述作品表明，勒·克萊喬小說中的記憶超越了個人的、家族的和民族的範圍，往往是沉重的社會悲劇的記憶，是人類苦難的歷史記憶。

這一點，更鮮明地表現在《沙漠》（*Désert*）、《金魚》（*Poisson d'or*）和《漂泊的星》（*Étoile errante*）等小說中。

《沙漠》有兩條敘事線索，一條線索是二十世紀初葉撒哈拉沙漠柏柏爾部落的故事，描寫他們在法國和西班牙殖民者的迫害下穿越摩洛哥逃亡的悲劇命運。另一條線索是一個美麗、勇敢的摩洛哥姑娘的流浪和愛情故事，她漂泊到西方世界成了有名的攝影模特兒，但她厭惡消費社會商業文明，最後返回故鄉尋找身分認同。

《金魚》中最初沒有名字的女主人公，同樣是摩洛哥的黑人孤兒，從小就被賣給一個寡婦。寡婦是猶太人，因此把她當做養女善待，叫她萊伊拉。寡婦死後，萊伊拉受到養母家族的虐待。作為非法移民，她在非洲、法國、墨西哥和美國許多城市四處流浪、逃亡。她不斷搜索自己童年的記憶，尋找身分認同，最後決定回到完全沒有記憶的摩洛哥故鄉。萊伊拉在逃亡途中始終帶在背包中的「聖經」，是反殖民主義的著名思想家法農（Frantz Fanon）[2]的《大地上的受苦者》（*Les Damnés de la Terre*）——「有色人種的革命手冊」。像為該書作序的沙特等一代法國左翼知識分子一樣，勒．克萊喬對法農極為推崇，甚至被批評家稱為「法農的門徒」。由此可見，這部小說生動地表現了逃亡與革命之間的悖論和審美張力。

出於深厚的人文關懷，勒．克萊喬像奧斯維辛的倖存者、匈牙利作家卡爾特斯（Imre Kertész）一樣，始終把人類殘酷的歷史，尤其是反猶大屠殺，視為現在時態。這一點，最鮮明地表現在勒．克萊喬的《漂泊的星》中。小說中時間跨度長達四十年的故事，始於二戰中猶太人大逃亡。主人公猶太少女赫勒尼隨母親從故鄉尼斯市逃到法國南部的聖馬丁——維蘇比小鎮。這是歐洲各地猶太人的避風港，由於戰事逼近，許多猶太人不得不翻越阿爾卑斯山尋找新的避難所，許多人落入納粹魔掌，被驅趕到奧斯維辛。赫勒尼的父親是法國共產黨人，參加游擊隊進行抵抗和營救工作。天真的赫勒尼變得成熟起來，父親借用《聖經》中波斯皇后的名字，改稱她為以斯帖，意為「星星」，他把猶太人苦難的歷史記憶延伸到兩千多年前，同時也寄寓著祈求上帝藉以斯帖施行拯救的希望。以斯帖的父親和許多難民都遇難了，她的未婚夫也死於戰爭前線，她要繼續逃亡並開始新的生活，必須首先找到父親和未婚夫遇難的不同地點。換言之，她必須確定納粹屠殺現場和戰亂的地理位置，以保持個人和社群的苦難記憶並充當歷史見證。

當以斯帖逃往以色列抵達耶路撒冷時，邂逅另一顆「漂泊的星」——巴勒斯坦女青年涅瑪，她是在以色列一九四八年建國之際被強行送往難民營的。接著，作者以涅瑪的視角寫到：數千巴勒斯坦人被關押在一個難民營電網牆內，連聯合國運送食品的卡車也莫名其妙受阻，井水也枯竭了。涅瑪覺得：「……難民營無疑是世界的盡頭，在我眼裡，盡頭之外什麼都沒有，絲毫希望都沒有。」就這樣，以斯帖從涅瑪那裡學到新的一課。此後幾十年，痛苦的記憶一直無法抹去，不斷在以斯帖的記憶中閃回。她承認自己作為猶太人的一員，對涅瑪這樣的巴勒斯坦難民的苦難負有不可推卸的道義責任。她自己的記憶，涅瑪的記憶，涅瑪對她的既懷疑又寄望的凝視的眼光，是激發她寫作的靈感。她的寫作，像作者本人的寫作一樣，既是一種「驅魔」儀式——驅逐記憶的夢魘，又是第一次受洗過後的「堅信禮」——堅信上帝的神恩，堅信基督的重臨，堅信歷史的夢魘終將結束。

「天人合一」的審美境界

對於歷史的夢魘，如果你時時刻刻銘記，甚至記仇記恨，尋求復仇，那就會背著過於沉重的歷史包袱，甚至會壓得你喘不過起來。借用佛教的話來說，你甚至會被這種「我執」擊垮。另一方面，如果你壓根兒忘卻，那就患了歷史健忘症，它終究會導致「良知痲痺症」，同樣會使得你的「自我」膨脹。一個人如此，一個民族同樣如此。因此，我們健全的個體意識與歷史意識和民族意識是分不開的，必須在記憶與遺忘之間保持一種張力或平衡。這種平衡，類似於真正的佛教徒在入世與出世之間的平衡，或道家的「為而不爭」與「清靜無為」之間的平衡。出世無為之時，文人墨客往往寄情於山水之間。

在勒．克萊喬自稱的他的「小祖國」模里西斯，大約有一半居民信奉印度教，也有不少人信奉佛教。勒．克萊喬本人於一九六六至一九六七年在泰國佛教大學教過法文，難免受到佛教的影響。評論家Maurice Cagnon和Stephen Smith以英文合寫過〈勒．克萊喬的道家眼光〉一文，載《法國評論》（*The French Review*）一九七四年春季號，可惜未能拜讀，只知道勒．克萊喬讀過老子的《道德經》等中國經典。但是，在勒．克萊喬的作品中，卻不難發現一種道家崇尚的「天人合一」的審美境界。

在小說《偶遇》中，一位過氣的電影製片人喜愛逍遙，喜歡在他的「船上小宇宙」中，「在金波蕩漾中遺忘世事」。倦於世事，在工業社會消費世界中格格不入的作者本人同樣崇尚大自然。莎士比亞有句名言：「輕輕一碰大自然，整個世界就親暱起來」（One touch of nature makes the whole world kin）。著名的《安妮日記》作者，那個猶太少女在書中寫道：那些感到害怕、寂寞或不幸的人，最好的藥物是到戶外去，在可以靜心的地方，獨自面向天空，面向大自然和上帝……。

上文論及的《漂泊的星》，筆調是沉重的，但勒．克萊喬深諳藝術的張弛之道，不時讓他的女主人公以斯帖像安妮一樣在大自然的懷抱中得到喘息。以斯帖長途跋涉後，來到一個山谷。作者寫道：「以斯帖從來沒有見過這樣可愛的地方。在成堆的原形岩石與鋪展地毯的青苔之間，在左邊略高的地方有個小沙灘，在那裡，一道水流柔和地濺起層層疊疊的浪花……。這個地方，在以斯帖眼裡，就像天國的意象一樣。」這時，以斯帖問了又問的「上帝為什麼要躲起來」的問題，得到了一個暫時的替代性的回答，感到上帝與她同在。

在《奧尼查市》中，勒．克萊喬對大自然的描繪更富於哲學意味。歐洲殖民者對非洲人的虐待與尼格河兩岸奧尼查的鄉村田園之美，往往形成鮮明的對照。芬坦和當地漁夫的兒子波尼交上朋友。波尼教會芬坦如何以一種新的眼光來觀照大自然，觀賞樹木的「生殖器」在附近「神池」中洗滌的景象。當芬坦進入水中，他體驗到一種寧靜的淡泊境界，減弱了反父的傾向。他第一次感到與父親的親近，認為母親般的水池可以使得他和他的父親和睦相處。他開始把自己的母親想像為大地母親。波尼還帶芬坦去偷窺一個聾女沐浴的情形。後來，芬坦把產床上的聾女想像為一位公主，一條河流——在作者筆下，她是無言的河流女神的原型。

在這裡，我們可以看到源於馬克思《一八四四年經濟學哲學手稿》的兩個生態學和美學命題的藝術範例：「自然的人化」和「人的自然化」。但是，勒．克萊喬筆下的「自然的人化」，並不要求我們在實踐中強行支配、主宰自然，而是教我們尊重自然，並由此提升到尊重人的層次。而這裡的「人的自然化」，作為人類實踐的雙向物件化過程中一個不可或缺的方面，則啟迪我們在社會實踐中將一切自然物種的尺度內化為我們內在的尺度，從而回歸自然，依照自然的規律對待並利用自然，真正達到「天人合一」的境界。當我們把「自然的人化」與「人的自然化」統一起來時，才能促進生態平衡，和諧地自由地處理人與自然的關係。

勒．克萊喬認為，寫作就得尋求平衡，他在獲獎前的一次訪談中說：「這有點像騎自行車，我帶著這個觀念寫作：你必須向前才不會跌下來。」

勒．克萊喬的比喻是生動的，但他語焉不詳。在我看來，寫作需要多種多樣的平衡，例如道德文章與審美情趣的平衡，感性描繪與理性思考的平衡，緊張與輕鬆的平衡，「深入」與「淺出」的平衡，質樸與文采的平衡，等等。勒．克萊喬小說中的記憶和遺忘的悖論，是一切有歷史眼光和當下關懷的作家在寫作中所需要的一種平衡。

《明報月刊》二〇〇八年十一月號

註釋

1 勒．克萊喬（一九四〇—），法國小說家，二十三歲時即獲得法國的賀那多獎，一九九四年獲選為法國人最喜愛的作家，二〇〇八年諾貝爾文學獎得主。因童年不愉快的經歷，其作品多以漂泊不定的邊緣人物為主角，代表作有《奧尼查市》、《沙漠》、《金魚》和《漂泊的星》等。

2 弗朗茲．法農（一九二五—一九六一），法國黑人作家、散文家，其作品啟發不少反帝國主義解放運動，代表作有《大地上的受苦者》、《黑皮膚，白面具》等。

布萊希特的脊樑骨

布萊希特（Bertolt Brecht）[1]在二十世紀文壇和劇壇的確是一個頗為重要的人物，譽之者甚至將他稱為德國的莎士比亞。此外，他對中國文化的心儀和借鑒也是中德文化交流史上的佳話。

早年曾經在一戰中深入戰地醫院看護傷病員的布氏，表現了他的人道關懷和激進的政治態度，後來逐漸轉向馬克思主義。布氏劇作《人就是人》（*Mann ist Mann*）和《三便士歌劇》（*Die Dreigroschenoper*）等都是最初運用馬克思主義學說剖析資本主義的社會弊端的藝術嘗試。一九三三年，納粹上台後，布氏先後流亡北歐，美國。在德國，他的公民籍被取消。一九五五年，布氏在莫斯科獲得史達林和平獎，使他在共產主義陣營紅極一時。

民族英雄，換句話說，也就是民族脊樑，是骨頭最硬的戰士。但是，近年來，這樣的桂冠對於布氏來說是否當之無愧，已越來越引起人們的質疑。

全面否定布萊希特

事情的緣起是約翰・菲吉（John Fuegi）一九九四年出版的布氏新傳《布萊希特的生平和謊言》（*The*

Life and Lies of Bertolt Brecht），該書先在倫敦出版，後來還出版了史料更詳盡的德文本增訂版。這本新傳記徹底改變了布氏的公眾形象，作者對布氏侵犯他人的知識版權的問題，對他的思想和行為進行了嚴正的政治批判和道德征伐。菲吉認為布氏戲劇不少剽竊之作，布氏本人並非二十世紀的英雄，實際上，他只是一個冒充內行的藝術騙子，一個偽君子，甚至是一頭「人彘」（a pig of a human being）。為了名利，布氏利用了各個方面的人，尤其是他的紅顏知己。菲吉將布氏與希特勒、史達林的性格進行了某些類比，甚至認為在某種程度上，布氏是法西斯主義和史達林主義興起的「共謀犯」。

對於持續甚久的「布萊希特熱」，這些評判無疑潑了一盆大冷水。如果這樣一本著作的作者只是名不見經傳的學者或無聊文人，那也就罷了，可他偏偏是一位長期研究布氏治學嚴謹的權威人物：美國馬里蘭大學德語和斯拉夫語文學教授、布萊希特協會的創立者菲吉，這就不能不引起人們的重視。

菲吉的布氏新傳問世以來，西方文壇還只有介紹而不見評論，是耶非耶，批評家似乎都不敢置喙。儘管如此，一九九八年的布氏百年冥誕，德國人仍然在大事慶祝。一個民族，要推倒自己的「民族英雄」的紀念碑，不是那麼容易的，儘管這樣的英雄可能實際上只是小丑式的喜劇人物，只是軟骨頭而已。

布萊希特和他的女人們

布氏一生的紅顏知己究竟有多少，誰也說不清楚。據說，他堂堂男子漢的儀表和健談，對青年人所具有的催眠術的魔力可以與希特勒媲美，他可以毫不費力地為了他的政治目的文學意圖和情欲的需要將他看中的任何男男女女誘惑到他的圈子裡效命，或勾引到床上尋歡。

布氏一生除了與女演員衛格爾（Helene Weigel）有較長時間的婚姻關係以外，還同時與斯德芬（Margarete Steffin）和霍普特曼（Elisabeth Hauptmann）等四位女性保持創作夥伴和情人關係。這些充當祕書的女性或為出色的演員，或本身就是作家、翻譯家，大都才華橫溢，成為床頭捉刀人。也就是說，布氏劇本大多為她們的靈感或構思。菲吉認為霍普特曼在布氏最著名的作品中應當擁有百分之八十的著作權。布氏轟動劇壇的成名作《三便士歌劇》借用了英國劇作家蓋（John Gay）的《乞丐歌劇》（*The Beggar's Opera*）的素材，後者的確是由霍普特曼首次翻譯為德文的。霍普特曼多才多藝，不但是布氏的抄寫員、翻譯者，而且兼法律顧問。《三便士歌劇》，布氏只是在她和作曲家科特威爾（Kurt Weill）執筆的劇本的基礎上最後定稿。霍普特曼曾得到百分之十二點五的版稅，威爾得百分之二十五，布氏得了百分之六十二點五。更不公平的是，署名權完全由布氏獨占了。霍普特曼的一位侄女引用菲吉的著作，力求為霍普特曼爭取作為《三便士歌劇》的合作者的著作權。此外，如《四川好人》（*Der gute Mensch von Sezuan*）、《第三帝國的恐懼與災難》（*Furcht und Elend des Dritten Reiches*）等劇作都有類似的著作權問題。《勇敢媽媽》（*Mutter Courage und ihre Kinder*）則是布氏與另一情人斯德芬合作的結果。

布氏研究家長期以來就接受了布氏著作的在某種程度上的合作性質，但菲吉比他們走得更遠。他認為不少傑出女性不但與他合作創作了大量作品，給他提供經濟援助和性服務，而且，被利用過後，她們就被這個情場老手拋棄——既從床上拋棄也從著作權中拋棄。

布萊希特與法西斯主義

考察布氏與法西斯主義的關係，既應當根據他平日的言行，也應當根據他在作品中所體現出來的思想。

的確，三〇年代布氏寫過一些反納粹的詩作，還曾為德國自由電台寫諷刺納粹的小品。但是，布萊希特是有所顧忌的，他很注意把握分寸。布氏的朋友奧夫里希特（Aufricht）計畫投資所謂「審判的戲劇」，布氏原本答應合作，後來由於該劇涉及希特勒製造的國會縱火案，試圖在劇中將納粹分子作為縱火的罪犯來審判，因此，布氏害怕自己被列入納粹的暗殺名單中，一見危險就躲，立即退出了創作組。

在布氏流亡之前，他並沒有強烈譴責法西斯主義。布氏的朋友就此抱怨他時，他的托詞是不屑於發佈反法西斯的「閃光的宣言和抗議」。實際上，他不敢直接地、公開地反對納粹。反納粹對於他只是權宜之計。也許正因為如此，一九三三年的柏林，蓋世太保的手下人，根據一項剝奪共產主義者的財產的法案沒收了許多共產黨人的財產，布氏的汽車也被沒收了，但納粹對布氏網開一面，沒有剝奪他的其他財產，例如他在巴伐利亞的莊園、在柏林的住宅都原封未動。

更令人懷疑布氏的政治態度的，是布氏的著作曾被納粹令眼相看。一九三三年，戈培爾（Goebbels）被納粹任命為教育和宣傳部長後，在所謂「純潔德意志文化」的旗幟下，法西斯大張旗鼓地開展了一場對「非德意志」文化藝術的剿滅運動。一九三三年五月十日在柏林的焚書活動焚燒了近兩萬冊圖書，被付之一炬的有馬克思主義的經典著作，愛因斯坦的科學著作，文學著作則有詩人海涅（Heinrich Heine）、湯瑪斯．曼（Thomas Mann）、茨威格等許多著名作家的作品。而布萊希特的著作卻得以倖免，依舊保留在圖書館和書店的書架上。這正好可以看出，他當時並未寫出真正的反法西斯的作品。

在布氏流亡的最初兩年，他雖然在移民圈子裡公開活動，但他寫的反納粹的文章都要看風使舵，等到局勢絕對安全時候才公開發表。

後來，布氏在《第三帝國的恐懼與災難》等一系列獨幕劇中力求解釋極權制度。他對納粹的譴責，除了軍備以外，就是它帶來了大饑荒，把工人交到了殘酷壓榨的資本家的手裡。此刻的布氏，再也不必擔憂被列入納粹的黑名單了，他的批判也就轉為無所顧忌。在他的所謂「匪徒劇」《一個可以遏制的小匪首的崛起》（*Der aufhaltsame Aufstieg des Arturo Ui*）中，布氏影射希特勒，將希特勒描繪成一個被扭曲了的傀儡，以笑聲來揭露這個「偉大的政治罪犯」、「野蠻的屠夫」。布氏還將捷克作家哈謝克（Jaroslav Hasek）的長篇小說《好兵帥克》（*The Good Soldier Švejk*）改編為《二戰中的帥克》，劇中的希特勒是個可笑的喜劇丑角。最後一場，「小人物」帥克與「大獨裁者」希特勒相遇，希特勒絕望地轉來轉去，北方冰封雪蓋，南方屍骨成山，東部紅軍進逼，回家嗎？四面楚歌的希特勒已經無顏見德國人民，已經變為世人的笑柄。

但是，此時的布氏，在公開場合，他向我們展示了反法西斯戰士的形象，而在私下裡，卻又是另一回事了。根據有關資料，在布氏流亡丹麥期間，當他的弟弟瓦爾特前來看他時，他勸告弟弟回到德國去參加納粹黨，奔他的遠大前程，最好能混個省長什麼的，因為反法西斯活動只會給他招惹麻煩。此外，布氏還把他自己的兒子弗蘭卡留在德國，弗蘭卡後來追隨納粹，在轟炸英國，入侵蘇聯的事件中都充當了一個角色。布氏是否對弗蘭卡也有同樣的建議，還有待歷史的考證。

看風使舵的布氏無論與左翼右翼均保持良好關係。菲吉的新傳記認為，布氏表現了多重矛盾性格，言行不一，他「超越任何外部的法律系統或道德規範而存在。在他的自我創造的『意志和想像』的宇宙中，他可以不斷地既是獨立的又是依賴的，既是自由的宣導者又是暴政的實踐者，一個用許諾和契約來束縛別人而自己則隨心所欲地食言毀約的人物。」[2]

從布氏的流亡前後以及公眾場合和私人交往中判若兩人的言行來看，他的投身革命，是否僅僅出於趨時髦甚至只是一種投機心態而已？或如某些批評家所認為的，只是一種心理變態的革命狂想而已？

布萊希特與史達林主義

如果我們進一步分析布氏對史達林主義的認同，就會發現，他的馬克思主義信仰的真誠度的確值得懷疑。在現實生活中，某些人表現出的向善，勇敢乃至崇高的行為，背後卻可能隱匿著某種自私的目的。同時，人是不斷變化的，隨著歷史風雲詭譎變幻，人生際遇的沉浮莫測，每個人都可能不斷改變自己的初衷。

布氏無法承認的是，希特勒的極權與共產主義的極權實際上是極為相似的。像當時許多經歷過納粹統治的左翼德國知識分子一樣，布氏認為在蘇聯控制下的東德是和平的陣營，他不相信西德能創造出民主的制度，支持東德蘇維埃區的專制制度和鐵腕手段。

一九三五年五月，布氏作為反法西斯戰士和著名作家在莫斯科得到外國人難得的殊榮：他應邀登上紅場觀禮台上觀賞閱兵儀式。因此，布氏對史達林感激涕零讚美備至。

就在這盛大的慶典背後，史達林正在大量清洗老布爾什維克幹部，下令大規模鎮壓農場主和富農。許多蘇俄作家和國外作家都已認識到史達林的殘暴。例如巴斯特納克（Pasternak），在一份他生前未發表的手稿中寫到，他訪問集體農場後，看到的是「非人的、不可想像的悲慘」結果大病了一場。[3] 蘇聯教授特列提亞科夫（Tretiakov）對蘇聯集體農莊進行考察過後，深知集體農莊實際上餓殍遍野。儘管他後來仍然支持集體化，卻免不了最後被無辜指為日本間諜。

像蘇聯的這類知識分子一樣，布氏實際上早在一九三〇年就已經意識到了蘇聯農業集體化的問題，並且與特列提亞科夫有過交往，熟悉這位教授對集體農莊的調查，但他卻仍然對集體化一味讚揚。至於這位教授的羅罪羈獄，布氏也深知實乃無辜，但他絕不會伸出援手。被莫斯科媒體吹捧為反法西斯運動的偉大英雄的布氏，是不願輕易放棄自己的利益和榮譽的。

一九三六年至一九三七年間，德國和蘇聯的發展已日益引起知情人的不安。在布氏的朋友中，曾有人寫信告誡他，信中譴責史達林，將史達林稱為「骯髒的格魯吉亞人」，並且指出國內事務人民委員部（即KGB的前身）正在毫無任何法律程式的情況下大肆打壓異己，只有高爾基這樣的文人可以養尊處優。可見，布氏並非不知情，但他對此同樣保持緘默。

一九三八年是歐洲歷史上的多事之秋，希特勒在奧地利受到熱烈歡呼，這裡的一切潛在的政敵幾乎都被謀殺了；張伯倫與希特勒達成綏靖政策；史達林在莫斯科公開審判他的政敵布哈林的所謂「托派與右派聯盟案」在緊鑼密鼓聲中開台；在美國，共產黨人也遭到搜捕。出於恐懼，布氏在日記中寫到：「在莫斯科很多人被捕了，失蹤了，或被指為外國間諜，或失去了其戲劇舞台，我與俄國的最後的紐帶已經割斷了，文學藝術已經變為糞土，政治理論已經墮落，所謂無產階級人道主義是脆弱的蒼白的。」私下裡布氏這樣認識，但在公開場合，布氏三緘其口，他把自己的各種異議文字塞進抽屜裡。在公開場合和寫日記這樣的私人場合，布氏判若兩人。布氏一生，從來不敢對史達林統治下的種種非人道的事件公開挑戰。

一九四九年初布氏回國定居東柏林，東德政府為他提供了極為優惠的生活和創作條件。韓戰之後，東德建立了一支軍隊，西德也準備重新武裝起來。布氏激烈反對西德重整旗鼓，經常在和平會議上發表演講，強調東德代表真正的民主精神，因此獲得史達林和平獎。

關於布氏對史達林的認同乃至讚美，維勒特（John Willett）在他的《布萊希特的戲劇》一書中也早有微辭。維勒特認為，布氏輕易地抹掉了一切有關史達林本人是一個「吃人者」的證據，並且罔顧一九三九年史達林與希特勒簽署祕密協定的史實。4

毫無疑問，史達林的統治時期是充滿血腥恐怖的歲月，布氏已經看到這一點，目睹了俄國無產階級實際上處於暴政的陰影之下，卻一如既往讚美這樣一位暴君。直到一九五三年史達林逝世時，布氏還這樣寫道：「五大洲的被壓迫者……當他們獲悉史達林逝世時，必然會感到他們的心臟停止了跳動。」誠然，世界上尤其是蘇聯以外的被壓迫者曾經為痛失國際共產主義運動的「偉大領袖」而悲傷，但今天看來，他們大多數人實際上是因為不明這個暴君的真實面目。心中有數又雨露蒙恩的布氏對史達林的歌功頌德，與當年被壓迫者的悼念，其本質是完全不同的。

折斷了的脊樑骨

要想以簡練的鏡頭勾勒布氏的畫像，除了有關史料以外，我以為最好從布氏的作品中去尋求靈感。

鏡頭之一：在布氏的哲學隨筆《K先生語錄》（*Stories of Mr. Keuner*）中，哲學教師K先生有一次登台向觀眾致詞，嚴辭抨擊暴力，突然發現觀眾全都退場了。他環顧四周，發現人格化的「暴力」站在他的身後，「你想說什麼呢？」「暴力」問道。在這凜然不可侵犯「暴力」面前，K先生兩腿發麻，立即改口道：「我正在談論崇尚暴力。」後來他的學生問他的「脊樑骨」哪去了，K先生答道：「我沒有脊樑骨，我喜歡看到的，是脊樑骨的斷裂。我必須比『暴力』活得更長久。」

鏡頭之二：同樣，在《K先生語錄》中，一個胖子「政府官員」來到一個公民的住宅問道：「你想為我效勞嗎？」房主沉默不語，胖子自然以沉默為默許，大搖大擺進來，房主為胖子服務了七年，胖子終於死了，當胖子一落氣，房主立即回答了胖子在七年前提出的問題：「不！」

鏡頭之三：在布氏戲劇《伽利略傳》中，這位在中世紀的黑暗中追求真理的科學家，最後終於屈服於強權，在異教裁判所面前下跪了。

這三個鏡頭，我認為均可以在一定程度上理解為布氏的自畫像。同時，這些形象對於一切專制制度下的患有軟骨症的知識分子，也是一種高度的藝術概括。不知布氏在刻畫這樣的形象嘲弄他人時，是否也有自嘲的意味。

這類形象，對於中國知識分子來說，是並不陌生的。而熱愛中國文化的布氏，也許正是從中國性格中學到了諸如圓滑、明哲保身、以屈求伸等處世之道。他在流亡途中，老子的《道德經》的譯本是隨身攜帶的，還寫了〈老子出關著道德經的傳說〉一詩，詩中顛沛流離的老子，出關時遇到徵收買路錢的稅吏，老子的書童勸他不要與老子為難，因為「極柔和的水流／終將征服有力的頑石，／你知道：強硬的事物是可以壓倒的……」稅吏最後終於被老子智慧的語言征服了。可見，布氏把老子的「弱之勝強，柔之勝剛」的哲理真是學到了家，並且發揮到了折斷脊樑骨的地步。因此，我們再來回顧前面的三個鏡頭，就不難理解了，而且完全可以與中國知識分子缺乏悲劇精神的性格弱點進行比較研究。

在第一個鏡頭中，K先生是沒有脊樑骨的。中國知識分子捫心自問，我們同樣或輕或重地患有軟骨症。在長期的暴力壓迫面前，少有人能真正伸直腰桿。布氏的虛偽和韜晦，像鏡頭之二中的房主一樣，以「妾婦之道」伺候主子，從來不敢真正說「不」。現代中國青年，有對美國說「不」的「大智大勇」，或如柯林頓訪華期間的一個政治笑話所言，美國人說他們有批評總統的自由，北大學生說：你看，我們也有在北京批評柯林頓的「言論自由」。可是，面對本國的專制說「不」的聲音十分微弱。我相信，專制政體垮台之日，像這位房主一樣勇於說「不」的中國人一定大有人在，甚至，他們都會變成當年的「民主英雄」。

至於鏡頭之三，托洛斯基的傳記作家多伊徹（Isaac Deutscher）在《被放逐的預言家：托洛斯基》一書中認為，布氏的《伽利略傳》在某種意義上是針對史達林一九三六年至一九三八年的「大清洗」而作的。「他（布萊希特）對托洛斯基主義有某種同情，大清洗震動了他；但他又不能與史達林主義決裂。像俄國的降服者一樣，帶著他的精神中的懷疑的焦慮屈服於它；在《伽利略傳》中，他藝術地表現了他的尷尬和他們的困境。透過布爾什維克的經驗的光譜，他看到伽利略在宗教裁判所面前下跪，乃是在人民精神上和政治上的不成熟的情況下的一種『歷史的必然性』……」[5]

較之菲吉指控布氏為法西斯主義和史達林主義興起的同謀犯的過激言辭，多伊徹的分析比較中肯。布氏作為一位勇敢的「反法西斯戰士」乃至德意志「民族英雄」的公眾形象，其名實難符，其虛偽性和軟骨症，似乎已經可以明顯見出，儘管他的脊樑骨在弱者面前，在他的女人們面前倒是硬得很。

相比之下，與布氏同時代的存在主義哲學家雅斯培（Karl Jaspers）、德國作家湯瑪斯．曼、法國作家紀德（André Gide）等人，才更有資格稱為反法西斯主義的英雄。但是，一種源於基督教「原罪」的「同謀犯罪感」仍然攫住了他們的心靈。而布萊希特卻是缺乏懺悔意識的。捲入崇尚暴力的毛主義的中國知識分子，更缺乏懺悔意識。因此，當我們談論布萊希特的脊樑骨時，我們也可以給自己照一面鏡子！

註釋

1 貝爾托．布萊希特（一八九八—一九五六），德國著名的戲劇家、詩人，一九五五年獲列寧和平獎。終其一生，無論作品或人格、政治傾向皆充滿爭議。劇作融合了中國戲曲特色，代表作有《三便士歌劇》、《四川好人》、《伽利略傳》（*Leben des Galilei*）等。

2 John Fuegi, *The Life and Lies of Bertolt Brecht* (New York: HarperCollins, 1994), p.84.

3 Roy Medvedev, *On Stalin and Stalinism*, translated by Ellen de Kadt (Oxford: Oxford University Press, 1979), p.76.

4 John Willett, *The Theatre of Bertolt Brecht: A Study from Eight Aspects* (London: Methuen, 1977), p.201.

5 Issac Deutscher, *The Prophet Armed: Trotsky, 1879-1921* (Oxford: Oxford University Press, 1954), p.370.

把詛咒化為葡萄園

評慕勒的小說《心獸》

在殘酷的叢林裡野獸成群，弱肉強食，你在其中掙扎、抗爭、逃離，當你走出叢林反思叢林法則時，只有發現你自己像他人一樣也有內心的野獸，才有可能馴化野蠻。在長青的生命之樹上結滿甜美的藝術果實，你不能既緊緊摟抱著樹幹，同時又摘到果子。你必須放開手，與樹幹拉開距離，才有可能採摘果實。

二〇〇九年榮獲諾貝爾文學獎的德國女作家荷塔．慕勒（Herta Müller）[1]，就是這樣一個人：作為羅馬尼亞的德裔少數族群的一員，她曾經愛過祖國，卻因反對西奧塞古（Ceaușescu）獨裁統治，成為「國家的敵人」，她走出了那個叢林，成了德國人，同時成為「羅馬尼亞的良心」，採摘到甜美的藝術果實。

入乎其中，出乎其外

一九五三年，慕勒誕生在羅馬尼亞西南部巴納特邊境地區的一個村莊裡。她所屬的德裔少數族群，是第一次世界大戰之後從奧匈帝國流浪到羅馬尼亞的，二戰期間被希特勒收買，成為大德意志的一部分，許多人為納粹效勞，慕勒的父親就曾是SS黨衛軍的一員。納粹的極權主義垮台之後，另一種極權主義肆虐，慕勒的母親，與許多德裔羅馬尼亞人一道，被驅趕到蘇聯古拉格群島度過五年苦難的歲月。七〇年代，慕勒在巴納特首府蒂米什瓦拉大學讀書期間，參加了「巴納特行動小組」（Aktionsgruppe Banat）——一個反對專制、追求表達自由的文學青年的小圈子，創始人有德裔記者和詩人華格納（Richard Wagner）、青年詩人波塞特（Rolf Bossert）和作家克斯（Roland Kirsch）等人。這個小組或類似的地下組織，一直受到國家安全局的打壓，作品也被禁止出版，華格納曾因此繫獄。一九八七年，與華格納結婚的慕勒，隨丈夫一道流亡西德。波塞特在前一年就流亡西德，但不久就自殺了。克斯同時是屠宰場的技師，在一九八九年西奧塞古垮台前夕不明不白死去。

對於羅馬尼亞，既「入乎其中」又「出乎其外」的慕勒，忘不了夢魘一樣的過去，但她習慣保持審美距離，以陌生人的視角來審視歷史。另一方面，在當下德國，慕勒同樣找不到真正的家園。始終處在邊緣位置的這位作家，意想不到在二〇〇九年榮獲諾貝爾文學獎，由於她「以詩的凝鍊和散文的直率描繪了被放逐者無家可歸的景觀」。2

仿真與幻美

法國學者布希亞（Jean Baudrillard）在《擬仿物與擬像》（*Simulacra and Simulation*）一書中，一開始就轉述了波赫士的一個故事：一個帝國的繪圖員繪製了一幅可以覆蓋全部國土的詳盡的地圖，帝國敗落之後，這張抽象的地圖卻仍然具有一種形而上的美。慕勒好比羅馬尼亞的繪圖員，她目睹了這個帝國的榮衰，然後以小見大，創造了仿真的幻美。

慕勒的自傳性小說《心獸》（*Herztier*），德文原題的意思是「內心的野獸」，點題之處在女主人公的祖母吩咐孩子的一句話：「現在就讓你內心的野獸安靜下來」。因此，作者探討的，是在極權制度下人的精神發展的可能性。但是，英譯本採用小說中另一個重要意象，題為**The Land of Green Plums**，台灣出版的中譯本譯為《風中綠李》。我認為，宜以「青梅」來譯書中寫到的果實。女主人公的父親告訴孩子：不要吃沒有熟透的青梅，因為青梅裡面尚未變硬的內核是有毒的，與梅肉緊連一體，過量「囫圇吞梅」就會受到傷害甚至中毒死亡。心獸和青梅這兩個意象，把人類的攻擊性與殘酷性連接在一起。

小說中第一人稱的女主人公從鄉村來到蒂米什瓦拉大學求學。她是一個傾聽各種聲音、關注各種事情的人。你關心國家，國家同樣關心你。「有人說，高音喇叭可以看到並聽到我們所做的一切」——這個荒誕的意象，捕捉到員警國家的基本特徵。像她一樣，許多農民盲流來到城市，其中一些青年被招募做警衛。女主人公剛進城不久，就在街頭看到一幫警衛。在雖然「解放」了卻陷入赤貧的羅馬尼亞，豢養他們的主子並不能餵飽他們。他們經常在市區攀摘生澀的青梅，塞滿口袋，狼吞虎嚥。青梅沒有毒殺他們，卻把他們弄愚蠢了。柔嫩的梅核毒火攻心，他們就找平民出氣。「梅蛋兒」（**plumsuckers**），通常指鄉巴佬或偷梅子的賊，是個通用的綽號，諸如暴發戶、投機倒把分子、諂媚者、殘忍地踐踏死者屍體的人，乃至獨裁者，都可以稱為「梅蛋兒」，也許相當於中文所說的「王八蛋」。慕勒筆下那些的警衛「梅蛋兒」，「他們會衝著一個人叫喊，因為太陽在燃燒，或者正在颳風下雨。他們會一把揪住另一個人的衣領，然後又把他放了。他們會毆打第三個人。有時青梅的熱量冒上頭頂，他們就會果斷地毫不精神錯亂地逮捕第四個人。……當一個年輕女子經過時，他們便盯住她的大腿，是抓還是讓她走，決策往往是在最後一刻做出的。」結果，那些受害者，就像卡夫卡的約瑟夫·K，他們根本不知道自己犯了什麼罪。

女主人公敘述道：「我那時還不知道，警衛需要那種仇恨，以日常的精確性來完成他們的血腥工作。他們需要通過審核以得到他們的工薪。他們只能依賴他們的敵人來通過審核。警衛要用他們的敵人的數量來證明他們的忠誠。」

同樣真實而富於象徵性的血腥情節，還有書中寫到的屠宰場的貧困飢餓的工人：他們在宰殺動物時趁熱直接喝動物的鮮血。他們偷竊碎肉、內臟和腦髓……他們的妻子兒女都羨慕這樣的便利，都是共同享用的同謀。慕勒讓我們看到，專制制度下的「血祭」，每個人都可能成為同謀，同時也可能成為祭品。而要求這種「血祭」的首犯，就是獨裁者。獨裁者的通病是權力饑渴症和恐懼症，像常人一樣，沒有「萬歲」的金剛不壞身。慕勒筆下多病的獨裁者的重病是白血病。「據說只有一種病，他不需要到國外治療：孩子的血，可以治療白血病，他在家裡就可以得到。」他像吸血鬼一樣，定期從新生嬰兒的腦中抽血，以補養體內的紅血細胞。

慕勒創造的荒誕的幻美，是富於戲劇張力的。作者既讓我們透過透明的「第四堵牆」觀看「生活」，造成一種「生活的幻覺」，又以其「陌生化效果」告訴讀者：請疏離一點，冷靜思考，這是在演戲！

語言暴力與詩的語言

搬演過侏儒劇團的荒誕劇的鈞特·葛拉斯曾經說過：納粹對德國的最大傷害，是對德語的傷害。在暴力語言盛行的極權國家，原本具有悠久歷史和民族特色的文明語言遭受重創，是一個普遍現象。葛拉斯注重語言本身受到的傷害，慕勒在二〇〇五年的一次訪談中則注重暴力語言對人的傷害。她說：「我不信任語言，因為我體驗到人們可以用語言為所欲為，就像人可以利用人來幹種種壞事一樣。語言可以造成極大的傷害。」她不信任的語言，是「社會主義化的德語」和「羅馬尼亞語化的德語。」但是，慕勒不得不用她熟悉的這種語言來寫作。因此，在寫作《心獸》時，她既要思考如何馴化極權社會人們膨脹起來的「心獸」，又力求淨化被汙染的德語，創造出新的富於詩意的語言。

不得不引用暴力語言時，作者往往非常謹慎。例如在《心獸》的前幾章，女主人公著重敘述了她同宿舍的女友，從農村進大學的黨員學生洛拉。同宿舍的女生，都曾擔憂洛拉會充當告密者。可是，洛拉卻成了一個風情女子，最後與一個黨的官員有染。據說，當這樣的「男女關係」給那個官員帶來壓力時，洛拉自殺了。有人在學生宿舍門口，公佈了洛拉自殺案，張貼她的照片，照片下紙條上的暴力語言的文字是：「這個學生自殺了。我們痛恨她的罪過，我們為此而藐視她。她給整個國家帶來了恥辱。」有人當眾譴責她「不配做我國的大學生和黨員」時，每個人都鼓掌表示贊同。可是，「在那個晚上的宿舍裡，有人說，每個人都感到，真想哭，但不能哭啊，因此她們以長久的鼓掌來代替哭訴。沒有人敢率先停下手。她們在拍手的時候每個人看著別人的手。有幾個人停了一會兒，然後感到不勝恐懼，接著又開始拍手。……」

鼓掌，原本是人類表達喜慶、歡迎的一種肢體語言，同樣被汙染了。他們彷彿不是以雙手在鼓掌，而是以雙腳在踐踏一個無辜的犧牲品。如作者所寫的：「我們用口裡的話，就像用草叢裡的雙腳一樣，會踐踏許多東西。」但另一方面，悲劇性的反諷在於，此時此景，鼓掌的肢體語言既是一種「比賽革命」的形式，又掩蓋著無可奈何的悲哀，真是五味雜陳。

洛拉死後，為開除死者的黨籍校籍而主持「黨內民主」投票表決的人，就是與洛拉上過床的那個官員。洛拉究竟是自殺還是姦殺？感到懷疑的女主人公與同樣不承認洛拉自殺的三個男青年形成了一個小圈子。小說中的愛德格、喬治和庫特，就是以華格納、波塞特和克斯為原型的。「愛德格說，祕密員警自己傳播獨裁者生病的謠言，以便於人們逃跑，然後才好抓他們。」

因為光抓那些小偷小摸是不夠的。他的一大苦惱是：「我們不說話時，憋得難受，我們說話時，就在愚弄自己。」慕勒所說的語言的不可信任，在這裡得到最鮮明的表現。他們的「異見」，以及唱民謠、讀德國文學的「顛覆活動」，自然遭到員警的追獵，抄家和拷問。喬治和庫特先後不明不白地死了。恐懼無處不在。女主人公出於恐懼決定逃亡之前得知：獨裁者和他的警衛也在盤算祕密逃亡計畫，你可以感到他們潛在的恐懼。

貝特斯比（Eileen Battersby）在評論《心獸》的〈一個孤獨的動人聲音〉（A Lone Voice Beckoning）一文中認為，「由於那些人物慣於直面死亡，他們把人生看成一場玩笑。至於自殺，較之被視為悲劇，它更多地被視為一種把戲。」這種到了極點的濃郁的悲情，結果有可能化為一種喜劇美或荒誕的美。就像表現死亡集中營的影片《美麗人生》一樣，完全可以得到像卡爾特斯那樣的奧斯維辛的倖存者的認同和賞識。

過去時、現在時和將來時

是的，慕勒把昔日的悲喜劇搬上現在的舞台。小說女主人公的祖輩，像往昔的鬼魂一樣不斷喚醒她童年的記憶。從而表明，共產主義的壓迫，不是前所未有的，而是她在童年時代的鄉村中聽聞過體驗過的奧匈帝國以來的壓迫的延續。要區別先後發生的時間階段，慕勒以第三人稱和現在時態描寫女主人公回憶的「過去」，以第一人稱和過去時態來敘述「現在」。這就像卡爾特斯一樣：從來不用過去時態來談論奧斯維辛。因為，人們永遠無法真正逃離自己的創傷記憶，同時需要抗衡歷史健忘症。

西方線性時間觀的最後指向是基督重臨。在東歐共產國家，宗教雖然一度受到打壓，但並沒有像毛時代的中國那樣被禁絕。東正教在羅馬尼亞根基深厚。女主人公不時憶起祖母帶她上教堂的情形。作者以反諷的對比表達了強烈的政治傾向：「有人說，上帝關心你，把你提升上來；黨關心你，把你打壓下去。」

女主人公移居德國後，她的女友特莉莎從羅馬尼亞到柏林來看她，她驚異地發現：為了獲得一次西歐旅遊的機會，特莉莎接受了國家安全局派她來偵探的條件。

愛過又背叛的人／將會感到上帝的憤怒／上帝要懲罰他／用刺痛的聖甲蟲／咆哮的狂風／大地的塵埃

這是小說中將來時態的一例。這應當視為對邪惡的獨裁者和權勢者的詛咒，可是，女主人公一度覺得，從那些嫉妒特莉莎的人嘴裡唱出來的這首歌的詛咒，適合於特莉莎。特莉莎死於癌症之後，女主人公改變了看法：「特莉莎的死大大損傷了我，彷彿我有兩個腦袋互相撞碎了。一個腦袋充滿愛，另一個充滿恨。」在特莉莎身上，她發現了包括她自己在內的每個人，都有被利用當告密者的潛在的可能性。因此她最後諒解了特莉莎對友誼的背叛。而這首歌中的聖甲蟲，既是懲罰的象徵，也是拯救、復活和重建的象徵。

這樣一來，借用W·H·奧登紀念葉慈的詩語來說，慕勒已經「把詛咒化為葡萄園」。

《明報月刊》二〇〇九年十一月號

註釋

1 荷塔·慕勒（一九五三—），出生於羅馬尼亞，一九八七年因政治因素定居於德國，德國小說家、詩人、散文家，二〇〇九年諾貝爾文學獎得主，代表作品《心獸》（*Herztier*）、《狐狸當時已經是獵人》（*Der Fuchs war damals schon der Jager*），以及圖文拼貼畫集《衛兵拿起他的梳子》（*Der Wachter nimmt seinen Kamm*）等。

2 瑞典學院新聞公報（Press Release）的這句頒獎評語公佈之後，各中文報刊的翻譯五花八門，多有誤譯並在網路引發爭議，但沒有人參照措辭略有差別的瑞典文原文。瑞典文原文“som med poesins förtätning och prosans saklighet tecknar hemlöshetens landskap”中的hemlöshetens意思是「無家可歸的」，英文“who, with the concentration of poetry and the frankness of prose, depicts the landscape of the dispossessed”中的the dispossessed的意思是「被放逐者」，拙譯因此兩詞兼用。

佛洛伊德過時了嗎？

讀文學，看世界。優秀的文學不但把我們引領到陌生的國度去領略異域風情，遭遇奇人異事，而且有助於發掘我們身處其中卻不識其真面目的世界。更重要的，文學可以幫助我們發現自身隱祕的心靈世界，展示內在的風景。

我們現在要紀念的西蒙·佛洛伊德（Sigmund Freud）[1]，就是開掘人類心靈世界的文學導師。作為精神分析醫生，佛洛伊德打開了一個重要的心理暗室。七、八歲那年，他親眼看見父母在臥室裡做愛，此後，那「衝動」的一幕不斷在他眼前重現，導致他發現了潛意識的巨大冰山。在他眼裡，與潛意識相對的顯意識只是漂浮海面上的冰山一角。在探究人的心理和行為模式時，他把人格劃分為「本我」（id）、「自我」（ego）和「超我」（super-ego）三部分。按快樂原則行事的「本我」是我們的原始情慾。「自我」根據現實原則來滿足「本我」的需要。「超我」遵循道德原則，致力於完美的追求。由於「超我」的社會良知與「本我」的個人慾望相牴牾，「自我」時常像鐘擺一樣左右晃蕩，起到平衡作用。

與此相關的還有根據希臘悲劇命名的「伊底帕斯情結」（Oedipus complex），即男孩的戀母反父心理傾向，以及與之相反的女孩的「伊拉克特拉情結」（Electra complex）。在佛洛伊德看來，男孩在與父母的三角關係中，當他仿效父親以父親的角色「自居」時，他就成了父親的「情敵」，他因此害怕自己的陽具被閹割。當他以母親「自居」時，他又焦慮地發現女孩子沒有陽具，他想像她已經被閹割了。因此，他處在認同的兩難之中。而女孩子則因為少了一樣東西而感到自卑，羨慕男孩的陽具。

據佛洛伊德的考證，在許多語種中，「鳥」這個詞同時用來指男性生殖器。這種語義學現象，在佛洛伊德不熟悉的中文中同樣如此。在歐洲文藝復興時期的繪畫中，小愛神邱比特是長了翅膀的。當大人逗小孩說：你的小鳥飛走了！這樣的戲言就有閹割恫嚇的意味。男孩會本能地捂住他的小鳥說：沒有，牠還在這裡呢！由此看來，小鳥學翅，展翅高飛，鵬程萬里，諸如此類的文學比喻，都有性行為的潛意識因素。這的確帶有泛性論的色彩。可是，值得我們警醒的是，在這種亢奮狀態中，人的快樂和恐懼就是這樣兼而有之或相繼而來。因為，飛得高的，跌得也慘。佛洛伊德關於兒童的認同尷尬的分析，作為一種文化隱喻，絕妙地把握了人類進退維谷的生存困境。

那麼，我們的出路在哪裡？

在這方面，佛洛伊德對生命的雌雄同體（androgyny）現象的分析頗為精采，值得深思。他把雌雄同體順理成章地解釋為人類對失落的完整性的一種渴望和追求。對於這一現象，我們可以拋開其生物學意義，從文化角度加以理解，助佑我們追求完美的文化人格。這種想像原本來自古希臘神話：太初之時，人有兩個腦袋四手四足，後來被神一分為二，我們因此不斷尋找自己失落了的一半。猶太神祕主義認為，上帝具有兩性特徵，人在墮落之前同樣如此。基督教也說：「不可能有什麼男人女人，因為你們在耶穌基督中都是一人。」（《新約．加拉太書》）而中國人早就根據陰陽學說把剛柔相濟視為完美的性格。老子《道德經》也有「知其雄，守其雌」的古訓。在印度文化中，印度教主神之一濕婆的半男半女相，在藝術中以阿爾達納里希瓦拉（**Ardhanarishvara**）的生動形象表現出來。大乘佛教則把佛祖解釋為無性的。這種人格理想與佛洛伊德的審美追求不謀而合。心理學家卡爾．榮格，儘管不滿意佛洛伊德的許多理論，但他把雌雄同體視為人類的集體潛意識的一個原型。在他眼裡，「精神上的雌雄同體」乃是獨立個體的性格中對立面的整合，象徵著人的男性氣質和女性氣質的動態發展和充分展開。女作家吳爾芙（**V. Woolf**）也曾生發佛洛伊德理論，用來為女性主義價值觀張目，宣稱最佳的文學是雌雄同體的。德語詩人里爾克（**R. M. Rilke**）在《給青年詩人的信》中表示，世界的偉大更新或許繫於兩性之間的關係。可以說，里爾克的詩學追求就是如何把兩性特徵統一在自己身上。

佛洛伊德理論從誕生的那一天起，就被視為不合時宜的。遭到許多批評，卻應運流行開來。的確，在很大程度上，佛洛伊德的精神分析不是嚴謹的科學心理學，而是虛構的文藝心理學，有不少破綻漏洞。但是，佛洛伊德並沒有因此而過時。就心理學而言，今天的神經症科學家仍然認為，精神分析學有廣闊的前景。人的行為紊亂可以在一道「佛洛伊德之光」的照耀下發現豐富的臨床例證，從而為壓抑和其他防衛機制提供大腦的基礎。就美學而論，讀佛洛伊德，需要把他的理論當作一種文化隱喻來領會。愛美之心，人皆有之。換言之，人人都有自己心目中的愛和美之神阿芙羅黛蒂（維納斯）。我們仍然需要窺探自身隱祕的暗室冰山，仍然需要用自身「超我」的員警來約束「本我」的罪犯。要追求雌雄同體，我們既要馴化男性的野蠻，抑制暴力傾向，又要克服羸弱，矯正奴婢心態。因此，佛洛伊德將永遠伴隨人類去思考人生，思考社會，思考文化，思考我們自身。

二〇〇六年，歐洲乃至世界各地都舉行了形式不同的紀念佛洛伊德冥誕的活動。一九三九年九月，作為一個猶太人的佛洛伊德死於流亡途中。在他逝世之後，英國著名詩人奧登寫作了長詩〈悼念西蒙・佛洛伊德〉。今天重讀這首詩，可以從各方面啟迪我們對佛洛伊德的認識。在政治層面上，精神分析學本質上是反父權反獨裁的。詩的開頭，詩人從時代精神入手，這樣寫道：

在這太多的死者值得哀悼的時刻，／在這悲痛如此公開表露的時刻，／在整個時代的批評面前／我們暴露了良知的脆弱和精神苦悶的時刻，／人們還能說誰呢？因為每一天死在／我們中間的人，都曾想為我們做些好事，／都認為自己總是做得不夠，／但仍然指望對人生有所裨益。／這位醫生就是如此：直到八十高齡他仍然想要／思考我們的人生……

詩人是把佛洛伊德作為人類偉大的啟蒙思想家來悼念的。在詩人的想像中，只有「仇恨」會為佛洛伊德之死感到高興，因為，對於人類的病態，佛洛伊德企圖以精神分析來尋求診治，而「仇恨」則企圖通過「屠殺」來診治。最後，詩人引進了一群哀悼者的形象：

一個理性的聲音喑啞了。在他的墓穴之上／「衝動」的家族痛悼他們深愛的人：／悲傷的是城邦的締造者愛羅斯，／哭泣的是無政府主義的阿芙羅黛蒂。

《聯合報》二〇〇六年十一月二十七日

註釋

1 西蒙・佛洛伊德（一八五六—一九三九），奧地利精神分析學家，猶太人，是精神分析學的創始人，提出「潛意識」、「自我」、「本我」、「超我」、「伊底帕斯情結」等人格理論，其精神分析對於哲學、心理學、美學、社會學、文學等多所影響，代表作有《夢的解析》、《圖騰與禁忌》等。

在陰暗的底片上

讀葉利尼克的《叛逆的邊緣人》

五〇年代，第三帝國崩潰十多年後，雷納、漢斯、蘇菲、安娜兩男兩女四個高中學生在維也納公園任意欺侮一個遊客，雷納和漢斯無緣無故把他打得半死不活。他們施暴的動機僅僅為了表現他們的傲慢，僅僅為了自我取樂。之後，他們也搶劫了一點錢財。

這是獲得諾獎的奧地利女作家葉利尼克（Elfriede Jelinek）[1]的小說《叛逆的邊緣人》（*Die Ausgesperrten*）的開頭一幕。在小說中，蘇菲指出：完全不必對一個沒有防衛能力的人殘酷施暴。可是，雷納的回答是令人驚異的：「最不必要的東西，就是最好的東西。」這些「叛逆的邊緣人」就是這樣度過他們的「美妙時光」——該書的英譯標題《美妙時光》（*Wonderful, Wonderful Times*）成了一個極具反諷意味的標題。

在這個青少年朋友圈子中，用作者的比喻來說，雷納是個大腦。他是個成天撒謊的人，幻想當個詩人，知識界的精英或政界領袖人物。安娜是他的孿生妹妹，她也有音樂天賦，但深受創傷而近乎失語，以至於憎恨所有的人。與雷納相反，漢斯在高中沒畢業就當上了電工，第二章他雖然表現得貪婪粗鄙，但他實際上也有進取的野心。蘇菲是個富家女兒，對於她來說，一切都來得太容易，因此也尋找暴力的刺激。

他們施暴的場面重演了奧地利歷史上的納粹暴行。他們的性錯亂或性顛倒，仇視外國人的情緒，全都屬於納粹時代的翻版。這部小說被視為對戰後奧地利進行社會探討和批判的名作。為了進行歷史的比照，追溯這種現象的社會根源，葉利尼克在小說第二章立即把筆墨轉向雷納和安娜的父親。

他們的父親奧托，當過納粹黨衛軍軍官，在戰爭中失去一條腿。他身心均殘，經常把妻子用作裸體攝影的模特，用著性虐待的物件，儘管實際上他的性能力已經喪失，靠奧斯維辛的回味作他的幻想中的春藥。他沒有任何基督教意義上的懺悔意識，他相信歷史會饒恕他。他經常毆打他可憐的妻子和未成年的兒女，把他們當作曾經毆打過的猶太囚犯一樣。這個家庭因此成為雷納和安娜兄妹倆的噩夢的巢穴，家庭生活成了趨向墮落的催化劑。

與雷納和安娜的家庭環境不同，漢斯的母親是一個有同情心的左翼人物，三〇年代以來就接受了馬克思主義，但她拒絕對歷史的悲劇進行反思。她失去的丈夫也是個革命者，戰爭的犧牲品。在一個英雄主義蕩然無存的時代，漢斯的母親仍然希望他的兒子繼承父親的革命遺志。因此，這個家庭同樣成了醞釀暴力的巢穴。

除了這些藝術形象的意蘊之外，葉利尼克在小說中還提出了西方文化中一個令人警醒的問題：對存在主義的誤讀。雷納完全生活在幻覺中，由於他誤讀了卡繆和沙特等存在主義作家。在〈存在主義是一種人文主義〉一文中，沙特對人們對存在主義的種種誤讀進行了辯護。實際上，存在主義思潮是一個複雜的現象，它既有強調「自我選擇」的個人主義的一面，又有關懷社會的人文主義的一面。誤讀者往往把具有積極意義的個人主義強調到毫無利他精神的自私自利的極端。葉利尼克筆下喜歡讀卡繆和沙特的雷納就是這樣，幻想以無端的對他人施暴來實現自我的絕對自由，並滑進歷史的虛無主義的泥坑。因此，葉利尼克提出了存在主義作家對這種誤讀應當承擔的責任問題，廣義地說，也就是老生常談的作家的道義責任問題。但是，在提出這個問題時，葉利尼克並沒有在她自己的寫作中更多地注意到如何應對這個問題。換言之，她的作品可能比卡繆、沙特的作品更容易誤讀，更容易給青少年帶來消極影響。

另外一個相關的問題，是所謂法西斯美學或暴力美學的氾濫。葉利尼克之所以把一個黨衛軍軍官描寫為一個攝影愛好者，可能是因為法西斯美學的著名詮釋者萊芬斯坦（Leni Riefenstahl）的作品，主要表現在電影和攝影藝術中。在《叛逆的邊緣人》中，我們也可以看到小說人物的法西斯美學觀的流露，例如奧托提到的當年的婦女對納粹軍裝的迷戀，蘇菲對漢斯的肌肉的崇拜：「安娜以這個年輕工人為榮，舔著他的臂膀上的肌肉，彷彿他的母親也沒有這樣舔過，彷彿從來沒有哪個男人這樣征服過她。」奧托這樣表達他的藝術觀：「藝術始終是為了實現一個目標的一種戰鬥。」但是，一旦為了實現美妙的目的而採用暴力手段，一旦藝術也張揚謳歌暴力，藝術就淪為法西斯的工具。

葉利尼克是以批判的眼光來描繪暴力的，同時鞭笞了法西斯美學。她的描寫讓讀者沉重得透不過氣來，最後以悲劇收場，令人掩卷長嘆。回味小說的語言，又感到的確精鍊精采，妙語如珠，可讀性很強。《蘇格蘭人》（*The Scotsman*）在評介這部小說時說：「（她的）寫法如此強烈，讀起來彷彿完全不是寫下來的，而是作者的惡魔精靈先後滲入到一個男孩，一個女孩身上，滲入到一種結構，一件事情，一個整體之中，讓它說出它的可怖的真實。」因此，我們同樣可以用魯迅先生所概括的「摩羅詩人」的特徵來描述葉利尼克的主要創作特色。

瑞典批評家克拉松（Synnve Clason）在〈奧地利婦女痛苦的眼睛〉一文中認為，「葉利尼克是一個道德家，她迫使讀者自己在陰暗底片上沖洗出的明亮照片。」但是，仍然值得質疑的是，讀者都能如所克拉松所願望的那樣沖洗出明亮照片嗎？在這種陰暗底片的藝術中，有一個「黑暗美學」（Dark Aesthetics）中的適度的問題。在一個道德失範的世界，不少人會一條道走到黑。作家已經膩煩塑造完美的人物了，但是，像葉利尼克那樣，筆下幾乎全都是變態的殘酷的人物，不值得作家去效法。面對這種狀況，作家究竟應當怎樣承擔道德責任，怎樣處理生活的黑暗面和微弱的光明的希冀，怎樣塑造藝術人物，仍然是一個難題。

註釋

1 艾芙烈・葉利尼克（一九四六—），奧地利小說家、劇作家、詩人，二〇〇四年諾貝爾文學獎得主。二〇〇一年作品《鋼琴教師》（*The Piano Teacher*）獲得坎城影展原著劇本獎，代表作另有《叛逆的邊緣人》《女情人們》（*Die Liebhaberinnen*）等。

第五輯

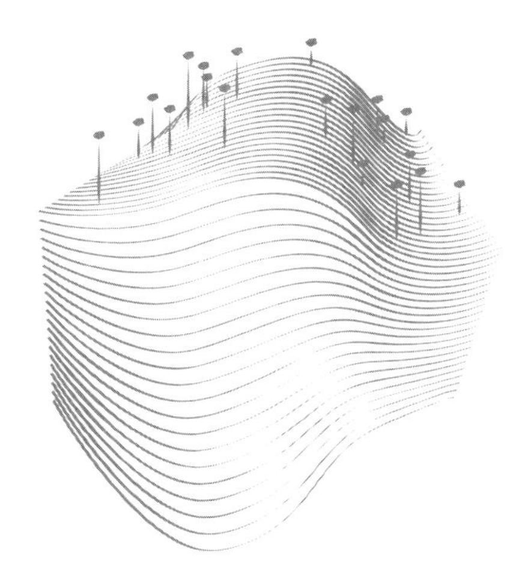

奧運會與人文主義的起源

人文主義是歐洲文藝復興和啟蒙運動以來興起的一種哲學和教育思潮，但是，源於拉丁文「人文學科」（humanitas）的「人文主義」一詞，晚到十九世紀初才在德文中以humanismus的形式出現。

所謂文藝復興，打的是復興古典文化的旗號。二十世紀德國哲學家斯洛特戴克（Peter Sloterdijk），在他的演講〈人類公園的規則〉中把人文主義視為一種羅馬現象：古羅馬大量興建競技場，讓人「觀賞」血淋淋的人與野獸搏鬥，藉以作為國家的一種統治術。競技場釋放的人類的殘酷獸性，使得觀眾忘卻自己乃是高於動物的人類。可是，競技散場回家以後，就會有人進行良心的反省，為人類的獸性感到羞恥，進而通過靜心讀書找回自己失落的人性。

鑒於這種羅馬現象，我曾以「馴化野蠻，陶冶愛心」八個字來概括人文主義的精髓，前者應當包括挑戰強權和征服內魔（借用佛家用語）兩個方面，後者自然蘊含對他人的關愛和自愛這兩個方面。可以說，這些不同方面是互為前提互相補充的。

一般說來，羅馬現象往往有其希臘淵源。羅馬的「人文學科」沿襲的是古希臘的教育形式。古希臘哲學家普羅泰戈拉（Protagoras）說過，「人是萬物的尺度」，安提豐（Antiphon）更明確地表述了他的人文精神：「根據自然，我們大家在各方面都是平等的，並且無論是蠻族人，還是希臘人，都是如此。在這裡，應當適時地注意，所有人的自然需求都是一樣的。」

在我看來，人文主義的萌芽，可以追溯到更古老的希臘神話和奧林匹克競技會。[1] 關於奧運會的緣起，有多種不同的膾炙人口的說法，其中一個傳說是：時間之神克洛諾斯從天神烏拉諾斯和地母該亞處得知：他將被自己的一個兒子推翻。克洛諾斯因此吞噬了妻子瑞亞為他所生的每一個孩子。瑞亞唯恐剛生下的幼子宙斯落入他父親的血盤大口，便命令衛士們將宙斯隱藏在山林洞穴中。宙斯長大之後，在奧林匹克山上同父親克洛諾斯摔跤，贏了父親取得萬神之主的地位。後人為了紀念宙斯的勝利，創立了奧林匹克等多種競技會。

希臘神話是一種「神人同形同性論」（anthropomorphism），故事中的神，大都是人格化的神。希臘人相信，神不但具有人的外形，而且具有人的思想和情緒。克洛諾斯是由時間之神蛻變為兇殘暴君的，從這一自然神向社會神的轉化過程中，我們不難發現，這個傳說中的「神吃神」，應當解讀為「人吃人」。它表明，希臘人早就發現了人的食欲、性欲和權勢欲這些原欲的膨脹，並且以神話的想像進行解構。我們彷彿在這裡聽到「救救孩子」的吶喊。由此可見，哪裡有野蠻主義，哪裡就有反對野蠻的人文主義萌芽。

源於西班牙文的食人主義（Cannibalism），雖然原指加勒比土著食人族的野蠻習俗，卻有一個源於希臘文的「人吃人」（anthropophagy）的近義詞。由此可見，這種原始的野蠻主義在世界不少民族和文化中都不難發現。關於奧運會起源的傳說，透露了一種「殺子」文化的資訊。在《新約·馬太福音》中，耶穌誕生時，傳聞他將作猶太人國王，耶路撒冷的希律王害怕失去自己的權力，企圖殺死伯利恒所有的兩歲以下的嬰兒，以免耶穌漏網。這個傳說與克洛諾斯吞噬兒子的傳說，屬於同一神話原型。

隨著食人主義和「殺子」文化的式微，挑戰強權的「弒父」文化開始萌芽和發展。佛洛伊德發現：文學史上的三部傑作——索福克里斯的《伊底帕斯王》、莎士比亞的《哈姆雷特》和杜思妥也夫斯基的《卡拉馬助夫兄弟們》，均表現了同一主題——弒父。但是，在這種弒父文化中輸入的人文資訊，在於人的自我反省，也就是說，一方面，我們發現了自身的「伊底帕斯情結」（Oedipus complex），另一方面，我們又力求治療自身的神經症，避免悲劇發生，例如，伊底帕斯在得知他將弒父娶母的神諭之後，便立即逃亡。

正因為如此，古希臘對體育、文藝和教育，三者並重，視之為「文明」的題中之義。有益於增強體魄的體育活動，在一定程度上是發洩人類野蠻的原始衝動和過剩精力的一個管道。文明的體育場，作為殺戮的戰場的一種替代，尤其表現在擊劍、拳擊、摔跤等比賽項目中。因此，奧運精神，強調友誼、平等、誠信與和平。現代奧運會的首倡者古柏坦（De Coubertin）把這全世界的和平盛會稱為「四年一度的仁愛（humanity）之春季的慶典」。

依照佛萊（Northrop Frye）的神話原型批評學派的觀點，春季的神話是喜劇，也就是說，秋季的悲劇，經由冬季的諷刺和反諷，已經演變成為歡慶新神誕生的春季的喜劇，父子衝突，舊的生活形式與新的生活形式之間的矛盾，將得到和平的解決。由此可見，文藝活動的主要功能，如亞里斯多德所說的那樣，就是把憐憫和恐懼這些悲劇情緒加以「淨化」（katharsis）；如賀拉斯所說的那樣，就是「寓教於樂」。以頌歌著稱的希臘詩人品達（Pindaros），在奧林匹克競技會頌歌中，與其說是借歌頌人（體育健將）來歌頌新神宙斯，不如說是借歌頌神來歌頌與神同形同性的人。品達透露的人文資訊，凝鍊於他的一句名言：

Every gift which is given, though it be small, is in reality great, if it is given with affection.

英譯的這行詩，彰顯了奧林匹克競技會最初用作獎品的橄欖花環的象徵意義，不妨套用一句中文諺語來意譯：禮輕仁義重。品達所說的「關愛」（affection），接近中國儒家的「仁義」。義大利「人文主義之父」佩脫拉克（Petrarca），在《愛的勝利》（第四首）中，曾讚揚品達「把他的繆思女神引領到『愛』的港口」。

二十世紀教育的失誤，尤其是法西斯主義和共產主義這兩種極權主義教育的失誤，在於把人推向「恨」的淵藪。現代教育的發展，應當科技與人文並重。一切與人文精神相牴牾的愛國主義教育或社會主義教育，都是極為有害的。

古老的中國雖然有「仁者愛人」、「民貴社稷次之君輕」這樣微弱的人文精神，但無可否認的是，中國有豐富的「殺子」的歷史和文化傳統，有本末倒置的「多難興邦」的思維模式。魯迅筆下的狂人發現的「人肉筵席」，一直排到二十一世紀還沒有散席，而他的「救救孩子」的吶喊，患有「良知麻痺症」的人們早就聽若罔聞了。

北京奧運會的主題口號是「同一個世界，同一個夢想」。儘管這一口號把握了奧運精神，但在奧運的籌備宣傳中，國人從上到下，都在有意無意地把它作為政治與商機的嘉年華會——奧運瘋（Olympomania），作為中華崛起的強心劑，作為民族主義情緒的宣洩口，而極權主義、物質主義、民族主義，在相當程度上是與人文主義對立的。與奧運精神一致的最偉大的「夢想」，就是拆散腐敗的胃口更大的「人肉筵席」，把中國引領到「『愛』的港口」。

二〇〇八年七月

註釋

1 奧林匹克運動會（Olympic Games）簡稱奧運，是每四年舉行一次的國際性綜合運動會。奧運起源於兩千多年前舉辦於古希臘的奧林匹亞，後因古希臘沒落，奧運停辦近一千五百年。十九世紀末由法國重新啟始，於一八九六年起，每四年舉辦一次，一九一二年為紀念第一次世界大戰的喪生者，而產生於開幕式點燃火炬的傳統。

達利歐·弗的戲劇創作與中國革命

義大利戲劇家達利歐·弗（Dario Fo）[1]，對中國的政治、文化和藝術有濃厚的興趣，並且早就通過布萊希特而間接接受了中國戲曲的影響。他曾改編過布萊希特的《三便士歌劇》。更值得研究的是，他有一齣以中國革命為題材並且折射了中國文革的典型的「漢風」獨角戲——一九八〇年創作演出的《老虎的故事》，主角係弗氏本人粉墨登場。劇本很快被譯為英文和瑞典文，曾經在義大利和瑞典等歐洲國家多次上演。一九九七年弗氏獲諾貝爾文學獎後瑞典文譯本再版，並重新由一家瑞典劇團演出，熔義大利文化、瑞典文化和中國文化於一爐。

就弗氏的戲劇藝術與中國文化的關係而言，他首次直接接觸中國戲曲是文革尚未發動的六〇年代初期，當時北京的一家京劇團到米蘭訪問演出，弗氏以極大的興趣觀摩了風靡歐洲的中國京劇。此後不久，弗氏創作了他的政治笑劇《七戒：少偷一點》。該劇涉及義大利武裝員警與示威群眾之間的衝突，第一次在義大利舞台上表現政治事件。弗氏還以精神病患者的乖戾行為來象徵各個大國爭奪政治霸權的鬥爭，例如，他採用戴著怪誕的獅子面具的病人來象徵英國，在病人的一頂大軍帽上插著旗幟，就像中國京劇的三角旗，在前台還擺設了三枚象徵英國的「獅子紋章」（Tudor lions）。這種象徵性的表現手法，與中國戲曲舞台的以虛代實、以少總多的寫意性或假定性是十分接近的。澳大利亞批評家托尼．米奇爾（Tony Mitchell）在其研究弗氏戲劇的專著《達利歐．弗——人民的弄臣》（*Dario Fo: People's Court Jester*）中指出：「所有這些都類似於以小丑插科打諢的中國戲劇，同時帶有『典型的通俗戲劇的裝飾品』——如弗氏在舞台提示中所言。這一場景就其怪誕的大排場而言，很像利特爾伍德（Joan Littlewood）的《啊，多可愛的戰爭》（*Oh What a Lovely War*）裡所表現的一戰中人們的弈棋遊戲，但弗氏可能更多地受到京劇的影響。」2

達利歐．弗到中國

在藝術領域，中國人走向世界，西方人也湧向中國。弗氏不但對中國戲曲感興趣，而且對中國近代史和文革也有所研究，這主要是出於他早年信仰共產主義熱情以藝術形式宣傳馬克思主義並靠近義大利共產黨的緣故。

一九七五年七月，弗氏和他的經常共同編劇、演出的妻子蘭梅（Franca Rame）曾率領劇團到中國上海、濟南等地訪問演出。當時的中國大陸正處於文革尾聲「批林批孔」之後的「反擊右傾翻案風」的階段，也就是說，當時中共黨內已經有一股重新認識和評價文革的思潮。弗氏一方面考察中國大陸政局，另一方面觀摩中國藝術。給他留下最深刻的印象的是中國的民間藝術。儘管文革期間文藝領域幾乎百花凋零，但弗氏在中國民間小戲尤其是曲藝藝術中吸取了豐富的營養。弗氏到濟南還和濟南雜技藝術團展開過廣泛討論。儘管這個雜技團的規模，比弗氏的劇團大十倍，但演員經常深入工廠、礦山、海港和軍營演出。同樣，弗氏劇團的足跡也遍佈義大利工廠、漁港，弗氏欣喜地發現濟南雜技團等中國大陸文藝團體與自己的劇團有許多共同點。

回義大利後，中國大陸之行的見聞和印象使弗氏做了兩件與中國文化相關的事。第一件事，是就義大利著名導演安東尼奧尼（Michelangelo Antonioni）所拍攝的文獻紀錄片《中國》（一九七四），弗氏與安氏發生激烈爭論。弗氏認為安氏將中國大陸的生活方式表現得過於灰暗，甚至有「偷拍下流場景的傾向」（voyeurism），代表了西方知識分子對中國的比較悲觀的看法，而弗氏對中國的反應則比較樂觀。實際上，無論是安氏還是弗氏，都無法看到文革的最殘酷無人性的一面。但是，弗氏認為中國文革也有以通俗文化與文人文化抗衡和反官方文化的一面。

第二件事，就是弗氏著手根據他在上海聽到的故事以中國革命為題材寫一部戲劇。他在一篇回憶錄中這樣寫到他觀看的一位曲藝藝人的表演：「這有點像我在《滑稽的神祕》中的表演，他重新編織了人民的評論，儘管這些評論有時是平庸的；他表達了他們的牽掛——關於他們的工作、工資和反對林彪的鬥爭。他刻畫了一個人物，這個人物認為孔夫子是一個黨的指導員，而他所刻畫的另一個人物則沒有把握黨的最新指示的要點。所有這些都是採用一種滑稽的風格表演的，有時還伴之以擊鼓。」[3]

這位曲藝藝人的表演節目的具體內容不詳，但在當時由「四人幫」操縱的「批林批孔」過後竟然敢說孔夫子是一個黨的指導員，這無疑有頗為大膽的反叛色彩。據瑞典報紙的報導，弗氏的《老虎的故事》所依據的中國故事的表演者曾經一度被打成反革命下獄。此人很可能就是弗氏在回憶錄中記述的這位曲藝藝人。筆者限於條件，考證和比較研究不易，拋磚引玉，企盼漢學和比較文學研究的有心人深入探討。

從藝術上看，中國的某些曲藝形式，尤其是中國的民間小戲與弗氏劇作的類似之處在於，它們壓根兒沒有西方話劇中斯坦尼斯拉夫斯基所主張的所謂「第四堵牆」，即除了舞台佈景設置的三堵牆以外演員心中存有的與觀眾隔離的那堵想像的牆，對於觀眾來說是能觀賞劇情的透明的牆。無論在中國曲藝或小戲還是弗氏的戲劇中，演員都可以自由地從角色中「跳出跳進」，與觀眾直接交流，與觀眾若即若離。此外，上海曲藝藝人是以方言表演的，而弗氏的《滑稽的神祕》（一九六九）也是採用義大利的方言Padano表演。弗氏從中國歸來帶回了故事底本，並且請人翻譯為義大利文。文革期間的中國民間藝術激發了他的創作靈感，他決定繼續用他慣用的方言，寫一部中國式的《滑稽的神祕》——《老虎的故事》。

虎嘯與官腔

弗氏的這齣獨角戲以三〇年代國共兩黨的內戰和抗日戰爭為背景，以一位新四軍戰士的口吻敘述，實際上折射了中國文革的乖戾現象。這位戰士受了重傷，逃到一個山洞裡，洞裡的虎媽媽不但沒有傷害他，反而在他饑渴時以虎乳哺育了他，並教他如何在森林裡求生存。戰士傷口痊癒後，虎媽媽讓他離開了山洞。可那些與戰士一起親暱地玩耍的小老虎已經把他當作自己的親兄弟一樣，戀戀不捨地跟隨著出了山洞。這時，正好碰上國民黨軍隊到一個村莊搶劫，由於虎嘯林濤，許多村民才因此得救。內戰結束之後，新政府控制了當地的行政機關，他們受到老虎家族的威脅，接著一位官僚主義的政治家發表了評論，下令把老虎趕到森林裡去。因為「老虎有目無組織紀律的傾向，牠們缺乏辯證法。我們不能給老虎在黨內分配一個角色，如果牠們不能留在黨內，牠們也不能待在基層。牠們沒有辯證法。聽從黨指揮！讓老虎回森林去！」但他的下級陽奉陰違，把老虎關進養雞場裡。接著的劇情是，憤怒的老虎驅散了共產黨的「解放區新政權」，接著日本鬼子來了，人民又一次借助老虎的力量驅散了敵寇。抗戰勝利後，趕走國民黨後，新領導來了，命令趕走老虎：

「服從！現在再也不需要了。我們不需要老虎了，我們再也沒有敵人了。只有人民，黨和軍隊。黨，軍隊和人民是同一回事。自然要有一個領袖，因為如果沒有人領導，就沒有個頭，沒有個頭，也就沒有講辯證法的地方。一個領袖是由辯證法決定的，他自然是從上頭來的，然後要在基層發展，在基層面對面地討論由上頭發佈的安民告示——這種東西不是靠權力進行不公平的分配，而是一種堅固的永恆的等式，因為它將適合於一種行之有效的一視同仁的關係，但也要從最高的頂峰向下貫徹，在他們那裡，有效性包含在論文的觀點中，觀點是從下產生的，目的是要向上集中，但也自上而下地表現在一種積極的相互的民主關係中……」

「老老老老虎！（模擬對領導發起強暴的攻擊）」：

「哈哈哈哈哈哈哈哈哈哈哈哈！！！！」[4]

「人民的弄臣」和「權力的笑劇」

要理解這齣虎戲，首先得瞭解弗氏的反諷（irony）和諷刺藝術，尤其是兩齣在我看來與虎戲密切相關的戲劇，即弗氏的《滑稽的神祕》和《無政府主義者的意外死亡》。

虎戲與《滑稽的神祕》的確如姊妹篇一樣。《滑稽的神祕》借用了《聖經》題材，有不少類似於中世紀的宗教劇作中的獨白。主角是一個貧苦的農民，一個貴族不但奪去了他的土地，而且強暴了他的妻子。他在絕望中意欲自殺時來了一個陌生人，他將最後一點食品與陌生人分享。來人原來是耶穌，耶穌的開導打消了他自殺的念頭，教會他如何用「尖刻的舌頭」作武器來抗爭和自衛，從此他開始了周遊世界諷刺權貴的滑稽家生涯。顯然易見，這個滑稽家在某種意義上就是弗氏自身的寫照。瑞典學院的授獎頌詞稱：「他仿效中世紀的弄臣以鞭笞權威維護被踐踏者的尊嚴。……他對『弄臣』（gyclare）一詞的真正含義的領略比任何人都要深刻。他亦莊亦諧，將笑與淚糅合起來，讓我們睜大眼睛看到社會的不公和不義，在作品中展現了更為寬闊的歷史視野。」西方的弄臣，如莎士比亞的《李爾王》和《暴風雨》中的「傻瓜」，都是插科打諢的小丑式的角色，以其近乎瘋言瘋語的台詞揭發人性的醜陋，道出人生的真理。這種「傻瓜」與中國式的宮廷弄臣極為相似，或像司馬遷《史記．滑稽列傳》中秦始皇身邊的優旃一樣「言非若是，言是若非」，婉言諷諫。其藝術特色與西方頗為流行的反諷比較接近。弗氏同樣長於反諷，他或「借古諷今」，或以戲劇干預政治。他的反諷往往給人意外的審美驚奇，深刻而鋒利。政治家為老虎叫好的先揚後抑或先褒後貶，是一種「反諷的逆轉」（the reverse of irony），其妙趣在於，觀眾或讀者對政治家的情感態度，也會隨著政治家的自我表演的小丑式的滑稽色彩而發生這種由肯定到否定乃至鄙夷的逆轉，以致忍俊不禁，甚至開懷大笑。就諷刺藝術而言，弗氏繼承了古希臘「喜劇之父」阿里斯托芬、哲學家蘇格拉底、法國喜劇大師莫里哀和前蘇聯詩人兼劇作家馬雅科夫斯基的傳統。弗氏自己說：「沒有什麼能像諷刺一樣深入人的心靈和理性。……諷刺的目的是報導現實的民主之終結的第一聲警鐘。」5

另一齣戲《無政府主義者的意外死亡》是弗氏一九七〇年創作演出的最為著名的喜劇，我之所以認為應當與虎戲聯繫起來看，是因為兩者都表現了弗氏對共產黨的鞭笞，對官僚作風的諷刺。該劇是根據一九六九年在義大利發生的一起丟炸彈的爆炸事件創作的。官方把這次恐怖活動的肇事者歸咎到無政府主義者的頭上。在審訊此案時，一個被當作嫌疑犯的無辜的鐵路工人據說從十五樓跳樓自殺。多年後案情水落石出：這位工人實際上是被員警從視窗推下去的他殺；炸彈爆炸的肇事者是三個右翼極端分子或恐怖分子，其中一人竟然是有共產黨背景的國家安全員警委派的人。弗氏基本上採用這一真實事件為題材，在該劇的英譯本的導言中，弗氏指出：「該劇的巨大的挑釁性的撞擊，是由它的戲劇形式決定的：這齣根植於悲劇的戲劇成了一齣笑劇——權力的笑劇。……觀眾逐步清楚地認識到：他們是在笑那真實事件中的整個時代，就其殘酷性而言那些事件是罪惡的汙穢的：這是國家的犯罪。……這一悲劇性的笑劇……兩年多來在整個義大利不斷重複，已經被五十多萬人民看到。在上演以後的觀眾的每天的討論中，是觀眾本身，使我們對全國範圍內日益發展壯大的新鬥爭有了清晰的認識。」

如果說，弗氏的《無政府主義者的意外死亡》是他與義大利共產黨決裂的信號，是對義大利官方濫用權力的批判，它的矛頭所向，主要是針對義大利某些地區共產黨坐大的極端的官僚作風，那麼，他的《老虎的故事》則是對大權獨攬的中國共產黨的尖銳嘲笑和深刻批判。

從醞釀虎戲到創作，弗氏歷經了幾個春秋，該劇完成上演時，「四人幫」已經垮台，中共不得不對文革的浩劫重新做出歷史評價，儘管並未能真正揭示文革的本質。中國政局發生的深刻變化，一向關心中國的弗氏當然會有所聽聞，他對於中國歷史和文革的認識顯然也發生了某些變化，並影響了該劇的創作。弗氏在他的虎戲序言中這樣挑明該劇的諷喻意義：老虎象徵著自我意志和自我教育的精神；「老虎的另一鮮明的也許最根本的諷喻意味在於：當一個人絕不把任何事託付給別人時，絕不試圖求別人解決自己的問題，這個人就有了這隻老虎……」[6]科爾比（Vinete Colby）編輯的《世界作家，一九八〇—一九八五》（*World Authors*, 1980-1985）一書中，弗氏條目下涉及該劇時，也挑明了作者的創作意圖：「其寓意在於：如果你是一隻『老虎』，你就必須絕不推諉責任，絕不期待別人來解決你自己的問題，絕不要相信一個政黨——政黨是理性和革命的敵人。」[7]科爾比的這一詮釋，與弗氏本人的觀點是一致的。弗氏的鋒芒指向，也許是文革期間「紅寶書」中毛澤東關於必須相信群眾相信黨的說教。

在中國文革文學作品中所描寫的軍民「魚水情」的關係，最濃密者也許是「革命舞劇」《沂蒙頌》的情節，表現的是共產黨軍隊裡一個負傷戰士在饑渴昏迷中得到老解放區的一位大嫂的乳汁解渴救命。在這個虛構的革命神話中，「黨，軍隊和人民是同一回事。」但是，這句話在《老虎的故事》中以滑稽的模擬從一個共產黨的官僚口中說出來時，就顯然具有極為鮮明的反諷意味，因為劇情向觀眾展示的是：黨、軍隊和人民絕不是一回事，而是完全具有不同的根本利益衝突的社會集團和群體。弗氏的不同之處，還在於他讓一位新四軍戰士，竟然在危難中得到了虎媽媽的哺育，而虎媽媽之救人，並非出於革命的動機，可以說，虎媽媽乃是中國文化尤其是儒家文化中仁德的化身。這一點使人想到弗氏觀看過的上海曲藝節目中所刻畫的那個人物，他認為孔夫子可以勝任黨的指導員。

《易經》第十卦履卦曰：「履虎尾，不咥人，亨。」意即踩著虎尾巴的人並沒有被虎咬傷，有亨泰之象；在第四十九卦革卦的變卦中有「大人虎變，其文炳也」，「君子豹變，其文蔚也」之語，可見後來被孟子用來比喻苛政的猛虎以及與虎並稱的豹子，實際上在中國遠古時期還有與人和諧相處的一面，其虎紋豹紋之彪炳耀目蔚然成章猶如「革命」大人或賢達君子之燦爛的勳業。在弗氏的虎戲中，虎媽媽的教養下的初生之虎，後來成為威武之師，虎嘯神威，不但驅趕了搶劫老百姓村莊的國民黨的「散兵游勇」（按原文直譯是游擊隊，但那時的「國軍」乃正規軍隊，並無游擊隊，只有共產黨才有游擊隊），而且後來一度驅散了共產黨建立的蘇維埃「新政權」，因為「新政權」一上台就要把立下大功勞的老虎趕到森林裡去。

劇中由演員以口技模仿的虎嘯，是對共產黨官僚作風的尖銳嘲笑。對於那種假大空的演說，在中國走馬觀花的弗氏竟然以漫畫手法模擬得那樣惟妙惟肖，不得不讓人佩服。這番表演刻畫了官僚的滑稽嘴臉，揭穿了他們開口「革命」閉口「辯證法」和所謂「民主集中制」的謊言，還可以使熟悉中國文化的人們想到司馬遷《史記》中所記述的深明「功成身退」之理的范蠡的名言：「飛鳥盡，良弓藏。狡兔死，走狗烹。」一千百年，在中國的政治舞台上，歷代封建政治家均扮演了這樣的誅殺功臣的角色。文革劫後餘灰，諸如曾經被譽為「誰敢橫刀立馬，唯我彭大將軍」的彭德懷的罷官和含冤去世，國家主席劉少奇被殘酷迫害致死，一大批虎將文官和知識分子所遭受的同樣的厄運，「四人幫」被推上審判台，成為中共罪惡的替罪羊。這一切悲劇性的後果，使弗氏訪華歸來後醞釀多年的虎戲找到了新的突破口。劇中的仁德、威武、正義的通人性的老虎與殘忍、自私的無人性官僚政治家構成了反諷的對比。因此，該劇作為寓言劇或諷喻劇，無疑與弗氏對文革的認識有關。甚至，在某種程度上，它是弗氏對文革的影射和對中國革命進行藝術總結的嘗試。當然大而言之，它具有更廣泛的象徵意義。像弗氏的《滑稽的神祕》一樣，《老虎的故事》是一位「人民的弄臣」對權威的鞭笞；像《無政府主義者的意外死亡》一樣，是一齣根植於悲劇的「權力的笑劇」。

虎嘯林濤起漢風。戲劇落幕，弗氏塑造的這隻中國虎的嘯聲依然縈繞耳際……

註釋

1 達利歐・弗（一九二六－），義大利劇作家及戲劇導演，一九九七年諾貝爾文學獎得主，其劇作已逾七十齣。達利歐・弗的著名劇作有《無政府主義者的意外死亡》（*Accidental Death of an Anarchist*）、《絕不付帳》（*Can't Pay? Won't Pay!*），與其妻子法蘭卡・蘭梅共同創作戲劇，如：《開放配偶》（*The Open Couple*）等。

2 Tony Mitchell, *Dario Fo : People's Court Jester* (London: Methuen, 1984), pp.48-49.

3 Chiara Valentini, *La storia di Dario Fo* (Milan: Feltrinelli, 1977), p.163.

4 根據Carla Barsootti和Anna Barsotti的瑞典文譯本譯出，見瑞典文本《弄臣的戲劇——達利歐・弗和法蘭卡・蘭梅的四部劇作》（一九九七）。

5 Dario Fo, *La storia della tigre* (Milan: La Commune, 1980), pp.8-9.

6 *1986 Current Biography Yearbook* (New York: H.W. Wilson Co., 1986), p.135.

7 *World Authors, 1980-1985*, edited by Vinete Colby (New York: H.W. Wilson Co., 1991), p.300.

愛情的真諦

觀新編西班牙古典戲劇《塞萊斯蒂娜》

愛情究竟是什麼？這是一個古老而常新的問題。在愛情觀念不斷更新、性解放遙遙領先的瑞典，許多觀眾對於一齣以實行禁欲主義的中世紀為背景的愛情悲喜劇極感興趣，這是饒有興味的。這齣戲劇即瑞典著名導演斯丁納波（Leif Stinnerbom）執導由瑞典國家劇團最近以空前強大的演員陣容搬演的西班牙古典劇作《塞萊斯蒂娜》（*Celestina*）。除瑞典之外，演員來自芬蘭、法國、伊朗、前南斯拉夫、庫爾德、土耳其、烏干達、中國等眾多國家，中國旅瑞導演趙立新先生在劇中扮演一個有隱身術的魔鬼角色。世界各地的劇壇明星濟濟一堂，觀眾的熱烈反映使得該劇團在瑞典各大城市巡迴演出至今未斷。

帷幕徐徐升起，只見劇場的樂池不是設在舞台前面，而是別出心裁地安排在舞台頂端，演奏者身著豔麗的天使般的服裝，節奏鮮明的現代搖滾音樂巨集然作響，世界各民族的歌舞和表演技巧融為一體，還有引進的中國雜技、魔術、默劇藝術和京劇的台步、唱腔，這樣一部古典悲喜劇的現代色彩，真是東西方文化的大薈萃。

該劇是西班牙著名作家羅雅斯（Fernando de Rojas）[1]的傑作，寫於一四九九年，最初名為《卡利斯托和米麗比亞的喜劇》（*Comedia de Calisto y Melibea*），後來又改稱悲喜劇，英譯多作《西班牙老鴇》

（*The Spanish Bawd*），它被視為十五世紀歐洲文學中僅次於塞萬提斯（Cervantes）的《堂吉訶德》（*Don Quijote*）的偉大作品，對塞萬提斯和著名戲劇家洛佩．德．維加（Lope de Vega）乃至對整個歐洲文學都有重要影響。或譽為西班牙的民族史詩，因為它以廣闊的視野全面反映了中世紀至文藝復興初期西班牙民族多方面的社會生活。塞萬提斯在《堂吉訶德》的開篇提到過這部作品，他認為，如果作者讓人物的激情保持在更大的模糊性上，那麼，它可以被稱為一部「神聖的書」。有些批評家認為莎士比亞可能通過義大利文的譯本讀過這部作品，並在《羅密歐和茱麗葉》中借鑒過這部作品的情節。從那時起直至二十世紀，這部作品一直活躍在西方的戲劇舞台上，如一九七九年在美國舊金山的演出也頗受觀眾歡迎。

劇中三個主要人物，塞萊斯蒂娜是一個妓院鴇母，貴族青年卡里斯托和一家猶太人的獨生女米麗比亞是一對戀人。他愛上她的美麗，初次求愛遭到拒絕後，他求他的兩個僕人瑟普羅尼奧和帕米諾成全他的好事。但這兩人各有主意，瑟普羅尼奧求這個妓院老鴇幫忙，並許以酬金。詭計多端的老鴇借玩魔術安排卡里斯托與他的意中人相見。是夜，當這對戀人在談情時，由於老鴇食言不願將其所得酬金分與瑟普羅尼奧和帕米諾，結果被這兩人殺死，而他們後來也因此死於非命。老鴇手下的妓女控告卡里斯托指使僕人殺人，並雇傭一個吹牛的武士去刺殺他，在米麗比亞花園卡里斯托見勢不妙，翻牆脫逃時死於魔鬼的圈套。當米麗比亞得知她的情人的死訊時，當著她父親的面自殺，並遺言與她已委身的卡里斯托合葬。

主人公所處的社會是一個男尊女卑的社會，是一個禁錮女性看重女性貞操的社會。劇中老鴇是一個類似於撮合西門慶和潘金蓮的王婆式的人物。在她看來，愛情只不過是青年人的一種病。利用這種病，她巧妙地玩弄青年情侶而從中牟利，她出賣無數少女的貞操然後又用魔法縫合處女膜誆騙嫖客，使少男少女神魂顛倒，用她自己的話來說：「我可以叫一塊石頭充滿性感！」她所代表的是一個虛偽、貪婪、腐敗的世界，但她並不像在中國舞台上經常被臉譜化老鴇或媒婆的形象。作者賦予她以鄙俗的幽默和反諷的語調，沖淡了該劇的悲劇性，通過細膩的心理刻畫表現出來的鮮明的個性始終對全劇具有舉足輕重的作用。

但是，在情人眼裡愛是甜蜜的。《舊約．士師記》中，有個謎語說：什麼比蜜還甜呢？什麼比獅子還強呢？謎底是當然是愛情——因為猶太英雄參孫（Samson）對於一個未受過割禮的非利士姑娘的愛的甜蜜和強烈。卡里斯托算不上英雄，作為一個自私的貴族青年，與義大利文藝復興時期的偉大詩人但丁（Dante Alighieri）對比阿特麗斯（Beatrice）或佩脫拉克（Francesco Petrarch）對蘿拉（Luara）的那種帶有人文主義理想色彩的精神式的戀愛相比，他對米麗比亞的愛，只是一種燃燒的情欲。他進入這家猶太人的花園，原本為了獵鷹，驚鷹之後開始獵豔。在許多男人的潛意識中，獵鷹和獵豔沒有本質的區別，都是好玩，都是占有。由於宗教信仰和民族的隔閡，他無法公開向她的家庭求婚。這一點與羅密歐相似，莎劇中蒙特鳩（the Montagues）和凱普雷特家族（the Capulets）有很深的世仇。但是，卡里斯托的死亡使我們無法知道如果他的情人先死，他是否有羅密歐殉情的勇氣，或者，與中國文學中某些形象相比，他也許只是逢場作戲的西門慶。

這個以男性為中心的封閉的社會，是米麗比亞第一次被愛時猶豫不決的原因，初陷情網以後，她仍然忐忑不安。她深深懂得，只有愛能使女人成為一個真正的女人，但一旦有了第一次自由的性愛並張揚出去，她就立刻變成一個壞女人。在那個社會，像中國封建社會一樣，貞操只是對女性的要求。婦女是男人的財產，只要丈夫同意，妻子可以與婚外的男人有性行為，好客的男人，用妻子陪睡來招待好友或男人之間臨時交換妻子用一下是常見的現象。因此，在一段抒情曲中，她在庭園久久等待情人幽會，焦慮地問訊園中的夜鶯：

夜色已經深沉，／可他還未來臨，／告訴我：莫非他移情別戀？／延拓在她的懷裡？

一旦品嘗到愛情的無比甜蜜，她心靈的閘門終於決堤，不再溫文爾雅而激情四溢，但他們的愛情卻過於短暫了。她的自殺，既是殉情，又是以死亡對那個沒有女權沒有婚姻自由的社會表現的絕望和抗議。戲劇結束時，這對情侶以天使般美麗的幻影在舞台上方的樂池中出現，與下界黑暗的角落裡魔鬼的暗影形成鮮明的對比。

在這對情侶死後米麗比亞的父親有一段濃墨重彩的獨白，他既沒有責備她違背父母之命，也沒有怪罪他對她的引誘，他控訴的是驅使人們走向罪惡的力，而所有這些力中，最殘忍的力是愛情：是愛奪去了她的生命，使可憐的父母在餘生蒙受失去女兒的痛苦，蒙受女兒失去貞操的羞辱，漫無目的了無意義地在人生的沙漠中艱難地前行。

但是，父親所控訴的，實質上是中世紀的禁欲主義和買賣式的婚姻，他所透露的是人文主義的曙光。據說，原作中的性描寫和措辭激烈的片段曾引起中世紀天主教審判異端的宗教法庭的不滿，因此作者被迫刪節了某些片段。

作者的父母也是猶太人，曾被迫改信基督教，猶太人受歧視的背景導致作者創作這部作品。但更深層的原因無疑是歐洲文藝復興初起時，作者無法解決禁欲與浪漫性愛之間的衝突，只能以主人公的死亡來了結矛盾。

與瑞典等西方民主社會相比，東方的愛情與貞操觀念大異其趣，儘管在某些地區已是性幟高揚，性解放已經興起。頗受某些女性青睞的修補處女膜的現代新技術也許比西班牙老鴇高明一些。但是，西方人的貞操觀念幾乎已經蕩然無存了。據說在中國時興的涉外婚姻中，如果年齡稍大嫁給洋人還是一個處女，初夜時男方發現了會驚問其故：難道就沒有一個人愛過你一回？他也許心裡在抱怨：我怎麼愛上了一個別人都不愛的女人？

儘管西方性觀念發生了如此巨大的變化，瑞典觀眾仍然認為這部西班牙古典悲喜劇具有現實意義，這是因為人們需要回顧歷史還是為了審視現代愛情？不管怎樣，人們在為它的悲劇性感嘆因它的喜劇性而歡樂的同時，也在思考愛這個文學藝術的永恆的主題。對於愛情究竟是什麼，真是說不清理還亂。即使同一個人，此一時彼一時，各有一番滋味在心頭。英國詩人W·H·奧登在〈告訴我愛的真相〉（O Tell Me the Truth About Love）一詩中寫道：「它是餓狗乞食的吠聲／還是軍樂吹奏的轟鳴？／在一架空靈的鋼琴上／誰能彈奏它絕妙的模擬？／它歡聚的歌是否有轟動效應？／抑或只是一件傳世的古董？／我想安靜片刻能否叫它暫停？／告訴我愛的真諦。可是，誰能告訴你告訴我呢？」

一九九七年

註釋

1 費爾南多．羅雅斯（一四六五—一五四一），西班牙劇作家、律師，其在大學期間著作的代表作《塞萊斯蒂娜》，被視為十五世紀歐洲文學中僅次於《堂吉訶德》的偉大作品。大學畢業後，羅雅斯即從事律師工作，未有其他作品出現。

薩拉馬戈的寓言小說

貧困，是孕育偉大作家的母腹。一部世界文學史傳，不斷在重複這個古老而常新的故事。葡萄牙作家喬賽·薩拉馬戈（José Saramago）[1]，出身貧困，飽經戰亂，辛勤筆耕數十年，終於在一九九八年以七十六歲高齡攀摘到諾貝爾文學獎的桂冠，從而給貧困出文豪的故事增添了新的一章。薩拉馬戈發表獲獎演說時，娓娓道來，講述了不少有關他的生平和作品的動人故事。

一

在歐洲殖民主義歷史上一度海上稱霸的葡萄牙，後來成為歐洲最不發達的國家之一，現代化進程緩慢，全國大約有一半人口從事農業生產，因此被人稱為歐洲的農村。

薩拉馬戈於一九二二年出身在里斯本北郊的里巴特荷省一個村莊的貧苦農民家庭。與他家鄉的草原風光構成鮮明對比的，是經濟上的落後。薩拉馬戈的祖父母都是文盲，除了農活以外，主要靠養豬謀生。在薩拉馬戈的記憶中，每當冬夜的凜冽凍結了室內的水缸，他的祖父母就到豬圈裡，把最稚嫩的豬崽抱到自己的被窩裡，以自己的體溫將那凍僵的小生命從死亡的邊緣救活。

信。

薩拉馬戈的父母也是文盲，父親雙手佈滿老繭。在薩拉馬戈離開家鄉後，他母親經常央求鄰居代筆寫信。

在這樣的家庭環境中，薩拉馬戈從小就是赤腳丫的小豬倌，他經常幫家裡鋤地，劈柴，擔水，去田裡揀稻草墊豬圈，風裡雨裡，飽嘗了人世的艱辛。直到十四歲到里斯本半工半讀時，他才第一次穿上鞋子。可是，剛上高中，他就因為家貧而不得不輟學，轉到一個職業學校就讀鎖匠培訓班。後來，薩拉馬戈先後當過鎖匠、木匠、醫院職工、工人和社會服務人員，從事過報刊校對員、記者、編輯和翻譯等多種職業。

有幸的是，薩拉馬戈的祖父傑羅尼墨雖然是文盲，卻是村莊裡的故事大王。盛夏之夜，祖孫倆經常在村子裡的一株古老的根深葉茂的無花果樹下過夜，樹下總是圍滿了聽故事的人們。離奇古怪的故事塞滿了童年的薩拉馬戈的腦袋。薩拉馬戈在諾獎演說中談到：「各種各樣的傳聞使我難以成眠，同時又溫柔地催我入眠。我從不知道，當我睡著時，他是沉默了還是在繼續講述，因為我留下的問題有一半祖父還沒有回答，他總是有意講到半路就打住，而我總是刨根問底：『後來怎麼樣了？』也許他在自言自語不斷重複著那些故事，為的是不至於忘卻它們，或者以新的細節來豐富這些故事。在我當時那樣小小的年紀，在我們老小無猜的歲月裡，顯然，我把祖父傑羅尼墨想像為世界上一切知識的老師傅。……他僅僅用幾個詞就能安頓運行不息的宇宙。」從這裡可以看出，薩拉馬戈的聰明的祖父曾經如何激發了一個少年的好奇心，而好奇心，正是文學創作的靈感的源泉。

青年薩拉馬戈，於一九四七年出版了長篇小說《罪孽之地》（*Terra do Pecado*），但並未獲得成功，從此擱筆二十多年。在此期間，葡萄牙獨裁者薩拉查（Salazar）在「共和」的招牌下實行專制。一九六九年，薩拉馬戈加入葡萄牙共產黨，以職業記者的筆在文化領域為民主制度奮鬥。葡萄牙共產黨曾經是反法西斯主義的主力軍，在國內慘遭專制統治者的打壓。一九七二年至一九七三年間，薩拉馬戈在《里斯本日報》負責編輯工作，幾乎每天都在與限制出版自由的檢查制度作鬥爭，為以言罹罪的共產黨人奔走呼號。

一九七四年四月葡萄牙的不流血革命，推翻了專制制度。在葡萄牙從專制政體向民主政體轉型的歷史過程中，各種政治力量和政黨都曾起了推波助瀾的作用。革命成功之後，當時重要的各黨派，一致要求實行民主制度，公平競爭，相互合作，唯有共產黨持反對態度，想以它自己的一黨專政來取而代之。薩拉馬戈作為一位「共產主義老戰士」，從此疏離了共產黨，開始全力投入文學創作。

共產主義無神論者薩拉馬戈，在奉天主教為正統的葡萄牙，出版小說《耶穌基督的福音》（*O Evangelho Segundo Jesus Cristo*）之後，因「瀆神」引起極大爭議。葡萄牙官方對小說進行檢查，蠻橫地出面干涉，將小說從葡萄牙作協上報的一項歐洲文學獎的提名名單中刪去。薩拉馬戈一氣之下，自我放逐到了西班牙的蘭薩羅特島。

薩拉馬戈多年辛勤筆耕，近二十多年來，除了詩集、劇作之外，他出版的主要作品還有《從地下站起來》（*Levantado do Chão*）、《修道院紀事》、《詩人雷伊斯逝世的那一年》（*O Ano da Morte de Ricardo Reis*）、《石筏》（*A Jangada de Pedra*）、《里斯本圍城史》和《盲目》等長篇小說。

瑞典學院獎掖薩拉馬戈的評語是：「憑藉想像、同情和反諷所支撐的寓言，不斷促使我們再度理解不可捉摸的現實。」英文措辭的 parables，與《伊索寓言》那種意義上的「寓言」（fables）以及「諷喻」（allegories）有近似之處。事實上，在薩拉馬戈獲獎之前，某些批評家就將他的某些作品稱為「諷喻」，甚至稱為「政治諷喻」。

二

薩拉馬戈的寓言小說充滿了魔幻現實主義的想像和象徵。他認為每個國家都有其自身的魔幻現實主義產生的根源。他承認自己主要是受到塞萬提斯等歐洲偉大作家的影響。此外，如許多批評家所指出的，薩拉馬戈發展了卡夫卡、卡繆、威廉·高汀的現代寓言小說的表現手法。

在薩拉馬戈的魔幻的想像中，他本人早就隨著十六世紀葡萄牙航海家的風帆，踏著本世紀三〇年代的革命者的足跡，漂泊到南美的巴西。在小說《詩人雷伊斯逝世的那一年》中，作者把葡萄牙著名詩人佩索亞（Fernando Pessoa）「一分為二」：一是作為傑出詩人的佩索亞本人，二是佩索亞曾用過的筆名雷伊斯，成了一個獨立的筆名人物，一位革命家和政治流亡者，可以視為佩索亞人格中的「他我」（alter ego），同時又有薩拉馬戈本人的影子。雷伊斯從巴西歸來，邂逅了佩索亞，他們廣泛討論當時的政治的、經濟的和社會問題，暢談哲學和藝術。小說特意把雷伊斯和佩索亞的死年推遲到一九三六年，因為這一年正是歐洲的多事之秋：葡萄牙的專制，西班牙的內戰，法西斯主義在義大利興盛，納粹主義在德國崛起，從而使這部小說富於政治寓意。

薩拉馬戈的文學想像，最奇特的也許是《修道院紀事》。小說寫了三個被作者稱為十八世紀上半葉的「葡萄牙傻瓜」式的人物，從他們身上，我們可以聽到歐洲啟蒙運動的迴響，其中男主人公巴達薩是太陽孕育的，女主人公布莉穆妲是月亮孕育的猶太人，因為如一句諺語所說的，「有太陽的地方就有月亮」，只有這兩個人的意志處於和諧和愛的狀態，大地才能成為宜於居住的處所。另一個「傻瓜」是這一對情侶的朋友羅倫索，一個基督教牧師，他發明了一個機械飛行器，可以直上雲天，飛翔時除了人的意志之外無需別的什麼燃料。插翅飛行，是人們的古老的夢幻，因此，這部小說也帶有歷史科幻小說的特徵。機械飛行器在藍天飛行同樣要求兩翼的平衡。當它直插雲霄，在修道院的上空盤旋時，便可以居高臨下鳥瞰世間的苦難；當它俯衝落地時，又可以更清晰地捕獲人生的細節。富於深刻哲理的是，羅倫索神父的意志除了可以發動飛行器以外，還大有用場，甚至可以為所欲為，可他的這種意志不知道該做什麼事情。換言之，這種萬能的意志或欲望幾乎採取了一種「無為」政策。但是，由於異教裁判所對「異端」的審判和殘酷迫害，主人公最後終於希望駕駛飛行器逃往天堂，因此遭遇悲劇性的失敗。

某些批評家將《修道院紀事》與馬奎斯的《百年孤寂》媲美，或與義大利作家艾可（Umberto Eco）的《玫瑰的名字》（*The Name of Rose*）進行比較研究，這是不無道理的。但是，《修道院紀事》的豐富想像和深刻象徵具有薩拉馬戈自身特有的獨創性。

《石筏》是薩拉馬戈的另一個異想天開的烏托邦式的寓言。小說中葡萄牙和西班牙所屬的整個伊比利亞半島從歐洲大陸分離開來，漂離為一個巨大的「浮島」，漫無目的地在大西洋漂流，像犁鏵一樣耕耘浩瀚的海洋。就其文學想像而言，這個「浮島」與中國作家梁曉聲的《浮城》頗為類似。在《浮城》中，城市一部分又一部分地斷裂，像一艘紙船在海洋上漂移，吸引了一群群海鷗的追逐，此外是颱風的狂暴襲擊，海嘯的浪山聳立，它將靠近的陸地似乎首先是日本，然後又轉向美國，浮城被分割成三個互相為敵的區域，浮城上的某些人對於中華民族的文化即將與大和民族的文化合流或即將與美國的自由文化匯合的興奮，最後卻要回到「祖國的懷抱」的反諷，凡此種種，都富於魔幻的想像和深刻的寓意。在《石筏》中，整個半島像一塊巨石，像一個大筏子一樣，上面覆蓋著城鎮村莊，河流森林，工廠和叢林，肥沃的土地和這片土地上生生不息的人民，漂向一個新的烏托邦。

這部小說描寫的葡萄牙人在突如其來的意外變局中的騷亂和複雜心態，讀來像《浮城》一樣令人觸目驚心。

按照薩拉馬戈在獲獎演說中的闡釋，《石筏》是歐洲歷史上葡萄牙人蒙受恥辱的集體憤懣的一種直接宣洩，也是作者自己的不滿的一種宣洩。它帶有反對美國價值的傾向，在更深層的意義上，作者想借這個寓言來暗示他的政治觀點：整個歐洲應當南移以促進世界的平衡，作為歐洲自古以來對殖民地的掠奪的一種補償。力求讓歐洲成為一個倫理的參照系。

寓言小說《盲目》的情節同樣純屬虛構，卻以敏銳的現實主義展現了一幅人性的圖畫。小說開篇，主人公駕車行駛時突然雙目失明，這是一種莫名其妙的「白盲症」：「我彷彿迷失在一片霧靄裡，又像跌落在一片乳白色的海洋裡」結果交通堵塞，路人圍觀，無不表示了他們對失明者的關注和同情。失明者希望有人能送他回家，一個路人承擔了這一責任，駕駛車主的車子把他送到家裡，可他轉身就偷走了失明者的車子。意想不到的是，「白盲症」是一種流行性失明症，偷車賊被傳染而失明，並且迅速蔓延到整個城市，結果交通混亂，醫院擁塞，食品短缺，一個原本具有共同責任感的世界一夜之間變為一個極端自私自利的世界。政府在恐慌中立即將失明者隔離開來，沒有採取任何治療措施，當權者所做的一切只是派重兵把守盲人隔離所，下令對逃亡者格殺勿論。在某種程度上，它是整個二十世紀的世界的一幅象徵性圖畫。

《盲目》與卡繆的《鼠疫》、高汀的《蒼蠅王》等現代寓言頗多可比性。《鼠疫》描寫的是一個鼠疫流行從而與世隔絕的黑暗的城市；《蒼蠅王》讓一群孩子流落到一個荒島，借他們的爭鬥揭露人性的黑暗面。薩拉馬戈在一次訪談中談到《盲目》時指出：「這本書只是我們的現實的一幅慘白的圖畫。真理在於：動物的本能勝過人類，與動物相反，人的本能已經效勞於統治他人，羞辱他人，剝削他人。顯而易見，這個世界是殘暴的。」《盲目》雖然沒有點名時代，但作者筆下的重兵把守的盲人隔離所，無疑可以使人想起納粹集中營或古拉格群島，想起倒在柏林牆的槍口下的追求自由的人們。

薩拉馬戈的想像和象徵的另一鮮明特徵，是他善於捕捉日常生活中的細節，以小見大，揭示人生的哲理和道德意蘊。例如在《里斯本圍城史》中，主人公雷孟杜——一個普通的校對員與他的出版社的女主管瑪麗亞陷入情網，他們之間的一段對話，可以說是一個具有相對的獨立意義的小寓言故事：雷孟杜談起染髮的事情後，瑪麗亞說，「你染過髮，誰會認為你是在誆騙呢」，「也許只有我自己」，「正如我已決定開始誆騙我自己」，「我也會做同樣的事」，「你所說的同樣的事是什麼事呢」，「你染髮的理由，我再也不染髮的理由」，「你自己解釋一下吧」，「我再也不染髮了，我要保持我本來的樣子」，「可我怎麼啦，為什麼我染了髮」，「繼續照你本來的樣子吧」……

主人公把染髮目為一種「誆騙」，從而可以見出其寓意，是教人做一個真誠的人，如何做一個真誠的人，應當從每一件小事做起。

三

在葡萄牙貧困地區，祖祖輩輩都有刀耕火種的原始農民。以薩拉馬戈的馬克思主義的階級分析眼光來看，一方面，在歷史上，國家政權和土地主組成了一個龐大的犯罪集團，由他們豢養的員警對貧苦的人民實行嚴密的控制和監視；代表統治階級的利益的法律所標榜的「正義」只不過是一種虛偽的空頭許諾，這種「正義」吞噬了千百萬無辜的犧牲品；另一方面，作為既得利益者的教會的神職人員，充當了國家犯罪集團的從犯，無論是精神還是肉體，人民都處在教會控制之下，籠罩在中世紀以來的異教裁判所的陰影下，處在他們的虛偽的愛的蒙蔽之下。這種悲慘的歷史在葡萄牙日久年深，一直持續到推翻專制制度的一九七四年的四月革命之後，葡萄牙才初步走上了民主的軌道，從而處境略有好轉。因此，薩拉馬戈在小說中描寫貧苦農民，表達對他們的深厚同情。

在《修道院紀事》中，作者的同情主要傾注在那些被葡萄牙國王約奧五世強迫招募修建修道院的成千上萬的民工。儘管國王強迫修建修道院的實際目的是為了王后向上帝求得子嗣，卻是以榮耀上帝的名義進行的，因此對於民工的任何消極怠工或企圖逃跑的行為都可以被異教裁判所以「瀆神」的罪名處以火刑。血汗和屍骨堆成的修道院的高聳入雲的塔樓，宛如一座巨大的悲劇性紀念碑。

在《盲目》中，薩拉馬戈所塑造的一位醫生的妻子，是人類同情心的化身。在人類道德的「鼠疫」蔓延之時，她出於對感染了白盲症的丈夫和他人的同情，竟然佯裝失明以便進入盲人隔離所照看他們，引領他們，而她自己奇跡般地避免了白盲症的感染。像卡繆的《鼠疫》一樣，薩拉馬戈以一位理想人物呼喚人類良心的復活。

四

《盲目》中的小故事的發生，都帶有意想不到的荒誕性，作者將此解釋為反諷（irony）：「機遇，命運，幸運，定數，或無論哪一個有如此之多的名目的準確術語，都是由純粹的反諷構成的。」的確，個人的命運，國家的命運乃至整個世界的命運，在很大程度上是不可測的。因此，人應當有反諷的眼光和心態，這樣，才能始終對意外的變局泰然處之，才能像雷孟杜那樣，對於身外之物，得之不喜，失之不憂。

在文學中頗為流行的反諷，形式上豐富多采。最精采的反諷往往是將權威的表層和深層進行對比，它要揭露的是權威的背後所暗含的無知和愚昧。

最鮮明地體現了薩拉馬戈以反諷形式挑戰權威的作品，也許是《耶穌基督的福音》。小說雖然取材於聖經福音書關於耶穌誕生和傳道的傳說，但幻想與現實，傳說與歷史是交織在一起的。作者在獲獎演說中自言這部小說所表現的，實際上「不是有關死後升天的人們的傳說和神祇的教化的傳說，而是關於某些人的歷史——這些人反抗過卻無法戰勝一種權力，因此不得不臣服於這種權力。」

作者不斷在高貴與卑賤、崇高與怪誕之間進行一種十分巧妙的反諷的對比，其中的人物既充滿了生存欲望，又浸透了一種精神分析學所說的那種「死的本能」。正是在這個時代在這個世界，歡樂和痛苦，生與死彷彿以一種怪誕的圓舞曲的形式和諧地碰撞，某些人物既是劊子手又是犧牲品，或先充當劊子手後成為犧牲品，就像在中國的反右、文革等一系列政治運動中我們所熟悉的那種現象：今天你打倒他，明天你自己又被打倒，因為始終有一種駕凌一切的權力，你摸不透又不敢懷疑的絕對權力，你只不過是絕對權力的手掌裡的一個棋子，一個玩物，你捉弄別人，你也不斷在自我捉弄，被別人捉弄，甚至被上帝捉弄，不斷遭受「命運的反諷」。

在《耶穌基督的福音》的扉頁題詞中作者引用了維爾霍（Padre Manuel Velho）的一句話：「一個人走在通向絞刑架的路上，一個遇見他的人問他：我看見了什麼，我的好人呀，你怎麼走在這條路上？那個即將被吊死的人說：我不要走這條路，這是他們引領我的。」這一意味深長的寓言，暗示了這部小說的豐富的寓意的一個最耐人尋繹的方面。當一種最高權威引領人們自覺地或不自覺的走向絞刑架時，善良的人們往往渾然不知，這就構成一種「當局者迷，旁觀者清」的「視覺的反諷」（the irony of the point of view）。可是，誰能成為清醒的旁觀者？在現實中，這樣的智者真是鳳毛麟角，也許只有歷史本身才是這樣一位智者，只有隔了相當長的一段歷史時期之後，才能看得清楚。小說中的弱者、被蹂躪者和被壓迫者在強權面前的那種無可奈何，用薩拉馬戈自己所採用的一句「矛盾修辭語」（oxymoron）來說，是一種「驕傲的謙卑」。從邏輯的角度來看，就是一種有乖常理的與形式邏輯的排中律不相容的悖論。

「驕傲的謙卑」，原本是薩拉馬戈在他的劇作《我用這本書幹什麼？》（*Que Farei com Este Livro?*）中的一種說法，用來深刻揭示一位卑微的傑出詩人的一種複雜而微妙的心態：他寫出了一本傑作，不得不力求得到權威的賞識，到處敲門找人出版，卻常常吃閉門羹。在歷史上，這個不公平的世界對於人類的精神文明的每一部傑作，一開始往往不屑一顧。

同樣，在小說《里斯本圍城史》中，主人公雷孟杜是一個卑微的校對員，也有這種「驕傲的謙卑」的心態，並且有作者自身的影子。西元一一四七年十字軍東征途經里斯本時，里斯本正好被阿拉伯的穆斯林軍隊占領，葡萄牙國王阿豐索·亨利克斯說服十字軍助一臂之力，參與奪回里斯本的戰役。這原本是歷史事實。在一位為官方修史的歷史學家的同名著作中，出於檢查制度的壓力，作者對歷史的陳述充斥枯燥乏味的篇章，使得雷孟杜在校對原書時不勝厭煩。這個頗有頭腦的校對員覺得：一個人如果不曾開掘生活，那就無權抱怨它。同樣，他抱著一種「開掘」歷史的態度，力求瞭解歷史的真實，因此，他以反諷的心態矯枉過正，甚至開了個大玩笑，在一句關鍵性的陳述句中以「不」字取代「是」字，結果動一字而成為反語：「西元一一四七年，十字軍不曾協助阿豐索·亨利克斯國王奪回被阿拉伯人占領的里斯本。」校對員料想自己馬上會因此而被出版社老闆解雇，但是，十多天後他被叫到出版社女主管那裡。這位富於現代精神的女主管瑪麗亞不但沒有解雇他，反而委託他負責檢查出版社的全部校對工作，並且說服校對員以自己的歷史眼光撰寫一本新的《里斯本圍城史》。此後的情節，如二水分流，雙峰對峙：一條線索是雷孟杜打破歷史與虛構的界限的對歷史的新的闡釋，另一條線索是他因禍得福的「命運的反諷」：與瑪麗亞的浪漫愛情。

今天看來，同樣當過校對員的薩拉馬戈像他筆下的雷孟杜一樣，終於能夠達到他自己所認同的那種生存狀態和人生境界，他的命運是有幸的，但這種有幸，正是他一生的許多不幸的結果。他的獲獎是一種幸運，但又是他自己勤於思考、富於同情和長於反諷的甜美果實。

原載台灣《當代》雜誌一九九九年四月號，發表後略有修改。

註釋

1 喬賽·薩拉馬戈（一九二二—二〇一〇），葡萄牙作家，一九九八年諾貝爾文學獎得主。一九四七年出版長篇小說《罪孽之地》，其後約二十年沒有新作品。一九七九年開始大量寫作，代表作《修道院紀事》（*Memorial do Convento*）、《里斯本圍城史》（*História do Cerco de Lisboa*）、《盲目》（*Ensaio sobre a Cegueira*）等。

第六輯

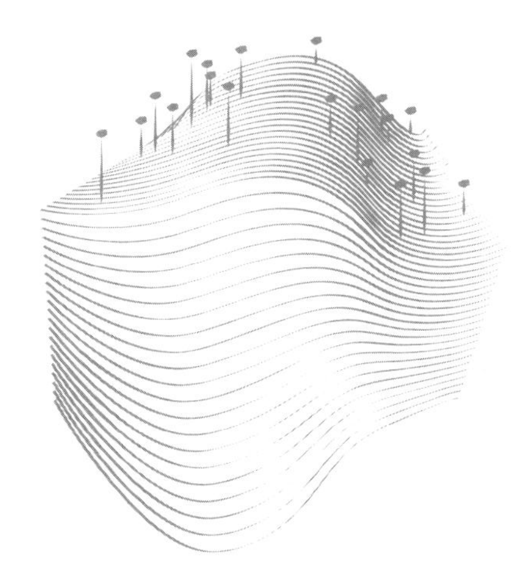

安徒生童話裡的中國人

丹麥童話大王安徒生（Hans Christian Andersen）[1]從來沒有到過中國，可是，在他的童話中可以見出一些關於中國的幻想。那是因為十八世紀初，首先流行於法國被稱為「漢風」（chinoiserie）的中國文化熱，到十九世紀已經波及安徒生所在的北歐。

〈夜鶯〉是安徒生最著名的童話之一，靈感來自作者迷戀的一位瑞典歌劇皇后。但是，安徒生把故事背景設在遙遠的中國。在他的想像中，皇宮御花園有一隻夜鶯，它的歌聲是世界上最美妙的歌聲，可是，當中國皇帝從外國旅遊者的書中知道這件事時，他還從來沒有聽說過這樣一隻夜鶯。朝臣奉命詢問宮廷上上下下，發現唯一聽過夜鶯歌唱的，是一個不起眼的廚娘。朝臣在廚娘的引領下去尋找夜鶯時，他們起初把奶牛的鳴叫當成夜鶯的歌唱，接著又把青蛙的呱噪當美妙的音韻。他們終於找到夜鶯，把它帶到宮中。夜鶯動人的歌喉使皇帝流出了眼淚——這也許是東方一位具有雙重人格的開明君主的人性中的仁愛之光。從此，夜鶯有了精巧的鳥籠，有了栓腿的絲帶，有了很多人的精心伺候……。

這個童話可以使人想起《莊子．至樂》中「魯侯養鳥」的寓言：一隻海鳥棲息在魯國都城的郊外，魯侯以為是神鳥，率眾把它引進宮中奉若上賓，在魯廟專門為它擺設酒宴，演奏「九韶」以為娛樂，設牛、羊、豬三牲大祭作為它的膳食。這樣一來，鳥被折騰得暈頭轉向，憂傷過度，不食不飲，三天就死了。

安徒生雖然曾經廣泛閱讀世界著名文學作品，但他似乎並沒有讀過莊子。他筆下的夜鶯的命運也不像莊子筆下的海鳥。當夜鶯面臨莊子的海鳥的同樣命運之際，日本天皇派信使給中國皇帝送來了一隻更精巧更美麗的機械夜鶯作為禮品。「相形見絀」的活生生的夜鶯被放逐了。故事的結尾是：在生命最後的彌留之際，皇帝對機械夜鶯感到索然無味時，突然見到活生生的夜鶯從林中飛來，為他唱了一首優美的歌曲。夜鶯記得它的歌聲曾經使皇帝潸然淚下——這是值得回報的最珍貴的眼淚。

這一童話的情節是迷人而有趣的，寓意是深刻而動人的。同時，安徒生以誇張的戲劇手法揭露了中國皇宮朝臣上下的愚蠢和荒唐。例如，安徒生寫道：御用樂師寫了一部二十四卷的巨著，詳盡描繪機械夜鶯，旁徵博引，堆砌了最艱澀的漢字，可是，全國上下人手一冊的讀者，都說他們讀過了並且讀懂了。那是因為，誰沒讀懂誰就會被視為愚人。後來，安徒生尖銳的諷刺和幽默筆法，在他取材於西班牙民間傳說的〈國王的新衣〉裡，得到淋漓盡致的發揮。

在安徒生看來，最奇妙的童話是從最真實的生活中產生的。他的〈夜鶯〉的故事是作者所經歷的丹麥的現實生活和關於中國的幻想相結合的產物。這一故事激發了不少音樂的幻想。俄羅斯著名作曲家斯特拉汶斯基（Stravinsky）早在二十世紀初就根據這個優美的童話創作了歌劇《夜鶯之歌》。美國華盛頓童聲合唱團於近期將〈夜鶯〉改編為同名歌劇搬上舞台，上海音樂學院也以此為題材創作了音樂劇《夜鶯》。

不少論者以為〈夜鶯〉是安徒生唯一一篇講述中國人的故事，實際上並非如此。安徒生的〈牧羊女與煙囪清潔工〉，是另一個以中國為題材的童話故事。故事的主人公是中國的瓷器娃娃。

如我們所知，瓷器，是中國人在距今一千八百多年前的東漢晚期獨立而率先發明的，以致在西文中，瓷器與中國有一個共同的詞：china。中國瓷器不僅是碗碟杯盤之類的實用品，而且是凝聚著中國文化精神的精美的藝術品。瓷器向歐洲和世界各地的傳播，尤其是明清之際青花瓷在歐洲的流傳，早已震撼了世界藝壇，引起了無數文人學者關於古老而神祕的東方的遐想。安徒生從精良的中國瓷器吸取了他文學創作的靈感。

故事中有三個主要人物：牧羊女和掃煙囪的少年是中國的瓷器娃娃，牧羊女的老爺爺——一個瓷器做的老頭，也是中國人。牧羊女的瓷爺爺在形體上比他倆要大三倍，在家裡擁有至高無上的權利。這對瓷娃娃相戀，瓷爺爺總是以中國式的家長作風對他們一個勁兒搖頭，兩個瓷娃娃只好瞞著他私奔。瓷爺爺想追趕他們，從桌子上跌到地板上摔斷了脖子。而這對情侶面對外部遼闊世界的茫茫黑夜，也感到膽怯，不敢貿然前行，只好重新回到家裡。他們發現摔傷了的瓷爺爺，幫他接上了脖子。可是，從此以後，儘管他仍然儼然是一位威嚴的家長，卻再也不能搖頭了。一對瓷器娃娃，有情人終成眷屬。

安徒生在這個故事中表現的是理想和現實的矛盾，幻想的破滅。在故事的悲劇情節中，最後仍然以一種妥協達成了喜劇性的團圓。作為美學範疇的喜劇，在歐洲文學中有兩大傳統，即古希臘以阿里斯托芬為代表的諷刺喜劇的傳統和以米南德（Menander）為代表的風俗喜劇的傳統，後者由莎士比亞發展為浪漫喜劇。加拿大學者諾若普．佛萊（Northrop Frye）在他的《批評的剖析》（*Anatomy of Criticism*）中談到這種喜劇形式或程式時指出：在喜劇的愛情故事中，青年的願望往往受到父母的阻擾，然後出現一個轉機，使得有情人終成眷屬。喜劇往往是為年輕人寫的，對於長輩來說，喜劇往往帶有一定的顛覆性。可見，安徒生的這個富於喜劇性的童話，就其情節而言，繼承了西方喜劇的傳統模式。而中國瓷老頭捽斷脖子再也不能搖頭的情節，無疑帶有佛萊所說的「顛覆性」。

中西文學原本有許多相通之處，同樣的「母題」（motifs），在不同民族的文學中，有大同小異的表現程式。在中國喜劇中，我們也一再見到這種悲喜參半的喜劇的「顛覆性」。從安徒生筆下的中國瓷老頭身上，就可以看到許多中國喜劇中家長的影子，或者說，他們屬於同一喜劇類型的人物，如《拜月亭記》中只認門第的王瑞蘭的父親王尚書，《西廂記》中許婚之後又賴婚的崔夫人，《倩女離魂》中藉口「三代不招白衣女婿」的倩女的母親，《牡丹亭》中不解兒女情的父母和終日教杜麗娘「思無邪」、「收放心」的老師陳最良……。在安徒生的故事中，瓷爺爺命令牧羊女走進對面的木櫃裡去時，牧羊女極不情願，因為木櫃是從老奶奶那一代繼承下來的舊傢俱，已經年深日久而變得黝黑了。

「我不願去這黑暗的櫥櫃裡！」小牧羊女說。「我聽說它那裡面已經收納了十一房瓷器姨太太！」

「那麼，你可以成為第十二房姨太太！」那中國龍頭說。「一到晚上，在這古色古香的櫃子裡很快就會嘎嘎作響，你們也就可以慶祝婚禮了，這是真的，就像我是中國人一樣的真實！」他這樣不斷地點頭、點頭而睡著了。

這些生動的富於象徵性的描寫，瓷爺爺的盛氣凌人的口吻，表明安徒生在塑造這個喜劇形象時，雖然採用的是與中國戲曲中的喜劇極為不同的童話形式，但作者的喜劇精神與中國的喜劇精神靈犀相通，甚至達到神似的地步。

安徒生這個偉大的名字將永遠與童話結緣在一起，與童真的心靈糅合在一起。

註釋

1 漢斯・克里斯蒂安・安徒生（一八〇五—一八七五），丹麥作家、詩人，因童話作品而聞名於世界，其作品已有一百五十多種語言版本，且被改編為許多電影、舞台劇、動畫等，代表作有〈夜鶯〉、〈賣火柴的小女孩〉、〈醜小鴨〉、〈國王的新衣〉等。

從「挪威魂」到「挪威奸」

投向納粹的諾獎作家漢姆生

一個窮極潦倒的人溜進一家破敗的漆黑的院子裡，為了保全性命，他撿起一塊帶有令人作嘔的乾血味的肉骨頭來啃，咽下去又吐出來，多次反胃之後，他終於忍不住了：「我狂怒地捏緊拳頭，孤立無援地哀號，著了魔似地亂咬。骨頭上沾滿了眼淚鼻涕。我反覆地咬嚼，咒罵，號哭，彷彿心都快要碎了，接著又吐。我大聲起誓，要把宇宙間的全部強權統統打進地獄裡去！」

這是諾貝爾文學獎得主、挪威作家克努特．漢姆生（Knut Hamsun）[1]的成名作《飢餓》中一幕情景。小說堪稱新浪漫派代表作，飢餓中的各種幻覺和變態心理刻畫得相當生動細膩。作者自稱這樣的描寫是「對自己挨餓時期的回憶」。

一個曾經發誓要戰勝強權的作家，最後卻投入納粹這一兇惡強權的懷抱。二戰期間，占領挪威的納粹頭目特波文（Josef Terboven）在挪威統治五年，殘酷地拷問、屠殺挪威人。可是，在漢姆生眼裡，從頭到腳渾身「武化」的德國人，仍然是一個偉大的「文化民族」。

闖蕩出來的文人英雄

漢姆生出身於一個縫紉工人家庭，祖祖輩輩都是農民。九歲那年，他就跟叔父當學徒，整天做繁重的童工，而且經常挨打受氣。兩年後，他成為店鋪幫手，因受不了虐待而出逃，此後一直靠打零工謀生。浪跡天涯的漢姆生先後做過小商販、鞋匠學徒、修路工、小職員和鄉村小學教師等，還兩度隻身遠渡重洋去美國闖天下，在美國社會底層滾爬，當過電車售票員和農業工人。後來，漢姆生貧病交加返回挪威，寫了《現代美國的精神生活》一書，嘲笑美國的生活方式。

在坎坷路途和繁忙的勞動之餘，漢姆生十八歲就開始寫作。他的作品經常以急速邁向工業化的挪威為背景，描寫新生無產階級如何力求改變自身的社會地位，如何日益變得猥猥瑣瑣、心胸狹隘，或成為有閒階級追逐消遣的犧牲品。他的小說還以細膩的筆觸描繪了挪威農民的生活。

一九〇八年，與妻子離異的漢姆生，與比他小二十多歲的瑪麗結婚。婚後，漢姆生創作的小說《維多麗亞》曾轟動一時，這一悲劇故事被批評家列入世界愛情小說名著。由於傑出的史詩般的小說《大地的收穫》，漢姆生於一九二〇年榮獲諾獎。從此，他被視為「挪威魂」和挪威的民族英雄。

以諾獎獎章獎掖納粹

漢姆生從小深受德國文化影響，熱愛日爾曼民族。納粹上台後，漢姆生把當時的德國視為「族長政治」的楷模。二戰爆發後，他公開著文支持希特勒，但他並未正式加入挪威納粹黨。為了給納粹鼓掌，漢姆生把他的諾獎獎章轉手「頒發」給納粹文化教育部長戈培爾，在郵寄獎章給戈培爾時，漢姆生還附上他的「頒獎詞」：「諾貝爾規定他的獎金應當獎給具有理想傾向的作品。我不知道有誰能像你一樣，年復一年，如此不知疲倦，如此帶有理想傾向地通過寫作和演講道出了歐洲和人類的事務，部長先生。」

可是，曾經在柏林大張旗鼓焚燒「非德意志書籍」的戈培爾，並沒有把諾貝爾獎放在眼裡，因為在焚燒的書籍中，就有諾貝爾家族中最能名至實歸的作家湯瑪斯·曼的作品。戈培爾無恥地宣稱：「他們（非德意志作家）也許還可以苟延殘喘一會兒，這些先生們也許正在巴黎和布拉格的移民咖啡店裡，但他們的生命線已經被割斷了，他們只是接近死亡的行屍走肉。」，「猶太人登峰造極的唯智主義時代結束了」，「新智慧的長生鳥從這些廢墟上展翅而起，舊的已化為灰燼，新的將從我們內心的火焰中飛昇。」這大概就是漢姆生表彰的戈培爾的「理想傾向」！

一九四〇年納粹侵入挪威後，漢姆生開始直接為納粹效勞。一九四三年五月，漢姆生前往德國，得到戈培爾接見，六月間得到希特勒接見。從一部以漢姆生為題材的影片來看，被希特勒接見時，漢姆生一方面表達了他對納粹的景仰，另一方面又質疑納粹在挪威的某些不夠人道的行徑，弄得會談不歡而散。希特勒憤怒地表示：再也不要見這樣的臭文人了！儘管如此，漢姆生德國之行的消息傳到挪威，成千上萬漢姆生的讀者湧到書店，紛紛退回他的小說以示強烈抗議。

一九四五年五月六日，希特勒自殺後，在挪威一家報紙上，漢姆生為希特勒寫下了一則訃告：讚揚希特勒是「第一流的改革人物……我們，他的後繼者，為他的逝世鞠躬」。在戰後的挪威，八十六歲高齡的漢姆生和他的妻子瑪麗很快就雙雙被捕。

從民族主義到納粹主義

從一位傑出作家到投靠納粹，漢姆生的思路歷程值得研究。根據他本人的著作和北歐學者的研究，筆者經過一番梳理，把他的思路歸納為下述幾個重要方面。

首先，是狹隘的民族主義偏見使他中邪。

一九四七年十二月，挪威人民對漢姆生進行審判時，他在法庭上作了這樣的自我辯護：「我想強調，我那時是在一個被占領被征服的國家寫作，在這種關係中，我想提供關於我自己的某些簡單資訊：那時候，我們都期待在發展中的日爾曼世界共同體占據要位，我們或多或少都相信這一點。」

在晚年撰寫的回憶錄《濃蔭小徑》中，漢姆生繼續進行這種自我辯護。他談到，他認同納粹「占領的權力」，並且在報刊撰寫短文警告挪威人。當時，在他家裡也駐紮著德國士兵。他認為挪威人挑戰「占領的權力」是愚蠢而徒勞的，只能導致自身的毀滅。因此，他把眼光轉向希特勒和特波文。緊急時他日日夜夜發電報，關注挪威同胞的生死存亡。他的妻子瑪麗為他核對，按他的電報打電話，因為他自己近乎耳聾了。他辯護說，他那時可以像許多人一樣拋棄祖國，逃往瑞典或英國，然後回來充英雄。但是，他沒有逃。「我認為，留在這裡為祖國效勞是最佳選擇。我耕耘農田，煩惱中顯示了自己的最佳能力。那時國家一切都缺乏。其次，我用一枝筆為挪威在歐洲日爾曼國家贏得高貴地位。從一開始我就樂於這樣思考。做得愈多，就愈有趣，甚至感到迷迷糊糊。當我獨坐深思，我不知道在這整個時期，我做的是不是兩相抵銷了。我認為這是為挪威著想的一個偉大構想，非常值得奮鬥和工作：挪威，應當是歐洲邊緣一個獨立自強的國家！我和德國人民站在一起，同樣和俄國人民站在一起，這兩個強大的民族把手伸向我，他們將始終不會駁回我的要求。」

漢姆生承認，他的行為是喪失理智甚至是近乎瘋狂的。他那時茫然失措，因為挪威國王及其政府也開始流亡了。他強調說，他的目的是為了挪威成為世界上的偉大國家之一，因此犯了錯誤。

面對「賣國賊」的指控，漢姆生自稱他的靈魂至為寧靜，並且有最佳良知。可是，正如挪威《每日新聞》文化編輯本茲朗德在〈一半漢姆生！〉（一九九六年四月二十三日）一文中質疑的那樣，實際上，並非每個人都像漢姆生那樣「相信」一個神話，漢姆生與二戰期間的挪威人民的感情是不一致的。難道說，挪威抵抗運動中無數的抵抗者也相信日爾曼人的世界共同體嗎？

從自然崇拜到英雄崇拜

漢姆生思想上的兩大傾向，一是自然崇拜，二是英雄崇拜，前者主要繼承了盧梭和康德的傳統，走到極端，他甚至把科學視為空洞的技藝，視為一堆不可理喻的混合材料；後者繼承了尼采的「超人哲學」。他推崇「族長政治」，迷戀血統和種族的奧祕，取消個人對社會的責任。某些批評家把《大地的收穫》視為「尼采主義」在文學上的翻版。的確，這部小說，通篇具有強烈的拒絕現代工業文明、孤獨地返回原始自然的思想傾向，帶有明顯的反智主義（anti-intellectualism）色彩。他對科技、財富積累、工會組織和婦女解放一概持反對態度。對於女人，漢姆生只看重她們生兒育女的社會功能，他蔑視具有朦朧的女權主義意識的易卜生，並且嘲笑易卜生筆下的出走的娜拉，甚至出言不遜，說易卜生使得挪威蒙羞。

漢姆生既陶醉於自然的寧靜生活，又順從自然的野蠻力量，思想上帶有泛神論色彩。在《最近的歡樂》中，漢姆生這樣寫道：「我們處在『整一』中間。這就是真正的上帝。的確，我們自己就是整一的一部分。」這一思維在政治領域的轉換，便是屈服於無法戰勝的強權，把四時更替的自然規律轉換成黑格爾式的「歷史的必然規律」。當納粹興起，每個人作為自然的一部分的觀念，輕而易舉地轉換成每個人都是他所屬的民族或國家的一分子的集體觀念，從而抹煞了個體的獨立意義。

挪威文學教授吉特堂（Atle Kittang）在〈漢姆生與法西斯主義〉一文中指出：在漢姆生的政治神話中，德國是一個年輕的民族，應當力求發展，而英國則代表著衰老，儘管它用各種手段來保持青春。漢姆生的血統論幾乎到了以貌取人的程度，例如，他這樣對易卜生進行生理上的嘲笑：「這個偉大的詩人生產了一種噘起嘴皮的表達形式，把他的雞胸撐到不能再高的地步……。」

漢姆生不但嘲笑同行作家的長相醜陋，也嘲笑知識分子的道德關懷。他對易卜生的挑戰，實質上是對西方自由思想的偉大遺產和現代文明進程的挑戰。與此同時，他讚美尚武的英俊的「民族英雄」，甚至視其為形體美的理想。他把人在上帝面前的謙卑和服從，最終替換成對強權的服從，把個性的泯滅視為不可避免的甚至是充滿意義的犧牲。他對人在現代文明中的自由追求進行了冷酷的虛無主義的否定，如他的《水泵旁的女人》中所比喻的那樣，人的形象不過是庸碌的互相推搡互相踐踏的螞蟻而已，根本談不上人的尊嚴。

從浪漫主義到納粹主義

歐洲浪漫主義從來就不是一個統一的文化運動。德國浪漫派，與雪萊代表的英國浪漫派，雨果代表的法國浪漫派均有所不同。以消極浪漫主義占主導地位的德國浪漫派，是對西方文藝復興以來的人文主義和啟蒙主義的一種反撥。這一流派擔憂現代化過程將把傳統社會分裂為獨立個體，擔憂物質文明摧毀精神文明，因此強調具有民族特色或集體色彩的人生觀和美學觀。在他們看來，包括北歐諾曼人、英國人在內的日爾曼民族，即雅利安人種，是全世界最智慧、最健康、最完美、最有組織能力的民族。只有日爾曼民族才能引領全人類擺脫「世界末日」的厄運。因此，維持民族的純淨成了他們的共同理想。

德國浪漫派對二十世紀初葉的北歐，對瑞典學院，均有深刻影響。諾獎評選標準，最初把諾貝爾遺囑中提到的「理想傾向」解釋為「一種崇高而純潔的理想主義」，就是這種影響所致。瑞典學院諾貝爾委員會主席埃斯普馬克在〈諾貝爾文學獎〉一文中承認：「頒獎給比昂斯滕．比昂松、魯德亞德．吉卜齡和保羅．海澤，卻拒絕了列夫．托爾斯泰、亨利．易卜生和艾彌爾．左拉，就是依照這一以保守的理想主義（黑格爾哲學在本國的一種變體）為特徵的評選標準，它所主張的是教會、國家和家庭的神聖性，其理想主義的美學發端於歌德和黑格爾時代（十九世紀初期由費希特加以整理）。」頒獎給漢姆生，也可以作如是觀。

浪漫主義同樣崇拜自然。美國批評家洛文塔爾（Leo Lowenthal）在《文學與人的意象》中指出，「漢姆生對自然整體的認同可以無需費力，並且無幻滅之虞而達到極致。那些空想家想像中的人與自然的潛在統一，被表現為早已實現的統一：人生意義是在諸如洪水和大地等自然因素中發現的。」然後，他們把神話運用於法西斯政治。

將浪漫主義的漢姆生與現實主義的易卜生進行比較，不難發現，易卜生以其冷峻的觀察和思考提出了十九世紀末葉尖銳的社會問題，他筆下的許多人物，如出走的娜拉，處在權威控制（家庭專制）與自由追求的兩難之境中。易卜生的高明，在於他只提出問題，沒有救世的答案。如果說易卜生表現了自由追求的困境，那麼，漢姆生暗示了走出困境的解決途徑：投靠權威，服從權威。這樣一來，漢姆生就拋棄了、違背了並且挑戰了西方的自由主義的精神遺產，終於投向納粹懷抱。

從無產階級到恐怖主義

漢姆生筆下的工人階級，並不像馬克思主義者所描繪的那樣先進，那樣大公無私，那樣有組織紀律性。在他筆下，工人階級中的不同階層，人物形象形形色色。這是漢姆生小說中真實性的一面。在《漫遊者》中，漢姆生寫道：「無產者中間的那些紳士們為他們自己想得很多；他們蔑視農場工人，不想與他們打任何交道。」漢姆生筆下，除了農民之外，另一類重要形象是流浪漢。流浪漢喜歡波西米亞式的浪漫生活，作為邊緣狀態的流氓無產者，他們絕不會循規蹈矩。他們既可能捲入革命運動，也可能捲入納粹運動。在小說《神祕》中，漢姆生心愛的人物奧古斯特，就是一個殘酷的雞鳴狗盜式的流浪漢。他以偽浪漫主義請調，把都市風光視為缺乏驚雷閃電的「非英雄」的平庸生活。他呼喚「龐大的半神半人」式的英雄豪傑，他崇尚急風驟雨式的政治鬥爭和暴力行為。作者寫道：「這個大恐怖主義者是最偉大的，這一尺度，是撬動、提升世界的巨大槓桿。」這句話使人想起馬克思主義的「革命是推動歷史前進的火車頭」之類的比喻。

洛文塔爾指出：「扎根土地的農民和那些與無根相繫的波西米亞式的流浪漢，似乎是互相排斥的寵兒。但是，漢姆生之所以同情這兩種截然對立的類型，有其特定的邏輯。他們的共同特徵是拒絕有組織的都市文化，崇尚粗糙的難以調和的『自然』力量的運轉。偶爾也有些社會上的無根文人（他們已被稱為『武裝的波西米亞人』）為德國納粹披荊斬棘，鼓吹英雄崇拜，維繫在土地上的根。」為共產主義披荊斬棘的文人，有其追求社會正義和人生理想的一面，但是，納粹主義和共產主義均與恐怖主義有著密切的關係，容易走向嗜血的極端。

半是清醒半是糊塗

在《濃蔭小徑》中，漢姆生竭力為自己的叛國罪進行辯護，表現了異常清晰的思路。但是，在審判期間，漢姆生因精神異常被轉移到奧斯陸精神病院，被診斷為「一個精神能力長期被損害的人」，在那裡接受了四個月的檢查和治療。後來帶罪住進老人院的漢姆生逃脫了牢獄。

一個人的某種程度的清醒和糊塗，並非水火不容。我相信漢姆生的神經早在二〇年代就是不正常的。關於他獲得諾獎，據說漢姆生的朋友、瑞典學院常務祕書卡爾菲爾特起了關鍵作用。因此，當漢姆生領了獎金支票回到旅館時，堅持要把獎金與卡爾菲爾特以及另一位賞識他的院士均分，這當然遭到他們的拒絕。漢姆生繼而揚言或戲言，要把支票和獎狀送給照顧他的旅館服務員。可是，他把獎狀和支票都給弄丟了，第二天，別人在電梯裡給他找回來。漢姆生的病態，還可以從他的新浪漫派作品中發現一點端倪，一種病理上的轉換為納粹信徒的可能性。在他的筆下，浪漫的愛情，變成了男性施虐狂和女性受虐狂的變態，弱者似乎只有在對淫威、強權和暴力的順從中才能找到一種做愛的愉悅、生命的愉悅。

漢姆生的教訓

一九四五年希特勒垮台後，當挪威傀儡政權頭面人物奎斯林（Vidkun Quisling）被判處死刑時，漢姆生被判處通敵叛國罪，因病免除囚禁，罰款四十二萬五千挪威克朗（當時約折合為八萬美元，無異於剝奪了他的全部財產）。他留給世人的教訓是值得探討的。

諾貝爾獎曾經使不少名不見經傳的作家，甚至使得某些平庸作家暴得大名。漢姆生就是一個暴得大名的作家。無論是金錢的暴發戶，還是榮譽的暴發戶，一般都容易飄飄然，失去精神的定心力而濫掉、垮掉。

從一部以漢姆生為題材的影片中可以看到，在拘禁期間，警方讓漢姆生觀看了奧斯維辛囚徒受迫害的紀錄片，漢姆生驚異地發現，這是他前所未聞，難以置信的。他當時住在挪威一個小鎮，消息閉塞，耳朵聾了，聽不了挪威廣播，手頭只有一份德文報紙，對於當時局勢無法全面瞭解。由此可見，在緊要的歷史關頭，全面掌握各方面的資訊，對於參與者來說，是非常重要的。另一方面，漢姆生的時代意識形態滿天飛，有害的思潮，像細菌一樣腐蝕人的感官，侵蝕人的肌體，加以包裝後，容易使人誤認為良藥因而中邪，高級知識分子也難以倖免。除了人所共知的海德格（Martin Heidegger）之外，在諾獎作家中，西班牙小說家卡朱洛・荷西・塞拉，義大利劇作家皮藍德婁，都曾和法西斯主義有這樣或那樣的瓜葛，甚至T・S・艾略特也曾被視為一個隱蔽的法西斯分子。

在漢姆生的悲劇中，他的妻子瑪麗扮演了極為重要的角色。這是一個女強人，一個道地的納粹分子，是她牽著漢姆生的鼻子走。訪問希特勒的第三帝國，完全是在她的安排下進行的。她原本是一個漂亮演員、兒童文學作家。據某些批評家的分析，瑪麗在劇團曾經很想扮演某個角色，卻被導演和劇團拒絕了。數年後，她終於找到報復的機會，找到表演大角色的世界舞台。她利用了漢姆生耳聾的弱點，充當他的發言人，卻無需詢問他究竟要說些什麼，完全由她自己即席發揮。同時被捕後，夫妻兩人被隔離審訊，判決後得以見面，相對無言，但漢姆生對瑪麗顯然有責怪之意。瑪麗再次憑她的交際手腕，幫漢姆生出版了最後那本自我辯護的書。最後，夫妻達成諒解，在夕陽黃昏中，帶著遺憾離開了人世。

在長達七十年的筆耕生涯中，漢姆生留下大量作品，其中不少作品仍然被視為挪威的文化財富，並且在世界文學史上占有一席之地。許多人不得不承認這一矛盾現象：一位傑出作家，一位「挪威魂」，最後成了納粹的幫兇，成了「挪威奸」。

今天，奧斯維辛已解放六十多年了，可是，新納粹和新法西斯主義在歐洲有死灰復燃之勢。挪威乃至北歐的的新納粹「光頭幫」，當然希望從漢姆生那裡吸取靈感。因此，我們有必要區別漢姆生文學中的法西斯細菌和有益的文學成分，總結歷史教訓。

註釋

1 克努特・漢姆生（一八五九－一九五二），挪威作家，一九二〇年諾貝爾文學獎得主，從小深受德國文化影響，一九四五年因支持納粹而被挪威政府判刑。漢姆生可說是現代派文學之父，被稱為心理現實主義作家，代表作有《大地的收穫》（*Growth of the Soil*）、《飢餓》（*Hunger*）、《濃蔭小徑》（*On Overgrown Paths*）等。

驚醒是從夢境跳傘

特朗斯特羅默詩歌境界一瞥

二〇一一年獲諾貝爾文學獎的瑞典詩人特朗斯特羅默（Tomas Tranströmer 或譯川斯楚馬）[1]，早在一九五四年就以處女作《十七首詩》蜚聲詩壇。該詩集第一首〈序曲〉，起句如爆，奇峰突起：「驚醒是從夢境跳傘」。不言而喻，從超現實非理性的夢境高空跳傘，在一陣頭昏眼花、漫天飄遊之後，跳傘員就會落在現實的大地。詩人寫的是噩夢，因為接下來的兩行是：「擺脫令人窒息的漩渦／雲遊者降落到清晨的綠地」。

從夢境「驚醒」過來直面現實，可以理解為精神上的「醒悟」：現實原來並不那麼可怕，恐懼往往是我們自添的煩惱。而詩人精神冒險的醒悟及其藝術表達，又在啟迪讀者開悟。正是在這種意義上，瑞典學院以簡明的語言，概括了特朗斯特羅默的詩歌境界：「由於他通過凝鍊的若明若暗的意象，給我們提供了步入現實的新通道。」

太陽的賽跑

特朗斯特羅默詩歌的凝鍊，在很大程度上得益於他對日本俳句的研習和借鑒。詩人原來的職業是少管所的精神醫生，曾嘗試為一時失足的青少年寫俳句。他的俳句主要收集在詩集《大謎團》和《送葬小舟》中，後者書題的靈感來自匈牙利音樂家李斯特的同名鋼琴獨奏曲。由此可見詩人作品富於音樂性和東西方文化融合的特徵，例如：

白色的太陽／獨自跑向死亡的／蔚藍色山崗

此處擬人的太陽，用詩人的一首名詩的詩題來說，是「半完成的天空」的大意象，但它同時是不斷臻於「完成」的人類的象徵。這個賽跑運動員，像普通人一樣有他的怯懦或煩惱，但在途中，很可能「怯懦中斷其路程／煩惱中斷其路程」。正如詩人在〈復活〉中所寫到的那樣：「時間不是一條直線，而是一座迷宮」。在時間的迷宮中探索，有可能找到人生的轉捩點，從而贏得新生。詩人寫的是宇宙和人的生生死死，但他並沒有把死亡寫得十分陰暗，因為修飾山崗的蔚藍色，在西方文化中，往往是基督教的神聖象徵。遼闊的天空和大海的蔚藍，給人以深邃、包容、博大、寧靜的崇高感。

上帝的石磨

特朗斯特羅默自稱「半個基督徒」。他的短詩〈騷亂的沉思〉，詩題把劇動和極靜糅合起來，兼含基督教義意與禪宗的意蘊。開頭三行如下：

風暴驅策磨坊的帆翼狂野地轉動／在夜的黑暗裡，碾磨虛無——你／以同樣的法則守夜。

石磨是特朗斯特羅默常用的比喻，例如在同一詩集的〈午睡〉一詩中，「磨坊水輪像雷鳴一樣轉動」。西方文化的一個傳統比喻，是把上帝喻為磨坊主，把石磨視為人類文明的象徵。美國詩人朗費羅（H. W. Longfellow）在〈神的正義〉（Retribution）中寫道：「上帝獨立磨坊，／萬千水輪悠揚，／轉呀轉，耐心等候細細磨，／把人間的不平磨成祂的天堂。」在《舊約》中，推磨的聲音與蠟燭的閃光同為神聖精神的象徵。在T．S．艾略特的名詩〈東方智者之旅〉中，三位智者在尋主的山道上就聽到「隨著急流水磨敲打黑暗」的聲音。

與朗費羅和艾略特不同的是，特朗斯特羅默在水磨中融進了東方文化的意象，即在他的詩中常見的與佛教禪宗相通的「虛無」、「空無」、「空性」之類的字眼。

封閉的教堂

在基督信仰深厚的西方，宗教懷疑主義思潮在十九世紀就開始蔓延開來。英國詩人阿諾德（Matthew Arnold）在《多佛海灘》（*Dover Beach*）中，對曾經潮滿的「信仰之海」的退潮深感憂慮。導致這種現象的重要原因，是政治紛爭和戰爭烽煙。

特朗斯特羅默在詩中表達了他在當代的同樣憂慮。在十七首詩的〈尾聲〉中，詩人採用了與阿諾德類似的比喻：「上帝的精神像尼羅河潮漲潮落」。在他的小傳《記憶看見我》中，特朗斯特羅默談到，他青少年時代的「政治」本能完全是衝著戰爭和納粹而來的。假如他發現他所喜歡的某人實際上是「親德」分子，那麼，他立即會感到內心的緊張，他們之間因此不可能有任何情感交流。由此可見，特朗斯特羅默是一個天生的和平主義者。後來日益成熟的這位詩人，雖然改變了非黑即白的思維方式，但反戰是他一貫的立場。這一點鮮明地表現在他的〈一九七二年十二月之夜〉一詩中，全詩如下：

我這個隱身人來了，也許被一個偉大的記憶雇請／叫我活在當下。我驅車經過／封閉的白色教堂——一位木頭聖徒站在裡面／微笑，無助，彷彿有人已摘掉他的眼鏡／他孤獨。一切別的都是當下，當下，當下。萬有引力定律／逼迫我們／撞擊我們的日工我們的夜夢。這場戰爭。

這首詩的寫作背景是：一九七二年底，美國發動的越戰硝煙彌漫。對北越的聖誕轟炸，引起瑞典和世界輿論對美國政府的廣泛批評。特朗斯特羅默的這首詩彷彿是對這種反戰輿論的詩的呼應。詩人把歷史人格化為一個隱身人，見慣了時代的風雲幻變。阿諾德時代的懷疑主義，以「封閉的白色教堂」和「木頭聖徒」等形象更生動地展示出來。「這場戰爭」，在歷史老人眼裡，是千古血戰的捲土重來。

在詩人的波羅的海彼岸，信仰危機和隱形戰爭狀態更為嚴重。特朗斯特羅默的〈被驅散的會眾〉所寫的是權勢者對宗教的打壓，尤其是猶太人的散居：「教堂裡：拱頂和廊柱／白如石膏，如石膏繃帶／包裹著信仰折斷的手臂」。但詩人相信：轉入地下懸掛在陰溝裡的教堂大鐘，仍然「在我們的腳下敲響」。

這種黑暗與光明之爭的原始的文學母題，在〈禮拜後的風琴獨奏〉中以一個鮮明對比的形象表現出來：「劊子手操著石頭，上帝在沙上書寫」。在這裡，魔鬼似乎比上帝更強大。但是，詩人仍然表達了他的堅定信仰。因為他暗用了兩個典故：耶穌曾以反諷口吻叫那些「沒有罪的」用石頭去砸那個行淫的婦女，而他自己則在地上用手指寫字。二是英國詩人斯賓塞（Edmund Spenser）在組詩《愛情小唱》（*Amoretti*）的一首詩中寫到，詩人兩度在沙灘上寫下他戀人的名字，都被潮水沖洗掉了。儘管如此，詩人對他的戀人說：「我的詩韻讓你的美德永恆，／天國中寫下你的榮名。」特朗斯特羅默讓耶穌扮演了偉大詩人的角色，他雖然在沙上寫字，可能一時被懷疑主義的潮水沖掉，但「太初之言」畢竟無法從人們的心中沖洗乾淨，是永恆不朽的。

失語的困境

儘管許多詩人像斯賓賽一樣想捕捉美德，書寫美德，但落筆時往往感到詞不達意。英國詩人狄倫．湯瑪斯（Dylan Thomas）的名詩〈引爆花朵的綠色導火索的力〉表現的就是這種語言的困境或失語症。其中一節涉及到死刑或宗教、政治迫害，大意是：我失語，無法告訴那被絞死的人，我會怎樣死於同一個絞刑吏。這裡的悖論是：無法用語言描繪的真實，或不可言詮的真理，卻有可能甚至只能用詩的語言來凝鍊地表達。

從病理學的角度來看，失語症是由於大腦受傷導致的一種病症。特朗斯特羅默在九〇年代以來就因中風癱瘓，同時罹患失語症。但是，在他患病之前，失語症就已經成為其詩作的一個重要主題。早在〈四種氣質〉中，詩人就寫下一個精妙的比喻：「審視的眼睛把一束束陽光變成一根根警棍」，這句詩可以作為

「政治失語症」的根本原因的一種解讀。

他的敘事長詩〈波羅的海〉更是這方面的代表作。詩人寫到一位音樂家，在他的國家，「有些事情想說，但詞語不願附麗其上。／有些事是不能說的／失語／無詞但也許有一種方式」。因此，音樂成為一種特殊的語言。罹患失語症卻卓有成就的音樂家當上了音樂學院院長，可好景不長，他很快被捕，受到審判。慘遭迫害的音樂家被「平反」之後，只能為他自己不懂的歌詞譜曲。

特朗斯特羅默之所以寫這樣的故事，一方面是他對音樂的特殊愛好，另一方面是他與前蘇聯的作家或詩人有交往，關注並瞭解那裡的情況。〈給境外的朋友〉，就帶有自傳色彩，詩人寫給拉脫維亞的朋友們的短信，落在檢察官手裡。屬於同類題材的〈悲歌〉（一九六二），寫到一位旅行者歸來之後的情形：他操起筆又只好擱筆，因為

太多的事既不能寫也不能緘默！／遠處發生的事使他茫然失措／儘管奇異的旅行包像一顆心一樣悸動

全詩有一個小故事的構架，但留下一些疑點，一些空白，給讀者留下了想像的餘地。詩中的主人公是開著運貨卡車回家的。他是從一個極權國家回到自由國家還是在境內往返，詩人沒有明說。假如這首詩帶有自傳性，屬於前一種情況，那麼，生活在自由社會的特朗斯特羅默並沒有「不能寫」的問題。他所苦惱的，也許是如何以非政治的語言來寫政治問題。假如屬於後一種情況，那麼，詩人似乎在為那些沒有寫作自由的作家代言，因為「太多的事既不能寫也不能緘默」，正是他們的一種內心掙扎和苦悶。

就前一個問題，即詩人如何表達政治題材的問題，特朗斯特羅默已經作了很好的嘗試。他善於以日常生活的細節來反映重大社會問題。在〈打開的窗戶〉一詩中，詩中的主人公在視窗前以電動剃鬚刀刮鬍子，在他的想像中，剃鬚刀的咕嚕咕嚕的聲音竟然「膨脹為一場騷亂／膨脹為一架直升機」。在他的幻聽中，一個飛行員尖叫：

「睜開你的眼睛！／這是你最後一次觀看這一切。」

原來，詩人以小見大，暗示的是六〇年代美蘇冷戰時期的那場古巴導彈危機。詩人向人類提出了一場核戰爭可能逼近的警告。

權力的解構

特朗斯特羅默大多數作品的朦朧色彩，使得他一度受到瑞典左翼的批評。中國文革時期，瑞典的左翼人士十分活躍。筆者收藏了一本「革命樣板戲」的瑞典文譯本。插圖中的戲劇裝扮，曾經是瑞典左翼青年的時尚。當時有位青年頭戴一頂紅軍八角帽，詰問特朗斯特羅默說：「在這樣一個時代，你怎能寫作這樣內省的詩歌？這樣非政治？你像一隻把頭埋在沙裡的鴕鳥。」

實際上，在骨子裡，特朗斯特羅默是關注人間不平同情弱者的隱形左翼。在〈沒有終端的內門〉中，詩人寫下了他對華盛頓白宮的觀感：「火葬場式的白色建築／在那裡窮人的夢化為灰燼」。

當然，特朗斯特羅默與中國所謂的左派很不相同。用朗費羅的比喻來說，特朗斯特羅默不是激進的，而是悠揚轉動的上帝的一個石磨。他以詩的語言解構權力結構，盡可能避免簡單化的政治語言。他的〈宮殿〉一詩，就可以視為這種間接「介入」的傑作。

雪萊在名詩〈奧席曼德斯〉中寫到：一位遊客在沙漠上見一尊王侯石雕殘像，但權力欲仍然殘留在石像底座的銘刻上：「奧席曼德斯，朕乃王中王。／千秋垂功業，萬世壓強梁！」可是，一片寂寞平沙彷彿在嘲笑當年的霸主。特朗斯特羅默的〈宮殿〉，很可能受到雪萊的影響。詩人寫到「我們」在參訪一座廢棄的古代宮殿時，看到一尊孤獨的戰馬雕像，當年縱橫馳騁的駿捷豪氣，此刻，「比一枚海螺吐納的氣息更微弱」，卻仍然「嘟囔著尋找權力」。接著，詩人彷彿聽到了沙漏中細沙滴滴的聲音，因為時間是解構權力的最偉大的力量。再次觀賞戰馬雕塑時，「我們」看到「它碩大如巨人，／幽黑如鐵。權力的象徵／在帝王下台時被人棄置。」詩人同時更清晰地聽到了一種聲音：

那匹馬說：「我是僅有的大一。／我甩掉了跨在我背上的空無。／這是我的老櫪。我在悄悄生長，／我在吞噬此地的沉寂。」

特朗斯特羅默虛構的「僅有的大一」與雪萊虛構的銘刻「王中王」的豪語，可謂異曲同工。任何時代，作為權勢者的人與馬的最終下場，是被歷史冷落，被荒原嘲諷。

明乎此，就不難理解特朗斯特羅默對詩的界定：「一首詩無非是我在守夜時做的一個夢。」他在精神守夜中以醒悟的夢為重要意象的詩歌，其深厚的人文意蘊在於：它們不僅給我們提供了步入現實的新通道，而且讓我們站在這個通道回眸歷史，夢想未來。

（本文所引特朗斯特羅默的詩歌，係筆者根據瑞典文原文翻譯。）

註釋

1 托馬斯·特朗斯特羅默（一九三一—），瑞典詩人、心理學家、翻譯家，二〇一一年諾貝爾文學獎得主。著有詩集十餘卷，並被翻譯為六十多國語言，一九五四年以處女作《十七首詩》（*17 dikter*）蜚聲詩壇，代表作有《大謎團》（*Den stora gåtan*，或譯《巨大的謎語》）、《送葬小舟》（*Sorgegondolen*，或譯《悲傷的鳳尾船》）等。

柏格曼與他的黑暗電影

二〇〇七年七月三十日，瑞典國寶級藝術家，電影大師英格瑪．柏格曼（Ingmar Bergman）[1]在他避居的法羅島逝世的當天，瑞典舉國悼念，晚間電視節目立即播放了預先製作將連播幾晚的文獻紀錄片，分別題為《柏格曼與電影》、《柏格曼與戲劇》和《柏格曼與法羅》。紀錄片以老年柏格曼接受訪談的自述為主，不斷閃回他個人成長和創作生涯的歷史鏡頭。

影片開頭，一個拄著手杖的老人在波羅的海海濱，遙望遼闊的海空，波濤應和著他內心的呼喚。接著，他退回到相形見小的寓所，劃燃一根火柴點亮一盞煤油燈，以少年時代玩過的手搖電影放映機播放了一段影片膠帶：那是一個著黑衣一個著白衣的兩個喜劇丑角打鬥的情形，一個骷髏在背後露出了猙獰的面目……

這幾個簡單的鏡頭，洗練地暗示了柏格曼電影藝術的美學特徵和思想特徵：以小見大的時空變幻，「黑暗電影」的明暗對照，光明與黑暗之爭的原始文學母題的現代變奏，悲劇性衝突及其喜劇性緩解。

柏格曼影片中的時空的詭譎，是「籠天地於形內」的藝術，是「一滴露珠見宇宙」（借用諾貝爾獎頒發給瑞典作家Harry Martinson的評語）的藝術。有時，一個畫面捕捉的意象，有遼闊的太空和浩瀚的心靈世界。在《假面》（一九六六）中的兩個女人在陽光下比兩雙手的場景中，那兩雙同樣優美、看不出區別的手，可以令人聯想到宇宙的同一性，人與宇宙萬物之「道」的同一性。一個掛在牆上的古老的時鐘，是柏格曼影片中常見的意象，例如在成名作《夏夜微笑》（一九五五）和收山作《芬妮和亞歷山大》（一九八四）中。它的清晰的滴答聲，變幻出來的聖樂和相應的蒙太奇組接，似乎在暗示上帝的形象與時間合二為一的趨向。

往往與恐怖和死亡結緣的「黑暗電影」（dark film），與布雷克、雪萊、愛倫坡、里爾克、波特萊爾等人為代表的「黑暗詩歌」（dark poetry）的美學原則是相通的。其要義，可以追溯到亞里斯多德關於悲劇要「淨化」憐憫和恐懼之情的美學觀。黑暗藝術家揭示了生活的悲慘痛苦陰森可怖的一面，但是，當他們以審美眼光捕捉「黑暗」時，往往透露出些微世界的亮點或人性的閃光。

無疑，柏格曼對於世界和人性是悲觀的，對上帝是懷疑甚至詰難的，但他不是絕望的。一九七六年，當他把莫札特的歌劇《魔笛》搬上銀幕時，他以幽靈造成恐怖氣氛，但幽靈最終被馴服了，一個亮麗的童話世界塗抹了比柏格曼的其他影片更多的暖色。《夏夜微笑》是一部有輕喜劇色彩的影片，卻含有一個人物由於繩子斷裂上吊未遂的黑色幽默，並且讓自殺者經由愛而獲救。柏格曼自編自導的《第七封印》（一九五六）被西方評論家廣泛視為「黑暗電影」的經典，但在中文影評中卻很少有人使用這一美學概念。故事發生在黑死病流行的中世紀「黑暗時代」，十字軍騎士布洛克在東征之後遇到了人格化的死神，他要求和死神賭一盤棋，輸了就讓死神帶走。在對弈斷斷續續進行的旅途中，他悟出了拯救之道，儘管最終輸了棋。在這裡，布洛克至少經歷了兩次「死亡」：遇到死神的那一剎那的「儀式性死亡」和最後經歷的「真正的死亡」。有誰能避免一死呢？有誰能絕對地否定死亡不是另一次生命的開始呢？因此，看《第七封印》，就像讀《埃及生死書》，更像讀《西藏生死書》，因為它不僅有超現實的夢幻，而且在預示現代危機時，以「儀式性死亡」和「真正的死亡」向我們表示：死神並不那麼可怕，死亡是生活的一部分。

集中而強烈的衝突，是古典戲劇的鮮明特徵。同時作為戲劇編導的柏格曼深諳此理。相對晚起的綜合性電影藝術，雖然可以沖淡卻無法消解戲劇性衝突。柏格曼的電影，並沒有疏離現代社會的種種矛盾，他強調個人和獨立的藝術對社會邪惡的反抗，把人物內心的裂變作為關注的焦點。正如法籍波蘭電影大師奇士勞斯基（Krzysztof Kieslowski）在〈柏格曼的《沉默》〉一文中所概括的那樣，柏格曼影片中的牴牾，往往展現在「愛與恨，死亡的恐懼和休棲的渴望，妒忌與寬容，恥辱的痛感與復仇的快感之間」。

一九三四年，就讀中學的柏格曼曾在到德國度假時，參加了一次納粹黨成立的紀念大會，激發了少年的狂熱，但他後來看到的納粹的殘酷使他感到震驚，長期難以擺脫自我犯罪感。四十多年後，他在德國編導的《蛇蛋》揭示了孵化納粹和法西斯主義的溫床。在此之前的《沉默》，表現的是二戰陰影下「上帝沉默」時人物的「地獄之旅」。在《羞恥》中，兩個不關心政治的音樂家在內戰中避居孤島，卻由於戰火蔓延而莫名其妙被當作通敵者逮捕。柏格曼把戰爭處理成為「荒誕的邪惡」，根植於私慾，根植於兩雄相斥的「自我」的膨脹。你可以說它們是反戰電影，但絕不止於反戰。它們或多或少像表現人物的靈魂之旅的《野草莓》等影片一樣，長於以恐怖的夢境、豐富的視覺意象、閃回鏡頭、主觀鏡頭和極端特寫等手法，展示現實生活的重重魔影，並且借重佛洛伊德的精神分析，以室內心理劇的結構形式深入人物內心的幢幢暗影，尤其是性心理，探索人的生死奧祕以及人與上帝的關係，人類拯救的可能性等形而上的問題。在

《芬妮與亞歷山大》中，亞歷山大與他繼父之間，交織著人物的外部衝突和內心衝突。在《柏格曼論電影》一書中，作者提到，在該片和他的《狼的時刻》、《面孔》、《沉默》、《面對面》和《假面》中，都有人格分裂的人物。正是出於對人物的內心衝突的迷戀，他曾執導了莎士比亞的《哈姆雷特》。

莎士比亞和瑞典的史特林堡（August Strindberg）等著名戲劇家，是青年柏格曼在斯德哥爾摩讀大學時最景仰的作家，他尤其喜歡史特林堡受佛教影響的《夢幻劇》。後來，柏格曼曾三十多次執導過史特林堡的戲劇。

享年八十九歲的柏格曼一九一八年出生於瑞典烏普薩拉，父親是瑞典國教路德宗牧師，但對兒子卻很嚴厲。從柏格曼自傳《魔燈》可以看出，他的少年時代是在家庭和學校的雙重壓抑下度過的。一九四四年他寫的第一個電影劇本《折磨》，尖銳抨擊了瑞典的學校教育制度對學生的粗暴和高壓。五、六〇年代之後，柏格曼日益享譽國際影壇，多次獲得坎城電影節金棕櫚獎和奧斯卡獎。而老年的柏格曼，卻有其內心的孤獨和失落。在《柏格曼論電影》中，作者表示：「我獨身一人，結過幾次婚，耗去不少錢財。我有許多子女，卻與他們不大熟悉，有的甚至完全不認識。作為一個人，我徹底失敗了，因此，我轉而努力當個優秀藝人。」

敢於與魔鬼打交道但絕不把靈魂出賣給魔鬼，是黑暗藝術家必要的勇氣和操守。因此，以《第七封印》的主角布洛克命名的一個紐約樂隊演唱的〈我推算魔鬼的年齡〉（I Dated The Devil），可以借來悼念柏格曼的逝世：

我在推算魔鬼的年齡／因為道路漫長坎坷／許多時光我們一起度過／我折斷了他的頭角／此刻我像個孩子一樣哭泣／因為耶穌要拯救我／我等候復活

《聯合報》二〇〇七年八月十二日

註釋

1 英格瑪·柏格曼（一九一八－二〇〇七），瑞典電影、劇場、歌劇導演，導演過六十二部電影，以及超過一百七十場的戲劇，被譽為近代電影最偉大且最有影響力的導演之一。代表作有《第七封印》（*Det Sjunde inseglet*）、《夏夜微笑》（*Sommarnattens leende*）、《芬妮和亞歷山大》（*Fanny och Alexander*）等。

第七輯

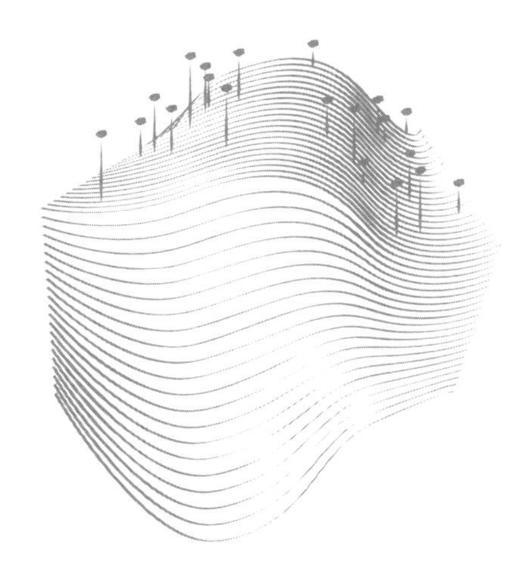

拯救世界的時間和藝術美

紀念索忍尼辛逝世

史達林的囚徒索忍尼辛（Alexander Solzhenitsyn）[1]，從上世紀六〇年代被蘇聯作協定為「蘇聯作家的叛徒」並開除會藉之後，經歷了二十年流亡生涯，九〇年代終於漂泊歸來，於二〇〇八年八月五日逝世。作為俄羅斯的偉大作家，長眠的索氏享受到國葬的殊榮。造成這種戲劇性變化的，是時間和他創造的藝術美。

依照索氏信仰的基督教（東正教）線性時間觀，從創世紀到末世拯救，是一段有一定長度的時間——不管人類還要等待多少個千禧年。在這種意義上，我們可以說，時間能夠拯救世界。但是，索氏卻說了一句相反的話：「時間不能拯救一切。」

這兩句話，可以視為一組二律背反的正題和反題。索氏的意思是說，一個人如果沒有基督信仰，沒有精神追求，那麼，不論他有多少「時間」多麼高貴，都無法帶來救贖和人性的提升，甚至會帶來原欲和原罪的蔓延。由此可見，索氏沒有超越基督教人文主義，沒有走出斯拉夫民族主義的樊籬，沒有真正擁抱歐洲文藝復興和啟蒙運動以來的普世人文主義傳統。

索氏的這句話，在他的一九七八年哈佛大學演講中得到進一步發揮。他在批評西方的自由主義和物質主義時說：「自由主義不可避免地被激進主義取代，激進主義不得不向社會主義投降，而社會主義從來就不能抵抗共產主義。共產主義體制得以在東方站立和發展，是由於得到西方知識分子大量的熱情支持，那些知識分子感到一種血緣關係，拒絕看到共產主義的罪惡。」「整體的解放源自基督教千百年來仁慈和犧牲的豐富的道德遺產。國家體制，一度成了日益徹底的物質主義的。」因此，索忍尼辛認為，沒有基督教遺產的人文主義，不能抵抗物質主義的競爭或物欲潮流的氾濫。「只有自願的，有靈啟的自我約束，能夠把人類提升到物質主義的世界潮流之上。」

索氏對西方社會的批評，曾經引發美國知識界的反感。實際上，索氏對物資主義的批評是正確的。但是，他通過簡單的推論，把自由主義與共產主義掛鈎，把共產主義肆虐的原因在很大程度上推諉給西方知識分子，尤其是西方左派，那就失之偏頗了。從上引的這段話中，我們既可以發現索氏文學創作的亮點，又可以看到他思想的盲點。

儘管如此，索氏流亡後的認識誤區並沒有影響他在此之前的文學創作。首先，索氏以真實的聲音揭露了共產蘇聯的罪惡。他的成名作《伊凡．傑尼索維奇的一天》（又名《集中營的一天》）的主人公，原本蘇聯衛國戰爭的戰士，被德軍俘虜後好不容易逃回部隊，卻被打成「德國間諜」，關進「自己人」的監獄，像許多無辜者一樣遭受非人的折磨。帶有自傳色彩的小說《癌症病房》，包含作者勞改、流放中的見聞，借一家醫院幾個癌症病人的心路歷程和治病經過，揭露蘇共的「肅反」對千百萬人心靈的傷害。《古拉格群島》全面描寫了十月革命後遍佈蘇聯的監獄、勞改營和流放地如何像「群島」一樣，成為蘇聯的「第二領土」，對人的尊嚴的殘酷踐踏終於激發勞改營犯人的反抗。

被某些人識為「傻老頭」的索氏，是一個老天真的孩子，是一頭頂橡樹的牛犢，他始終在說：那個皇帝沒有穿衣服，真的沒有穿衣服啊！他認定的原則是：恒久的比瞬間的偉大，天國的比俗世的偉大，靈性的比政治的偉大。

索氏力求以屬靈的道德力量來抗衡任何一個社會中的物資主義。一九七〇年瑞典學院把諾貝爾文學獎頒發給他，就是「由於他憑藉道德力量發揚了俄羅斯文學不可割斷的傳統」。

在索氏那裡，真實的聲音與道德的力量和藝術美是糅為一體的。在藝術上，索氏把文學這種語言化成了帶有音樂和繪畫色彩的時空藝術。《伊凡．傑尼索維奇的一天》有悲劇性反諷和高超的濃縮時空的技巧。《癌症病房》敘述的多個癌症患者的故事及其面對死亡時的人生態度，可以見出音樂中多聲部的複調手法，旋律的不協和音和互相補充、互相映襯的聲部深化了小說的主題。在《古拉格群島》中，悲劇底色之上，偶爾也塗抹著喜劇性反諷和諷刺。

杜思妥也夫斯基曾經預言：「世界將由美拯救」。在題為「為人類而藝術」的諾獎書面演說詞中，索氏談到，他曾不理解這句話，苦苦思索後，他終於認識到文學藝術的力量：「真正的藝術品均含有顛撲不破的真理，有說服力的真理，它能使最頑固的心靈折服。……顯然，文學藝術能夠拯救世界。」索氏最初之所以不理解，是因為他心目中有這組二律背反中的反題：文學藝術不能拯救世界。但他終於悟出了它的正題。這裡值得注意的是，所謂「美」，有各種不同的形態，諸如崇高、秀美、幽默等等，均屬美的範疇。而杜思妥也夫斯基所代表的俄羅斯精神，側重的是悲劇性崇高。愛爾蘭詩人謝默斯．希尼說：「在一種意義上，詩的功效等於零——從來沒有一首詩阻止過一輛坦克。在另一種意義上，它是無限的。」這是對類似的二律背反的生動說明。的確，從當下短時間來看，百無一用是書生；從長久的時間來看，莫道書生空議論。正如提出二律背反概念的康德所強調的那樣，建築在人類理性的本性上的二律背反，克服了獨斷認識的片面性。

美國信佛的藝術教授阿格勒斯（Jose Arguelles）曾以「時間就是藝術」一語來取代「時間就是金錢」的口號。實際上，時間並不能天然地等同於藝術，而是有待我們把時間，把人生變為一種藝術，它有賴於生活對藝術的模仿。這正是阿格勒斯所要鼓勵的，即以藝術美來顛覆物質主義或拜金主義，走向集體涅槃。因此，索氏的那句名言的正題是：時間能夠拯救一切。依照佛教的迴圈時間觀，它可以得到更好的闡釋。

可以說，索氏是蘇俄共產帝國的最後一位偉大作家，同時也是民主俄羅斯的第一位作家。如果說，杜思妥也夫斯基、托爾斯泰、巴斯特納克、索氏這些偉大作家，代表的是一種以（崇高）美拯救世界的創作傾向，那麼，在蘇聯解體俄羅斯走向民主之後，在社會的悲劇性衝突得到極大緩解之後，取而代之的，是當代俄羅斯女作家帕楚謝芙斯凱婭（Lyudmila Petrushevskaya）宣稱的「世界將由笑來拯救」——這是以喜劇性的溫和的幽默和諷刺的笑來面對一個不成熟的民主社會，並力求完善它，甚至力求拯救全世界的一種藝術嘗試。

但是，人們不會忘記索氏的文學作品在推動蘇俄偉大的歷史轉型過程中所起的作用，在繼續欣賞他所創造的藝術美的同時，也會審視他的思想局限。

二〇〇八年八月

註釋

1 亞歷山大・伊薩耶維奇・索忍尼辛（一九一八—二〇〇八），蘇聯—俄羅斯的傑出作家，在文學、歷史學、語言學等許多領域有所成就，一九七〇年諾貝爾文學獎得主，代表作為《伊凡・傑尼索維奇的一天》（*One Day in the Life of Ivan Denisovich*）、《古拉格群島》（*The Gulag Archipelago*）、詩作《普魯士之夜》（*Prussian nights: a narrative poem*）等。

死的靜美和愛的真切

紀念辛波絲卡之死

曾經有位女詩人被一個「神祕黑影」從背後逮住，她以為是死神，但銀鈴般的回音告訴她：「不是死，是愛！」英國女詩人白朗寧（E. B. Browning）夫人的這首詩（《葡萄牙十四行詩》第一首）告訴我們：愛與死的體驗有酷似的一面，歷來是文學中兩個密切相關的主題。我們在抒情詩中不難發現死與愛共有的美。

二〇一二年二月一日，當類似的「神祕黑影」抓住了波蘭著名女詩人、諾貝爾文學獎得主辛波絲卡（Wisława Szymborska）[1]，這位八十八歲高齡的詩人在睡夢中安詳離世。她筆下死的靜美和愛的真切，再次縈繞在我心頭。在〈我設計世界〉一詩中，辛波絲卡寫道：

當你睡著了——／死亡降臨。／你夢見／再也不需要呼吸，／窒息的寧靜／是你美妙的音樂，／你——小如一閃／在旋律裡燃盡。

辛波絲卡之死恰如她自己設計的那樣。詩人在她的詩歌的旋律裡燃盡了。以藏傳佛教的觀念來看，詩人正走在中陰路上，處在兩個情境之間的中間地帶。辛波絲卡的某些詩，完全可以用中陰概念來闡釋，例如她的〈洞〉：

在路上，虛無。／只有滴落的濕氣。／黑暗和寒冷。／但黑暗和寒冷／在一陣大火燃盡過後，／虛無——只不過／在一頭以赭色描畫的野牛背後。／虛無——即使某物尚未完成，／在持續的掉轉頭的／抵抗過後。／因此，「美麗的虛無」——／值得大寫字母。／反對空虛的日常生活的異端，／未改宗的信仰和超越差異的驕傲。／虛無——依舊在我們身後／彷彿在那兒／噬咬我們的心／吸吮我們的血。／虛無——這就是我們的舞蹈，／從未跳出來的舞蹈。／在火炬的光焰中閃現著／你的臀部、脖頸、雙手和臉頰……

虛無，在西方是存在主義的一個概念。在海德格眼裡，虛無即死亡，是本體論的要素，與存在幾乎沒有什麼差異；在沙特眼裡，虛無起於人對現實的不滿，對現實的否定與超越，其根子在於自由，也就是說，是我們在為了自由而進行選擇時所遇到凶吉未卜這一事實——當然也包含死亡的可能性。因此，虛無的概念接近於佛教所說的空性，虛無之路接近中陰。

與存在主義者面對虛無的基本法式不同，辛波絲卡將虛無美化為最富於詩意的藝術形式。雖然，詩人首先以沉重的濕氣、黑暗、寒冷、燃盡的火焰等陰森的意象渲染出一種恐懼的氛圍，但詩人筆鋒一轉，便把我們帶到虛無的音樂和舞蹈的美妙中。這也許有點荒誕。按照卡繆的觀點，荒誕就是人的欲望與欲望不可能實現之間的深淵。殘酷的人類歷史和現實告訴我們，不但人對世界和社會提出的過高的欲望無法滿足，而且連人的某些最基本的生存欲望，最起碼的權利，也往往得不到滿足，也是我們的「從未跳出的舞蹈」。而這種未能滿足的欲望，有時屬於一種理想美。對辛波絲卡頗有影響的希臘現代詩人卡瓦菲（C. P. Cavafy），在他的〈欲望〉一詩中，未能滿足的欲望

> 像美麗的死屍，它再也不能長大／躺在那裡，含著眼淚，在輝煌的陵墓中，／頭上薔薇繚繞，腳跟茉莉芬芳。

在卡瓦菲筆下，這種美是一種存在的美，也是一種理想美。而在辛波絲卡的詩中的這類似的比喻中，這種美是虛無的美、死亡的靜美。

但是，辛波絲卡筆下的虛無之美，來自人類對智慧的追求，是品嘗禁果的甜蜜，是「來於塵土，歸於塵土」的必然結局；作為「未改宗的」的「異端」，是與空虛的存在相對立的有價值的死亡，作為「超越差異的驕傲」，便是在死亡中的永恆。

愛情和愛情的昇華可以使人臻於永恆。辛波絲卡第一次婚戀並不成功，兩人沒多久就離異了。如果可以以辛波絲卡的〈在孤獨的小星下〉（一九七六）一詩作為內證的話，詩人的第二次婚戀更帶有玫瑰色彩。詩人寫道：「我向舊日的戀人道歉，因為我對新人如同初戀。」令詩人傾慕的菲利波伊茲是一位自然科學家，後來成了小有名氣的小說家，同時，他也是釣魚專家和愛養貓的男人。伉儷情深，他們經常一起

垂釣於湖濱。辛波絲卡也同樣喜歡寵物。一九九〇年，詩人不幸失去了她的這位生活伴侶。那是一個漆黑的冬夜，年屆七十七歲的菲利波伊茲在廣場散步時突然滑倒在地，不久便去世了。詩人的兩次婚戀都沒有生育子女，菲利波伊茲逝世的挫折，給詩人留下了終生孤獨，思念之情既朦朧又清晰地不斷反映在她的好些詩裡。在〈空樓裡的貓〉（一九九三）一詩裡，詩人借一隻貓的眼睛，悲哀地詠嘆道：

> 死——不要這樣對待一隻貓。／那貓將要到那裡去／在這空空的樓層裡。

同年，詩人還寫了悼亡詩〈告別一片風景〉，對失去的親人表達了深切的懷念：當春風重臨大地，一片新綠之時，詩人漫步在湖濱，想到人的生命的脆弱……

> 岸柳成行／不會使我痛苦，／是什麼又在嘆息。／我感到／——彷彿你依舊活著——／湖畔可愛如昔。

接著，詩人以那些在湖畔親暱的情侶來反襯自己的孤獨。甚至對人生感到厭倦：

> 與君相比，我活夠了，／因為漫長的生命，／我凝思遠處。

詩人由此陷入生死問題的沉思之中，可見詩人與菲利波伊茲的感情之深。

白朗寧夫人當年被「愛」逮住，那個愛的身影，是詩人羅伯特·白朗寧。伉儷情深十五年之後，白朗寧夫人倒在她夫君的懷中安詳離世。白朗寧在〈展望〉一詩的靈視中，看到自己與亡妻一起安息在天堂。

但願這一幕，成為辛波絲卡與她的亡夫菲利波伊茲在天國團聚的情景。

註釋

1 維斯瓦娃·辛波絲卡（一九二三—二〇一二），波蘭詩人、翻譯家，一九九六年諾貝爾文學獎得主，被公認是當代最偉大、最迷人的女詩人，一九四五年三月發表第一首詩作，因詩作具韻律性，而有「詩界莫札特」的美譽，代表作有詩集《巨大的數目》（*Wielka liczba*）、《一粒沙看世界》（*Widok z ziarnkiem piasku*）、《冒號》（*Dwukropek*）等。

詰問奧斯維辛

讀卡爾特斯的小說《非關命運》

匈牙利猶太作家卡爾特斯（Imre Kertész）[1]第一部自傳性小說《非關命運》，是作者榮獲諾獎的主要作品。在《苦役日記》中，卡爾特斯提到，《非關命運》這部小說就奧斯維辛提出了下述四個問題：一是為什麼會發生奧斯維辛？這個問題沒有理性答案；二是，它是怎樣發生的？這是小說的主體部分所描繪的情節；第三，倖存是可能的嗎？第四，在倖存之後還能繼續倖存下去嗎？

循著這一思路，我們來看看卡爾特斯關於命運和自由的思想啟迪。

奧斯維辛為什麼發生？

小說主人公少年卡維剛被抓到集中營，就聽到囚犯們談論上帝的「不可理喻的意志」，談論猶太人的命運。一個拉比說，猶太人曾經「拋棄了上帝」，這就是今天的猶太人慘遭連累的淵藪。卡維對這個解答顯然感到不滿意，但他無法得到理性的答案。小說避免了行而上的追究。只有成熟的卡爾特斯本人才能把這個問題深入思考下去。在小說《我——他者：變形者紀事》中，卡爾特斯對二十世紀進行了總結，他發現將近一百年來，一切都變得更真實、更赤裸裸了：「士兵變成了職業殺手；政治變成了行兇作惡；資本被用來建造附設焚屍爐的害人工廠；法律變成行騙的遊戲規則；反猶主義造就了奧斯維辛；民族感情引發了種族滅絕。毋庸置疑，我們時代就是一個真實／真相／真理的時代。」

由此上溯，我們發現，在歐洲文明兩千年的歷史過客中，少有基督教人文主義者能夠擺脫對猶太人的偏見。猶太作家維瑟爾（Elie Wiesel，一九八六年諾貝爾和平獎得主）在〈論文化藝術中的革命〉一文中，曾談到康德、費希特、伏爾泰和歌德等歐洲文化名人，他指出這些偉大哲人、著名的人文主義者都是有罪的，因為他們企圖證明：對猶太人的恨與對人類的愛是可以調和的；他們所宣揚的平等、正義，是把猶太人排除在外的。像維瑟爾等猶太作家一樣，卡爾特斯強調，奧斯維辛是在基督教文化氛圍中發生的。因此，卡爾特斯從宗教懷疑論的角度對上帝提出了質疑。在《苦役日記》中，他曾引用一位作家的話說：「小兔墳追究魔鬼，萬人坑追究上帝。」如果說上帝讓基督降臨人世，那麼，為什麼奧斯維辛是在基督教文化的背景中發生的？基督教文明，至少是基督教文明的踐行者，應當承擔多大的責任？卡爾特斯認為，追究這一點，就有可能為歐洲文明重新奠基。這就意味著，必須使基督教人文主義的實踐更具包容性和普世性。

近代民族主義意識形態的崛起，為反猶主義火上澆油。卡爾特斯強調，奧斯維辛絕不是單純的德國人與猶太人之間的衝突。在小說中，他力求避免這種簡單化的藝術表現，更進一步地探索歷史和人類命運，追究普遍人性。只有通過具體的小說情節和細節的描繪，才能揭示普遍的人性，因此，自然轉向了第二個問題。

奧斯維辛是怎樣發生的？

對於卡維來說，一切災變都是在全然不知情的情況下發生的。小說的第一人稱講述的故事，猶如卡維對他的同學講述一個旅行故事，一切都來得那麼自然而然。生活的荒誕性在於，卡維最初甚至巴望到德國勞改營去，他覺得這也許是一個機遇，因為許多青年人都在德國找工作，有些「淘氣」的孩子，甚至被他們的父母送到勞改營去接受教育。這裡出現了一種「視角的反諷」，即讀者知情，作為當事人的小說主人公卻被蒙在鼓裡。然而，命運捉弄了他，命運往往與人的期望和奮鬥的目標背道而馳。這就是命運的捉弄或「命運的反諷」。

要追究奧斯維辛的發生過程，必須考察下述兩個方面：

一方面，就施暴者來說，大屠殺是在擁有權力的領袖、「元首」與群眾合謀的情況下發生的。這個問題，德國作家湯瑪斯·曼和猶太裔德語作家卡內提（Elias Canetti，一九八一年諾獎得主）都曾作過深入研究，並且影響了卡爾特斯的創作。曼本人就曾有反猶傾向，擁護過希特勒，但他後來終於徹悟過來。在中篇小說《馬里奧和魔術師》中，曼將納粹的欺騙性比喻為魔術式的催眠術，小說中的魔術師可以當眾催眠，令咖啡館侍者馬里奧侮辱自己。卡內提的《群眾與權力》是研究政治領袖與群眾關係的力作，曾經由卡爾特斯翻譯為匈牙利文。在小說《慘敗》中，卡爾特斯描繪了主人公的一個幻覺：他在一棟辦公室樓空蕩蕩的走廊裡，突然聽到千萬個人的腳步聲以排山倒海之勢向他撲來，最初，他感到一種不可抗拒的吸引力，一種把自我消融在群眾中的「酒神的狂喜」，但他很快感到，他必須靠邊站，必須從那些正在被施加催眠術的群眾中走出來。

另一方面，從受難者一方來看，奧斯維辛的發生，甚至得到猶太人自己的配合。猶太裔女哲學家漢娜．鄂蘭，就曾揭露了在大屠殺中猶太人內部的一個機構與納粹的合作。在諾獎演說中，卡爾特斯談到他一生刻骨銘心的二十分鐘：他隨一群猶太人被送往伯克勞死亡營時，在車站的一片恐怖中度過的瞬間。為了進一步確證史料，他閱讀了布若夫斯基（Tadeusz Borowski）的完整敘述，其中一個故事題為「女士們先生們，到毒瓦斯那裡請走這條路。」後來，卡爾特斯從納粹警衛隊一個士兵拍攝的現場照片中，看到可愛的猶太婦女和青年，都有與納粹協作的誠意。他們協作的條件當然是自己活命，但結果如何呢？仍然難以逃脫死亡的厄運。在諾獎演說中，卡爾特斯辛酸地說：「當我想到所有這些現象如何日復一日、年復一年以類似的方式重複時，我洞察到恐怖的機制，我終於明白了，讓人性反過來自我作踐一番，是如何成為可能的事情。」

中國人對於這種不斷重複的現象太熟悉了。在中國的歷次政治運動中，為了自己不被整肅而整人的人，結果同樣是自我作賤。這種恐怖的機制，在許多民族中都可以成功地運轉。因此，卡爾特斯實際上已經深刻地從人性的角度回答了奧斯維辛為什麼發生的問題。

怎樣在大屠殺中倖存？

這是卡爾特斯以他的親身經歷給我們講述的集中營的日常生活故事。

卡維領會到，在高壓之下，無論是鳴不平，還是祈禱上帝或抗議管理者，均無濟於事。儘管如此，還是有囚徒對非人的待遇發出抗議之聲。卡維還聽說有各種各樣的逃跑的方式。可是，有人逃跑了，幾天之後又看到他們被抓回來，在他們的脖子上打下了恥辱的烙印，有的甚至被打死了。卡維從一個老囚犯那裡學會一個原則立場：「最重要的事是我們不能屈服：這始終是一種智慧」。倖存的強烈願望迫使他們順應逆境。小說寫到集中營分配的囚犯棉衣，由於經常被雨水淋濕，變成了硬梆梆的，根本不能保暖，囚犯經常凍得直打哆嗦。由於室內濕氣厚重，他們採用磚廠的粗厚水泥包裝紙鋪在地上隔離濕氣，有人把包裝紙塞到棉衣內保暖。但這類行為，在集中營也是違禁的，作者寫道：「違禁就是反抗命運，結果這樣一樁犯罪很快就被發覺了：一頓棍棒打在背上，打在胸口，劈哩嘩啦，很快使得罪行彰明昭著。如果棍棒不再繼續打下去，那就高興起來。」

比寒冷更難熬的是飢餓。無論是祈禱或逃亡都填不飽肚子。卡維的一切努力都是為了尋找食物。囚徒們分配到手的食物原本就很少，但他們仍然儘量省下一點以防更加缺糧。卡維告訴我們，「如果說，我沒有吃樹皮、鐵片或小石頭，這僅僅是因為這些東西咬不爛，消化不了。但是，例如，我嘗試過沙子，如果我看到草，那就從來不會猶豫——遺憾的是，無論在工廠裡還是在營地，都看不到一根草」。

囚徒們在擁擠的鋪位上熟睡，藉以忘記一切苦難。集中營也有自殺的情況，卡維聽到他們討論這類事件，避免自殺。卡爾特斯曾以一句悖論來表達他的觀點，他說，唯一的真誠的自殺方式就是繼續活著。的確，自殺原本是一個人否定黑暗現實的最高形式，因為自殺者是以自己寶貴的生命來進行這種否定的。卡爾特斯則希望以活著的形式來達到同樣的否定黑暗現實的高度，這就是他的批判精神的表現。他要既活著又達到自殺的同樣的社會效果，只有靠寫作，靠寫真實。由於他處處看到黑暗現實中的光明的一面，這才使他得以倖存，使原本活得沉重的生活變得輕鬆一些，同時也在作品中傳達出這一資訊，從而緩解讀者由於同情而造成的傷感。

飢餓、寒冷和挨打，傷口化膿，缺乏藥品治療，囚徒們都挺過來了，靠的是一種精神支撐。從全書看來，在卡維眼裡，自由的可能性，包括兩個方面：一是在卡維尚未被抓到奧斯維辛時，他的父親已經在一個勞動營了，卡維的叔父威利對他解釋說，目前的逆境，只是一個「短暫的過渡期」，因為盟軍將「最後戰勝德國人的命運」。另一個方面，就是卡維所思考的愛的可能性。卡維的親生母親是一個賢慧的婦女。她教育卡維關愛繼母和他人。她說，人們表示愛不是通過言辭而是通過自我選擇的行為。正是母親的這種愛和自由的教育，使得卡維後來在囚犯們中間體會到並且以行為表現出一種關愛，並且最後嚴肅地思考自由與命運的關係。

倖存之後怎樣繼續倖存？

對於奧斯維辛倖存者來說，倖存之後之所以仍然有個如何活下去的問題，是因為集中營裡有些囚徒認為，這只是歐洲歷史上的一次異常越軌事件，他們以為外界的文明世界當時還來不及知道集中營的真相，否則，已經發展到二十世紀的文明世界，應當不能容許這樣的慘劇發生。可是，他們錯了，他們出來之後發現，文明世界不但知道，而且保持沉默，容許奧斯維辛存在。這樣，在一個如此黑暗的世界上，是否值得生存也就成了一個問題。卡爾特斯從奧斯維辛走出來時，時尚年幼，還來不及作如此深刻的思考。但是，回到匈牙利之後，他遇到了奧斯維辛倖存者遇到的另一個問題：共產主義同樣是一種極權主義，從一種極權主義轉到另一種極權主義的重軛之下，猶太人仍然屬於「異類」。他們將怎樣繼續倖存？

卡爾特斯很快發現，奧斯維辛不是游離於歐洲歷史的例外事件，而是不斷重複的歷史常態。在題為「自我認同的自由」的演講中，卡爾特斯指出，對於大屠殺倖存的作家來說，只存在一個哲學問題：自殺；一個現實問題：移民。

原本就沒有祖國的猶太人的移民，毋寧說是永久的流亡。劫後餘生的猶太知識分子，如義大利作家李維（Primo Levi）和著名詩人策蘭（Paul Celan），最後均選擇了自殺。我們並不鼓勵自殺，但是，如果我們看不到他們自殺的意義，忘卻了死者的悲劇留給生者的啟迪，那就等於再一次殺害了他們。這是人類的奧斯維辛記憶不能容許的。比比皆是的自殺同樣出於人的無奈，出於反叛的渴望。儘管卡爾特斯與李維、策蘭在奧斯維辛之後的處境和視角有所不同，但他們在精神上是相通的。

卡爾特斯沒有自殺，他選擇了為歷史作見證的角色。他很快就開始寫作《非關命運》。當有人奉勸倖存的卡維忘卻那些恐怖事件，放下包袱而自由地過一種新生活時，卡維想道，「我承認，這在某些方面是對的。但問題在於，我的確不懂，他們怎麼能夠要求一種不可能的事，因此，我也指出，已經發生的就發生了，我不認為，對於所有這一切，我能夠對記憶發號施令。『開始一種新生活』，我認為，只能在我再生的那一天，即使我大病一場或受重傷以後，累及我的理性，你們想要我忘卻的還是忘卻不了。」

在《慘敗》中，卡爾特斯的主人公進一步發現，他根本無法過上新生活。因為，共產主義極權制度與舊制度的區別僅僅在於：莎士比亞筆下的暴君理查三世公開宣稱，他要做一個不擇手段的歹徒，而在共產主義制度中，屠殺民眾的職業劊子手卻賦予自己以「民眾精英」的稱號。在諾獎演說中，卡爾特斯表示，他特別留心觀察這種獨裁制度是如何運轉的。他看到，整個民族如何被迫否定它自身的理想；他看到人們小心翼翼以求「順應」的種種跡象。他恍然大悟，所謂希望，乃是邪惡手中的工具，康德的絕對必要的起碼道德，只不過是自我保護的看主子眼色行事的婢女。但他們同時作出了反抗命運的種種嘗試和自由選擇，如一九五六年的匈牙利起義。儘管它被鎮壓下去了，但人們繼續以不同的形式進行自由選擇。

命運和自由的啟迪

從卡爾特斯小說和他的多次演講來看，作者關於命運和自由的思想，均要追溯到西方文化的兩大源頭，即希臘文化和希伯來文化。

在希臘文化中，「命運」的概念早在西元前六世紀就被人格化了，它的原意是「強迫性」，引申為「必然性」。以埃斯庫羅斯為代表希臘悲劇被文學史家稱為「命運悲劇」，因為那些悲劇英雄對他們的命運進行了勇敢的反叛。在〈大屠殺作為一種文化〉中，卡爾特斯高度評價希臘天才把古典悲劇創作為不朽的抵抗野蠻暴行的典範。他所指的，就是埃斯庫羅斯唯一一部直接介入現實以希波戰爭為題材的悲劇《波斯人》。卡爾特斯所讚賞的，不是消極順從命運的態度，而是積極因應以尋求自由的可能性。

在希伯來文化中，命運乃是神授的使命。這種使命是與人的自由解放密切相關的。在《聖經》中，自由就是從捆綁的束縛中、從奴役下贏得釋放，更高層次的屬靈的自由則是從罪裡贏得釋放。「你們既從罪裡得了釋放，就作了義的奴僕」。但是，儘管卡維年幼，卻似乎悟出了僅僅「因信稱義」是不夠的，自由與行動和責任密切相連。

正如卡爾特斯在〈自我認同的自由〉中所指出的那樣，二十世紀政治教育的兩大特徵，一是教人憎恨，二是教人撒謊。與此相反，表達愛和寬容，拒絕撒謊，講真話，成了卡爾特斯寫作的鮮明特徵，儘管他經常不得不曲折地表達他的思想。在獲獎演說中，卡爾特斯表示，「我們必須靠自己創造價值，必須一天一天地以執著的人道工作來創造價值。我們的看不見的努力最終將賦予這種價值以旺盛的生命力，並且有可能為歐洲文化重新奠基。自由，是隱匿在歐洲價值中的最崇高的價值。自由以豐富的色彩點染著我們的生活，它喚醒我們意識到我們的生存狀態的確定事實，意識到我們每一個人為之承擔的責任。」

註釋

1 因惹．卡爾特斯（一九二九—），匈牙利作家，二〇〇二年諾貝爾文學獎得主。一九四四年被關入奧斯威辛集中營，一九四五年獲救，並於一九七五年出版依照自身的經歷寫出的首部小說《非關命運》（*Sortalansag*），其他代表作有《慘敗》（*Fiasko*）、《清算》（*Felszamolas*）等。

卡達雷
以妓女為鑒的阿爾巴尼亞作家

阿爾巴尼亞作家卡達雷（Ismail Kadare）[1]，早在獨裁者霍查（Enver Hoxha）實行共產專制的年代，就以描寫二戰的長篇小說《亡軍的將領》蜚聲國際文壇，後來多次被提名諾貝爾文學獎。他的另一部長篇《怪物》和短篇小說集《咖啡館的日子》，剛出版就因為「頹廢」情調和「誹謗祖國」而被阿爾巴尼亞官方查禁，作者也因此遭到迫害。移居法國多年的卡達雷，現在每年約有半年時間住在他無法割捨的阿爾巴尼亞。他的近作《慾望金字塔》的故事設置在古埃及，《夢幻宮殿》設置在土耳其，但仍然在挖掘專制制度的病根，以諷喻折射阿爾巴尼亞。

在阿爾巴尼亞的民主轉型過程中，卡達雷警覺地發現，這個國家仍然有走回頭路，並效法古巴或北韓的危險。同時，他痛苦地看到文學在民主國家的商品化困境。在一次採訪中，卡達雷深刻地指出：「文學有其自身的內在發展規律。正如它可以從禁錮中贏得自由一樣，它也可能被俘虜在自由中。」

卡達雷以法文寫作，在其短篇小說中，〈阿爾巴尼亞作協與妓女〉也許是最值得中文讀者閱讀的佳作。小說取材於一九六七年的一個真實事件。當時，阿爾巴尼亞早已與蘇聯決裂，霍查借重中國的政治靠山和經濟援助，仿效毛澤東發動了「革命化運動」，即後來史家所說的「阿爾巴尼亞文革」。在這場運動中，作家和藝術家受到整肅，諸如賣淫、同性戀和賭博等「不道德」的行為遭到打壓，基督教和伊斯蘭教遭到禁止，大多數教堂和清真寺被改為倉庫、電影院或博物館。卡達雷像許多作家一樣從首都地拉那「下放」（借用中國文革術語）到一個偏遠的小城。

小說中以第一人稱敘述的主人公，是一位青年作家和作協報記者，這個「我」有作者自己的影子。小說開篇就提到「妓女＝作協」這一陳腐的隱喻。但是，卡達雷有化陳腐為警策的藝術才華。他深深懂得，在極權制度下，作家的困境在於，他們為「國家」服務的責任與愛智慧愛真理的審美追求之間的矛盾。妓女也是為人們服務的。在地拉那的作協辦公樓街道對面的一個小胡同裡，就住著一個名叫瑪格麗特的妓女，她和年邁的母親相依為命。在作者筆下，與瑪格麗特的破舊房子形成對比的，是一些部長、將軍的豪華別墅，而某些部長、將軍，也是瑪格麗特的「顧客」。

小說中的「我」偶然在街上與瑪格麗特打過照面，有過簡單的問候。在「同志」的稱呼盛行的時代，她採用的是被禁止的稱呼「先生」。在「自由化」的「我」的眼裡，瑪格麗特有影片中的安娜．卡列尼娜和影星嘉寶的動人魅力。春心浮動的「我」從同事那裡得知，瑪格麗特拒絕接待青少年嫖客，使得「我」為自己的娃娃臉犯愁，同時更敬重這個妓女的「高雅」，把她視為自由和開放的象徵，藝術靈感的源泉。她的玉體「屬於一個不同的燦爛的星系，對它的夢就像跨越一個無底的深淵」。

此時，正是阿爾巴尼亞政治上相對寬鬆的時期。先前，一位語言學家出訪外國時，因為吻了敵國一位夫人的手，從此被禁止出席國際會議。可現在，「偉大領袖」本人已經在攝影機面前，在「人民大會」的眾目睽睽之下吻一個女人的手——那是與會的一個希臘少數民族的婦女代表。在作者幽默的筆下，「紳士風度的霍查同志」「驚世駭俗」的此舉，使得赫魯雪夫和捷克斯洛伐克共產黨領袖高華德，甚至使得法共領袖多列士看起來都像鄉巴佬。領袖也許要以此舉來預告政治上的「解凍」了。因此，「我」打消了對「國家安全局」的恐懼。更令「我」欣喜的，是一位有同樣心事的同事打聽到，他們可以如何經由瑪格麗特的鄰居牽線登堂入室。

可就在這時，作協報紙主編從黨中央開會回來，把「我」叫到辦公室訓話，告訴他黨嚴厲批評了作協及其報紙的革命意志鬆弛和革命熱情衰退，指責他所負責的版面沒有贏得中國那樣的革命文學的成就，而是以濃墨重彩記述什麼海明威之死呀，馬雅科夫斯基的自殺呀。

像中國文革一樣，整個文藝界因為背離了「黨的路線」而首當其衝。接著，在作協大會上，「我」受到點名批評。由此可以看出，「我」在某些文學沙龍的一舉一動，人事部瞭如指掌。而現在，只有接受工人階級「再教育」的聚會，才是「最大的沙龍藝術」。接著而來的大會，來了更多的領導，偉大領袖的夫人也開始露面了。一位軍旅詩人熱情讚揚最近在阿爾巴尼亞產生的「一切詩歌中最宏偉的詩篇」，誰的心裡都明白，那是指偉大領袖最近的一次演講。與這種讚美形成對比的，是每個人，包括作協主席，都提心吊膽等候著點名批評、數落的「罪惡」現象有酗酒、色情、同性戀、賭博、懷舊、迷信、隱居等等。

這場陣風掃落葉的文革，最後的懲罰主要有兩種：一是降工資，二是把犯了嚴重「錯誤」的人或「社會敗類」從首都驅趕到鄉村或小鎮去。

暫時緩了一口氣的小說主人公開始思考：對於這種精神錯亂的運動，作家、藝術家和知識分子的反應，為什麼都是順從和沉默？為什麼沒有任何異議的聲音，沒有任何勇敢的行動？這樣的作家與妓女有什麼差別？

「我」又想起了瑪格麗特，卻驚異地從同事那裡獲悉：她和她的母親被驅趕到集體農莊強制勞動之後，一起上吊自殺了。小說這樣寫道：「我想到最後一天的作協會議，那些作家寬鬆的襯衫裏著瘦弱的身體，而他們中間還沒有一個人自殺。一個女人已經替代我們所有的人自殺了。」在主人公的想像中，瑪格麗特是為了維護人的尊嚴而自殺的，她的赤裸的胴體像一面鏡子懸掛在那裡，照出了阿爾巴尼亞作協的影子。可是，「很難想像的是，在她寂寞的歲月，瑪格麗特從來沒有從阿爾巴尼亞文學中得到任何慰藉。相反，作為一個僅僅學會給予的女人，她一直在給予，直到生命終結，她把某種東西惠贈給了這個世界。」

作者最後寫道：

「瑪格麗特，這篇小說就是給你的一份薄祭。」

古人云，以人為鑒，可以知得失。卡達雷就是這樣，以妓女為鑒來詰問自己，詰問阿爾巴尼亞作協，痛感作家如何失去了做人的尊嚴。作者嚴酷的靈魂的自我拷問，深入到法國作家卡繆所說的嚴肅的哲學問題，即自殺的問題。

掩卷深思，我想到另一個相關的問題。在中國文革期間，無數中國作家和知識分子自殺了。一個簡單的解釋是，中國的權勢者對知識分子的打壓比阿爾巴尼亞要殘酷得多，殘酷到一個人很難承受的程度。可令人失望的是，擁有深重苦難的中國作家，卻少有人像卡達雷一樣從哲學高度來思考中國人的悲劇命運，創造出富於審美同情的偉大的文學作品。

《聯合報》二〇〇七年五月二十六日

註釋

1 伊斯邁．卡達雷（一九三六－），阿爾巴尼亞詩人、小說家，早期因政治因素移居法國多年，二〇〇五年國際曼布克獎得主，曾多次被提名諾貝爾文學獎，作品已被譯成三十多種語言，代表作有《亡軍的將領》（*The General of the Dead Army*）、《夢幻宮殿》（*The Palace of Dreams*）、《慾望金字塔》（*La Pyramide*）等。

血沃自由花

科索沃神話及其現代解構

西元一三八九年，在巴爾幹半島塞爾維亞帝國的心臟，爆發了歷史上著名的科索沃戰役。[1]

當時的科索沃，是兩河灌溉的南斯拉夫民族文化的搖籃和聖地，是阿爾巴尼亞人、塞爾維亞人和蒙特內哥羅人雜居的土地。就在這裡，入侵的鄂圖曼土耳其軍隊與頑強抵抗的基督教聯軍數萬將士雄踞對峙。當土耳其士兵向塞爾維亞陣營萬箭齊發，塞爾維亞騎兵V字排開，像潮水般衝向土耳其人。侵略軍分為左中右三部，土耳其蘇丹穆拉德（Murat）一世率領的部隊位居中央，左右翼是他的兩個兒子。塞爾維亞大公拉札爾（Lazar）率領鐵騎發起第一輪攻勢，土耳其亂了陣腳，然後以反攻占據上風。智勇雙全的塞族騎士米洛斯（Milos Obilic）佯裝倒戈，要求面見蘇丹。結果，這位英雄在蘇丹帳中搬演了類似於圖窮匕首見的戲劇，但他是成功的荊軻，刺殺蘇丹後壯烈犧牲。蘇丹遇刺導致他的兩個兒子兄弟鬩牆。儘管如此，鄂圖曼帝國多年後還是征服了塞爾維亞。

歷史的煙雲早已使得科索沃戰役真相難辨。另外一個版本說，在激戰中，雙方死傷慘重，塞爾維亞大公拉札爾和土耳其蘇丹雙雙戰死疆場。

從此，科索沃成為塞爾維亞帝國崩潰和復興的同義語，成為塞族的憂患意識和自由魂的載體。

科索沃戰役史料的欠缺和塞爾維亞復興的熱望，孕育了類似長生鳥浴火重生的科索沃神話。歌詠大公拉札爾的賽族民間史詩《科索沃謠曲》成了「塞族的《羅蘭之歌》」。它體現的塞族人抵抗土耳其入侵的民族精神，像抵抗英軍入侵的法蘭西民族精神一樣：「沒聽說過聖女貞德的名字，／怎能幫我們理解科索沃一詞怎樣在塞族人內心回盪？」

在科索沃神話中，拉札爾成為基督王子，在他的「最後的晚餐」中，出現了一個叛國的塞族猶大：把作戰計畫出賣給土耳其的貴族將軍烏克（Vuk Brankovic）。據歷史學家考證，這並不符合歷史事實。烏克就這樣成了改宗的斯拉夫穆斯林的替罪羊。

科索沃神話的扛鼎之作，是十九世紀塞爾維亞語大詩人彼得二世涅戈斯（Petar II Njego）的戲劇性史詩《山嶽花冠》，有塞爾維亞的《失樂園》之譽。

涅戈斯原本是塞爾維亞王子，蒙特內哥羅東正教主教和統治者。在他所處的時代，由於俄羅斯土耳其戰爭迫使戰敗的土耳其求和，塞爾維亞和蒙特內哥羅贏得獨立。涅戈斯在政治上的功績，是他把神權政治的蒙特內哥羅變為一個世俗國家。

《山嶽花冠》的主人公是有詩人自身影子的達尼祿主教，他為科索沃戰役之後十八世紀蒙特內哥羅的伊斯蘭化感到憂心忡忡。鄂圖曼帝國表面上寬容異端，但它向天主教和東正教信徒課以重稅，同時以免稅成功地吸引他們改宗伊斯蘭。結果，「高聳的群山瀰漫異教徒／狼和羊關在同一個畜欄」。一方面，詩人理解甚至寬容那些改宗者，因為他懂得：「變節者的／過失／也許／並不太多／異教徒／用謊言／誘惑他們／把他們拖進／魔鬼的／網中／但人是什麼？／說真的，／是一個軟弱的創造物。」另一方面，達尼祿感到：「一群獅子變為這片土地的耕耘者／怯懦和貪婪的人變為土耳其人。」」詩人以獅子比喻堅守基督教信仰的人。斯拉夫穆斯林在他眼裡已經是「非我族類」。他們甚至是該詛咒的殺害基督王子拉札爾的「屠夫」，「對十字架吐唾沫的人」。達尼祿身邊的武士們建議徹底「清洗」蒙特內哥羅的非基督徒，以慶祝聖靈降臨節。

達尼祿猶豫不決，他首先力求磋商，要求斯拉夫穆斯林酋長們率部重返基督教陣營。但他失敗了。一個酋長告訴他：「雖然這個國家過於狹窄／但兩種信仰可以並存／正如兩種湯可以在同一個罐子裡熬／讓我們像兄弟一樣生活在一起／我們不需要別的什麼附加的愛！」達尼祿的回應是：「如果你把它們放在一個罐子裡煮／熬出的兩種湯汁絕不會混在一起」。

史詩的結尾，是基督徒對蒙特內哥羅的斯拉夫穆斯林的滅絕之後男女老少的「復樂園」。在這一過程中，自然需要他們效法烈士米洛斯的殉道和血祭：「成熟了／稚嫩的／小麥／和玉米／成了食糧／你們的／豐收／已經／提前／來了／我看到／珍貴的／供品／堆得／高高／在我們的／教堂／和部族的／祭壇上」。詩人把這種血族不和提升到宇宙的善惡二元衝突的層次：「讓地獄／吞噬／讓撒旦／把我們／擊斃／花卉／將在我們的墓地／萌發／生長／為了／遙遠的／未來／一代」。

在二十世紀的兩次巴爾幹戰爭中，在一戰和二戰期間，科索沃神話隨著民族主義的風潮而不斷復活。

在一戰後形成的前南斯拉夫，一九六一年獲諾貝爾文學獎的作家安德里奇（Ivo Andric）深受《山嶽花冠》的影響，他讚揚涅戈斯「始終是人民的思維和理解模式的最真誠的表現」。從小生活在奧匈帝國鐵蹄下的安德里奇，忘不了科索沃屈辱的歷史，進而把這個神話擴張為大南斯拉夫永恆統一的神話。在他的獲獎小說《德里納河上的大橋》中，作者圍繞大橋濃縮了科索沃戰役後波士尼亞被占領的屈辱和抗爭的歷史，紛繁的形散神聚的故事一直延伸到一戰爆發。小說中可以看到不可調和的民族衝突和文化戰爭，甚至有一個似真似幻的「人祭」的情節：為了安撫撐住大橋的橋墩仙女，建橋工人把兩個基督徒嬰兒置於其中。他們在橋上留了兩個洞眼，以便母親到這裡來哺育嬰兒。

一九八九年，大約一百萬塞族朝聖者湧向科索沃紀念科索沃戰役六百周年。當時的塞爾維亞共和國總統米洛索維齊喊了幾句口號：「科索沃英雄主義的永恆緬懷萬歲！塞爾維亞萬歲！南斯拉夫萬歲！人民之間的和平和兄弟關係萬歲！」反諷的是，值得「萬歲」的最後一條，米洛索維齊是以取消科索沃的自治和種族滅絕來付諸實踐的。

由此可見，科索沃神話，是血沃自由花的神話，是以生命捍衛基督教信仰的神話。作為一種民族主義神話，一種在文明衝突或文化戰爭中一教獨尊的神話，它像一柄雙刃劍，一面是它的反侵略反奴役的自由精神，另一面是它的滅絕「異己」打壓「異教」的暴力渲染。

自從一九八〇年前南斯拉夫總統鐵托死後，科索沃第一次爆發了日益增多的阿族人謀求獨立的騷亂。二〇〇八年科索沃正式宣布獨立後，很快得到不少國家的承認，塞爾維亞政府沒有訴諸武力。

科索沃的獨立無疑解構了科索沃神話。今天的歐盟，已經為阿族和塞族，為斯拉夫穆斯林和基督徒在一個罐子裡熬湯並融合起來提供了可能性。

回眸科索沃神話的形成和解構，我們看到了一個詭譎的歷史現象和文學現象。相對於土耳其來說，塞族曾經是被欺凌的弱小民族；可是，相對於科索沃的阿族和斯拉夫穆斯林來說，塞族人一度成為進行種族清洗的強者。當科索沃贏得獨立之後，阿族人將如何對待科索沃境內占絕對少數的塞族人，是擺在科索沃新領導人及其多數公民面前的一個道德考驗。

科索沃神話中蘊含的自由精神是永恆的，但它血染的暴力色彩，仍然需要不斷解構。

《聯合報》二〇〇八年五月二十四日

註釋

1 一三八九年發生在在巴爾幹半島塞爾維亞帝國的科索沃戰役，在此戰役中，是由以塞爾維亞大公拉札爾為主的基督教聯軍，力抗由土耳其蘇丹穆拉德一世率領的軍隊，戰局一度危急。後由塞族騎士米洛斯佯裝倒戈，要求面見蘇丹並進行刺殺任務，此任務成功後，米洛斯也犧牲死亡。儘管如此，塞國仍難逃被滅亡的命運。

屠刀下的詩歌之舞

亞美尼亞詩人夏曼托與種族屠殺記憶

屠刀下的詩歌之舞，既那樣古老，又如此現代。是怎樣的悲劇眼光和詩藝，把人類殘酷的屠殺化為見證的史實、淒美的詩歌？

亞美尼亞這片富饒的土地，位於底格里斯河與幼發拉底河之間的西亞高加索地區，屬於兩河文明的發祥地，是尋找人類原鄉的學者定位的伊甸園舊址之一。依照傳說，他們天荒地老的語言是亞當和夏娃的口傳，洪水退後諾亞方舟就曾停靠在那裡的亞拉臘山，首都埃里溫就是諾亞建造的城市。早在人類聯手建造通天塔時，亞美尼亞人英勇的祖先就反抗過亞述國王的暴政。他們病中的一位國王曾派遣信使到耶穌那裡求救。耶穌死後不久，耶穌的使徒抵達亞美尼亞救了國王的命，從此舉國皈依基督。

可是，就在這樣一個文明古國，千百年來，亞美尼亞人飽受希臘人、羅馬人、拜占廷帝國、波斯帝國和鄂圖曼土耳其帝國的凌辱，用亞美尼亞詩人夏曼托的一句詩歌來說：「黑色群蛇舔乾了我們的鮮血」。

夏曼托（Siamanto）[1]本人就是種族屠殺的犧牲品。一九一五年四月二十四日傍晚，鄂圖曼帝國指控亞美尼亞人支援俄羅斯軍隊入侵，在伊斯坦堡圍捕並殺害了數百名亞美尼亞的社會中堅，由此揭開一場種族屠殺的序幕。就在那一夜被捕的夏曼托，不但是傑出詩人，而且是亞美尼亞社會活動家和精神領袖之一，同年八月遇難。夏曼托最後歲月的詩的見證失傳了。但是，從他生前出版的兩本詩集《英雄的手采》（一九〇二）和《來自祖國的邀請》（一九〇三），我們可以看到這場悲劇的源頭，看到亞美尼亞在鄂圖曼帝國鐵蹄下的艱難時世。

從一八九四年起，鄂圖曼帝國的暴君「紅蘇丹」，屠殺了數十萬亞美尼亞人以防範他們的獨立運動。在政局動蕩、穆斯林與基督徒爆發衝突的一九〇九年，亞達那省（Adana）大屠殺尤為慘烈。夏曼托的〈舞蹈〉，以一個目擊的德國婦女的視角把她的見證和震驚告訴詩中的「我」。這個婦女很可能是基督教傳教士，她從窗口和陽台上看到：「屍體高高地堆到樹梢」。一個早晨，她看到窗前突然出現一群黑色暴徒，殘忍地鞭笞他們身邊的二十個新娘，強迫她們跳舞：

「你們必須跳舞，」那幫狂怒的人吼叫著：／「你們必須跳舞，像一群操他媽的母狗一樣，跳死你們，／「我們巴望親眼看到你們的舞姿和死亡……」／二十個美麗的新娘精疲力竭倒在地上……／「站起來，」他們尖叫道，揮舞群蛇般的利劍……／然後有人給那幫傢伙送來一桶煤油……／人類的正義，呸，我要向你的臉皮上吐一口唾沫！／他們匆匆給二十個新娘塗上煤油……／「跳吧跳吧，」他們尖叫著：／「這裡有你們在阿拉伯半島聞不到的芳香。」／用一個火把，他們點燃了／赤裸的新娘身上的火星／頃刻間燒焦的肉體滾動／滾動著死亡之舞直到她們嚥氣……

從詩中德國婦女對擬人的「人類的正義」的抱怨、質疑，我們不難想像她和詩人的悲憤與同情。詩的結尾，仍然是這位婦女的視角：

我砰地關上風暴席捲的百葉窗，／走近孤獨的死難的女郎，問道：／「告訴我：我要怎樣才能把我的眼睛挖出來？」

這個目擊者為什麼想把自己的眼睛挖出來呢？答案可以從夏曼托的〈騎士之歌〉中找到，詩中作為抒情主人公的騎士這樣對他的坐騎致詞：

呵，我的駿馬，不要停蹄，在那屍骨拋荒之處！／遠遠飛離白骨陰霾籠罩的墓地。／我無法忍受，我告訴你，我受盡折磨的雙眼／再也不忍看我親愛的祖國之死！

由此可見，夏曼托擲地有聲的詩句，他筆下德國婦女想挖出自己的眼睛的情節，可以說是「慘不忍睹」這句中文成語的最形象化、最富同情心的表述。

夏曼托生前飽經亡國之痛，他指望死後的骨灰成為祖國母親的「神聖骨灰」中的一小撮。他死了，他的在天之靈欣慰地獲悉：亞美尼亞最後於一九九一年從解體的蘇聯中獨立出來。

今天，夏曼托的「神聖骨灰」不知撒在哪裡，但他的詩的火種撒遍了亞美尼亞大地，撒遍了散居世界各地的亞美尼亞人中間。在亞美尼亞人每年四月二十四日紀念種族屠殺死難者的集會上，夏曼托的作品經常是朗誦詩的首選。

二〇〇二年，夏曼托筆下那個德國婦女見證的事件，成為艾騰・伊格言（Atom Egoyan）執導的劇情片《A級控訴》（*Ararat*）的一個情節，其精心構思是該片榮獲多項國際獎的主要原因。加拿大籍的伊格言有亞美尼亞血統，他的祖父母都是種族屠殺的遺孤。伊格言認為，要還原歷史上的種族屠殺的「絕對真實」是不可能的，但是，藝術家有責任啟動社會的集體記憶。因此，他把這個故事嫁接到一九一五年種族屠殺的背景中，並且以一種「內熱外冷」的不動聲色的電影手法加以表現。

今年，美國國會和瑞典議會先後通過一項議案，將一九一五年鄂圖曼帝國屠殺亞美尼亞人事件定性為「種族屠殺」，結果遭到土耳其官方的否定和反擊。

夏曼托的詩集和伊格言的《A級控訴》在土耳其都是被查禁的。但是，伊格言相信影片最終會出現在土耳其銀幕上。他在最近一次訪談中說：「我多次應邀參加伊斯坦堡的電影節。他們知道這部影片。我感到樂觀的是，土耳其（對亞美尼亞種族屠殺）的承認已經為時不遠。」

《聯合報》二〇一〇年七月十七日

註釋

1 夏曼托（一八七八—一九一五），亞美尼亞作家、詩人，一八九六年逃離亞美尼亞，一八九七年移居巴黎，並開始寫作生涯，其作品多充滿民族主義色彩，一九〇八年回到君士坦丁堡，一九一五年死於亞美尼亞種族大屠殺，代表作有《英雄的丰采》、《來自祖國的邀請》等。

帕慕克的萬花筒和鏡像藝術

在伊斯坦堡古城，博斯普魯斯海峽大橋把歐亞兩洲連接起來。二〇〇六年榮獲諾貝爾文學獎的土耳其作家奧罕．帕慕克（Orhan Pamuk）[1]，像橫跨歐亞的大橋一樣，以他的寫作把東方和西方連接起來，融為令人驚異的文學景觀。瑞典學院頒獎給帕慕克，是因為他「在探索他的家鄉城市的憂鬱靈魂時發現了種種衝突和文化交錯的新象徵」。

兩大文明之間

作為東方文明的兒子，帕慕克從小受到阿拉伯藝術教育，立志成為畫家。他曾在伊斯坦堡技術大學學習建築，並在伊斯坦堡大學學習新聞。在文學方面，給他最深刻影響的無疑是《一千零一夜》的色彩斑斕的故事世界。

作為西方文明的乃至世界文明的探索者，他受到歐洲文藝復興和啟蒙時期的作家和思想家的廣泛影響，對西方現代派和後現代派文學藝術有深厚的學養。八〇年代，帕慕克在美國留學訪問期間對西方社會的觀察給他帶來新的開闊的視野，因此，在他的小說中，不難發現《十日談》的故事技巧；《堂吉訶德》

的「愚蠢的崇高」；啟蒙思想家的求真精神；杜思妥也夫斯基的靈魂的自我拷問；湯瑪斯．曼的現實主義原則；波赫士的魔幻風格；卡爾維諾的智慧和樂趣……。

在思想內容上，東西方文明的交錯和整合，是貫穿在帕慕克小說中的一個重要主題。

在他早年的《寂靜的房子》中，一個老祖父不斷自我詰問的問題是：為什麼伊斯蘭的東方落後於西方？他因此致力於編撰啟蒙的百科全書，成為一個堂吉訶德式的理想主義者，結果被逐出伊斯坦堡。

在小說《雪》中，主人公卡——一位流亡德國十多年的伊斯坦堡詩人重返故園，作者把官場腐敗，城鄉差別，庫爾德分離運動，恐怖活動和突發的政變，伊斯蘭原教旨主義和基督教上帝的發現，左翼詩歌和戲劇運動等當代時事和意識形態衝突，濃縮在土耳其最貧困偏僻的山城卡斯——歷史上奧斯曼帝國與俄羅斯帝國的交界之處。

小說《我的名字叫紅》的情節是與十六世紀的畫家相關的兩樁謀殺案的破解，撲朔迷離中的深層謎底，是奧斯曼大師為首的細密畫家對威尼斯透視畫法的抵制，換言之，這兩種相頡頏的藝術風格，是東方和西方透視社會的不同眼光的隱喻。細密畫法的衰落和透視畫法的流行，透露了現代西方文明的曙光。

在藝術上，帕慕克長於在大故事中套小故事，或採用多重第一人稱講故事。《我的名字叫紅》全書五十九章，就有五十九個角色，包括擬人化的動物、植物和物件的講述。《黑色之書》和《新人生》都是借鑒西方後現代手法刷新土耳其小說的範例。

帕慕克小說的音樂美，如娓娓動聽的多重奏，在模進、移位、對位和複調中圍繞主旋律呈現多樣的變奏。其小說的繪畫美，如杜象（Marcel Duchamp）的藝術，不大講究對稱，卻能把對立的兩極揉為圓融的一體。其小說的建築美，有大廈的宏偉，在緊湊的結構中，沒有游離於整體之外的零散磚瓦，如哲學迷宮，讓人在困惑中尋找出口，也像一座保留了古色古香的現代化城市——他的伊斯坦堡，如作者在《伊斯坦堡：一座城市的記憶》中所表現的那樣，猶如巴爾扎克的巴黎，狄更斯的倫敦，更像喬伊斯的都柏林。帕慕克崇尚的小說結構原則是：開頭如童話故事引人入勝，中部如惡夢連翩令人緊張，最後如愛情故事給人溫馨。

帕慕克筆下的林林總總，形成一個令人應接不暇的藝術萬花筒。最為迷人的，也許是他的鏡像藝術（Mirror Image Art），即為小說的某些人物設置酷似鏡子裡的影像，以豐富、補充人物性格或揭示人物性格中「他我」（alter ego）的另一面的技巧。例如，批評家發現，在《雪》中，幾乎每個人物都有一個鏡像人物，主人公卡的鏡像，是他的小說家朋友奧罕（即帕慕克的名字），在卡死後根據他的筆記來講述故事。

本文著重探討的，是帕慕克一九八五年出版的歷史小說《白色城堡》中的主僕鏡像。這部小說是使得作者在榮獲諾獎之前贏得多種文學獎而享譽全球的重要作品。

主人的鏡子

鏡像人物的設置，在中外文學史上均有悠久的傳統。莎士比亞名劇《第十二夜》中的主人公，即孿生兄妹薇奧拉和西巴斯辛就可以視為鏡像人物，相貌酷似的兄妹經歷一次船難而悲歡離合的情節，很容易令人想到希臘神話故事：人最初有兩個腦袋四手四足，後來被神一分為二，因此不斷尋找失落的一半。在

《紅樓夢》中，賈寶玉夢見甄寶玉，驚喜交加。解夢的襲人說：「那是你夢迷了。你揉眼細瞧，是鏡子裡照的你影兒。」可見，甄寶玉乃是曹雪芹為賈寶玉設置的鏡像人物。

帕慕克的鏡像人物的設置有其自身的特色。他的《白色城堡》的情節發生在十七世紀：一個沒有名字的義大利學者被土耳其海盜俘獲，帶到伊斯坦堡後淪為小官吏何雅（意為主人）的僕役。這兩個人驚異地發現：他們的長相簡直如孿生兄弟一模一樣。後來，主人何雅又發現僕役有豐富的科技知識，開始虛心向僕役學習。當黑死病蔓延時，何雅借西方衛生學和貓捉老鼠的辦法抑制了病菌的傳播，得到鄂圖曼帝國的蘇丹（君主）的器重。他進而用西方科技來製造巨型人力戰車，為侵略波蘭的戰役效勞。土耳其軍隊在圍攻喀爾巴阡山麓的「白色城堡」時，奇形怪狀的戰車陷進泥沼，導致土耳其軍隊慘敗。害怕蘇丹問罪斬首，何雅換上僕役的服裝逃往威尼斯，僕役則換上主人的服裝留守土耳其。

這部小說不但趣味盎然，而且寓意深長。《寂靜的房子》提出了為什麼東方落後於西方和思想啟蒙的問題，《白色城堡》則涉及東方面對這一困境的具體對策。中國讀者無疑會聯想到近代思想家魏源提出的「師夷之長技以制夷」的思想。儘管魏源同時認識到「欲制外夷者，必先悉夷情」，但魏源以為「中國智慧無所不有」，則難免夜郎自大。與魏源不同，帕慕克筆下的何雅在西方文明中發現了東方沒有的智慧，即希臘文化中「認識你自己」的智慧，以及基督教的罪感或羞恥感。

一方面，何雅拷問僕役，要他招供罪孽，在象徵意義上追究了近代西方殖民主義的罪惡。另一方面，何雅又要求僕役講述他的夢和記憶，而僕役則在主人的啟發下追溯童年生活，結果，自然勾起了何雅自己的回憶，向他的僕役盡情傾訴。他們就這樣一起度過漫長的冬夜。

在這裡，兩個鏡像人物扮演了精神分析學所說的施虐者與受虐者的角色，同時也扮演了分析醫生和神經症患者的角色。主僕身分的遊戲般的互換，表現了兩個人物的神經症的既自戀又自厭的傾向，表現了「自我」成為「他者」的自居或認同過程。他們的角色掉換之後，為雙方帶來了新的生活，新的思維，新的語言需要，結果雙方都如魚得水，倖免於難的僕役甚至成為土耳其的聖賢。

理想人格的追求

從主人何雅和僕役的性格特徵來看，前者性格外向，脾氣暴躁，富於冒險精神，卻敬畏科學和理性；後者性格內向，脾氣溫和，精於自我保護，充滿文學幻想。這和我們慣見的西方人和東方人的性格相比，也許正好相反。作家之所以這樣刻畫性格，也許有其深層的美學追求。因為主僕的性格差異，導致他們貌似神離，主人有男性特徵，僕役有女性氣質，而作家則指望雙方在性格發展過程中達到貌似神似的境界。以精神分析的術語來說，這就是卡爾．榮格根據佛洛伊德的概念加以發展的「精神上的雌雄同體」，一種超越文化界限的集體無意識。

正是在主僕雙方性格的發展過程中，當他們討論東方和西方問題時，人物語言獲得了雙重意義，即悖論或弔詭（paradox），重疊和模糊，對立和整合。也正是在這樣的情形下，蘇丹在觀察他們的言行時，弄不清主人何雅身上究竟有多少僕役的品格，僕役身上究竟有多少主人的氣質。僕役因此這樣自言自語：

他靠察言觀色解決我們之間的糾紛。我發覺他的觀察有時很幼稚有時很聰明，因此令我感到困擾。我日漸相信：我的人格已經從我身上分裂出去融合到何雅身上去了，而何雅呢，也在向我靠近……。自主性將突然終止，變為我們中間的一個，不妨這樣假設：「不，這是他的想法，不是你的……此刻你正在掃視周圍，就像他一樣。成為你自己！」當我驚異地忍俊不禁時，他繼續說道，「這樣不更好嗎，好得很啊，你們兩個從來沒有一起照鏡子嗎？」當我們一起照鏡子時，他就會問：這兩個人哪一個是你自己？

小說由此引進結尾的「愛情故事」。兩個鏡像人物相互之愛的需要，帶有同性戀的意味，但並非肉體之戀而是精神之戀：

我愛他，就像愛我在夢中見過的那個無助的可憐的鬼魂，我彷彿窒息在那個鬼魂的恥辱、憤怒、罪惡和憂鬱中，彷彿看到一頭垂死的痛苦掙扎的野獸時被一種恥辱感擊敗了，或者，我彷彿被我寵壞了的兒子的自私激怒了。

這樣的獨白，既可以讀作主人何雅的，也可以讀作僕役的。這裡表現出來的同情和愛，無疑是帕慕克小說的亮點。蘇丹因此對何雅說：「每一個地方的人都可以互相認同，這一點，難道不是最好地證明了他們都可以設身處地（take each other's place）為他人著想嗎？」這句話，也許可以作為這部小說的「文眼」。

從「民族寓言」的角度來看，由於作者把歷史、想像和現實揉在一起，何雅在一定程度上成了東方開明專制者的象徵。蘇丹由於年輕，尚未成為暴君。在作為基督徒的僕役身上，則體現了古希臘羅馬以來的西方民主傳統。這裡的東方與西方的差異，本質上是東方的前現代與西方的後現代社會之間的距離。作者暗示出，一個民族的痼疾既要自我治療，又需要外來醫生的輔助治療。不難發現的是，沿襲數千年今天仍然活躍的東方專制文化更具男性色彩，而在相當程度上馴化了野蠻人性的西方民主主義文化（尤其是歐洲價值）則帶有女性色彩。只有東方精神和西方精神的互補和融合才能創造健康的民族。

因此，閱讀帕慕克的作品，我們不但可以從他的藝術萬花筒中得到審美的愉悅，而且可以借他的鏡像給我們自己，給我們的民族照一面鏡子。

《明報月刊》二〇〇六年十一月號

註釋

1 奧罕·帕慕克（一九五二—），土耳其作家，二〇〇三年都柏林文學獎得主，二〇〇六年諾貝爾文學獎得主，是第一位獲得諾獎的土耳其人，作品表現出關注政治、文化、社會等議題，代表作品有《白色城堡》（*The White Castle*）、《黑色之書》（*The Black Book*）、《我的名字叫紅》（*My Name is Red*）、《雪》（*Snow*）等。

第八輯

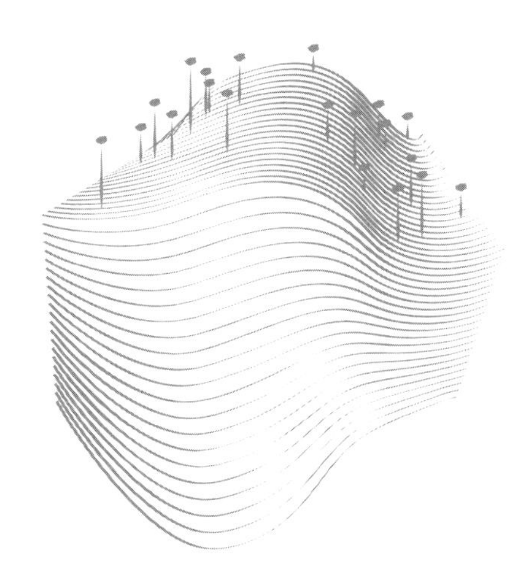

在索馬利亞的地獄裡

法拉赫和他的小說

索馬利亞內戰曠日持久。最近，由於協助索馬利亞過渡政府的埃塞俄比亞向索馬利亞武裝伊斯蘭法院聯盟宣戰，戰火正在蔓延，政局日趨複雜。這塊後殖民地曾經是美蘇角逐的中東戰略要塞。一九九一年索馬利亞獨裁者西亞德·巴雷（Siyad Barre）的專制政權垮台後，索馬利亞就陷入軍閥割據的內戰和宗族衝突的地獄之中。蘇聯解體之後，乘虛而入的美軍曾遭到索馬利亞民兵組織頑強抵抗，被迫撤軍。

美國作家馬克·波登（Mark Bowden）的小說《黑鷹計畫》（*Black Hawk Down*）和根據小說改編的同名好萊塢影片，是以索馬利亞內戰為題材的名作，描寫一九九三年索馬利亞首都「摩加迪修之戰」，集中於美軍特種部隊為當地群眾提供人道援助並捉拿索馬利亞軍官時遭遇的激戰。但是，這個真實故事和動作片，只是索馬利亞內戰一個側面的掠影而已。

索馬利亞著名作家法拉赫（Nuruddin Farah）[1]的小說，為索馬利亞內戰的來龍去脈提供了一幅全景圖畫。二〇〇六年底，現在與家人定居南非的法拉赫接受一位記者的訪談時談到，索馬利亞的危機比任何國家的政治都要複雜，其內戰是宗族衝突、社會不公、殖民主義後遺症，民族主義的膨脹、西亞德舊政權二十一年專制等各種因素造成的惡果。

法拉赫於一九四五年生於索馬利亞一個商人家庭（母親是詩人），在一九六〇年代索馬利亞獨立之後，由於邊界衝突被迫逃離家鄉，到印度求學多年，回國後開始以索馬利亞語和英語寫作。一九七〇年代成名後，在歐洲旅遊的法拉赫因其小說創作受到索馬利亞官方威脅，從此開始流亡，浪跡世界各地，但他的眼光始終盯著自己的祖國。

法拉赫的重要小說有兩個三部曲——「非洲專制主題變奏」（Variations on the Theme of an African Dictatorship）揭露了整個後殖民非洲的困境——雖然新權勢者打著「科學社會主義」的旗幟，但其背後的專制暴政不亞於殖民主義的殘酷。其中的《甜優酪乳》（*Sweet and Sour Milk*）敘述一個人物在黑暗中探索人生意義的故事；《沙丁魚》（*Sardines*）表現在專制政權和伊斯蘭保守傳統雙重壓抑下婦女的命運和抗爭；《密芝麻》（*Close Sesame*）捕捉了幾個人物在一個員警國家的「醒著的噩夢」。

另一個三部曲是「太陽之血」（Blood in the Sun），其中的《地圖》（*Maps*），情節設定在一九七七年埃塞俄比亞東南部的奧加登衝突中，探討後殖民世界的認同問題。《禮物》（*Gifts*）描寫戰亂中一個婦女的悲劇命運和她的勇敢抗爭，《祕密》（*Secrets*）借一個人物從小到大對他的身世祕密和性祕密的追問與周圍幾個家庭故事，從側面展現了索馬利亞如何墜落到宗族爭鬥的地獄裡。南非著名作家葛蒂瑪（Nadine Gordimer）指出：「法拉赫是我們混亂的（非洲）大陸經歷的真正闡釋者之一。」她還高度讚賞作者的散文體中的詩意。由於這些文學成就，法拉赫榮獲一九九八年美國紐斯塔國際文學獎（Neustadt International Prize for Literature），並多次被提名為諾貝爾文學獎候選人。

法拉赫二〇〇四年出版的小說《連環》（*Links*），是更深入描寫新世紀索馬利亞內亂現狀的作品。

小說主人公吉布勒曾經是索馬利亞內戰中的政治犯，流亡美國後當了大學教授。他的母親逝世，為了奔喪，也為了了結昔日的恩恩怨怨，他回到闊別二十多年的摩加迪修——索馬利亞的中心此時已成了人間地獄，「死亡之城」。吉布勒剛下飛機就看到一個德國少年被亂槍射殺，幾個狂躁的青少年開槍射擊僅僅為了「體育鍛鍊」。吉布勒與當年的獄友比勒醫生重逢，可比勒的侄女拉絲塔被莫名其妙地綁架了。案件背後的黑手，很可能就是比勒同母異父的兄長卡魯沙，當年就是他把比勒送進監獄，現在成了惡名昭著的軍閥。在一個男權社會中，同母異父兄弟，可能屬於不同宗族，因此互相仇視爭鬥。非我族類者一概視為魔鬼，隨時可能被殺害。內戰已經滲透到戰火中赤貧的家庭和私生活中。一個人物告訴吉布勒說，「在這裡，我們再也不想什麼『朋友』了，我們要靠同宗族的人，有我們祖先血脈的人。」可是，在這個到處都是陷阱的城市，「每個人都在猜疑別人」。即使是血親，也可能互相欺詐、宰殺。人們用「殺熟」（killing an intimate）一語來描繪這種現象，來代替「內戰」一詞。另一個人物告訴吉布勒：索馬利亞已經沒有好人了，頂多只有「好壞人」與「壞壞人」的區別。在作者筆下，更為反諷的是，當索馬利亞人日益野蠻，那裡的烏鴉和鷹鷲卻變得非常馴良，因為人類暴力的血泊已經使得牠們無須獵食爭鬥就可以飽食終日。

儘管如此，深諳文學奧祕的法拉赫，仍然在小說中塑造出有理想傾向的人物。經受戰火洗禮的比勒，是一個和平主義者，致力於建立庇護所收留無家可歸的難民。在魔幻寫實主義的描繪中，少女拉絲塔被老百姓傳說為一個「奇蹟孩子」，頭上有一道神祕的光環，「蒼老的面容如一株老樹的根」。許多人有這樣的「迷信」：任何人只要在她身邊就可以平安，免於邪惡戰爭的傷害……她被看作和平的象徵。」因此，解救她不僅是她的愛慕者的事情，而且是索馬利亞和平事業的需要。

在主人公吉布勒身上不難發現作者自身的影子。吉布勒的博士論文就是研究但丁的《神曲・地獄篇》，因為「地獄」乃是索馬利亞的現代噩夢，「魔鬼從來沒有在那裡歇息」。像作者一樣，流亡的吉布勒接受了西方價值觀。為了救援拉絲塔，他不惜冒生命的危險。作者把家庭作為索馬利亞內亂的微觀世界。像他筆下的人物一樣，他認為，「只有在這較小的單位（家庭）和睦相處時，較大的社群才能在國家的觀念中找到安寧。」他從人性的角度發現索馬利亞人已經「沒有能力審視他們內在的自我，記不得在殘殺開始之前他們原初的樣子了」，作者以基督教的「原罪」意識作了深刻的反省和懺悔。

批評家尚未發現的是，除了但丁等西方作家的影響之外，法拉赫的《連環》可能受到古希臘喜劇詩人阿里斯托芬的《和平》的啟迪。該劇以雅典和斯巴達之間的伯羅奔尼撒戰爭為背景，主人公發現，戰火不斷的原因在於和平女神被戰神綁架到天庭的一個山洞裡去了，他因此決定窮盡碧落尋找、解救和平女神。阿里斯托芬關注婦女問題，張揚女性原則。法拉赫同樣如此，因此被批評家稱為「男性的女性主義者」。

但丁最後是在他曾熱戀的女友比阿特麗斯的引領下走向天國的。引領索馬利亞出地獄的，將是偉大作家不斷塑造和謳歌的一種文學原型——「永恆的女性」。

《聯合報》二〇〇七年三月十五日

註釋

1 努魯丁・法拉赫（一九四五—），索馬利亞小說家，一九九八年美國紐斯塔國際文學獎得主，曾多次被提名為諾獎候選人，作品多描述索國內戰及對戰爭的反思等。一九七〇年代因其作品遭到官方反對而開始流亡，目前定居於南非。代表作有《甜優酪乳》、《沙丁魚》、《地圖》等。

提安哥的小說與肯亞的政治危機

並立的兩個山崗，一個是卡梅諾，另一個是馬庫尤，兩山夾著一個山谷——它被稱為生命谷。在卡梅諾和馬庫尤背後伏臥著許多酷似的山谷和山崗，它們像多頭從來沒有醒來的睡獅，在造物主賦予的沉睡中寂然不動。一條河流經由生命谷流淌……這條河流叫合尼亞河，意為治癒或再生。合尼亞河從來不會乾涸。它似乎有強大的生命意志，任憑乾旱和氣候的變化。

當你佇立山谷，兩個山崗就不再是被它們共同的生命泉連接起來的睡獅。它們互相敵視。你不必提及任何細節，只要通過它們面對面的方式就可以講述。像兩個對手一樣，它們正在準備為這偏僻地區的領導權進行一場生死搏鬥。

這是肯亞著名小說家提安哥（Ngũgĩ wa Thiong'o）[1]《界河》（*The River Between*）的開篇。小說情節發生在一九四〇年代前後的英國殖民地肯亞，但是，作者著重描寫的不是反殖民鬥爭，而是當地兩個土著部族之間的生死搏鬥。

那個時代的風雲過去半個世紀後，作者筆下的肯亞內部矛盾仍然沒有化解，驚醒過來的兩頭怒獅的形象，仍然可以用來象徵當今肯亞的政治局勢：肯亞選舉委員會去年年底宣布吉巴基贏得總統大選後，反對黨「橙色民主運動」指責其舞弊，拒絕接受選舉結果，由此爆發了大規模騷亂，造成數百人死亡，二十多萬人無家可歸。

肯亞這次政治危機發生之後，在中國大陸——世界上最後一塊專制主義的豐饒土地上，反民主的宣傳喉舌《人民日報》（二〇〇八年一月十四日）發表評論宣稱：「西方『民主』輸出非洲水土不服，埋下禍根。」

事實果真如此嗎？從提安哥早期的《界河》到他最近的小說《烏鴉的術士》（*Wizard of the Crow*），幾乎都在挖掘肯亞的歷史禍根，並尋求現實的出路。

首先，在提安哥看來，部落主義、種族主義和宗派主義是肯亞的毒瘤。《界河》的故事發生在肯亞的殖民時期，衝突在皈依基督的部族與虔信本土自然宗教的部族之間展開，在廢除還是保留傳統割禮（**circumcision**）的矛盾中發展。作者塑造了男女青年的理想形象，尤其是男主人公瓦亞基：這個「黑人彌賽亞」既認同西方教育，又接受成年割禮，試圖把被界河隔開的兩個部族調和起來，實際上就是要把西方文明日漸融入肯亞人的現代生活。瓦亞基和他的來自敵對部落的戀人遭受愛情和事業的雙重失敗，正好體現了作者對這種理想的悲劇性追求。

《烏鴉的術士》是提安哥二〇〇七年被提名紐斯塔（**Neustadt**）國際文學獎的主要作品。作為一部魔幻小說，它以生動的政治諷喻揭示了非洲民主運動的必然趨勢。小說情節設置在一個虛構的共和國。作者以編年史方式描繪非洲傳統的專制主義的罪惡，漫畫化了一個沒有名號的「統治者」的專橫，和他的內閣的腐敗。小說中諂媚「黑色暴君」的大臣計畫騙取「全球銀行」出資，以便建築一座現代巴別塔——世界最高建築物，這樣，國家的發展就可以一步登天。

與之形成對比的，是一個受過良好教育的失業青年從垃圾堆裡一覺醒來，發現自己成了一個魔法術士。作者的筆觸由此轉向非洲大陸的失業大軍，「人民之聲」的地下民主運動，以及被追獵的異議人士。一個大臣動了外科整形手術後，他的雙眼擴大，圓睜如燈泡，足以監控「統治者」的敵人的一切活動。而他的爭寵的對手也不甘示弱，把耳朵拉長成豎起的兔子耳朵，以便於覺察來自任何方向的險情。就在現代巴別塔的建築計畫公布的那一天，擠滿了權貴的舞台突然崩塌，陷落到一潭爛泥的深坑中。

這部小說折射了二十世紀的非洲和兩千年人類的歷史。作者以文學形象表達的審美理想，與他在政論中表達的思想觀念是非常吻合的。在〈我們面對的選擇：吉巴基和二〇〇七年肯亞大選反思〉（**The choices before us**）一文中，提安哥指出：衡量一個國家的發展水準，不能依據大山的頂峰，而只能依據大山的底部。這正是《烏鴉的術士》的主旨之一。

從這篇政論我們可以看出，一九六一年在烏干達上大學時，提安哥就結識了從政之前的吉巴基。一九六三年肯亞獨立後，提安哥多次與從政的吉巴基面談。提安哥的《孩子，你別哭》（*Weep not, Child*），以肯亞獨立運動為背景，描寫一個農民家庭在民族鬥爭中的悲劇，獲一九六五年黑人藝術節獎和東非文學獎，同樣得到吉巴基的稱讚。一九七七年，提安哥出版小說《血之花瓣》（*Petals of Blood*），描寫肯亞獨立後本土政權的腐敗。吉巴基推動了該書的發行，讚揚這部小說是肯亞的一次民主示威。自由寫作導致提安哥羈獄，出獄後自我放逐。

在美國加州大學任教的提安哥一直在隔岸觀察二〇〇二年當選總統的吉巴基，看他是否會恪守他曾鼓吹的民主價值。二〇〇四年，提安哥回到闊別多年的祖國探親，結果遭到暴徒襲擊，妻子被強姦。許多人都認為這些暴行受到肯亞政府的指使。在〈我們面對的選擇〉中，提安哥深刻分析了肯亞政局：「我們已經從一黨執政的國家轉變為多『花瓶黨』（paper-parties）國家。我們甚至把這些花瓶黨轉變為銷售的日用品。這對於明天的肯亞是一份非常可憐的遺產。這些花瓶黨也許最終會否定導致多黨制誕生的真正的民主。一個國家需要穩定的多黨制，需要這些政黨有鮮明的機制來替換黨內領導階層。要保障這個國家的領導權力平穩轉移，穩定的多黨制是非常重要的。」

從提安哥小說中濃縮的非洲歷史，政論中洞察到的肯亞現實，我們不難發現這個國家最近的政治危機的禍根：它並非西方「民主」的輸入，而是政治體制中始終需要防範的一黨坐大和權力導致的腐敗。在肯亞內部，既有傳統文化的微弱的民主因素，又有像西方人一樣的現代民主的訴求。我們也許可以進而提出這樣一些問題：吉巴基是否正在走向獨裁，背離民主？看好非洲市場和資源的中國，有沒有在「新殖民主義」中輸出了一黨專制的意識形態，並帶來了怎樣的負面影響？

在非洲後殖民作家中，提安哥並不是一位親西方乃至主張「全盤西化」的作家，相反，他最富民族獨立意識，強調本土文化的保護，他甚至提出「反英語」的口號，堅持母語寫作的優先性，他的《烏鴉的術士》就是先以作者的母語基庫尤語寫作，再自譯為英文的。他拒絕了自己在青年時代接受的基督教信仰，改掉了他最早用過的西化名字James Ngugi，恢復了他的本族姓名。他的傑出小說作品使他獲得「非洲民族文學守靈者」的美譽。

提安哥唯一不拒絕的，並且堅定地認為不能拒絕的，就是西方多黨制的民主。因為在他眼裡，肯亞的政治危機不是因為肯亞學了西方的民主，而是因為肯亞沒有學好西方的民主。學好西方的民主，是肯亞走出困境的唯一可行的途徑。

因此，無論提安哥政論的聲音還是文學的聲音，都特別值得我們傾聽。

《聯合報》二〇〇八年四月九日

註釋

1 恩古基·瓦·提安哥（一九三八—），肯亞作家、文化學家，被認為是是東非最重要的作家之一，一九八〇年代初獲英國政治庇護，二〇〇四年回到肯亞，卻遭到迫害，目前在美國耶魯等大學任教。代表作有《血之花瓣》、《烏鴉的術士》等。

辛巴威的詩歌之鳥

由於愛讀多麗絲·萊辛的作品，早就熟悉了她筆下以一位英國殖民者的名字命名的南羅德西亞，即後來於一九八〇年贏得獨立的辛巴威。

我無緣到辛巴威人引以為榮的「世界遺產」石頭城遊覽，卻可以從辛巴威的國旗、國徽上看到這個「石頭」國家和民族的象徵。圖案中最有詩意的，是鴿頭鷹身的「辛巴威鳥」[1]。據說，七百年前在「大辛巴威」遺址發掘的「辛巴威鳥」石雕，是古代紹納（Shona）族的藝術傑作。石柱底座一度丟失流落到德國。幾年前，辛巴威與德國簽署了「永久租借」石柱底座的協定，使它與上半部的石鳥重新相聚。

後殖民地常見的一個歷史性反諷，是「虎去狼來」：舊殖民者的虎牙大都磨鈍了，而新來的本土狼往往是權力和財富的餓狼。這一點，在六屆連任辛巴威總統長達二十八年的穆加比（Mugabe）身上體現得最為鮮明。

今年三月辛巴威大選後政治危機終於爆發時，我就一直在關注這個國家的文學，想知道那裡的作家和詩人寫些什麼作品，說些什麼話。沒有想到，小小的辛巴威，卻是一個詩的國度，擁有豐富的詩歌傳統和一群活躍的當代黑人詩人。他們患了與權勢者不同的另一種「飢餓症」，近幾年來在互聯網「辛巴威詩歌國際網」（Zimbabwe-Poetry International Web）上頻頻亮相，同時與藝術家、自由記者一道聚集在一個「飢餓詩歌衝擊房」（The House of Hunger Poetry Slam）。出於「對自由的飢餓，對被聆聽的飢餓，熱切希望以詞語來塞滿這個房間的飢餓」，他們發動了一波又一波的詩歌衝擊。與此相呼應的，是萊辛在她的諾貝爾文學獎獲獎演說中生動描述過貧困的辛巴威人對於圖書的飢餓。

從辛巴威優秀的詩歌中可以看到，詩人馬卡瓦（Tongai Leslie Makawa）的〈登上自由列車〉所揭示的，就是那個歷史性反諷：「一九八〇年四月十八日是我們從車站啟程的日子，／登上『自由列車』，卻仍然沒有抵達我們的目的地——『自由』!!!」詩人以鮮明對照的手法生動描繪「自由列車」上的情形：

> 這是一輛有不同等級的列車，頭等是豪華車廂，／二等是中產階級市民的車廂，三等是最壞的經濟車廂——／不是乘車的人很壞，而是車廂的條件很壞，／他們像動物一樣塞滿車廂，臭汗像火車頭冒煙……

造成這種反諷和貧富懸殊的原因何在？詩人和社會活動家歐波里（G. O. D. Obori，在紹納語中意為「精神療救者」）用他的詩的語言告訴我們：穆加比並不是真正由人民投票選舉出來不斷連任的總統。詩人以紹納語寫的〈抗爭精神〉一詩，尚未被譯為英文，只能從英文提要中得知詩的大意：辛巴威人民多麼耐心，希望靜靜地通過投票箱帶來變化。可是，領導階層殘酷無情，竟然偷竊選票。因此，人們現在決定唱起抗爭歌曲發動進軍，因為授權給領導人的人民，有權收回他們的授權。歐波里的〈我的家庭〉一詩，寫的似乎並不是他個人的家庭背景，而是對辛巴威作家和詩人如何在逆境中勇敢抗爭的藝術概括，大意是：詩人的父兄被奴役，市場上的婦女被鎖在籠子裡，學童在教育中心致殘，孩子們被灰塵包圍——這就是詩人的家庭處境，詩人因此對「罪犯」發出最後警告：「你的任期到了；你最好找一個別的地方隱藏起來；我們正在進行抵抗……」由此可見，「民主」的辛巴威的「罪犯」的伎倆也是專制者慣用的欺騙和暴力的兩手。

這樣的「飢餓屋」中的一群詩人，好比一個不自由的籠子裡的一群自由之鳥，鴿頭鷹身的辛巴威鳥，值得欽佩和欣賞的詩歌之鳥。在他們身上體現的辛巴威的優秀民族性格，鮮明生動地表現在法特索（Comrade Fatso）的詩作〈詞語是鳥〉中。法特索的「街頭詩」把紹納語與英語糅合起來，尖銳抨擊不人道的辛巴威政府，詩人因此多次被捕羈獄。除了在辛巴威和非洲各地表演朗誦詩歌之外，法特索的詩歌之旅遠達西方國家，在英國BBC、美國CNN都可以聽到他的詩歌朗誦。〈詞語是鳥〉全詩如下：

有人說沉默是金／我說沉默是糞／因為詞語可以打擊／而且可以治療／使我們從眼下的事件中解脫／因為強力的詞語／可以幫助我們向前／因為這樣的詞語就是勇士／它們的厚禮值得榮耀／可是，員警想把一錢不值的詞語販賣給我們／想創造一錢不值的臣民／想把一道道詛咒拋到那具被姦殺了的詞的屍體上／可那個詞是一隻飛翔不息的鳥，是鳥的複數形式／飛到他們所謂沉默的「隔音牆」之上／飛到他們旺盛的暴力之上，仍然在鳥瞰聆聽／因為你可以轟炸這個詞，但你無法讓它沉默噤聲在這裡，詩人體現的英雄主義，不再是反帝時代的那種武裝鬥爭的英雄主義，而是言說的英雄主義，文字的英雄主義。這種英雄主義，仍然需要犧牲精神，仍然會陷在一個悲劇性的反諷中：為了自由而失去自由、遭受監禁甚至連人帶詞語一起被「姦殺」。因此，在這種偽「民主」體制中，像在專制社會一樣，會出現一些權勢者的謀士、辯護士和圓滑的明哲保身的文人。詩人把強權面前保持沉默的文人描繪為躲在「隔音牆」（durawalls）背後的養尊處優者。隔音牆是一種堅韌的鋼筋混凝土結構，牆板可以防風雨防蟲害，也能耐急冷耐急熱。一個商家的廣告這樣寫道：「隔音牆提供心靈的和平，使你覺得處在今天市場上最佳的圍牆體制的懷抱之中。」由此可見，詩人採用的這個比喻，類似於象牙塔之喻，它與「飢餓房」是截然對立的。這種隔音牆，使得一部分辛巴威文人只有馴服的鴿子性格，失去了抗爭的雄鷹性格，這就等於閹割或自我閹割了辛巴威鳥，使之失去鷹身而只剩下鴿頭。這種閹割後的鳥性，為「旺盛的暴力」提供了溫床。

辛巴威的紹納族是非洲南部的四大族系之一，與幾支好鬥的族系不同，他們熱愛和平、能歌善舞。但這並不等於說他們是帶有奴性的民族。他們的原始宗教信仰是萬物有靈的泛神論，藝術題材因此多與傳說中的神靈有關，看重人與大自然的和諧。辛巴威鳥的鷹身，是一種短尾鷹（bateleur eagle）的形體。非洲人認為短尾鷹有戰爭和流血犧牲的象徵意義，把牠視為吞食戰士遺骨的鳥。但是，正如在許多古老文化中常見的那樣，非洲人認為，短尾鷹在吞食人肉之後，有攜帶人的亡靈飛向太陽尋找光明的靈性。因此，屬靈的辛巴威鳥的雄健鷹性是不能閹割的。

根據最近的報導，辛巴威執政黨「非洲民族聯盟——愛國陣線」和反對派「爭取民主變革運動」領導人已達成權力分享協定，九月十五日在哈拉雷正式簽署。但願這能真正標誌辛巴威自今年三月大選後引發的政治危機漸趨結束。

作為辛巴威政治危機調停人，南非總統姆貝基表示，辛巴威各黨派最終能達成權力分享協議，結束政治危機，與南共體（南部非洲發展共同體，SADC）、非洲大陸各國以及世界上大多數國家的支持是分不開的。

不言自明的是，在促使辛巴威走出政治危機的各種力量中，首先是辛巴威「自由列車」的「經濟車廂」和反對派的聲音。在各種抗爭的聲音中，我們不應當忘記辛巴威詩歌之鳥永不緘默的歌聲。

《聯合報》二〇〇八年十月二十一日

註釋

1 辛巴威鳥是辛巴威人在遺跡中發現的古代雕刻，大約是十二世紀左右的文物，是古代紹納族的遺跡，其形象為鴿頭鷹身，辛巴威人將其使用在該國國旗及國徽上，象徵辛巴威具有的高度古文明。

第九輯

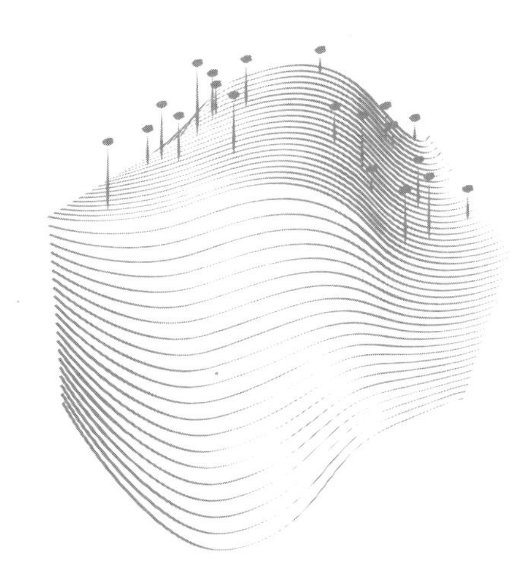

兩個猶太詩人的族裔認同

紀念以色列建國六十周年

今年五月十四日，以色列人舉行了各種慶祝活動，歡慶以色列建國六十周年。猶太人返回「應許地」建國，可以說有三大基石：第一，長期慘遭迫害的弱勢族裔的倖存及其信仰捍衛的需要；第二，他們長期積蓄的經濟和軍事實力；第三，他們贏得的廣泛同情和支持，尤其是聯合國一九四七年關於巴勒斯坦分治的決議。

誠然，猶太人復國並把以色列建設成一個民主國家，是值得他們慶賀的。但是，即使是深諳歷史苦難的猶太知識菁英，也有不少人並不把猶太復國主義（Zionism）視為他們的最佳選擇，例如，拉比約耳·泰特鮑姆（Joel Teitelbaum），認為猶太復國主義依照《猶太法典》應當是被禁止的；著名語言學家喬姆斯基（Noam Chomsky），也是反對猶太復國主義的著例。而非猶太裔人文主義者，對此往往只採取道義立場。因此，我想就此以兩位傑出的詩人的認同，來紀念以色列建國。

這兩位詩人，第一位是假猶太人葉甫圖申科（Yevgeny Yevtushenko）[1]——因為他是一個俄羅斯人，但是，出於對猶太裔苦難的同情，他「似乎是」一個猶太人。另一位是真猶太人艾倫·金斯堡（Allen Ginsberg）[2]，但他的精神皈依，是看重慈悲和智慧的佛教。

像波蘭的奧斯維辛一樣，烏克蘭娘子谷是二十世紀猶太人苦難的見證。那是一九四一年，納粹占領基輔後，把大批猶太人分批驅趕到市郊娘子谷懸崖上，一陣陣瘋狂的機槍掃射過後，把屍骨推下峽谷，造成多達十萬受難者的萬人塚。

不少猶太人曾投身俄國十月革命，但是，革命勝利後，猶太人在蘇聯和東歐遭到全面排斥。史達林之後的「解凍」時期，排猶並未結束。赫魯雪夫一九五九年發動反宗教運動，主要就是針對猶太人。蘇聯的教科書還刻意曲解了娘子谷大屠殺的歷史。

就在這個時候，詩人葉甫圖申科挺身而出，寫作了〈娘子谷〉。詩人的猶太人族裔認同一直追溯到兩千多年前：「我似乎是一個古老的以色列人／跋涉在古埃及的道路上／我在遭受酷刑，被釘在十字架上／甚至在此刻，忍受著釘子的鏽跡。」接著，詩人覺得自己似乎是在法國被誣告的猶太軍官德雷弗斯，但同時扮演了為此案呼籲正義的左拉的角色。詩人覺得自己似乎是寫《安妮日記》的那個猶太少女，但同時扮演了她的精神醫生的角色：

——「他們來了！」／——「不，別怕——那是春天的／腳步聲。春神正在趕路／來到你的身邊你的唇間！」／——「一聲響打破了門！」／——「不，正在打破的是河流的堅冰……」

接著，詩人悲愴沉痛的筆調寫到娘子谷：

娘子谷瀟瀟野草／淒淒寒樹，如嚴酷的法官／這裡，所有的吶喊和手中的帽子，靜悄悄／一夜之間我愁白了頭／我是一聲長長的沉寂的尖叫／掠過數萬人的屍骨之上／我是這裡每一個被處死的老人／我是這裡每一個被謀殺的孩子

回眸納粹大屠殺之後，詩人的批判鋒芒直指那些自稱為「俄羅斯全民聯盟」的排猶分子，那些滿懷仇恨盜用了「英特納雄耐爾」的名義的蘇聯共產黨人。這首詩因此成為詩人的「反蘇活動」的罪證。

葉甫圖申科的猶太人族裔認同，在蘇聯並非孤立現象。一九六二年，另一位俄羅斯人蕭斯塔科維奇（Dmitri Shostakovich）以〈娘子谷〉等詩作為歌詞，創作了悲愴的《第十三號交響曲》。

猶太人身分是以母親血緣為準的。金斯堡的母親是俄羅斯移民美國的猶太人，一度是狂熱的共產主義者，感染了金斯堡的左翼傾向。作為民主歌手惠特曼的傳人，金斯堡是真正的美國人。但是，他很快就轉向東方文明踏上精神之旅。一九六二年底，他在印度朝聖，拜見了流亡中的達賴喇嘛之後，從蘇聯地下出版物中讀到了葉甫圖申科的〈娘子谷〉，他尤為感動的是該詩的結尾：

我的血管裡沒有一滴猶太人的血／可是，在那些狂熱的排猶分子眼裡／我是一個可恨的猶太人／正因為如此，我是一個真正的俄羅斯人！

在《印度日誌》中，金斯堡把葉甫圖申科稱為「親愛的詩人」和「同胞」，並由此聯想到西藏人被迫

的大流亡，感到自己似乎是一個西藏人。他呼籲：「聯合國，你應當搬到喜馬拉雅山來！明年夏天的聯合國會議，應當討論西藏問題！紅色中國要派穿褲子的代表來！達賴喇嘛也要派披袈裟的代表來！」

金斯堡去印度之前，曾先到以色列尋覓鄉愁。由於當時舊耶路撒冷和西牆（哭牆）在約旦控制的邊界，他無法去朝聖。他承認，以色列是被迫害的猶太人的一個好庇護所，但他發現，以巴衝突是一個無法解決的難題。在接受一家報紙採訪時，他說：「是的，我是一個猶太人，但與此同時，你會看到我不是猶太人……猶太人和阿拉伯人，之所以不能和諧相處，是因為他們都不把對方當作人，而是當作物。」一九六五年，金斯堡訪問蘇聯，見到他所仰慕的葉甫圖申科時，他談到幾個古巴作家被抓進監獄關了一天，葉甫圖申科說：那只是「兒童遊戲」，蘇聯的許多無辜者被關押了二十年！這時，金斯堡既是古巴人又是俄羅斯人。在反越戰的遊行示威活動中，他是一個越南人。在抗議蘇軍坦克侵入布拉格時，他是一個捷克斯洛伐克人……

反戰是金斯堡始終一貫的主張。一九六七年六月，以色列入侵埃及發動第三次中東戰爭時，美國一些猶太人和平活動家，感到進退兩難，但金斯堡持堅決的反戰立場。一九七三年，敘利亞和埃及率先發動第四次中東戰爭（「齋月戰爭」或「贖罪日戰爭」），金斯堡立即寫了〈耶和華與真主之戰〉一詩。對於這場飽含文化衝突的戰爭，詩人首先追究以色列的責任，把猶太人指為「崇拜金牛的以色列部落／打破十戒的摩西」，然後，追究了以色列和阿拉伯雙方領導人的罪責。

一九八八年，金斯堡再次訪問以色列時，終於到了西牆。他想像著，上帝就是在這裡顯靈，吩咐亞伯拉罕獻祭他的兒子以撒。詩人在這片千百年來的聖地號啕痛哭，這時，他是亞伯拉罕的後裔——一個真正的猶太人。然後，他冒險潛入阿拉伯人住宅區，辛酸地看到幾個飢餓的孩子靠撿廢銅爛鐵賣錢維生。他留在那裡好幾天，每天幫孩子們撿起的，是美國製造以色列發射的炮彈廢片。這時，他是一個阿拉伯人。

二十世紀猶太人作為施害者的角色，在建國前實施了代爾亞辛大屠殺，即在耶路撒冷附近代爾亞辛村對阿拉伯村民的屠殺，接著摧毀了數以百計的阿拉伯村莊；在建國後實施了一九八二年貝魯特難民營大屠殺。

金斯堡的普世關懷，在猶太人中同樣不是一個孤立現象。被譽為「以色列文壇教父」的S·伊扎爾（S. Yizhar），在中篇小說《可赫爾貝·柯凱撒》（*Khirbet Khizeh*）中，講述的是以色列建國那一年巴勒斯坦村民慘遭暴力驅逐的故事。以色列作家奧茲（Amos Oz）指出：「伊扎爾之後的每一個（以色列）作家身上，都有他的影子。」以色列和平活動家烏里·阿文里（Uri Avnery）在以色列建國六十周年之際用一個悖論闡明了他的人文主義理想：真正的猶太復國的願景（vision），是無國界的國家願景。

我相信，這也是金斯堡在天之靈的願景。這句話，可以作為以色列建國的最好紀念。

《聯合報》二〇〇八年八月十四日

註釋

1　葉甫圖申科（一九三三－），俄國詩人、導演。著有詩集及小說數十部。在台出版過小說《漿果處處》。

2　艾倫·金斯堡（一九二六－一九九七），美國猶太詩人，是六、七〇年代重要的反越戰及左翼運動人物，曾獲一九七四年美國國家圖書獎。其代表作為長詩《嚎叫》（*Howl*），此詩大量使用粗俗語言，於出版時引起社會極大的迴響，詩作批判了當時的美國物質主義及墨守成規。

奧茲的牆紙能拯救中東？

在那個世界上，所有的牆都覆蓋著塗鴉的文字。「猶太佬，回到巴勒斯坦吧。」我們就回來了，可是現在，整個世界都在對我們叫嚷：「猶太佬，滾出巴勒斯坦！」

這是著名以色列作家阿默斯·奧茲（Amos Oz）[1]在論文集《愛和黑暗的故事》（*A Tale of Love and Darkness*）中的一段話。面對如此困境，在耶路撒冷一再被毀的耶和華聖殿廢墟上壘起的「哭牆」，成了虔誠的猶太教徒傾訴悲情的最佳處所。

奧茲對於猶太人的困境和以巴衝突的悲劇性透視，根植於黑格爾研究希臘悲劇演繹的美學觀。在希臘悲劇《安蒂岡妮》中，伊底帕斯王身後的兒子波呂涅克斯為了與兄長爭奪王位，而串通外敵攻打自己的祖國，戰死疆場。他們的妹妹安蒂岡妮違抗舅父、新國王不得埋葬「叛徒」屍體的命令，為哥哥收屍，觸犯了國法，導致悲劇結局。黑格爾把這部作品視為悲劇的典範，認為衝突的雙方，一方代表尊重死者的「神律」，一方代表維護城邦的「國法」，各有其正義性，也有其片面性。用黑格爾的悲劇觀來分析歷史上和藝術中的所有悲劇，難免削足適履，但把它應用於某些悲劇情境卻是可行的。

在二〇〇二年接受一位記者訪談時，奧茲明確表示，有一種悲劇，是「正義與正義的衝突」。以巴衝突，不是一場宗教戰爭或文化戰爭，而是土地之爭，雙方表現得都不明智。猶太人與巴勒斯坦人都是受害者，前者是歐洲納粹和法西斯的受害者，後者是歐洲殖民主義的受害者。這就應了《舊約．阿摩司書》中的一句話：「人與人之間，最惡劣的爭鬥，通常都是發生在那些被壓迫的人中間。」奧茲正好與猶太先知阿摩司同姓。老阿摩司，不但關注以色列人，而且奉神的旨意關注外邦人，指責當時各國的罪，宣告它們所要受到的審判。正是在傳承這位老先知的良心，弘揚正義的意義上，奧茲被譽為當今以色列的文學「良心」和先知。

在今年出版的《如何治療狂熱》（*How to Cure a Fa-natic*）新書中，奧茲指出：巴勒斯坦是巴勒斯坦人唯一的家園。猶太人居留以色列，因為他們在世界上找不到別的國家作為家園。巴勒斯坦人早就不情願地試圖移居別的阿拉伯國家，卻橫遭拒絕、羞辱和迫害。他們痛苦的認同，與猶太人的歷史體驗頗為類似。奧茲呼籲世人幫助以色列和巴勒斯坦「分家」，儘管「分家」之後，他們仍然要尷尬地同住一個公寓。出於人道精神，奧茲為在帳篷中度過漫長歲月的巴勒斯坦難民設身處地著想，把幫助他們重建家園視為當務之急。他的構想，是二十一世紀的馬歇爾計畫，即二戰後美國對西歐戰爭廢墟提供經濟援助的重建計畫。

奧茲並沒有落入黑格爾悲劇美學的窠臼。他覺得，美國西部電影中的正義戰勝邪惡，同樣源於生活和人類的審美理想。越南人的抵抗美軍入侵，南非黑人在種族隔離制度下的民權抗爭，其衝突雙方的好壞劃分似乎比較容易。以色列與阿拉伯世界的衝突的性質不是一成不變的。就在今年七月十二日，黎巴嫩真主黨越境殺害、綁架以色列士兵，以色列則給與還擊，轟炸真主黨設施。幾天之後，奧茲發表了〈真主黨攻擊以色列〉（Hezbollah Attacks Unite Israelis）一文。奧茲曾多次抨擊以色列軍事行動，但是，他認為這一次以色列的反擊，不應視為殖民擴張。實質上，衝突的雙方，一方是狂熱的穆斯林，即由伊朗和敘利亞慫恿的極端派，另一方是以色列、黎巴嫩、埃及、約旦和沙烏地阿拉伯等國的和平力量。奧茲反對以色列對西岸和沙加地區的占領和殖民。但他認為，在真主黨與以色列之間，道義上不能等量齊觀。

奧茲是一手寫政論一手寫小說的偉大作家。他對中東政治人物的評點也多有精闢獨到之處。在上述訪談中，他指出，前巴勒斯坦解放組織領導人阿拉法特（Arafat）和以色列總理沙隆（Sharon），他們所代表的兩個民族，都背著沉重的歷史包袱，籠罩在昔日的陰影之下，成了歷史的奴隸，「在這個意義上，他們幾乎互相給對方戴上手銬，缺乏信賴，缺乏善意，缺乏眼光，缺乏想像和政治勇氣。」奧茲高度肯定的領袖人物，是已故約旦國王胡笙（Hussein），因為他以一國之尊為一個約旦士兵的狂亂殺戮下跪道歉，對敵國的以色列領導人伊扎克·拉賓（Yitzhak Rabin）讚美有加。

在《如何治療狂熱》一書中，奧茲讚揚巴勒斯坦民族權力機構主席阿布·馬贊（Abu Mazen）的溫和政策。今年，武裝暴力集團哈馬斯（Hamas）在巴勒斯坦議會中的勝選無疑給中東帶來了更為不安的因素，奧茲呼籲以色列和阿拉伯世界乃至國際社會對哈馬斯施壓，遏制恐怖主義。

奧茲於一九三九年生於戰爭撕裂的耶路撒冷，曾在希伯來大學主修哲學與文學。一九六六年和一九七三年，奧茲作為坦克兵親身體悟過兩次中東戰爭。他坦然承認自己也曾一度是偏狹的猶太復國主義者。後來，他終於發現了以巴衝突的兩面性，從此放棄狂熱主張，轉向務實原則，投身和平運動。他的文學創作，就是作者啜飲自己釀造的文學清涼劑的過程。作為小說家，奧茲多次榮獲國際性的文學獎，並且是諾貝爾文學獎熱門人選。

奧茲的小說創作想像豐富。在〈論想像〉（On Imagination）一文中，奧茲指出：國家往往是一種缺乏想像的必要的「邪惡」，有作家才有想像。但奧茲的想像，並非烏托邦幻想。正像黑格爾強調美僅僅存在於心靈一樣，奧茲認為，「衝突總是肇始並且結束於人的心靈之中，而不是在那些小山頭上。」他歸納出文學中的兩種悲劇結局，一種是莎士比亞式的在最後一幕陳屍舞台的結尾，另一種是契訶夫式的結尾。

在上述二〇〇二年的訪談中，奧茲指出，以色列和平運動「並不是想給以巴悲劇找到一個動情的幸福結局，一種兄弟之愛，一個突然而來的蜜月，而是想促成一種契訶夫式的結局，即雙方咬牙忍痛的妥協」。這裡，沒有夢想成真的狂歡，人們被迫接受現實，在失望和傷痛中得以倖存。正像穆斯林無法推倒猶太人的「哭牆」一樣，猶太人也無法拆除「哭牆」旁興建的穆斯林聖所而重建耶和華聖殿。在我看來，這種結局，可以以契訶夫的《海鷗》中兩個人物的命運作為以巴衝突的警號：努力追求目標的妮娜在理想幻滅之後終於與現實妥協，而貪婪的想擁有一切的阿卡汀娜最後卻失去了一切。像契訶夫一樣，奧茲以幽默和反諷來「反串」悲劇。

儘管如此，想像仍然是與現實相對的。現實像奧茲所看到的塗鴉的牆一樣醜陋。但是，只要我們努力，醜陋是可以有所改變的。在奧茲的小說《黑匣子》中，吉代恩，這個高山上的惡鷹，充滿暴力激情和征服欲望的暴君式的人物，變得柔弱、寬容、和藹可親，就是文學的想像和美的力量所致。

英國批評家理查茲（I. A. Richards）曾相信「詩可以拯救我們」。T．S．艾略特就此評論道：「這好比說，當牆坍塌時，牆紙可以拯救我們。」這裡的牆紙，是附麗於現實之牆的詩美的隱喻。這樣的說法似乎荒誕不經，但其蘊含的審美理想卻是耐人尋味的。我們不妨把奧茲的創作喻為一種製造牆紙的藝術，他要用美的牆紙，來覆蓋醜陋的塗鴉，並且最終化為解決以巴衝突乃至拯救人類的一種力量。

《聯合報》二〇〇六年八月三十日

註釋

1 阿默斯．奧茲（一九三九－），以色列作家、記者，曾參與以色列一九六七年六日戰爭和一九七三年贖罪日戰爭，二十二歲開始寫作出版，目前已出版多達十八部作品，被翻譯成三十多種語言，代表作為《黑匣子》（*Black Box*）、《我的米海爾》（*My Michael*）、《愛與黑暗的故事》等。

不羨絲綢愛布衣

《魯拜集》的絲綢意象

波斯大詩人莪默．伽亞謨（Omar Khayyám）[1]的《魯拜集》（*Rubaiyat*），因菲茨傑拉德（Edward Fitzgerald）的英譯而蜚聲國際詩壇。魯拜是與中國唐詩絕句極為相似的四行詩。歸在伽亞謨名下的魯拜多達千多首，其中有些偽託之作，但已真偽難辨。因此，不少學者認為，由於模仿《魯拜集》的詩人代有人出，多種語言的創造性翻譯競相爭奇，實際上已形成一個伽亞謨思想學派或詩歌流派。對於研究者來說，重要的不是甄別真偽，而是看哪些作品仍然具有現代價值，能給讀者帶來思想啟迪和審美愉悅。

菲氏英譯《魯拜集》先後出過五版，譯詩百多首，難免有遺珠之憾。此外的重要西文譯本，有法國學者尼可拉斯（J. B. Nicolas）的法譯本和英譯本，印度東方學者提塔（S.G. Tirtha）的英譯本，英國波斯文學翻譯家文菲爾德（E.H. Whinfield）的英譯本及當代伊朗裔美籍學者賽迪（Ahmad Saidi）的英譯本。有人依據菲譯，斷言《魯拜集》沒有提到中國，那就大謬不然了。據我細讀譯出的多家英譯，伽亞謨多次在詩中提到中國，或採用來自中國的意象。

如我們所知，早在兩千多年前，波斯和中國就有了貿易往來。波斯的駱駝商隊，好比多種文明的搖籃，經由絲綢之路把香料、珠寶運往中國，再把中國的絲綢、茶葉、穀類、各種藥材等物產運往西方和阿拉伯世界。更重要的，是中國發明的紙張出口和造紙術的傳播，使得絲綢之路同時成為不同地區的思想、文化交流之路。絲綢之路沿途城鎮舊址留下的許多碑刻上，也許有中國格言或唐宋詩詞的譯文。

伽亞謨處在相當於中國北宋年間的歷史時代，他的故鄉納霞堡（Nishapur），是波斯東北部呼羅珊州（Khorassan）的首府，絲綢之路的「東方門戶」。詩人在絲綢之路的沿途城鎮，看慣了沙漠上的駱駝商隊，聽慣了集市上叫賣絲綢的聲音，因此，絲或絲織品成為《魯拜集》中多處出現的一個重要意象。

由於長途販運，經由絲綢之路的駱駝勞頓和延伸的水上顛簸，絲或絲織品，在西方和阿拉伯世界價格昂貴，是富豪奢華的象徵，往往用來製作華麗的服飾。在中國，絲織品同樣是昂貴的。北宋詩人張俞的五絕〈蠶婦〉盡人皆知，是當時的手工業者的生活和辛苦的真實寫照：

> 昨日入城市，歸來淚滿巾。遍身羅綺者，不是養蠶人。

養蠶繅絲，雖然辛苦，但在不合理的社會，無權無勢的體力勞動者很難得到高額報酬，甚至受到欺壓盤剝。詩人在這樣的背景下，勾勒城鄉差別，描寫一位整日辛勤勞作，以養蠶賣絲為生的村婦的遭遇。一、二句省略的主語，解讀為詩人或蠶婦，都可以講得通，理解為前者，更能見出詩人的同情，理解為後者，便是一幅素描：一個蠶婦進城賣絲，得不到幾個錢，她自己布衣襤褸，見到城裏滿身綾羅綢緞的，都不是養蠶繅絲的勞動者，歸來之後，不禁令人淚流不已。

「遍身羅綺者」，究竟是些什麼人？詩人沒有實寫。《魯拜集》中的一首詩，似乎遙想呼應，對此給予回答：

穆斯林拜安拉時，你我但求維納斯。共居靜修螞蟻穴，同仇挑戰大王旗。
面含悲憫千家痛，身著補丁百衲衣。集市錦絲羅綺亮，驢頭驢腳披麟皮。

We are the idolaters of love, but the Musulman differs / from us; we are like the pitiful ant, but Salomon is our / foe. Our visages should aye be paled with love, and our / apparel in rags, and yet the mart for silken stuffs is here / below. (Nicolas, 55)

略加增添，我把這首詩譯為七律。詩人或詩的抒情主人公向他所愛的人致詞，表達共同的理念和情感。首聯、頷聯均包含鮮明的反諷的對比。他們所崇拜的不是伊斯蘭的真主而是希臘羅馬神話中的愛和美之神。伽亞謨推崇的蘇菲主義（Sufism），不是後來納入伊斯蘭教派的蘇菲派，而是前伊斯蘭的原始宗教，與佛教十分接近。他們卑微如螞蟻，卻致力於共同的精神修持，傲視王公大人，挑戰權力結構。頸聯可以見出詩人深厚的人文關懷和素樸本色。尾聯，英譯雖然沒有驢子的意象，但伽亞謨在別的詩中多次把豪門愚人喻為披著獅皮的「蠢驢」。詩人以辛辣的諷刺筆法告訴我們：「遍身羅綺者」，實際上金玉其外，敗絮其中，難免出醜弄怪，滑稽可笑。

張俞的〈蠶婦〉一詩充滿悲憫之情。伽亞姆的這首詩，除了悲憫感嘆之外，還有嬉笑怒罵的批判鋒芒。詩人對於維納斯的祈求，是滲透在許多詩中的對真正的美和愛的追求。《魯拜集》的這首詩，通過尼可拉斯的創造性的英譯，即彰顯了古老的波斯文化，又體現了希臘文明的精華。

下面這首詩同樣針砭時世：

蠢物不挑夜讀燈，深思苦力怕傷神，

脫愚無意但衣錦，掠奪他人肥自身。

These fools have never burnt the midnight oil / In deep research, nor do they ever toil / To step beyond themselves, but dress them fine, / And plot of credit others to despoil (Whinfield, 199)

挑燈夜讀，苦思冥想，像古代中國一樣，是受到希臘哲學影響的波斯文人「愛智慧」的傳統。伽亞謨筆下的那些不愛智慧的蠢驢，在這裏似乎變成了白居易筆下虐人害物的豺狼。

身在官場的伽亞謨，遠離貪汙腐敗。在下面這首詩中，詩人以精鍊的意象表達了兩情真愛的安貧守道的精神：

真愛管它集市黑，天堂地獄兩相宜，

床頭玉石皆能枕，不羨絲綢愛布衣。

To lovers true what matters, dark of fair, / In Hell or Heaven, lovemates would not care; / Nor if on brick or bolster rest their heads, / Nor whether silk or serge Beloved does wear. (Ahmad Saidi, 19)

據說伽亞謨終生未娶。但依照各種傳聞加想像的伽亞謨傳記，都要寫到詩人的羅曼史。這樣的詩，像一面鏡子一樣，可以讓我們照見中國傳統文明中曾經擁有的「真愛」，在今天物欲橫流的社會稀缺的「真愛」。

有趣的是，在伽亞謨筆下，不但情人們「不羨絲綢愛布衣」，而且詩人經常出入的酒肆也不羨絲綢，甚至討厭那些「遍身羅綺者」。下面這首詩以素描手法描寫了這樣一幕笑劇：

我如天人來到酒肆門前，一身錦繡衣帽腰帶光鮮。
店主掃我一眼，說聲呸！把我包袱扔出去，潑盆清水洗聖殿。

I went to Tavern-door as some divine, / With flowing gown and cowl and girdled fine; / The Warden scanned my face, and with disgust, / He threw my baggage out, and washed the shrine. (Tirtha, 183)

酒肆店主為什麼要攆走「遍身羅綺者」？我們必須理解伽亞謨所處的時代。伽亞謨生前主要以數學家、天文學家和哲學家著稱，曾應塞爾柱帝國的蘇丹（君主）馬利克沙的邀請主持王室的曆法改革並建造天文台。相對開明的蘇丹馬利克沙死後，伽亞謨一度失寵於朝廷，流落於江湖。這個帝國的統治者是入主波斯的突厥人，奉伊斯蘭為正統。起源於前伊斯蘭波斯文明的祆教，即瑣羅亞斯德教（Zoroastrianism），俗稱拜火教，早在阿拉伯治下就遭到排擠和打擊，大批祆教徒逃亡印度。酒家為了躲避伊斯蘭禁酒的風頭，往往把酒肆開在荒蕪的祆教火廟附近，酒肆因此稱為「廢墟」。但是，在平民眼裏，酒肆是非正統的「聖殿」。由於政局不穩，禁令難行，酒鬼或酒朋詩侶仍然「酒香不怕巷子深」，聚集於「廢墟」之上，舉杯於花前月下。官府睜隻眼閉只眼。因此，身在朝廷的伽亞謨，也經常混跡於酒肆。詩中的「我」不一定是詩人本人。在一首詩中，詩人就自稱為「廢墟落魄魂」。在這樣的情況下，來到酒肆的「遍身羅綺者」，很可能是官府耳目，酒肆店主或酒保因此非常厭惡。在另一首拙譯為詞體「憶王孫」的詩中，伽亞謨正告那些有錢人：

> 此間難覓穆斯林，不見王公唯蟻民，
> 黧黑容顏襤褸身，有錢人，欲買羅衣別處尋。

Love’s devotees, not Muslims here you see, / Not Solomons, but ants of low degree; / Here are but faces wan and tattered rags, / No store of Cairene cloth or silk have we. (Whinfield, 58)

詩中的「此間」，可以解讀為低檔服裝店，也可以視為酒肆的隱喻。詩人以所羅門指代王公貴族，以埃及都市開羅的服裝店指代絲織品店鋪。在鮮明的對比中，體現了詩人同情窮苦鄙夷富豪的高貴精神。

從《魯拜集》的絲綢這一中國意象，我們可以充分看到：無論處江湖之遠還是居廟堂之高，伽亞謨始終是一位屬於平民草根的偉大詩人。

註釋

1 莪默・伽亞謨（一〇四八—一一三一），波斯詩人、哲學家、天文學家、數學家。詩集《魯拜集》因菲茨傑拉德的英譯而風行世界。本文引詩中譯依照的英譯本，見Robert Arnot編輯的《伽亞謨的蘇菲四行詩》（*The Sufistic Quatrains of Omar Khayyam*），S.G. Tirtha譯《醇美瓊漿》（*The Nectar of Grace*），Ahmad Saidi譯《魯拜集》（*Ruba'iyat of Omar Khayyam*）。

我還活著，在人們心裡

紀念魯米冥誕八百周年

我初到瑞典在一所學校學瑞典文時，班上都是來自世界各地的移民，老師有時要我們用簡易瑞典文介紹本民族文學。一位來自伊朗的同學講了這樣一個故事：

一個國王買了一個美麗的女奴並寵愛她。可是，女奴成了宮女後突然病倒，御醫無法治癒。一夜，為宮女求神保佑的國王在夢中獲悉，將有高人到宮中指點。次日清晨，果然來了一位神醫，他發現宮女身體無恙，患的是心病，便誘導她和盤托出：原來，她暗戀一個英俊的金匠師傅而相思成疾。神醫勸國王把金匠接來，賞賜他並成全他們。國王依言行事，有情人成了眷屬。可是神醫讓那個金匠服用了一種加速衰老的藥物，結果，日益醜陋多病的金匠逐漸受到妻子的冷淡。不久，金匠死了，那宮女重回國王身邊。

我那時就記住了這個故事的作者：穆拉維．魯米（Molavi Rumi，或 Jalaluddin Rumi）[1]，古波斯蘇菲主義的偉大詩人。上述故事出自他的長篇敘事詩《瑪斯納維》（*Mathnavi*），之所以給我留下深刻印象，是因為它使我想起一個類似的中國傳說：

一位讀《紅樓夢》的多情富家子弟，還沒有看完小說，就愛上了「閑靜似嬌花照水，行動如弱柳扶風」的林黛玉，求之不得，從此臥床不起，百藥不治。後來，他的父親經高人指點，借用一個園林，依大觀園格局布置安排了一番，然後領著帶病的兒子遊覽「大觀園」。他們從正門進入，經過曲徑通幽處、沁芳亭橋邊，很快到了怡紅院、瀟湘館。剛到瀟湘館前，就見一位白髮蒼蒼的老太婆在那裡紡棉花。他們上前請問老太婆：「林黛玉在哪裡？」「淚光點點」老太婆凄然答道：「我就是林黛玉啊！」那苦戀的人聽了此言，想起意中人生活的年代，屈指一算，不禁感嘆明眸皓齒今何在，連聲說道：「這麼老了，這麼老了，不能娶了！」從此霍然病癒！

魯米一二〇七年生於波斯帝國東岸的巴爾赫（Balkh，今阿富汗境內），年輕時由於戰亂隨家庭遷徙到東羅馬帝國的科尼亞（Konya，今屬土耳其）。聯合國科教文組織早就宣布二〇〇七年為「國際魯米年」，以紀念魯米冥誕八百周年。台灣的蘇菲信徒，五月份曾藉「二〇〇七年國際蘇菲十日營」為序幕的活動紀念他們心愛的魯米。八月在英國倫敦大學召開的「第六屆國際伊朗學雙年會」上，專門設有研究魯米及其作品的主題。接著，在土耳其的科尼亞和伊朗的德黑蘭，也分別召開了紀念魯米的國際學術會議。據報導，在德黑蘭與會的有一位中國學者穆宏燕女士。

穆宏燕在〈穆拉維與《瑪斯納維》〉（《回族研究》二〇〇五年第二期）一文中認為：「蘇菲派是伊斯蘭教內部衍生的一個神祕主義派別。」這是通常的說法。依照多麗絲·萊辛的蘇菲老師沙阿（Idries Shah）的解釋，蘇菲主義比正統的伊斯蘭早出八百多年，幾乎蘊涵世界各大宗教的基本要素，不是穆斯林的獨占品。蘇菲的救贖之道是「皈依神」。《瑪斯納維》雖然也是魯米解讀《可蘭經》的伊斯蘭名著，但他心目中的「真主」，並非一個位格神，而是充盈宇宙寓於大自然，寓於山水草木之中的「神」。「神」就在你身邊，就在你心裡，不必捨近求遠。這種「皈依神」，有前伊斯蘭文明的泛神論色彩。在魯米看來，個體靈魂要「皈依神」，獲得大自在，必須長期磨練，徹底擺脫肉身和外界的羈絆。修煉的起點是對「神」的無私忘我的「愛」，由此求得「神」恩賜的「智」，借以克服私慾邪念，完善自我，達到出神入化的境界，這就是魯米所說的「神愛」、「神智」、「完人」和「復歸」的過程，最後可臻於「人神合一」的境界。

當我了解到魯米的思想脈絡，重新琢磨國王與宮女的故事時，我終於悟出，魯米筆下的仁慈的國王，原來是「神」的象徵。那兩個故事的異曲同工之妙在於，兩者均蘊涵與佛教類似的「無常」和「無我」的啟悟，均有一位精神分析大師引領執迷的人走出幻境，只是前者兼用魔法，後者更近情理。

魯米詩歌對蘇菲主義「泯滅自我」和「濾淨心性」的教旨的深化，往往以生動的與佛家類似的弔詭的比喻表現出來：

我身即是鏡，亦是鏡中身。解得此中味，剎那即永恆。
我輩即是苦，亦是解苦劑。甘冷如水瓶，亦是瓶中水。

詩人主要以波斯語寫作，可惜筆者只能根據英文轉譯，且譯成古體。由這首詩可以看出，魯米的「皈依神」的拯救之道，實質上是自救之道。

魯米曾經有幸遇到一位雲遊的「聖人」沙姆士（Shams），與之結成亦師亦友的關係；結果，在魯米繼承父親衣缽傳道的蘇菲教團引起信眾抱怨，沙姆士悄然離去，從此杳無音信。出於對故人的懷念，魯米寫了不少感情充沛的詩篇，結集時以沙姆士命名。這類詩作同樣以隱喻、象徵等藝術手法，表達詩人對一個「完美之化身」的眷戀和追求，彰顯了「皈依神」的主題，例如下面這首詩：

你我相聚時，通宵不合眼。你遠我去時，徹夜難成眠。
兩種失眠症，讚歌獻給神。兩兩各有味，亦當謝神恩。

在魯米後期潛心創作《瑪斯納維》時，正是成吉思汗率領蒙古大軍西征，摧毀阿拉伯帝國的戰亂年代。因此，這部作品同時滲透反戰思想。今天，魯米熱無論在東方西方長久不衰的重要原因之一，是他的和平主義理念，他筆下闡揚的蘇菲主義，好比給狂熱穆斯林原教旨主義一帖降溫的清涼劑，同時也是對一切戰爭狂熱的解毒劑。

在《瑪斯納維》中，魯米往往以諷刺幽默的寓言表達對戰爭的否定。其中有個故事說，空中一隻飛鳥朝下看時，把牠自己投射地上的影子誤認為追獵牠的猛禽，因此頻頻向鳥影攻擊，徒然耗盡全力。另一個故事說，來自波斯、阿拉伯、突厥和東羅馬的四個人結伴而行，在買葡萄吃時，由於語言相異，對葡萄的叫法不同而產生誤會，甚至廝打起來。這樣的諷喻，令人聯想到戰爭，尤其是「聖戰」的荒誕，因為這類戰爭，很可能是因為人們對實質上同出一源的「神」的不同理解和表述而引發的。

一二七三年，六十多歲的魯米在他度過了大半生的科尼亞逝世，並長眠於此。但是，魯米留下了這樣的遺囑：

不要到墓地找我／不要向地下看我／我還活著／在人們心裡

《聯合報》二〇〇七年十二月二十三日

註釋

1 穆拉維．魯米（一二〇七－一二七三），古波斯蘇菲主義的偉大詩人、法學家、神學家，其作品已被翻譯成許多語言和再創作，詩作影響波斯文學、蘇菲主義的發展，是極受歡迎的古波斯詩人，聯合國更將二〇〇七年定為「國際魯米年」。

伊朗革命中的詩人玄魯

三十年前發生的伊朗革命，史稱「黑色革命」。從色彩象徵主義的角度來看，它似乎是在此之前推翻孔雀王朝的「白色革命」的解構。親美的伊朗國王勒維在六〇年代初進行的「白色革命」，並沒有帶來伊朗的民主政治，也沒有真正改善民眾的生活，制度性腐敗引起大多數伊朗人的強烈不滿和憤怒。伊朗最大宗教勢力伊斯蘭什葉派聯合知識分子和大學生，點燃了穆斯林的民族情緒，迎回流亡中的何梅尼，導致政權易手。由於何梅尼和什葉派的坐大，帶來的歷史反諷，同樣是民主革命的流產。用伊朗詩人玄魯（Ahmad Shamlu）[1]在那場革命勝利後立即發出的預警來說：「『太陽升起』的預定計畫已經完全取消了。一群黑烏鴉正鼓翼飛來，全面占領這個領域。」

十年前逝世的詩人玄魯，今天已經被他的國人譽為伊朗有史以來最偉大的思想家和文化偶像之一。玄魯的父親是一位伊朗軍官。一九四二年，正在讀大學的玄魯隨父親到當時被蘇聯占領的伊朗北部時，因為他的政見而被紅軍逮捕關押。二戰結束後，出獄的玄魯傾向於馬克思主義，參加過以伊朗共產黨為前身的伊朗人民黨，同時開始文學創作。一九五四年，巴勒維王朝幾度沉浮的首相摩薩台（Mosaddeq）被親美的伊朗人推翻之後，玄魯再次羈獄一年。後來，他退出人民黨，因為他發覺人民黨已經背叛了人民的社會主義事業。在「白色革命」的年代，在他以詩集《新鮮空氣》成名前後，玄魯曾多次因為政治活動和寫作而羈獄。正如他自己說的一句話：「他唯一的『罪』，是他知道誰是真正的罪犯。」玄魯的詩集也因此被查禁。七〇年代，玄魯自我放逐到美國，以抗議巴勒維的獨裁統治。

玄魯最初有馬克思主義無神論傾向，拒絕「書劍並重」的伊斯蘭，但他並不否定帶有和平主義趨向的伊斯蘭蘇菲派。他汲取了希臘文化的普羅米修斯精神，歐洲文學的堂吉訶德精神。四〇年代，詩人羈獄時，他的父親多次勸說他簽署一份悔過書以便早日獲釋。青年玄魯以詩體〈書信〉作答：「你教我當一個懦夫，父親？／按照敵人的意願悔過／束縛我的靈魂以解脫我的肉身……」玄魯拒絕了父親的勸告。三十年後的七〇年代，詩人本色不改，在〈裂口〉中以詩言志：

> 出世／在黑暗之矛的尖頂／像一個傷口一樣敞開著誕生／踏上獨特的尋找機遇的「出埃及」之旅／始終／在鎖鏈中／把一個人的渾身火焰／燃燒到最後一顆火星／在奴隸們發現的／崇高的火焰中／在旅途的塵埃中／如此鮮紅和迷人／在血的荊棘中綻放／如此高潔和驕傲／跨過墮落的淵藪／越過仇恨的極地……

玄魯以敞開的傷口擁抱基督教人文主義，但他敬佩的上帝，不是《舊約》中的耶和華。在〈火中的亞伯拉罕〉一詩中，詩人表示：「我值得另一類上帝／有一個被造之物的價值／絕不為可有可無的食糧／折腰。」

一九七八年伊朗革命前夕，玄魯從英國趕回伊朗，成為伊朗作家協會的重要活動家、記者和詩人，就革命局勢發表了許多報導、詩文和演講。「我們赤足走在刀劍叢生的路上」——他的〈宴會〉中的這一行詩，可以視為當時伊朗人的險境的藝術概括。玄魯否定了社會主義革命的暴力，但他仍然以馬克思主義的經濟學眼光來考察革命，認為一場真正成功的革命，其結果應當是勞苦大眾從資本的奴役下贏得解放，要解決的是杜絕有人靠權力謀取暴利的問題。換言之，單純的宗教意義上的革命，不是真正的革命。

一九七九年二月十一日，「這是德黑蘭，伊朗伊斯蘭革命的聲音……」「兩千五百年的君主獨裁結束了！」當德黑蘭電台、報紙都在這樣高呼的時候，玄魯敏銳地覺察到一種新的暴政已經浮現了，他多次對伊朗人民提出警告。一九七九年夏，對於革命成功、伊斯蘭共和國誕生了的莊嚴宣告，玄魯的回應是：新的國會正在企圖「把一位高級教士（何梅尼）驅趕到一個世俗的非精神性的『獨裁者』寶座上」。

在〈在這死亡的盡頭〉一詩中，玄魯把愛情詩和政治詩糅為一體，勾勒了一幅幅伊朗革命之後肅殺的景象：

> 為了確證／你有沒有說過「我愛你」，／他們要嗅嗅你吐納的氣息，／甚至要嗅嗅你的心。／真是難受的時刻，親愛的。／他們把「愛」／捆綁在死胡同的恥辱柱上／用鞭子抽打／我們最好把愛藏在壁櫃裡。

在接著的幾節詩中，詩人繼續以反諷的筆調奉勸人們：最好把獨立的「思想」、把燈盞的「光亮」、把「歡樂」和「上帝」統統藏在壁櫃裡，否則就會被捕。

八〇年代之後，玄魯在嚴酷的政治環境中過著世俗生活，作為對政教合一的伊朗生活形式的一種解構。一九八四年，由於其傑出的詩歌糅合了多種文明的精華，玄魯被提名諾獎，此後經常應邀在歐美各地講學和朗誦詩歌。他一生先後出版了七十多本著作和譯著，贏得多種國際獎掖和世界聲譽。晚年的玄魯更向內看，他把詩歌視為舉起來照看自己靈魂的鏡子。

今天，在紀念伊朗「黑色革命」三十周年之際，要求民主、自由和人權，寄望「綠色革命」的伊朗人，無疑可以從玄魯的作品中吸取豐富的政治啟迪和詩的靈感。

《聯合報》二〇一〇年二月二十日

註釋

1 玄魯（一九二五—二〇〇〇），伊朗詩人、作家、記者，一九八四年曾被提名為諾貝爾文學獎候選人，可說是現代伊朗最有影響力的詩人，被譽為伊朗有史以來最偉大的思想家之一，代表作有《書巷》（*The Book of Alley*）、《新鮮空氣》（*Fresh Air*）、詩作〈火中的亞伯拉罕〉（*Abraham in the Fire*）等。

和平的麻雀

伊拉克詩人優賽福

日益接近地獄之門的伊拉克，有彪炳史冊的悠久歷史，境內的幼發拉底河和底格里斯河兩河流域，是世界四大文明古國之一的發祥地。古老的巴比倫王國和亞述帝國在這裡興衰起落。今日伊拉克，是否會慘遭巴比倫和亞述一樣衰落的命運？在這裡，讓我們聆聽一位伊拉克現代詩人的吟唱和預言。

我稱為「和平的麻雀」的這位詩人薩迪．優賽福（Saadi Youssef）[1]，十七歲開始寫作，詩文著作頗豐，由Khaled Mattawa譯為英文的詩集《沒有字母表沒有面貌：優賽福詩選》（*Without An Al-phabet, Without A face:Selected Poems of Saadi Youssef*）集作者四十多年的佳作。

像許多伊拉克知識分子一樣，一九七九年薩達姆．海珊（Saddam Hussein）掌權之後，作為詩人和左翼政治活動家的優賽福立即逃離祖國，浪跡於中東鄰國、前南斯拉夫、法國和英國。流亡的優賽福，以前伊斯蘭文明的阿拉伯詩人伊姆魯（Imru Ul-Qais）自況。伊姆魯原本是一位離經叛道的王子，被父王驅逐後成為沙漠上「流浪漢之王」。一九八六年，優賽福在流亡賽普勒斯途中，想起千百年前走在同一條路上的前輩詩人，寫了〈感謝你伊姆魯〉一詩，詩人遙想伊姆魯當年面臨的困境和戰亂：「苔蘚爬滿家園／箭矢撒滿海洋」，可是，伊姆魯卻以詩的韻律宣講和平：

獻給一片無花果樹林的和平／獻給一片黑暗的和平／獻給一枚把自己的血藏在潮濕睡眠中的貝殼的和平／獻給一片廢墟的和平

當然，詩人是以創造性的藝術意境來表達和平理念的。在優賽福的畫筆下：

雲彩如白堊的群山凝聚／一隻麻雀飛過頭頂／抵達教堂尖塔／在望眼的盡頭……

在伊斯蘭文明興起之前，除了原始泛神論之外，猶太教和基督教早在公元一世紀就包圍了阿拉伯半島。一隻麻雀抵達教堂尖塔這一意境，似乎暗示了詩人對基督教「鑄劍為犁」的和平理想的認同。

與此同時，詩人對穆斯林頗有微詞。他的〈庫法〉一詩，以伊拉克古城庫法（轄今日聖城納傑夫）為題材。詩人認為，自從穆罕默德創立伊斯蘭教以來，伊拉克人似乎以一把利劍斬斷了與外部世界的聯繫，數百年間沒有多少建樹。「我們除了清真寺、城牆／和阿里的茅屋之外／什麼也沒有建造」，阿里是穆罕默德的堂弟，後娶穆罕默德之女為妻，被什葉派尊為領袖，建阿里清真寺朝拜。一九九一年，反海珊政府的起義者在阿里清真寺內負隅頑抗，結果，海珊軍隊以生化武器殺戮叛軍，同時損毀了聖地。詩中「阿里的茅屋」，當指富麗堂皇的阿里清真寺，它似乎既可以解讀為詩人對一派穆斯林聖地的貶抑，也可以解讀為對根本不把聖地放在眼裡的海珊的暗諷。

不起眼的麻雀，是反戰的優賽福常用的意象，有和平鴿的象徵意味。在〈麻雀〉一詩中，詩人看見一隻麻雀飛到細長的玉米稈上，「這隻麻雀自己清潔自己」，另一隻麻雀飛來，玉米稈微微彎曲，第三隻麻雀飛來，玉米稈彎成了一把弓——領會這樣的詩情畫意，這把弓在我眼裡成了三隻麻雀集體製造的一件奇妙的和平武器。詩的抒情主人公感到有一千隻麻雀在他的襯衣下面震顫……

依照優賽福的詩學觀，「感覺是詩之波瀾的鵠的……因為感覺是詩的接收器。……觀念是人與宇宙的關係回歸自發的原鄉的產物」。詩人所說的「宇宙」不僅僅指大自然，因為他強調詩人與現實生活的密切關係。這方面的代表作是他針對美國發動伊拉克戰爭所寫的〈美國，美國〉一詩。詩人把政治眼光和美學眼光融合起來。從詩中可以看出，詩人認同的美國文化，有以牛仔褲為代表的現代生活風格，以史蒂文森、馬克．吐溫、惠特曼為代表的英美文學，以爵士樂和影星瑪麗蓮．夢露為代表的美國藝術，以林肯為代表的美國民主政治和自由理念。但是，伊拉克人畢竟不可能被美國同化。詩人質問道：難道伊拉克人因此就活該被幻影戰鬥機狂轟爛炸，推回到石器時代的蠻荒之中？接著，詩人直接向美國致詞：

> 美國：／讓我們來交換禮物……／拿掉你模範監獄的藍圖／給我們鄉村家園。／拿掉你傳教的書本／給我們寫詛咒你的詩歌的紙張／拿掉你沒有的／還給我們原有的／拿掉你的星條旗／給我們那些星辰／拿掉「阿富汗聖戰者」的鬍子／給我們惠特曼的鬍子翻飛的蝴蝶／拿掉薩達姆／給我們林肯

在這裡，詩人暗示並譴責了美軍在伊拉克監獄虐囚的行徑，以及英美對「阿富汗聖戰者」長期支持的錯誤政策。詩中最值得玩味的，也許是「拿掉薩達姆／給我們林肯」這兩行。詩人懂得戰爭與和平的悖

論，在一定程度上肯定了推翻海珊政權的武力，但是，他沉痛地感到，伊拉克平民為此付出了太大的代價。詩人在〈一個幻象〉中所描繪的黑色畫面，此刻更真切地展示在我們眼前：

這個伊拉克將抵達墓地的盡頭／它將掩埋自己的兒子或暴尸於野／一代又一代／它將饒恕它的獨裁者……／它將不再是曾經擁有這個名字的伊拉克／那裡的雲雀不再歌唱／那就走吧——假如你願意——走過漫長時光／那就籲請吧——假如你願意——／籲請寰宇之內所有的天使／所有的魔鬼／籲請亞述帝國的神牛／籲請翱翔的長生鳥……／籲請所有這一切／透過夢魘的煙霧／觀察奇蹟從熏香的流雲背後／浮現

在這裡，值得注意的是在〈美國，美國〉一詩中同樣出現過的神牛的意象。阿拉伯人崇拜的神牛，象徵著宇宙生化創造的力量和大地的豐饒。它並不一定是雄性公牛，有時被視為雌雄同體或無性別的牛。在亞述藝術遺產中，不難見到人頭牛身並且插上翅膀的神牛形象。阿拉伯哲學認為，善與惡、神與魔並非截然對立的兩極，而是可以互相轉化的。因此，神牛也可能是魔牛。在亞述的雕塑中，常見的一個形象，是一個國王一手拽住牛角一手以刀刃刺破牛肚的造型。據藝術史家的分析，其象徵意味，在於激發人們以理性克服衝動，以心智戰勝原欲，把人的「內魔」轉化為神力。這與自我淨化的麻雀的意象是一致的，因此，詩人同時籲請天使和魔鬼，就是希望借重世界上善良而正義的力量，借重人的內在的神性戰勝外在的邪惡和自身的「內魔」。用《天方夜譚》中的那個著名的漁夫與魔瓶的故事來說，詩人在籲請那個從魔瓶中鑽出來的魔鬼重新回到魔瓶中去。這個魔鬼，原本是打撈到魔瓶的漁夫由於無知而把它放出來的，甚至可以視為漁夫自身的「他我」（alter ego）。面對吃人的魔鬼，漁夫要自救，需要的是智慧而不是暴力。在伊拉克首都巴格達街頭，豎立著漁夫和魔瓶的塑像。它應當像優賽福的詩句一樣，成為伊拉克人的警策。

優賽福的詩歌，就是這樣寓醒世鐘聲於日常的質樸，寓鴻鵠之志於平凡的麻雀。正如一位伊拉克批評家所說的那樣，從優賽福創造的詩美和和諧中，我們可以發現巴比倫史詩《吉爾伽美什》中的英雄國王的偉大品格。

《聯合報》二〇〇七年八月二日

註釋

1 薩迪・優賽福（一九三四－），伊拉克作家、詩人、記者和政治活動家，一九七九年展開流亡生涯，目前定居於美國。代表作有《沒有字母表沒有面貌：優賽福詩選》、詩作〈美國，美國〉（America, America）等。

馬哈福茲見真主去了？

紀念馬哈福茲逝世

我之所以提出這樣的問題，是因為早在一九六〇年代，馬哈福茲（Naguib Mahfouz）[1]在報刊連載長篇小說《街魂》（*Awlad Haratina*）之後，就激怒了穆斯林。伊斯蘭權威的宗教學家曾裁定馬哈福茲寫作這部「瀆神」小說，該當死罪。後來，穆斯林激進分子後悔沒有盡快殺死馬哈福茲以儆效尤，否則就不會再次冒出一個魯西迪，出版「瀆神」的《魔鬼詩篇》。一九九四年，諾貝爾和平獎頒發給以色列總理拉賓、外長裴瑞斯和巴解組織領袖阿拉法特的消息公布後，八十高齡的馬哈福茲同時成為恐怖襲擊的目標。他的脖頸和執筆的右手受到重創。

這部小說之所以被視為「瀆神」，是因為小說中不但出現了影射撒旦、摩西、聖子耶穌和先知穆罕默德的人物，而且有一個影射上帝或真主的暴君形象。小說中的「街魂」，是家族暴君傑布拉維的子孫。作者描寫了這個老祖父開拓土地建立街區之後五代人的內爭外鬥。傑布拉維放逐自己的兒子，猶如上帝把亞當逐出伊甸園。他禁錮子孫，猶如巴金的小說《家》中那個高老太爺窒息年輕一代的青春活力。傑布拉維的一個孩子的一段自白充滿悲憤的力量：

大院的高牆擋住渴望的心靈。如何讓這個可怖的父親聽到我的哭號？……哪兒有指甲花和茉莉花的芬芳？哪兒有平和的心境？我的笛韻哪去了？你這殘忍的人！……難道你心中的堅冰永遠不會融化？

在這裡，我們聽到了反抗精神壓制扼殺藝術的聲音。正如佛洛依德所認為的那樣，反父是一個永恆的文學主題。但是，應當補充的是，在政治諷喻意義上，這個主題就是反對專制和獨裁。

傑布拉維最後死於象徵科學的魔法師手裡。魔法師自稱為接替穆罕默德的先知。這個結尾，令人想起尼采的「上帝死了」的宣告。可是，據作者自己的解釋，沒有任何事物可以用來象徵巨人般的上帝（或真主），傑布拉維所象徵的，只是世人關於上帝的觀念。

馬哈福茲對穆斯林極端主義的批判，並不意味著他拋棄了伊斯蘭文明的遺產。因為伊斯蘭也有蘇菲派（**Sufism**），甚至有更為中庸的一翼。蘇菲派大師伊本·阿拉比（**Ibn Arabi**）曾經寫道：「精神為諸父，自然為生母，因其乃化生之本源。」蘇菲派對人類知識學問兼容的開放胸襟，逸出正統一神論的近乎泛神論的觀點，看重精神生活及其溫和的人生態度，是馬哈福茲心儀的。在這個意義上，馬哈福茲仍然是伊斯蘭文明的兒子。

馬哈福茲同時也是與蘇菲精神相通的法老文明即埃及文明的兒子。一方面，古埃及太陽崇拜啟迪了哥白尼「日心說」的靈感，與科學結下不解之緣。另一方面，神話中萬物有靈的泛神論，蘊涵著民主文化的萌芽。阿拉伯文藝復興，就是要從古代文明中尋找「德先生」和「賽先生」的思想淵源，促進阿拉伯世界的現代發展。

馬哈福茲的創作所代表的阿拉伯文藝復興的兩面神，像希臘門神一樣，是面向歷史和未來的。他的小說《太陽的臣民》就是如此。小說中十四世紀的埃及法老廢棄傳統的泛神論，強令推廣一神論，唯太陽神獨尊。他把自己改名為「太陽的臣民」，把京都改名為「太陽地區」。作者讓他最後成為孤家寡人，被推翻之後死於荒郊。

在馬哈福茲另一部小說《在寶座前》中，我們看到的冥王奧賽里斯，坐在兩邊的冥后愛西絲和鷹頭人身的兒子荷魯斯，並不是基督教三位一體的神，而是自然神及其社會演變。在冥王寶座前，埃及歷代政治領袖，從五千年前統一埃及的第一王朝法老那爾邁，到外來殖民統治者，從埃及共和國首任總統納塞爾到後繼的遇刺身亡的總統沙達特，無一能逃脫道義的審判，歷史的毀譽。那爾邁所象徵的泛阿拉伯運動的大一統思想，是馬哈福茲反對的。納塞爾因為關心人民疾苦而得到好評。沙達特雖然獲得諾貝爾和平獎，卻遭到指責，因為他推行對外開放政策時，沒有政治改革的跟進而導致腐敗。

馬哈福茲早年短篇小說〈七重天〉，為後來這部長篇作了鋪墊。〈七重天〉描寫一個被謀殺的青年，他的靈魂從屍體中逸出，俯察犯罪現場，然後逐層攀升精神的絕頂。作者讓死者充當生者的精神導師。在去年十二月的生日晚會上，馬哈福茲說：「精神對我來說極為重要，是不竭的靈感之源。」他還表示，寫〈七重天〉，是因為他相信在他死後會有好事發生。九十四歲生日之後，近乎失明失聰，右手殘疾的馬哈福茲，仍然筆耕不已，直到今年七月的一天在書房倒地，跌傷頭部急送醫院。

依照古老的《埃及亡靈書》，埃及人把死亡視為另一次生命的開始。心臟紀錄了一個人一生所有的善行和惡行。人死之後，其心臟將被用作審判的主要依據。當心臟置於天秤上，以一枝「真羽」的重量來稱量時，積善的心臟會輕於真羽，積惡的心臟會重於真羽。倘若如此，我們便可以借助想像，看到這樣一幅圖畫：以畢生精力創造美的馬哈福茲的心臟，在天秤上向上高高翹起，他因此面見最高判官冥王，接受公正的判決後贏得永生。

馬哈福茲長達七十年的創作生涯留下了豐富的文學遺產。代表作除了上述小說之外，主要有早期的「開羅三部曲」：《宮間街》、《思宮街》和《甘露街》。幾乎他的每一本書的出版都被視為埃及的一次文化事件。他不僅贏得阿拉伯國家的文壇政界有識之士的好評，而且贏得包括以色列作家在內的世界性讚譽。埃及總統穆巴拉克在弔唁信中讚揚馬哈福茲是「一道文化之光」，他表達了「人們共同的價值觀，拒絕極端的啟蒙和寬容的價值觀」。著名批評家薩伊德（E. Said）曾給與他相當高的評價：「馬哈福茲不但是一位雨果和狄更斯，而且是一位高爾斯華綏、湯瑪斯．曼、左拉和儒勒．羅曼（Jules Romains）。」著名南非猶太裔女作家葛蒂瑪（Nadine Gordimer）在論文集《寫作和存在》（*Writing and Being*）中對文學與生活的關係作了深入研究，她把馬哈福茲、奈及利亞的阿契貝（Chinua Achebe）和以色列的奧茲作為當代作家的三個典型進行剖析，高度肯定了他們的寫作超越民族、超越時空的審美價值。

《聯合報》二〇〇六年九月十九日

註釋

1 納吉布．馬哈福茲（一九一一—二〇〇六），埃及小說家、電影編劇，一九八八年諾貝爾文學獎得主，是第一位獲得諾獎的阿拉伯語作家。其代表作《街魂》被激進的穆斯林分子認為是瀆神小說，其他作品有《太陽的臣民》、《在寶座前》等。

突尼斯革命與詩人的預言

突尼斯前總統班·阿里在突發的革命中倉皇登機出逃之際，我們可以借用突尼斯一位詩人的預言來設想他的處境：假如他的專機穿行在寒冬夜深的黑暗中，那麼，他這位「黑暗的戀人」此刻被黑暗摟在懷裡會是一種什麼樣的滋味呢？假如他的專機在白天飛行，那麼，「明麗的天空和清晨的霞光」彷彿在嘲笑他一家人的狼狽。

這裡引用的詩行，出自突尼斯詩人艾－沙比（Abu al-Qasim al-Shabbi）[1]的〈給世界的暴君〉，寫於二十世紀初突尼斯被法國占領期間。到二〇〇二年。這首詩已經被譜曲歌唱並製成錄影帶。詩中針對全世界所有的暴君所作的預言，已經在全球許多國家應驗了，並且再次在詩人的祖國應驗。

這次以突尼斯國花命名的「茉莉花革命」的導火索，是一個城管對一個青年小攤販施暴的事件。那個原本就因為失業貧困而積怨的青年，當場點火自焚，結果引發全國範圍的民眾示威，矛頭直指總統阿里利益集團的暴虐和腐敗。艾－沙比和一位埃及詩人合寫的一首詩，即後來的〈突尼斯國歌〉，早就為這場革命提供了一種比政論更有意味的心理解讀，其中有這樣的詩行：

我們準備去死，假如必要的話，／假如死了祖國就能活著！／這是我們血管裡的熱血激勵我們……

／我們要有尊嚴地活在祖國的土地上／否則不如為她而光榮地死去。

從這裡可以看到，那個失業青年的自殺及其喚來的革命，體現了一種詩化的突尼斯精神：在某種特殊的情境中，人的尊嚴高於其肉體生命。這是今天的精神上的犬儒所無法理解的。反諷的是，詩中弘揚的愛國主義，與突尼斯統治者及其利益集團掛在口頭上的宣傳風馬牛不相及。正像在中國一樣，那些進行「愛國主義教育」的當權者，實際上是最不愛國的。已經五次連選掌權二十三年的突尼斯總統阿里，在戒嚴多日後，終於選擇拋棄他自己的祖國，亡命國外，同時捲走大批財富。

據說，突尼斯第一夫人萊拉也是一個貪得無厭的女人，瘋狂利用特權壟斷多項企業斂財。「維基解密」的二〇〇八年美國駐突尼斯大使在密電中，曾把阿里家族形容為「準黑手黨」。儘管突尼斯在「世俗」體制和「自由經濟」等不少方面領先於阿拉伯世界，但其人權紀錄使得它仍然屬於暴政國家模式。由此引爆的革命立即觸發了阿拉伯世界民眾反政府的抗議活動，從葉門到埃及，從阿爾及利亞到約旦，到處都有一點就燃的乾柴烈火。

阿拉伯世界處在十字路口，革命後的突尼斯同樣面臨嚴峻的歷史考驗。混亂中的後革命問題，像一九五六年突尼斯獨立後的後殖民問題一樣，前景未明，需要突尼斯聯合政府以及各界的智慧和人道精神才能解決。

作為一位殖民地詩人，艾－沙比難免有民族主義情緒，但是，正如伊斯蘭學者斯佩特（R. Marston

Speight）在專論艾－沙比的文章中指出的那樣，「一個革命者的角色是不適合這個人的。」艾－沙比並不鼓吹革命暴力，他甚至懂得「革命的反諷」，因此更傾向於社會改良。他同時是一位牧歌詩人，對鄉村和平生活的愛戀，對平民的關懷，尤其是他對理想化的女性氣質的追求，滲透在他的詩集《生命之歌》（*Canticles of the Life*）中，因此被阿拉伯文壇譽為「突尼斯民族之光」。

在〈啊，愛情〉一詩中，艾－沙比這樣對「愛情」致辭：「在這黑暗的時代，你是我的火炬」。在〈生命的意志〉一詩中，他預言那些「不擁抱生命之愛的人，將在愛的氛圍中蒸發而消失。」在〈牧歌〉中，詩人筆下嘲笑暴君的「清晨的霞光」呈現了另一幅面孔：「清晨來臨，向沉睡的生命歌唱……幽暗的溪谷裡，霞光徐徐飄動」。但願這美麗的畫面，成為後革命的突尼斯的寫照。艾－沙比的〈給世界的暴君〉的革命警告和詩的預言，今天更值得全世界的暴君、暴虐的統治者，不民主的或偽民主的統治者聆聽：

嘿，你們這些無道的暴君／你們這些黑暗的戀人／生命的敵人……／你們取笑無辜者的傷口；／你們的手上沾滿他們的鮮血／你們一邊扭曲人生的美景並在他們的土地播種憂愁／一邊悠閒地散步／等著吧，不要讓春天讓天空的明麗和清晨的霞光將嘲笑你們……／因為黑暗，隆隆雷聲獵獵風聲正從地平線上逼近你們／小心呵，因為灰燼下有不熄的火種／播種荊棘的將收穫傷口／你們取下人民的頭顱掃落希望的花卉；／用血淚澆灌沙灘的草藥直到寸草枯死／一股血流將把你們席捲而去你們將葬身燃燒的風暴中詩中的春天、雷霆、風暴、火種等意象，與英國浪漫主義詩人雪萊在〈西風頌〉的比喻頗為相似。雪萊同樣在詩中借「詩的符咒」吹響了「預言的號角」。艾—沙比不但酷愛阿拉伯文學傳統，而且嚮往歐洲浪漫主義文學，因此可能受到雪萊的革命精神的影響。一位不知身處何世的中國讀者說，〈西風頌〉只具有文學史的意義了。可是，突尼斯革命再一次讓我們看到：像雪萊的〈西風頌〉一樣，艾—沙比的〈給世界的暴君〉在暴政國家具有現實意義。

真正能撲滅艾—沙比所預言的「不熄的火種」的，不是知識分子「告別革命」的獻媚的說教，更不是「播種荊棘」的統治者的維穩，而是暴政在革命壓力下的退卻，是相對的社會公正。

《聯合報》二〇一一年六月十八日

註釋

1 艾—沙比（一九〇九—一九三四），突尼斯詩人，是突尼斯國歌作詞者之一，其詩作受到阿拉伯傳統文學、歐洲浪漫主義文學影響，代表詩作有《生命之歌》等。

聯經文庫

地球文學結構

2013年5月初版 定價：新臺幣360元

著　　者　傅　正　明
發行人　林　載　爵

出　版　者　聯經出版事業股份有限公司
地　　　址　台北市基隆路一段180號4樓
編輯部地址　台北市基隆路一段180號4樓
叢書主編電話　(02)87876242轉225
台北聯經書房　台北市新生南路三段94號
電　　　話　(02)23620308
台中分公司　台中市北區健行路321號1樓
暨門市電話　(04)22371234ext.5
郵政劃撥帳戶第0100559-3號
郵撥電話　(02)23620308
印　刷　者　世和印製企業有限公司
總　經　銷　聯合發行股份有限公司
發　行　所　新北市新店區寶橋路235巷6弄6號2樓
電　　　話　(02)29178022

叢書編輯　黃　崇　凱
內文排版　林　淑　慧
封面設計　林　佳　瑩

行政院新聞局出版事業登記證局版臺業字第0130號

本書如有缺頁，破損，倒裝請寄回台北聯經書房更換。 ISBN 978-957-08-4181-7 (平裝)
聯經網址：www.linkingbooks.com.tw
電子信箱：linking@udngroup.com

國家圖書館出版品預行編目資料

地球文學結構/傅正明著．初版．臺北市．聯經．
2013年5月（民102年）．400面．14.8×21公分
（聯經文庫）
ISBN　978-957-08-4181-7（平裝）

1.世界文學　2.文學評論

812　　　　102008206